Solo Valat

AF184758

Die Handlung und ihre Personen sind frei erfunden. Jede Ähnlichkeit mit tatsächlich geschehenen Ereignissen, lebenden oder verstorbenen Personen ist zufällig und vom Autor nicht beabsichtigt.

Für Theres, die sich die Mühe gemacht hat, das Manuskript zu korrigieren.

Die Deutsche Nationalbibliothek verzeichnet diese Publikation in der Deutschen Nationalbibliografie; detaillierte bibliografische Daten sind im Internet über dnb.d-nb.de abrufbar.

© Peter Lukasch 2015
Cover: Peter Lukasch unter Verwendung von Kartenmotiven aus dem Tarockspiel Industrie und Glück, © Piatnik, 1890
Vignette unter Verwendung eines Motivs von Koloman Moser (1868 – 1918)

Herstellung und Verlag: BoD - Books on Demand, Norderstedt
ISBN: 9783738633498

Peter Lukasch

Solo Valat

Kriminalroman

Die folgende Geschichte ereignete sich im 57. Regierungsjahr Seiner Kaiserlichen und Königlichen Apostolischen Majestät Franz Josef I., von Gottes Gnaden Kaiser von Österreich, König von Ungarn und Böhmen, von Dalmatien, Kroatien, Slawonien, Galizien, Lodomerien und Illyrien, König von Jerusalem etc., in seiner Haupt- und Residenzstadt Wien.

Nacherzählt aus den Aufzeichnungen des k. u. k. Rittmeisters Manfred Hagenberg.

Sommer 1905

„Komm doch das Hügelchen heran, hier ist's so lustig wie im Prater."

(Mephisto zu Faust in der Walpurgisnacht)

„Endlich hab'n wir an Ort, wo wir alle Gauner finden werden."

(Polizeipräsident Franz von Stejskal anlässlich der Eröffnung des Vergnügungsparks ‚Venedig in Wien' im Wiener Prater)

Prolog

Es war kurz nach ein Uhr. Die Nacht war von fernen Geräuschen erfüllt, die in ihrer Unbestimmbarkeit etwas Bedrohliches an sich hatten. Fetzen von Stimmen und Gelächter waren zu hören, gelegentlich Schreie und Fragmente von Musik, so undeutlich, dass man die Melodie nicht erkennen konnte. Die junge Frau kauerte im Schatten eines alten Kastanienbaumes. Rings um sie war Dunkelheit, nur das Wasser der Lagune schimmerte vage im Sternenlicht. Sie fühlte sich in ihrem Versteck unsichtbar und sicher vor allen Gefahren, die in der Finsternis lauern mochten. Aber natürlich gab es rings um sie nichts, das wirklich gefährlich war. Sie lächelte über ihre kindische Angst, weil Nacht und Einsamkeit doch Freunde aller Liebenden waren und sie vor den neugierigen Blicken anderer Menschen verbargen.

Schritte kamen näher. Jemand überquerte die kleine Brücke und bemühte sich gar nicht leise zu sein. Sie duckte sich noch tiefer in den Schatten und lauschte auf die Melodie, die der Ankömmling leise pfiff. Dann sprang sie voller Freude auf. „Ich bin hier!", rief sie halblaut. Er stutzt einen Moment, dann kam er rasch auf sie zu und schloss sie in die Arme.

„Du hast dich aber gut versteckt", sagte er lachend.

„Ich hab' mich halt im Finsteren gefürchtet", gestand sie, während ihre Lippen seinen Mund suchten. „Wo warst du denn so lange?"

„Ich bin ganz pünktlich, hast du schon sehr lange gewartet?"

„Sehr lange", behauptete sie und zog ihn neben sich auf den Boden. „Aber jetzt bist du ja da." Sie kuschelte sich an ihn und ließ ihre Hände über seine Brust gleiten. „Hast du mich lieb?"

„Noch viel mehr als du mich lieb hast."

Sie schob ihre Hand in seine Hose und flüsterte. „Das glaube ich dir nicht. Hast du mich so lieb, dass du mich heiraten wirst?"

Er war unangenehm berührt und hielt ihre Hand fest. „Das haben wir doch schon besprochen. Ich würde ja gerne, aber wir haben kein Geld. Wie soll denn das gehen?"

„Und wenn ich viel Geld hätte? Wenn ich beispielsweise eine reiche Erbin wäre, würdest du mich dann heiraten?"

„Dann würde ich dich vom Fleck weg heiraten", sagte er mit Überzeugung. Unter diesen Bedingungen würde er jede heiraten, unabhängig davon wie sie aussah und wie alt sie war. Er seufzte. Die Zeit lief ihm davon. Er musste in wenigen Minuten von hier weg sein und vorher tun, weshalb er hergekommen war.

„Ich werde bald reich sein", behauptete sie. „Du wirst schon sehen und dann werden wir es schön haben."

„Dummes Geschwätz, du bist arm wie eine Kirchenmaus", dachte er und küsste sie auf den Hals. „Lebend bist du keine Krone wert."

Sie befreite ihre Hand aus seinem Griff und begann ihn aufreizend zu streicheln. Er geriet in Versuchung, sich darauf einzulassen. Auf die paar Minuten kam es auch nicht mehr an. Dann schob er solche Gedanken als unpassend beiseite, wobei er nicht ohne Verdruss dachte, dass er in tiefster Seele ein feinfühlender Mensch mit zu vielen Skrupeln sei.

„Was hast du?", fragte sie leicht irritiert. „Bist du nicht in Stimmung?"

Es war Zeit die Sache zu Ende zu bringen. „Bei dir bin ich doch immer in Stimmung", behauptete er, nahm ihr Gesicht in beide Hände und küsste sie heftig. Ihre Lippen öffneten sich bereitwillig. Ihr Atem roch gut, nach Minze mit einer Spur Krautsalat, wahrscheinlich eine Erinnerung an ihr Abendessen. „Es ist schade um sie", dachte er voller Bedauern, weil er – auch davon war er überzeugt – ein weiches Herz hatte. Mit dem Messer wäre es leichter gewesen, aber wenn der Stich nicht gleich richtig saß, würde sie bluten wie ein Schwein und seinen Anzug versauen. Außerdem würde sie wahrscheinlich schreien. Das konnte er überhaupt nicht brauchen.

„Komm, lieb mich in den Himmel", raunte sie und bedeckte sein Gesicht mit Küssen.

Er würde sie nicht in den Himmel lieben, sondern erwürgen. Jetzt gleich. In den Himmel würde sie so und so kommen, wenn ihr das bestimmt war. Er war aufgeregt und seine Hände wurden feucht. Es war eine Premiere für ihn. Er hatte

zwar schon einen Menschen erstochen, aber noch nie jemanden erwürgt. Das war wahrscheinlich gar nicht so leicht, obwohl es bei einer Frau sicher einfacher ging, als bei einem Kerl. Er ließ seine Hände über ihren Hals gleiten, fühlte die zarten Knorpel ihrer Kehle und drückte behutsam zu, sozusagen probehalber. Sie keuchte und flüsterte halb erstickt: „Nicht so wild! Ich krieg' ja gar keine Luft!"
Jetzt musste es sein! Er drückte ihren Hals zusammen und presste seinen Daumen gegen ihren Kehlkopf so fest er konnte. Ihre Augen weiteten sich in verständnislosem Entsetzen. Er hatte mit mehr Gegenwehr gerechnet, er war darauf gefasst gewesen, dass sie heftig um ihr Leben kämpfen werde, aber da war nichts, außer einem unkontrollierten Zucken der Glieder und dem kraftlosen Versuch, seine Hände von ihrem Hals zu lösen. Er konnte den stieren Blick ihrer hervorquellenden Augen nicht mehr ertragen und wandte den Kopf ab. Dann nahm er alle Kraft zusammen und drückte ihren Hals noch fester zusammen. Er spürte wie ihre Halsknorpel nachgaben, grausam zerdrückt wurden und das Zungenbein brach. Das war es. Ihr Leben war nicht mehr zu retten.

„Jetzt nur nicht nachlassen", dachte er verbissen, „damit sie nicht wieder zu sich kommt und ich von vorne anfangen muss, um sie zu erlösen." Es war ein Akt der Gnade, wenn er die Sache rasch zu Ende brachte. „Sie soll froh sein, dass sie an mich gekommen ist", dachte er selbstgefällig. „Ein anderer hätte wahrscheinlich keinen Gedanken daran verschwendet, ihr unnötige Qualen zu ersparen." Er hielt ihren Hals noch mehrere Minuten umklammert, bis er durch die Kraftanstrengung einen Krampf in der rechten Hand bekam. Schließlich ließ er sie los. Sie sank zusammen, wie ein Bündel Fetzen. Er tastete nach ihrem Puls und suchte nach einem Herzschlag. Nichts; sie war mausetot und damit für ihn dreitausend Kronen wert. „Eine Schande", dachte er und stand langsam auf. Seine Knie zitterten. „Sie war so ein nettes Ding." Aber was sollte man machen? Die Zeiten waren schwer und dreitausend Kronen waren ein Vermögen für ihn. Er bückte sich, hob sie hoch und trug sie zum Ufer, wobei er leicht angewidert registrierte, dass sie im Todeskampf ihre Blase und ihren Darm entleert hatte. Dann legte er sie behutsam in eines der vertäuten Boote. Warum er das tat wusste er selber nicht. Er hätte sie genauso gut dort liegen lassen können, wo sie gestorben war. Aber so schien es ihm angemessener, würdiger zu sein. Er war – wie bereits erwähnt – ein sensibler Mensch mit viel Gefühl für Anstand. „Ich bin froh, dass es so glatt gegangen ist", dachte er, während er seine Hände im Wasser der Lagune wusch. „Sie hat sich fast gar nicht gewehrt und uns beiden eine lästige und für sie sinnlose Rauferei erspart." Er empfand sogar so etwas wie Zuneigung und Dankbarkeit für sie, weil sie es ihm so leicht gemacht hatte.

Er warf einen Blick auf seine Taschenuhr. Perfekt! Er lag genau im Zeitplan und hatte keine Minute verschwendet. Mit festen Schritten ging er in die Dunkelheit hinein. Er kannte seinen Weg genau. Die Nacht war sein Element und barg keine Schrecken für ihn. Er war das einzige Ungeheuer weit und breit. Aber so sah er das natürlich nicht. Denn er hielt sich selber für einen honorigen Mann, der eine unangenehme aber notwendige Arbeit mit Anstand und Umsicht erledigt hatte. Wieder begann er leise zu pfeifen bis sein Lied in der Ferne verklang.

Tiefe Ruhe lag über Venedig. Es war knapp nach drei Uhr. Am Horizont zeigte sich bereits ein blasser Schimmer und kündigte den nahenden Tag an. Aber noch hing der Mond am Himmel und spiegelte sich in der Lagune.

Anton Newerkla liebte diese wenigen magischen Stunden der Stille zwischen dem hektischen Treiben der Nacht und dem betriebsamen Morgen. Er ging über die malerische Brücke, die den Kanal überspannte, stieg die Treppen hinunter und folgte dem Weg zwischen dem Wasser und der Vorderfront des Palazzos. Er legte die Hand an den Griff seines Säbels, ein ausgemustertes Stück aus ärarischen Beständen, das er hoch um den Leib geschnallt hatte, damit ihm die Klinge nicht zwischen die Beine geriet. Newerkla stellte sich in der unbeobachteten Einsamkeit der Nacht gerne vor, er wäre ein Edelmann, der verfolgt von den bewundernden Blicken der Frauen würdevoll einherschritt. Dabei leuchtete er gewissenhaft mit seiner Laterne in die dunklen Hauseingänge und überzeugte sich, dass die Türen gut verschlossen waren. Beim venezianischen Haus hielt er an, öffnete einen kleinen Kasten und betätigte mit dem Schlüssel, der darin angekettet war, seine Stechuhr. Dann folgte er dem schwankenden Lichtkegel seiner Laterne in Richtung Anlegestelle.

Jetzt hatte er die Lagune erreicht. Im stillen Wasser wiegten sich die Boote und warteten auf den neuen Tag und auf neue Fahrgäste. Newerkla ließ den Schein seiner Laterne über die Boote gleiten und stutzte. Da lag doch tatsächlich jemand in einem der bunten Wasserfahrzeuge. Man konnte machen, was man wollte: Immer wieder schafften es Unbefugte, sich einzuschleichen. Meist waren es Pärchen, die einen stillen, romantischen Platz für ein Schäferstündchen suchten, gelegentlich auch ein Unterstandsloser, der nur in Ruhe schlafen wollte. Dass jemand in einem der Boote nächtigte, war allerdings neu und außerdem nicht bequem. Vielleicht liebte der Kerl ja das leichte Schaukeln auf dem Wasser. Newerkla eilte entschlossen zur Anlegestelle, um diesem Unfug ein Ende zu machen. Im Licht der Laterne erkannte er, dass kein Kerl in der Gondel lag, sondern eine Frau. Um so schlimmer. Pärchen und sogar einzelne Männer ließen sich leichter vertreiben. Einzelne Frauen waren meist betrunken, saufrech und verursachten Schwierigkeiten.

„He Sie da!", schrie Newerkla. „Was soll denn das? Stehen Sie sofort auf, oder ich rufe die Polizei!"

Die Frau schlief tief und fest. Sie lag halb auf dem Bauch, das Gesicht dem Wasser zugekehrt.

Newerkla fluchte vor sich hin und stieg vorsichtig in das schwankende Boot. Er beugte sich über die Schlafende und packte sie an der Schulter: „Bist angesoffen, was?", fragte er grob. „Steh auf und verschwind von da, sonst lass' ich dich in den Arrest bringen."

Die Frau gab keine Antwort. Sie dreht sich widerstandslos unter seinem Griff und sah ihn mit aufgerissenen Augen an. Das Gesicht war blau angelaufen und die Zunge hing ihr aus dem Mund. Newerkla fuhr zurück. „Jessas Maria", flüsterte er, „die ist umbracht worden."

Er sah sich besorgt nach allen Seiten um und zerrte vergeblich an seinem Säbel, der sich in der Scheide verklemmt hatte. Es war aber ohnehin niemand zu sehen, der eine Bedrohung darstellte.

Eilig kletterte er aus dem Boot und lief zu dem venezianischen Haus zurück, in dem das Postamt untergebracht war. Mit seinem Zentralschlüssel sperrte er auf, machte Licht und drehte hektisch an der Kurbel des Telefonapparates. Als sich das Fräulein vom Amt meldete, verlangte er mit dem Polizei-Bezirks-Kommissariat Prater verbunden zu werden, er habe einen bedenklichen Todesfall zu melden.

Das Kommissariat verfügte seit neuestem auch über ein telefonisches Nachtjournal. Der Beamte am anderen Ende klang allerdings recht verschlafen und war ungnädig. Er schlug vor, man möge einen Arzt rufen, wenn jemand erkrankt oder gar schon gestorben sei, aber nicht die Polizei. Erst nachdem ihm Newerkla drastisch das blaue Gesicht und die heraushängende Zunge geschildert hatte, räumte er die Möglichkeit eines Verbrechens ein, erklärte aber, dafür sei dann nicht das Kommissariat zuständig, sondern die Zentrale. Newerkla ließ sich darauf nicht ein, sondern meinte bloß, er habe keine Ahnung von Zuständigkeiten, sei aber davon überzeugt, der Herr Inspektor werde schon wissen, was zu tun sei.

„In einer halben Stunde ist jemand da", versprach dieser daraufhin widerwillig. „Sie passen inzwischen bei der Toten auf und sorgen dafür, dass die Beamten hineinkönnen."

Newerkla betätigte die Standleitung, für die er keine Vermittlung brauchte. Sein Kollege, der junge Brachyta meldete sich und klang auch verschlafen und ungnädig. „Was ist denn?"

„Wir haben eine Leiche bei der Lagune. Ich glaube, sie ist erwürgt worden. In einer halben Stunde kommt die Kiberei. Ich habe schon angerufen. Du gehst zum Haupttor und wartest. Wenn sie kommen, lass sie herein und führ sie her."

„Das hat mir grad noch gefehlt", sagte Brachyta, der den Vorfall offenbar nicht als Tragödie, sondern in erster Linie als persönliches Ungemach ansah.

Tatsächlich trafen eine halbe Stunde später die Polizisten vor dem Haupttor von ‚Venedig in Wien' am Praterstern ein.

Es mag sonderbar anmuten, dass sich mitten in Wien eine Stadt befinden sollte, die eigentlich weit weg am Mittelmeer beheimatet war. Den Wienern kam das nicht sonderbar vor. Sie hatten nämlich ein sentimentales Verhältnis zu Venedig, das von den Venezianern allerdings nicht erwidert wurde. Denn vor kaum mehr als einem halben Jahrhundert, als sich Venetien in den Wirren der Revolution von Österreich trennen wollte, war es von dem danach als Held der Monarchie verehrten Feldmarschall Radetzky mit Waffengewalt zurückgezwungen worden, nur um weniger als zwei Jahrzehnte später dann doch an Italien verloren zu gehen.

„Da kann man halt nix machen", meinten die Wiener melancholisch, ließen sich Jahrzehnte später Venedig in ihrer Stadt nachbauen und spielten bei jedem Konzert mit Begeisterung den Radetzkymarsch. Sie pflegten – natürlich nicht bei offiziellen Anlässen, sonst aber schon – zu den markanten Rhythmen gern zu singen: „Wenn der Hund / mit der Wurst / übern Hackstock springt ..." Das schien auf schwer deutbare Weise ihre Meinung über den Zustand der Monarchie zum Ausdruck zu bringen.

Auf dem Praterstern, nicht weit vom Haupteingang zu ‚Venedig in Wien' hatte man auch dem Admiral Tegetthoff, dem ruhmreichen Sieger der Seeschlacht von Lissa ein monumentales Denkmal errichtet. Schlachten gewann dieses österreichische Kaiserreich ja gelegentlich, Kriege nie. Auch diesen nicht, der gegen Preußen und Italien geführt worden war, und der zum endgültigen Verlust von Venedig geführt hatte. Da stand der Held eines nutzlosen Sieges nun auf seiner mit Schiffsschnäbeln geschmückten Säule und wandte sich von dem nachgemachten Venedig ab, so als ob er gar nicht hinsehen wollte.

‚Venedig in Wien' hatte vor zehn Jahren seine Pforten geöffnet und war neben dem Wurstel- oder Volksprater die größte Attraktion im Prater geworden. Man hatte Kanäle, auf denen man mit Gondeln herumgerudert werden konnte, und venezianische Bauwerke errichtet. Diese Bauten waren teilweise kaum mehr als Kulissen, teilweise hatten sie aber auch ein Innenleben, in dem Läden und Lokale eingerichtet waren. In den folgenden Jahren war ‚Venedig in Wien' immer wieder umgebaut worden, um dem Publikum neue Attraktionen zu bieten. Im heurigen Jahr war das Thema ‚Die elektrische Stadt'. 300 Bogenlampen 60 Brillantlampen und über 10.000 Glühbirnen hatte man installiert, um das

Publikum mit raffinierten Beleuchtungseffekten zu verzaubern. In diesem Punkt waren die Wiener nämlich sehr anspruchsvoll. Denn im selben Maße in dem das österreichische Kaiserreich an Substanz zu verlieren schien und schon vor seinem Ende zu einem Gespenst wurde, gewann seine Haupt- und Residenzstadt an märchenhaftem Glanz. Es war ein Leuchten, das noch ein letztes Mal das heraufdämmernde Unheil überstrahlte.

Im Laufe der Zeit war das ursprüngliche Wiener Venedig durch ständige Veränderungen immer mehr verschwunden, nur die Ecke mit der Lagune, die man in einen großen See für Ruderboote umgewandelt hatte, war übrig geblieben. Trotzdem wurde die ganze Anlage noch immer ‚Venedig' genannt. Da man anders als im benachbarten Volksprater Eintritt zahlen musste, um überhaupt hereinzukommen, musste das Gelände nach Betriebsschluss von den Besuchern verlassen werden.

Brachyta ließ die Beamten bei den Hauptkassen ein. Mit der Fahrbereitschaft stand es offenbar nicht zum Besten. Der Trupp kam nämlich mit einem bespannten Arrestantenwagen an. Es mag auch sein, dass man die unbegründete Hoffnung hegte, gleich einen Mörder verhaften zu können, in welchem Fall der Arrestantenwagen natürlich Sinn gemacht hätte.

Die Gruppe bestand aus drei Kiberern, oder Polizeiagenten, wie sie offiziell hießen, einem Fotografen und einem Polizeizeichner. Einen Doktor hatten sie auch mitgebracht. Sie folgten Brachyta durch die dunkle Anlage, bis sich Newerkla durch Rufe bemerkbar machte und seine Laterne schwenke. Zuerst stieg der Doktor in das Boot, berührte kurz den Hals der Toten und verkündete: „Sie ist tot. Erwürgt, vor etwa zwei bis drei Stunden. Sie ist noch nicht ganz kalt." Mehr hatte er im Moment nicht zu sagen. Er war ohnehin der Meinung, dass die Visitation eines Tatortes Mitten in der Nacht Unfug sei und gut und gern bis zum Morgen hätte warten können.

Die Agenten durchsuchten die Habseligkeiten der Toten und stellten zufrieden fest, dass sie ein Dienstbuch bei sich hatte, das sie als Dienstmädchen auswies. Man musste sich zumindest nicht mit einer unbekannten Toten abgeben und erst mühsam ausforschen, wer sie war. Der Fotograf produziert mehrere gewaltige

Lichtblitze und hoffte, dass die Bilder trotz der schlechten Bedingungen etwas werden würden. Deswegen war auch vorsichtshalber der Zeichner mitgenommen worden, falls die fotografische Technik versagen sollte. Er hieß Rybar und fertigte flink Skizzen an. Es waren zwei Skizzen. Eine für den Polizeiakt und eine für die Kronenzeitung, der er gelegentlich Bilder von Tatorten verkaufen konnte. Er war ein begabter Schnellzeichner und hoffte, sein Bild mit einem kurzen Bericht noch in der Morgenausgabe unterbringen zu können. Sonst würde dort ein Bild auf der Titelseite erscheinen, das Seine Majestät bei der Abreise nach Bad Ischl, seinem Sommeraufenthalt zeigte. Ein erwürgtes Mädchen im Prater würde das Publikum sicher mehr interessieren.

Newerkla und Brachyta wurden kurz vernommen. Nach einer knappen Stunde war die Sache erledigt und der Trupp packte seine Utensilien wieder zusammen.

„Und was ist mit der da?", fragte Newerkla und deutete auf die Tote.

„Ich lasse sie im Laufe des Vormittags abholen", erklärte der Doktor. „Wahrscheinlich so um Mittag. Ich will sie mir noch näher anschauen."

„Und wo soll sie, bitte schön, bis dahin bleiben?"

„Da wo sie jetzt ist. Mit Regen ist nicht zu rechnen. Wo sie jetzt liegt, ist sie für die paar Stunden gut aufgehoben."

Newerkla war empört. „Das geht doch nicht. Wir machen in der Früh auf!"

Der Arzt war unwirsch. „Da kann man nichts machen. Sperrt's halt diesen Bereich ab. Ihnen kann das doch egal sein. Sie sind ja nur der Nachtwächter."

Das stimmte. Newerkla war nur der Nachtwächter. Der Chef von mehreren Nachtwächtern, genau genommen. Es war Sache des Betriebsleiters, sich mit dieser Situation auseinanderzusetzen. Trotzdem hatte Newerkla den Verdacht, dass man ihm die Schuld geben werde, wenn die Anlage erst verspätet öffnen konnte. „Das geht nicht", wiederholte er daher störrisch. „Das ist hier ein öffentlicher Bereich. Da kann man keine Toten stundenlang herumliegen lassen, wie in einer Wohnung beispielsweise."

„Das ist kein öffentlicher Bereich", sagte der Arzt nicht minder störrisch.

Die Polizeiagenten mischten sich in die Diskussion ein und kamen zu dem Ergebnis, dass es im Zweifel wohl doch ein öffentlicher Ort sei und die Leiche daher ehestens weg müsse. Sie lehnten aber das Ansinnen des Doktors entschieden ab, die Verstorbene mit ihrem Arrestantenwagen zum Allgemeinen Krankenhaus zu bringen.

Also bequemte sich der erboste Doktor dazu, über das Telefon im venezianischen Haus mitten in der Nacht einen Wagen herzubeordern, der die Tote sofort in die Pathologie bringen sollte.

Rybar hatte das Ende der Diskussion nicht abgewartet und sich mit dem Bemerken entfernt, er werde ja wohl nicht mehr gebraucht. Brachyta ließ ihn auf die Straße hinaus und Rybar hatte das Glück, sofort einen Nachtfiaker zu finden, der ihn zum Gebäude der Kronenzeitung brachte. Es würde sich noch ausgehen, mit seinem Kurzbericht und dem Bild auf der Titelseite.

‚Venedig in Wien' konnte am nächsten Morgen pünktlich um 10 Uhr öffnen. Der Publikumsandrang war an diesem Morgen stärker, als sonst. Diejenigen, die schon die Kronenzeitung gelesen hatten, eilten unverzüglich zum See und starrten ins Wasser. Nicht wenige wollten wissen, in welchem Boot die Tote gelegen hatte und verlangten, genau in diesem Boot herumgerudert zu werden. Sie hatten schon immer ein eigenartiges Verhältnis zum Tod gehabt, die Wiener.

Etwa zur gleichen Zeit und ohne zu ahnen, was mit leisen Sohlen auf ihn zukam, beschloss der gewesene Rittmeister Manfred Hagenberg sein zweites Frühstück im Café Wien einzunehmen.

Kapitel 1

Das Café Wien auf der Alserstraße erfreute sich eines gediegenen Publikums. Strategisch günstig zwischen dem Landesgericht Wien und dem Allgemeinen Krankenhaus gelegen, wurde es von Doktoren zweier Fakultäten frequentiert: Juristen aus dem Landl, wie das Landesgericht genannt wurde, und Medizinern aus dem Krankenhaus. Jetzt, um 10 Uhr Vormittags, waren aber nur wenige Gäste da. Die Juristen waren in Verhandlungen, die traditionell um 9 Uhr begannen, und für die Mediziner war es die Stunde der Visite.

Der Gast, der das Lokal betrat, konnte daher mit Befriedigung registrieren, dass sein Lieblingsplatz am Fenster noch frei war. Er war etwa fünfunddreißig Jahre alt, hochgewachsen, glattrasiert, mit bereits schütterem Haarwuchs und einer Haltung, gerade wie ein Ladestock, die den Militär verriet. Die Sitzkassierin, die hinter einem wuchtigen Eckpult thronte, das wie eine kleine Festung wirkte, erwiderte freundlich lächelnd seinen Gruß. Sie mochte den Rittmeister, wie er allgemein genannt wurde. Er war ein regelmäßiger, angenehmer Gast und ein fescher Mann noch dazu.

Auch der Kellner Fritz beobachtete aufmerksam, wie es sich der Ankömmling an seinem Platz bequem machte. Eigentlich hieß der Kellner gar nicht Fritz, aber sein Vorgänger hatte so geheißen, zumindest war auch er so gerufen worden. Die Gäste mochten es nicht, wenn sie sich neue Namen für den Kellner merken mussten. Also war der ‚Herr Fritz' zu einer Art Berufsbezeichnung für den jeweiligen dienstbaren Geist geworden.

Fritz trat nach angemessener Wartezeit an den Tisch des neuen Gastes und fragte ehrerbietig: „Was befehlen Herr Rittmeister?"

Die Antwort fiel denkbar kurz aus: „Wie immer."

Fritz war nicht überrascht. Er zog seinen Notizblock hervor und diktierte sich selbst: „Ein weiches Ei, drei Minuten, im Glas, ein Butterbrot, ein großer Brauner und die Kronenzeitung. Kommt sofort, Herr Rittmeister."

Der Rittmeister runzelte die Stirn und sah auf. „Sagen Sie doch nicht immer Rittmeister zu mir, Fritz. Ich bin keiner mehr."

Jetzt war es an Fritz die Stirn zu runzeln. Man war ein nobles Lokal. Jeder, der hier regelmäßig verkehrte, hatte einen Titel, mit dem er angesprochen wurde. Das war in Wien so Brauch. Bei den Doktoren, die das Stammpublikum ausmachten, war es einfach. Dazu kamen einige Kommerzienräte, Hofräte, Regierungsräte, Kanzleiräte, Landesgerichtsräte, Oberlandesgerichtsräte, sonstige Räte, ein Baron sowie Personen, von denen man es nicht genau wusste und die daher mit ‚Herr von' angesprochen wurden. „Wie soll ich Sie denn dann anreden?", fragte er indigniert und vermied mit schmalen Lippen eine Titulatur.

„Sagen Sie doch einfach Herr Hagenberg zu mir."

Fritz schüttelte den Kopf. „Einfach Herr Hagenberg? Wie Herr Rittmeister befehlen." Er entfernte sich, um die Bestellung an die Küche weiterzuleiten.

Hagenberg sah ihm halb verärgert, halb belustigt hinterher. Der Rittmeister klebte an ihm und war nicht abzubekommen. Freilich, er war ja wirklich einer gewesen, ein stolzer Kavallerieoffizier, bis diese verhängnisvolle Sache mit dem Konsul passiert war.

In einer einzigen Nacht hatte er beim Hasard an den Konsul eine Summe verspielt, über die er nicht verfügte und die er mit seinem Offizierssold in den nächsten Jahrzehnten auch nicht verdienen konnte. Schulden waren an sich kein Problem. Sie hatten alle Schulden, die Herren Offiziere. Aber es war ein Unterschied, ob man seinem Schneider oder seinem Hauswirt Geld schuldig blieb, oder ob es sich um Spielschulden handelte. Denn Spielschulden waren Ehrenschulden und mussten binnen vierundzwanzig Stunden beglichen werden. Weil Hagenberg das nicht konnte, hatte er sofort den Dienst quittiert, um nicht unehrenhaft entlassen zu werden. Natürlich hätte er sich erschießen sollen. Das wäre ehrenhaft gewesen und hätte ihm eine gute Nachrede gesichert. Er hatte es nicht getan und wurde seither von den meisten seiner ehemaligen Kameraden gemieden.

Einige Monate später war er überraschend zu Geld gekommen, hatte seine Schulden dann doch bezahlen können und sich für die Verspätung entschuldigt. Der Konsul hatte sich sehr freundlich gezeigt, ihm brieflich gedankt und die Ehrensache für erledigt erklärt. Obwohl dieser Umstand in seinem Regiment bekannt wurde, gingen ihm etliche seiner Kameraden nach wie vor aus dem Weg. Er hätte sich trotzdem erschießen müssen, meinten sie.

Hagenberg konnte das inzwischen gleichgültig sein. Im Gegensatz zu so manch anderem geschassten Offizier, der sein Leben als Kanzlist, Vertreter oder gar Eintänzer fristen musste, hatte er eine sehr einträgliche Profession gefunden.

Der Zufall hatte es nämlich gefügt, dass er kurz nach seinem Ausscheiden aus der Armee einem Bekannten in einer sehr heiklen Angelegenheit mit einer Dame, die am Ende keine war und ihn zu erpressen versuchte, behilflich sein konnte. Er hatte die Sache diskret erledigt und dafür gesorgt, dass die Dame sehr eilig ins Ungarische abreiste und auf ihrer Forderung nicht weiter bestand.

Der Bekannte hatte hinter vorgehaltener Hand im Freundeskreis die Geschicklichkeit und Diskretion Hagenbergs in den höchsten Tönen gerühmt, was dazu führte, dass der bald von anderen Personen kontaktiert wurde, die seine Hilfe suchten. Hagenberg hatte anfangs gezögert, sich auf solche Geschäfte einzulassen, weil ihm seine eingewurzelten Ehrbegriffe als Offizier im Weg standen. Die guten Honorare, die ihm geboten wurden, hatten diese Bedenken aber verschwinden lassen. Von etwas musste er ja schließlich leben, ohne Vermögen, wie er war, und ohne etwas Rechtes gelernt zu haben.

Inzwischen war er in eingeweihten Kreisen zu einem hochgeschätzten Spezialisten für die Lösung heikler Angelegenheiten, die gelegentlich außergewöhnliche Maßnahmen erforderten, geworden. Die unverschämt hohen Honorare, die er verlangte, waren seinem Geschäft nicht abträglich. Ganz im Gegenteil verschafften sie ihm ein exklusives, sehr zahlungskräftiges Klientel.

Trotzdem, der Rittmeister war ihm geblieben. Er wurde nicht nur höflichkeitshalber oder aus Gewohnheit so angeredet. Sein neuer Beruf hatte es mit sich gebracht, dass er auch Kontakt zu zwielichtigen Kreisen bekam. Unter diesen Leuten war es üblich, dass jeder, der etwas galt, einen Spitznamen hatte. Seiner war, wie hätte es anders sein können, ‚Der Rittmeister'. Da konnte man gar nichts machen.

Fritz unterbrach sein Sinnieren und stellte ein Tablett auf den Tisch. „Recht guten Appetit, Herr Rittmeister", sagte er beflissen und ignorierte die Wünsche seines Gastes punkto Anrede. „Und hier ist die Kronenzeitung, bitte sehr." Fritz informierte seinen Gast gleich vorweg über die wesentlichen Nachrichten: „Seine Majestät sind nach Ischl abgereist und im Prater ist ein Mädel umgebracht worden."

„Was Sie nicht sagen", erwiderte Hagenberg nur mäßig interessiert und betrachtete das Titelbild, das der Zeichner Rybar geschaffen hatte. Es zeigte sehr dramatisch und realistisch die Auffindung der Leiche. Lediglich den Gesichtsausdruck der Toten hatte Rybar geschönt. Jetzt sah sie geradezu friedvoll aus und die Zunge hing dem Mädel auch nicht mehr heraus. Das wollte man dem Publikum zum Frühstück doch nicht zumuten.

Nachdem Hagenberg gegessen hatte, nippte er genüsslich an seinem Kaffee, zog eine silberne Tabatiere aus der Tasche und entnahm ihr eine Zigarette. Sorgfältig stieß er sie gegen die Tischplatte um den Tabak zu festigen und zündete sie mit einem Streichholz an. Tief sog er den Rauch ein und verspürte sogleich die entspannende, leicht berauschende Wirkung. Die Zigaretten der Marke ‚Nil', die er bevorzugte, waren wie die meisten Orientzigaretten der Kaiserlich – Königlichen Tabakregie mit ungarischem Hanf versetzt und vor allem in Künstlerkreisen, aber nicht nur in diesen, sehr beliebt.

Hagenberg legte den Kopf in den Nacken und überlegte, welchen der Aufträge, die ihm jüngst angeboten worden waren, er übernehmen sollte. Die Sache des Fabrikanten aus Gumpendorf würde wohl am lukrativsten sein, wenn er die Zahlungskraft des Klienten bedachte, obwohl sich dieser bisher nur sehr unbestimmt über die Art des Auftrages geäußert hatte.

Als er mit seinen Überlegungen so weit gekommen war, fiel sein Blick auf einen neuen Gast, der bei der Sitzkassierin stand und sich suchend im Lokal umsah. Er ahnte, dass der Neuankömmling seinetwegen gekommen war und wappnete sich für die Prüfung, die ihm wahrscheinlich bevorstand.

Polizeiinspektor I. Klasse Sebaldus Mohnhaupt wirkte leidend. Er war leichenblass, ging leicht gebeugt, die Tränensäcke waren geschwollen und sein Gesichtsausdruck zeugte von tiefster Melancholie, ja geradezu von verzweifelter Resignation. Ein zerzauster Schnauzbart versuchte vergeblich den anfälligen

Eindruck dieser Erscheinung zu mildern. Das Aussehen täuschte. Mohnhaupt erfreute sich in Wahrheit bester Gesundheit und war nicht nur körperlich, sondern auch von seiner Wesensart her überaus robust. Er hatte das Gemüt eines Fleischerhundes, wie man in Wien zu sagen pflegte.

Nun hatte er sein Opfer erspäht und steuerte Hagenbergs Tisch an. „Servus, Herr Rittmeister", grüßte er. „Darf ich mich ein bisserl zu dir setzen?" Er wartete keine Antwort ab und ließ sich leise schnaufend nieder. „Bringen's mir einen verlängerten Braunen", befahl er dem Kellner Fritz.

„Grüß dich Gott, Mohnhaupt", sagte Hagenberg. „Setz dich doch. Bist du zufällig hier?"

„Ich bin im Dienst. Da bin ich nie zufällig irgendwo. Ich habe dich gesucht. Zum Glück bist du ein Gewohnheitstier. Da weiß man meistens, wo man dich zu einer bestimmten Tageszeit findet. Was gibt es Neues?"

„Seine Majestät der Kaiser sind nach Ischl abgereist und im Prater ist ein Mädel umgebracht worden", wiederholte Hagenberg die Kurzfassung der Tagesnachrichten.

„Genau so ist es und deswegen habe ich dich gesucht."

„Ich habe mit seiner Majestät allerhöchst schon lange nicht mehr gesprochen. Seit dem Herbstmanöver vor drei Jahren nicht mehr. Und da habe ich auch nur meinen Namen gesagt, weil ich huldvollst danach gefragt worden bin."

„Stell dich nicht blöd. Ich bin wegen dem Mädel da."

„Mit der habe ich mein Lebtag noch nie gesprochen. Ich habe überhaupt erst aus der Zeitung erfahren, was passiert ist. Was willst du eigentlich von mir?"

„Und was ist das?" Mohnhaupt zog eine schon recht lädierte Visitenkarte hervor und legte sie auf den Tisch. Darauf stand lediglich: ‚*Manfred Hagenberg, Privatier*'. Sonst nichts. Kein Titel, kein Beruf und keine Adresse.

„Das ist eine von meinen Karten."

„Schaut ganz so aus. Das Mädel hat sie bei sich gehabt. Was sagst du dazu?"

„Keine Ahnung, was ich sagen soll. Ich habe sie nicht gekannt und umgebracht habe ich sie auch nicht. Es sind sicher eine Menge meiner Karten im Umlauf. Das sind ja schließlich keine amtlichen Dokumente. Wer weiß, von wo sie die Karte her hatte." Er drehte die Karte um. Auf die Rückseite hatte jemand mit

Bleistift notiert: ‚*Rittmeister a. D., Hotel Hammerand*'. „Wer hat das geschrieben?"

„Die Ermordete, soweit man das sagen kann."

„Ich habe keine Ahnung, was das bedeuten soll", versicherte Hagenberg nochmals.

Mohnhaupt seufzte abgrundtief. „Also wieder nichts. Das schaut ganz nach einem dieser Fälle aus, die ungeklärt bleiben. Ich habe gehofft, du kannst mir weiterhelfen."

„Leider nein." Hagenberg betrachtete die Karte. Sie sah aus, als ob sie oftmals in die Hand genommen und studiert worden sei, so nichtssagend ihr Text auch war.

Die Tote, deren Bild er bisher nur aus der Zeitung gekannt hatte, trat plötzlich in sein Leben. Undeutlich noch, nur ein blasses Gespenst, aber ausgewiesen durch seine Karte, die wie ein Hilferuf wirkte und seine Aufmerksamkeit forderte. Hagenberg war auf vage Art verunsichert und irritiert. „Wer war sie?", fragte er.

„Das Mädel? Niemand besonderer. Konstanze Graf hat sie geheißen. Eine Praterfee halt."

„Ist sie auf den Strich gegangen?"

„Sie hat kein Gesundheitsbüchl gehabt. Sie ist ja auch in Beschäftigung gestanden. Aber gelegentlich hat sie es wahrscheinlich schon gemacht: Wenn sie Geld gebraucht oder ein gutes Angebot bekommen hat. Das tun viele. So ein Dienstmädel verdient nicht besonders viel."

„Ein Dienstmädel war sie? Bei wem ist sie in Dienst gestanden?"

„Bei einer Baronin Rentenbach. Mit der haben meine Leute schon gesprochen. Die Frau Baronin war nicht wirklich untröstlich, nur angemessen desparat. Weiterhelfen hat sie uns auch nicht können. Die Beerdigungskosten übernimmt sie aber, weil die Kleine keine Angehörigen mehr hat. Dritte Klasse versteht sich, aber sie wird in keinem Armengrab verscharrt. Das ist sehr nobel von der Baronin."

„Jetzt weiß ich, von wo die Karte herkommt", erklärte Hagenberg überrascht. „Ich war vor etwa einem halben Jahr der Baronin bei der Lösung einer persönlichen Angelegenheit behilflich. Damals habe ich natürlich auch meine Karte abgegeben. Das Mädel wird sie an sich genommen haben."

„Na also. Wieder ein Rätsel gelöst. Nur weiterhelfen tut mir das auch nicht."

„Ist die Konstanze ausgeraubt worden?" Jetzt war die Tote nicht mehr bloß das Mädel, das im Prater umgebracht worden war. Jetzt hatte sie einen Namen. Hagenberg hatte das Gefühl, dass ihr Gespenst Konturen annahm und ihn fordernd ansah. Das war der ungarische Hanf, der ihm solche Gedanken eingab. Er dämpfte die ‚Nil' ab. „Starkes Zeug", murmelte er. „Gut, aber stark."

„Nein. Sie ist nicht ausgeraubt worden", berichtete Mohnhaupt. „Sie hat noch ihr Geld, es waren natürlich nur ein paar Kronen, bei sich gehabt."

„Hat man ihr Gewalt angetan?"

„Der Arzt sagt ‚nein'. Sie hat auch sonst keine Verletzungen gehabt. Jemand hat sie einfach beim Hals gepackt und so lange zugedrückt, bis sie hinüber war. Jemand der sehr kräftig gewesen sein muss."

Hagenberg starrte das Bild in der Zeitung an, das er vor kurzem noch achtlos überblättert hatte. Rybar hatte die Tote mit offenen Augen gezeichnet, so wie man sie gefunden hatte. Ein wenig Schaudern wollte das Publikum zum Frühstück schon haben. Diese Augen schauten Hagenberg an, so als ob sie ihm etwas sagen wollten. Der Rittmeister fühlte sich zunehmend unbehaglich.

„Wie alt war sie, die Konstanze?", fragte er.

„Dreiundzwanzig Jahre."

„So jung ..."

„So etwas passiert halt", bemerkte Mohnhaupt ungerührt. „Was hältst du davon?"

Hagenberg schloss kurz die Augen. „Entweder war es eine Beziehungstat, vielleicht ein eifersüchtiger oder zurückgewiesener Verehrer ..."

„Oder?"

„Oder jemand, der gar nichts von ihr persönlich wollte, hat sie kaltblütig beseitigt, weil sie ihm oder seinem Auftraggeber im Weg war. Irgendwie wirkt dieser Mord auf mich sehr emotionslos, geradezu professionell."

„Das glaube ich eher weniger. Das spinnst du dir jetzt zusammen. Woher willst du das wissen? Wem sollte dieses belanglose Mädchen schon im Weg gewesen sein? Aber auch über einen Verehrer haben wir leider nichts in Erfahrung bringen können. Es könnte ja eine Zufallsbekanntschaft gewesen sein, ein Freier vielleicht. Die einschlägigen Leute im Prater reden nicht gerne mit der Polizei und haben uns nichts Brauchbares erzählt. Wirst du dich mit dieser Sache befassen?"

„Ich?", fragte Hagenberg erstaunt. „Wie käme ich dazu? Die ganze Geschichte geht mich wirklich nichts an!"

Im selben Augenblick, in dem er es sagte, wurde ihm klar, dass das nicht stimmte. Immerhin war er dem Mädchen so wichtig gewesen, dass sie seine Karte mit sich herumgetragen und seine Adresse notiert hatte. Ein bleiches, verzweifeltes Gespenst stand am Tisch und hielt ihm seine Visitenkarte entgegen. „Sicher hat ihr Tod gar nichts mit meiner Karte zu tun", sagte er im vergeblichen Versuch, sich einer noch unbestimmten Verpflichtung zu entziehen, der er nicht folgen wollte.

Mohnhaupt stand auf und steckte die Karte wieder zu sich. „Wenn du mir noch etwas sagen willst oder selber eine Auskunft brauchst, du weißt ja, wo ich zu finden bin. Sei so freundlich und bezahle für mich. Das nächste Mal bin dann ich dran."

Wenig später verließ auch der Rittmeister das Lokal, um nach Hause zu gehen.

Kapitel 2

Hagenberg hatte kein richtiges Zuhause, hatte nie eines gehabt. Er war im Internat der Kadettenschule aufgewachsen, dann folgten Kasernenunterkünfte und später ein Doppelzimmer für sich und seinen Burschen in einem Hotel, wo Offiziersquartiere vermietet wurden. Auch jetzt wohnte er wieder in einem Hotel.

Das Familienhotel Hammerand in der Florianigasse war die erste Adresse in der Josefsstadt. Die ständigen Gäste entsprachen zum Teil jenen des nahegelegenen Café Wien: Ärzte, Juristen, Wissenschaftler, ein paar Schriftsteller, die es sich leisten konnten, viele waren es nicht, und natürlich durchreisende Familien. Offiziere verkehrten hier kaum, mit ein Grund, warum sich Hagenberg für diese Unterkunft entschieden hatte.

Sein Einkommen hätte es Hagenberg längst erlaubt, eine komfortable Wohnung samt Büro zu mieten. Er hatte das bisher hinausgezögert, warum wusste er selbst nicht genau. Neben dem Dienstreglement beim Militär, das seinem Leben Konturen und eine Struktur gegeben hatte, waren seine privaten Umstände schon immer ein ständiges Provisorium gewesen. Nach seinem Ausscheiden aus der Armee war ihm nur mehr das Provisorium geblieben. Trotz seiner beruflichen Erfolge als Privatdetektiv – Hagenberg lehnte es entschieden ab, so bezeichnet zu werden – wusste er nicht recht, wie es weitergehen sollte. Eine Frau, die ihm den Weg in eine bürgerliche Existenz weisen konnte, gab es in seinem Leben nicht. Frauen schon, aber keine solchen, die man als Offizier heiraten konnte. In dieser Hinsicht war er noch stark in den Konventionen seines ehemaligen Standes gefangen, ohne sich besondere Gedanken darüber zu machen.

Er nickte dem Portier an der Rezeption zu. Obwohl von den Gästen erwartet wurde, dass sie ihren Zimmerschlüssel beim Verlassen des Hauses abgaben, hielt sich Hagenberg nicht daran. Sein Zimmerschlüssel, den er ständig bei sich hatte und nach dem er daher nicht jedes Mal fragen musste, verschaffte ihm eine Illusion von Privatsphäre. Man ließ ihm das schweigend durchgehen, weil er ein geschätzter Gast war, der mit Trinkgeldern nicht knauserte.

Er bewohnte im zweiten Stock ein Doppelzimmer. Im Nebenzimmer, zu dem eine Verbindungstür führte, hauste Bastian, sein Faktotum. Bastian Gruber war Unteroffizier in Hagenbergs Regiment gewesen und hatte kurz nach dessen Ausscheiden aus dem Militärdienst auch seinerseits den Dienst quittiert, um sich Hagenberg anzuschließen. Der ehemalige Rittmeister benötigte nämlich für seine in Schwung gekommene neue Profession einen zuverlässigen Helfer. Bastian war genau der Richtige dafür. Er war loyal, tatkräftig und findig. Seine Neigung, sich an Gesetze und Vorschriften zu halten, war hingegen wenig ausgeprägt. Eine Eigenschaft, die sich bisweilen als sehr nützlich erwies.

Zwischen den beiden Männern bestand noch immer ein Verhältnis wie zwischen Offizier und Untergebenem. Das ging mehr von Bastian selbst aus, der darauf bestand, seinen Chef respektvoll mit ‚Herr Rittmeister' anzureden. Praktisch waren sie Partner bei Hagenbergs Ermittlertätigkeiten und Hagenberg trug dem auch Rechnung, indem er Bastian reichlich an den Honoraren beteiligte. Dieser wurde dadurch in eine gewisse Verlegenheit versetzt, weil er mit so viel Geld – gemessen an seinen bisherigen Verhältnissen – nichts anzufangen wusste. Er überließ daher kurzerhand dem Rittmeister die Verwaltung seines kleinen, aber ständig wachsenden Vermögens und begnügte sich mit dem, was er zum täglichen Leben brauchte.

Der Rittmeister registrierte, dass Bastian nicht zu Hause war. Im Gegensatz zu seinem Chef hasste er Müßiggang und sondierte wahrscheinlich die Möglichkeiten, die sich aus einem der ihnen angebotenen Fälle ergaben.

Hagenberg füllte aus einem großen Krug das Lavoir am Waschtisch und wusch sich schnaubend das Gesicht. Selbstverständlich gab es in allen Etagen des Hammerand fließendes kaltes und warmes Wasser. Aber nicht in den Zimmern. Soviel Hagenberg wusste, gab es überhaupt nur in ein paar Luxuszimmern ein sogenanntes Privatbad. Man konnte sich aber zweimal am Tag – am Morgen und am Abend im Zimmerpreis inbegriffen – einen Krug mit warmem Wasser aufs Zimmer bringen lassen. Ansonst stand in jeder Etage ein Wannenbad zur Verfügung, für dessen Benutzung man sich vom Etagenkellner einen Termin geben lassen konnte. Das war kein Problem. So häufig wurden Vollbäder nicht genommen. Die Sitte, am Tag wenigstens einmal zu duschen, lag noch in weiter Zukunft.

Auch die Wasserklosetts, zwei auf jeder Etage, waren für alle Gäste da. Dafür brauchte man natürlich keinen Termin, stand aber gelegentlich vor verschlossenen Türen. Auf alle Fälle und weil man den Gästen nicht zumuten wollte, im Nachthemd über spärlich beleuchtete Fluren zu eilen, befand sich in einem diskreten Kästchen unter dem Waschtisch ein voluminöser Porzellantopf, der dem Standard des Hauses entsprechend mit einem künstlerisch gestalteten Rosenmuster geschmückt war.

Einmal am Tag, meist am Vormittag, entsorgte das Zimmermädchen diskret den Inhalt dieses Geschirrs. Wenn der Topf zurückgebracht wurde, roch er ganz dezent nach Rosen, manchmal freilich mit einem herben Unterton, so wie Blumen, die man tagelang in einer Vase stehen hatte lassen, ohne das Wasser zu wechseln. Trotzdem, man konnte zufrieden sein. Auch in puncto Hygiene war das Hammerand auf dem letzten Stand. Hagenberg war von Kasernenunterkünften weit sonderbarere Gerüche gewöhnt.

Er warf sich angekleidet aufs Bett, machte sich selbst vor, er müsse nachdenken und war kurz darauf eingenickt.

Ein Rumoren im Nebenzimmer ließ ihn aufschrecken. Bastian war zurückgekommen. Wenig später klopfte es an der Verbindungstür und Bastian trat ein. Er war einige Jahre älter als Hagenberg und von rundlicher Figur. Gekleidet war er ausgesprochen konventionell und unauffällig, wie ein biederer Handwerksmeister.

„Guten Tag, Herr Rittmeister", sagte Bastian. „Ich habe mich wegen unseres nächsten Falles ein wenig umgehört."

„Das dachte ich schon. Erzähl, was du erfahren hast." Hagenberg stopfte seinen Tschibuk mit einem speziellen Orienttabak, den man in dieser Mischung nur unter der Hand bekam.

„An der Sache mit dem Fabrikanten Seidl aus Gumpendorf scheint mehr dran zu sein, als wir vermutet haben", referierte Bastian und verzog die Nase, weil er den süßlichen Geruch des Tabakrauches nicht mochte. „Seine Frau betrügt ihn regelmäßig." Bastian beugte sich vor. „Der Seidl ist stinkreich und seine Frau wäre Alleinerbin, falls ihm etwas Menschliches zustößt. Kinder sind keine da. Es gibt allerdings ein Gerücht, dass er sein Testament ändern will. Die ganze Situation hat Zündstoff in sich, das können Sie mir glauben."

„Das klingt gut", sagte Hagenberg zufrieden. „Wo zum Kuckuck hast du diese Informationen her?"

„Dienstmädel und Köchinnen können mir halt nicht widerstehen", sagte Bastian selbstzufrieden.

„Ausgezeichnet. Wir übernehmen diesen Fall. Ich schreibe dem Seidl gleich heute und verlange einen Vorschuss, nur für den Fall, dass ihm doch etwas Menschliches zustoßen sollte."

Es klopfte an der Tür. „Die Post für den Herrn Rittmeister", meldete der Etagenkellner und gab Bastian zwei Briefumschläge. Er ließ es sich nicht nehmen, die Post persönlich zu bringen, weil er dafür immer Trinkgeld bekam. Er wurde auch diesmal nicht enttäuscht.

„Wer schreibt uns", fragte Hagenberg.

„Der Seidl, wer hätte das gedacht."

„Mach auf und schau, was er will."

Bastian schnitt das Kuvert mit seinem Taschenmesser auf und begann zu grinsen. „Er fragt nochmals an, ob wir seinen Fall übernehmen, falls ja, bittet er dringend um ein Gespräch und stellt uns einen Vorschuss von zehntausend Kronen in Aussicht."

„Sofort schreiben, nein, besser rasch telegrafieren", entschied Hagenberg hastig. „Wir übernehmen den Fall natürlich. Ich schätze es, wenn der Klient von vorneherein angemessene Vorstellungen von meinem Honorar hat. Wegen des Termins richte ich mich ganz nach ihm."

„Wird sofort erledigt, Herr Rittmeister."

Hagenberg war sehr zufrieden. „Was ist mit dem zweiten Brief?"

Bastian studierte die Rückseite des Kuverts. „Ich weiß nicht. Er kommt von einer Konstanze Graf. Kennen wir eine Konstanze Graf?"

Hagenbergs Zufriedenheit verflog schlagartig. Leichter Schwindel befiel ihn und es war ihm, als hätte man ihn auf den Kopf geschlagen. „Sag das noch einmal!"

„Konstanze Graf. Was ist denn mit Ihnen, Herr Rittmeister? Sie sind ja ganz blass geworden! Wer ist diese Konstanze Graf?"

Hagenberg gewann langsam die Fassung zurück. „Ein totes Mädchen", flüsterte er. „Sie ist heute Nacht im Prater umgebracht worden. Es hat schon in der Kronenzeitung gestanden."

Er verspürte ein Gefühl der Beklommenheit. Es war ihm, als ob es im Zimmer kälter geworden wäre. Das Gespenst war wieder da und beobachtete ihn aufmerksam. Er konnte es nicht sehen, aber er spürte seine Gegenwart fast körperlich. „Mir ist schwindlig", murmelte er.

„Kein Wunder, bei dem Zeug, das Sie ständig rauchen", sagte Bastian tadelnd.

„Ich kann klarer denken, wenn ich rauche."

„Sicher nicht, wenn Sie ungarischen Hanf rauchen! Davon sieht man höchstens Gespenster am helllichten Tag." Bastian machte kein Hehl aus seiner Missbilligung. Er selber rauchte gelegentlich eine Virginia, aber sonst nichts. „Was will ein totes Mädchen von uns?"

Hagenberg empfand eine unerklärliche Scheu davor, den Brief zu öffnen. „Schau selber nach und lies vor."

Bastian warf ihm einen verwunderten Blick zu, dann schnitt er das Kuvert auf, nahm ein liniertes Blatt Papier heraus und las vor: *„Seiner Hochwohlgeboren, Herrn Rittmeister a. D. Manfred Hagenberg.*
Sehr geehrter Herr Rittmeister!
Mein Name ist Konstanze Graf. Sie werden sich nicht mehr an mich erinnern. Ich bin Dienstmädchen bei der gnädigen Frau Baronin Rentenbach. Ich habe Ihnen einmal die Tür aufgemacht. Durch Zufall habe ich mitbekommen, was Sie für meine Gnädige getan haben und brauche nun selbst Ihre Hilfe.

Ich weiß, das klingt unverschämt von einem Dienstmädchen und ich weiß auch, dass Sie für Ihre Arbeit sehr gut bezahlt werden. Ich kann Ihnen nicht gleich etwas bezahlen, aber wenn Sie uns helfen, werden wir genug Geld haben, um Ihnen auch soviel zu bezahlen, wie Sie von meiner Gnädigen bekommen haben.

Bitte antworten Sie mir, aber schreiben Sie nicht an meine Adresse. Meiner Gnädigen wäre es sicher nicht recht, wenn Sie herausbekommt, dass ich Sie belästigt habe.

Bitte sprechen Sie mit der Charlotte Fleuron, die jeden Abend im Zaubertheater im Prater die schwebende Jungfrau macht. Sie weiß Bescheid. Bitte hören Sie sich wenigstens an, was sie zu sagen hat.

Indem ich hoffe, keine Fehlbitte getan zu haben, verbleibe ich mit vorzüglicher Hochachtung,

Ihre sehr ergebene Konstanze Graf."

Bastian ließ den Brief sinken und schaute seinen Chef an. „Kuriose Geschichte. Sogar ein Dienstmädel will uns engagieren. Auf so eine Kundschaft können wir aber verzichten. Na ja, die Sache hat sich von selbst erledigt, weil sie tot ist, wie Sie gesagt haben." Er steckte den Brief wieder ins Kuvert und legte ihn beiseite.

„Da bin ich mir nicht sicher." Das Gespenst nickte zustimmend. Hagenberg konnte es noch immer nicht sehen, aber er war sich sicher, dass es nickte.

„Was soll denn das heißen?" Bastian war beunruhigt. Er kannte die sonderbaren Stimmungsschwankungen und Einfälle seines Chefs. Aber sich mit einer dubiosen Dienstmädelgeschichte zu befassen, anstatt mit lukrativen Aufträgen, das ging zu weit.

„Ich mag es nicht, wenn meine Klienten umgebracht werden. So etwas nehme ich persönlich." Das Gespenst lächelte zufrieden.

„Sie war nicht Ihre Klientin", sagte Bastian entschieden.

„Ich habe ihren Auftrag aber auch noch nicht abgelehnt. Also war sie so halb und halb meine Klientin. Eine Klientin in Schwebe, könnte man sagen. Vielleicht sollte ich mir wirklich anhören, was die Charlotte Fleuron zu sagen hat." Bastian stöhnte gequält. „Heute haben wir ohnehin nichts mehr vor", fuhr Hagenberg unbeirrt fort. „Ich fahre am Abend in den Prater und rede kurz mit ihr."

Bastian riss ohne vorher zu fragen das Fenster auf. Der süßliche Geruch verwehte und mit ihm das Gespenst. „Also gut", fügte er sich. „Dann reden Sie eben mit dieser schwebenden Jungfrau. Ab morgen konzentrieren wir uns aber nur mehr auf unseren neuen Auftrag."

„Genau so machen wir es", stimmte der Rittmeister zu. Gib gleich das Telegramm an den Seidl auf."

Kapitel 3

Es war einer jener Abende im Prater, wie sie gerne in sentimentalen Liedern besungen werden. Die Luft war mild, es roch nach blühenden Bäumen und weit stärker noch nach Köstlichkeiten, die in den zahlreichen Restaurants und Biergärten angeboten wurden. Von überall her erklang Musik, gemischt mit dem Klingeln und Läuten der verschiedenen Attraktionen, Ringelspiele und anderer Fahrbetriebe. Ausrufer und Hutschenschleuderer versuchten lautstark das Publikum anzulocken und versprachen ungeahnte Sensationen und Nervenkitzel. Alles war von Lichtern überstrahlt, die in vielen Farben blinkten. Man wollte sich von der ‚Elektrischen Stadt' im Wiener Venedig nicht in den Schatten stellen lassen.

Die Menschenmenge war schier unübersehbar. Viele Uniformen waren zu sehen. Hagenberg war froh, in Zivil zu sein. Das ersparte ihm die ständige Grüßerei. Als Offizier erwiderte man die Ehrenbezeugungen von Mannschaftsangehörigen mit einem herablassenden Kopfnicken, Kameraden grüßte man je nach Rang mit einem mehr oder weniger saloppen Griff an die Kappe, höhere Vorgesetzte mit einer untadeligen Ehrenbezeugung.

Die Familien mit Kindern waren bereits nach Hause gegangen. Jetzt gehörte der Prater nur mehr den Erwachsenen. Bürger mit ihren Ehefrauen oder sonstigen Begleiterinnen besuchten eines der zahlreichen Restaurants, Theater oder ein Konzert. Einzelne Herrn und nicht weniger einzelne Damen, von denen man oft nicht genau wusste, ob sie wirklich welche waren, flanierten umher und musterten einander heimlich. Manche aus Neugier, manche Herrn auf der Suche nach einem Abenteuer, ihre weiblichen Gegenstücke meist auf der Suche nach einem Geschäft und einige Unentwegte auf der Suche nach dem kostenlosen Glück, das so manchem am Ende teuer zu stehen kam.

Hagenberg strebte dem Zaubertheater von Kratky-Baschik zu. Der imposante Holzbau konnte bis zu tausend Besucher fassen. Zur Zeit lief die erste Abendvorstellung.

Er überlegte, wie er am besten mit dieser Charlotte Fleuron Kontakt aufnehmen konnte. Unter dem säulengestützten Vorbau des Theaters studierte er die Plakate und Aushänge. Sie gehörte offenbar zur Truppe des großen Magiers Mallachini. Der Meister ließ Jungfrauen schweben, auf geheimnisvolle Weise verschwinden und wieder auftauchen. Das waren sehr effektvolle Illusionen, wenn sie gut präsentiert wurden. Hagenberg hatte sich schon öfter gefragt, wie es gemacht wurde, war aber nie dahintergekommen.

Er wurde in seinen Überlegungen durch eine junge Frau unterbrochen, die aus dem Theater kam, sich an ihm vorbeidrängte und neben eine der gusseisernen Säulen platzierte. Sie trug ein leichtes fließendes Kleid, über das sie einen Umhang geworfen hatte.

„Das ist eine gute Zehn", dachte er mit Kennerblick, „vielleicht sogar eine Elf." Während der Zeit seines Militärdienstes hatten er und seine Kameraden sich nämlich einen Spaß daraus gemacht, den Frauen ihrer Bekanntschaft nach eingehender Beratung eine Bewertung zuzuteilen, die ihre Attraktivität umschreiben sollte. Die Höchstnote, eine Zwölf, wurde praktisch nie vergeben, außer im Falle hoffnungsloser Verliebtheit, was aber von den anderen Kameraden nicht akzeptiert wurde, weil es dem Betreffenden dann offenbar an der nötigen Objektivität fehlte. Die junge Frau war also nach Hagenbergs Einschätzung eine ausgesprochen hübsche Person. Er verglich ihr Gesicht mit dem auf dem Plakat. Sie konnte es tatsächlich sein, wenn er Glück hatte.

So wie sie dastand und gleichgültig, ja fast abweisend vor sich hinsah, war sie sicher keine, die Männer ansprach, eher eine von denen, die darauf warteten angesprochen zu werden. Er konnte sich natürlich täuschen. Schlimmstenfalls würde er sich eine Abfuhr holen. Damit musste man immer rechnen, weil die Grenze zwischen bereitwilligen Mädchen und anderen im Prater noch schwerer zu erkennen war als sonst. Er trat an die junge Frau heran und sagte vertraulich: „Servus, wer bist du denn?"

Es war keine besonders originelle Anbahnung, aber er ging davon aus, dass mehr nicht erwartet wurde, wenn er die Situation richtig eingeschätzt hatte.

Sie taxierte ihn sorgfältig, dann antwortete sie: „Ich bin die schwebende Jungfrau." Sie war es wirklich. Was für ein glücklicher Zufall!

„Wer bist du?", fragte er und stellte sich verwundert.

„Die schwebende Jungfrau!"

„Das glaube ich nicht."

„Was glaubst du nicht? Das mit dem Schweben, oder das mit der Jungfrau?", fragte sie kokett.

„Das mit dem Schweben", erwiderte er und war sich nicht sicher, ob das die Antwort war, die sie erwartet hatte.

„Du kannst es ruhig glauben." Sie deutete auf das Plakat. „Das bin ich."

„Und warum stehst du da heraußen herum und schwebst nicht?"

„Weil ich grad dran war. Jetzt habe ich zwei Stunden frei, bis zur nächsten Vorstellung." Sie kam der Sache vorsichtig näher. Er stieg sofort darauf ein.

„Aha. Was machst du bis dahin?"

„Ich habe nichts besonderes vor."

Sie war wirklich vorsichtig, die Kleine. Sie überließ ihm die Initiative. Er wählte den direkten Weg. „Möchtest du mit mir mitgehen? Für eine Stunde?"

Sie stellte sich erst gar nicht empört, schüttelte aber den Kopf. „Ich möchte ja gern, aber es geht leider nicht. Er ist sehr eifersüchtig."

„Wer ist eifersüchtig?"

Sie deutete auf ein anderes Plakat. „Mein Haberer, der Ferry, der Feuerspucker."

„Schade. Was macht er, wenn er eifersüchtig ist, der Ferry?"

„Er schluckt Feuer und spuckt es dir dann ins Gesicht. Das ist gar nicht schön, glaub mir."

„Schade", wiederholte er und fragte sich, wo das hinführen sollte.

Sie half ihm weiter. „Er hat eben strenge Ansichten, der Ferry", erklärte sie versonnen. „Er sagt, wenn einer viel dafür zahlen muss, braucht man nicht eifersüchtig sein, weil dann ist es sicher keine Liebe bei der Frau. Sonst aber schon und dann wird er eifersüchtig und spuckt Feuer."

„Ich tät dir ja auch was zahlen."

Sie musterte ihn neuerlich. „Das kannst du dir nicht leisten. Ich bin keine, die für ein paar Kronen mitgeht."

„Sag schon, wieviel willst du?"

Sie wurde schlagartig geschäftlich. „Hundert Kronen." Das war wirklich extrem viel, gemessen an den Preisen, die sonst im Prater in solchen Fällen verlangt wurden. Das war annähernd der Monatslohn eines Facharbeiters.

„Das ist aber viel."

„Ich habe dir ja gesagt, dass ich nicht billig bin. Es ist wegen ..." Sie deutete auf das Plakat des eifersüchtigen Feuerspuckers.

„ ... der Eifersucht", setzte er fort.

„Richtig! Wegen der Eifersucht. Er ist halt sehr eifersüchtig, der Ferry."

„Einverstanden", sagte Hagenberg langsam.

Sie hatte es mit den hundert Kronen zwar ernst gemeint, weil das eben ihr Preis war, aber sie hatte nicht damit gerechnet, dass er darauf einsteigen werde. Sie sah ihn ungläubig an und hielt die Hand auf: „Jetzt gleich, im Voraus. Ich muss mich drinnen abmelden und das Geld herzeigen. Damit er nicht eifersüchtig wird."

Schweigend drückte ihr Hagenberg die Banknote in die Hand und fragte sich, ob sie wiederkommen werde, als sie durch die Tür huschte.

Sie kam wieder, schon nach zwei Minuten und hängte sich zutraulich bei ihm ein, jetzt, wo das Geschäftliche erledigt war.

„Ich wüsste da gleich um die Ecke ein Hotel ...", begann Hagenberg.

„Das ist nicht notwendig und dauert zu lange. Wir haben nicht so viel Zeit bis zu meinem nächsten Auftritt. Komm mit!"

Sie führte ihn durch eine Baulücke auf das Grundstück hinter dem Theater. Dort standen ein paar Zirkuswagen. „Ich habe meinen eigenen Wagen", erklärte sie.

Hagenberg folgte ihr die Holztreppe hoch in den Wagen. Sie machte Licht. „Wir haben sogar Elektrizität hier", sagte sie stolz.

Er sah sich um. Alles war sehr ordentlich und es roch angenehm nach Holz, frischer Wäsche und einer Spur Lavendel. „Nett hast du es hier."

„Es geht so." Sie warf den Umhang ab und drehte ihm den Rücken zu. „Mach mir bitte das Kleid auf, aber zerreiß es nicht. Ich brauche es heute Abend noch. Was ist denn? Worauf wartest du? Traust du dich nicht?" Sie lachte. „Das hätte ich von einem wie dir nicht erwartet. Oder willst du mir nur zusehen, wie ich mich selber ausziehe?"

„Ich will mit dir reden", sagte Hagenberg ruhig. „Sonst nichts."

Sie wandte sich um. „Mit mir reden? Sonst nichts? Dafür hättest du keine hundert Kronen zahlen brauchen!"

„Ich wollte möglichst unauffällig mit dir reden."

Sie schaute ihn misstrauisch an und wich einen Schritt vor ihm zurück. „Worüber willst du mit mir reden?"

„Über die Konstanze."

Auf ihrem Gesicht zeichnete sich plötzlicher Schrecken ab. Sie wich noch einen Schritt zurück. „Was bist du für einer? Bist ein Kiberer?" Sie gab sich selbst die Antwort: „Nein, ein Kiberer bist du nicht. Der hätte mir keine hundert Kronen gegeben, sondern höchstens eine Watschen, wenn ich nicht reden will. Die Konstanze ist umbracht worden! Willst mich auch umbringen?"

Sie wich noch weiter zurück, bis sich ihre Kniekehlen gegen die Bettkante pressten und sie nicht weiterkonnte. „Wenn du näher kommst, fange ich zu schreien an. Hier sind überall Leute in den anderen Wagen. Was willst du von mir?"

„Die Frage ist eher, was du von mir willst", beschwichtigte sie Hagenberg. Er zog den Brief aus der Tasche und hielt ihn ihr mit ausgestreckter Hand entgegen.

Sie schnappte sich das Blatt und las es, wobei sie immer wieder misstrauisch nach ihm schielte. Schließlich entspannte sie sich. „Sie sind der Rittmeister?"

„Der bin ich."

„Warum sind Sie zu mir gekommen?"
„Weil es die Konstanze so gewollt hat. Du hast es doch gelesen."
„Die Konstanze ist tot!"
„Aber du bist lebendig und wolltest mit mir sprechen. Da bin ich."
„Nein, nein! Ich habe nie mit Ihnen reden wollen. Das war der Konstanze ihre Idee. Sie hat gemeint, sie kennt da vielleicht jemanden, der uns helfen kann. Ich habe ihr gesagt, ich will das nicht, aber sie hat Ihnen trotzdem geschrieben."
„Kann ich dir helfen?"
„Nein, das können Sie nicht. Ich habe kein Geld und was ich verdiene, bekommt meistens der Ferry. Warum wollen Sie sich überhaupt mit mir abgeben und mir helfen?"
„Weil mir die Konstanze sonst keine Ruhe gibt." Er hätte es lieber nicht gesagt, aber es war ihm herausgerutscht.
Sie sah ihn an, als ob er verrückt geworden sei. „Die Konstanze ist tot!", wiederholte sie nachdrücklich.
Hagenberg zuckte mit den Schultern und verzichtete auf eine Erklärung. Was hätte er auch sagen sollen? Dass ihn ein hartnäckiges Gespenst verfolgte? Dann hätte sie sicher gleich zu schreien begonnen.
Sie fasste sich und sprach ruhig und deutlich, damit er auch alles mitbekam: „Nein, Herr Rittmeister, Sie können mir nicht helfen. Bitte entschuldigen Sie die Belästigung und danke, dass Sie hergekommen sind. Ich wäre Ihnen noch dankbarer, wenn Sie den Vorfall vergessen. Glauben Sie mir, das ist am besten für mich. Der armen Konstanze können Sie ohnehin nicht mehr helfen."
Hagenberg war verwirrt. „Ganz wie du willst. Dann werde ich wieder gehen."
„Nein, warten Sie. Bleiben Sie noch da, damit es echt wirkt. Ich meine, dass wir miteinander ins Bett gegangen sind. Nur falls uns jemand beobachtet."
Hagenberg ließ sich auf einen Sessel sinken. „Wer zum Teufel sollte mich beobachten?"

„Nicht Sie, mich natürlich." Hagenberg öffnete überrascht den Mund und klappte ihn wieder zu.

Das Mädchen sank plötzlich aufs Bett und begann haltlos zu schluchzen. Ihr ganzer Körper bebte. Hagenberg wusste nicht recht, was er tun sollte. Er überlegte, zu ihr zu gehen, sie in die Arme zu nehmen und zu trösten, ließ es dann bleiben und schaute nur betreten vor sich hin.

Nach einer Weile wurde sie still. Sie stand auf, ging zu einem Waschtisch und wusch sich das Gesicht. „Ich muss furchtbar aussehen", sagte sie. „Ganz verheult. Hoffentlich fällt es niemandem auf." Sie sah ihn ernst an. „Wir machen das jetzt so: Wenn wir hinauskommen, küssen Sie mich zum Abschied auf den Mund, nur für den Fall, dass uns jemand nachspioniert, damit alles echt wirkt. Dann gehen Sie ganz einfach weg. Kommen Sie nie mehr zurück und vergessen Sie mich einfach. Ja?"

„Ganz wie du willst", fügte sich Hagenberg. „Aber du solltest wissen, dass ich Wege und Möglichkeiten kenne ..."

„Nein. Ich weiß selber, was am besten ist. Ich möchte nicht auch noch umgebracht werden. Das könnten wahrscheinlich auch Sie nicht verhindern. Nur wenn ich mich still und unauffällig verhalte, bin ich halbwegs sicher. Bitte!"

Schweigend folgte ihr Hagenberg in die Dunkelheit. Sie schlang die Arme um seinen Hals und flüsterte ihm ins Ohr: „Die hundert Kronen sind leider auch futsch. Die hat jetzt der Ferry."

Sie küsste ihn lang und zärtlich auf den Mund. Dann rannte sie zum Vordereingang des Theaters zurück, wobei sie sich noch einmal umdrehte und ihm fröhlich zuwinkte. Es war wirklich eine gelungene Vorstellung. Hagenberg war tief beeindruckt. Nicht von ihren schauspielerischen Leistungen, sondern von dem Kuss. „Blöd war ich", dachte er. „Ich hätte sie auch nachher wegen der Konstanze fragen können. Bezahlt habe ich ja schon gehabt. Das ist wirklich eine ganz entzückende Person." Jetzt war es natürlich zu spät.

Als sich Hagenberg nachdenklich und ein wenig frustriert auf den Heimweg machte, trat eine Gestalt aus dem Schatten und schloss sich ihm schweigend an.

„Bist du mir nachgeschlichen?", fragte Hagenberg.

„Nur vorsichtshalber", rechtfertigte sich Bastian. „Falls Sie in Schwierigkeiten geraten. Es gibt ein paar Leute, die noch ein Hühnchen mit Ihnen zu rupfen haben. Es hätte ja auch eine Falle sein können. Wie war es mit der Kleinen?"

„Sehr sonderbar. Sie hat Angst, sie könne auch umgebracht werden, wie die Konstanze, und sie will absolut nichts mit mir zu tun haben."

„Dafür war der Abschiedskuss aber recht herzlich."

„Das war Komödie. Sie wollte, dass man mich nur für einen Freier hält. Sie hat nämlich Angst, dass sie beobachtet wird."

Bastian war eine Weile still. „Das wird sie auch", bemerkte er schließlich.

„Was?"

„Ihr wurdet beobachtet. Ein Kerl ist euch nachgeschlichen und hat die ganze Zeit über den Wagen im Auge behalten. Erst nach eurer Abschiedszene ist er verschwunden. Ich habe mir schon überlegt, ob ich ihn mir kaufen soll. Jetzt tut es mir leid, dass ich es nicht getan habe."

„Vielleicht war es nur ein eifersüchtiger Feuerspucker."

„Wer?"

„Ein Feuerspucker, ihr Freund und gelegentlich wohl auch ihr Zuhälter."

„Das glaube ich nicht. Der Bursche, der euch nachspioniert hat, wusste was er tat. Ich selber hätte es nicht besser machen können. Das war ein Profi. Er hat bloß nicht damit gerechnet, dass er seinerseits beobachtet wird."

Sie hatten den Praterstern erreicht und sahen sich nach einem Fiaker um.

„Ich weiß nicht, was ich tun soll", murmelte Hagenberg.

„Gar nichts. Sie haben schon mehr getan, als man von Ihnen erwarten konnte und die Kleine will in Ruhe gelassen werden. Stellen Sie sich bloß vor, Sie stochern weiter in der Angelegenheit herum und dieser nette Käfer wird ihretwegen umgebracht. Welche Vorwürfe Sie sich dann erst machen!"

Das war ein hinterhältiges Argument. Hagenberg griff es trotzdem dankbar auf. „Ja, du hast recht. Sie hat mir keinen Auftrag erteilt, obwohl ich mich angeboten habe. Damit ist die Sache für mich erledigt."

Damit hätte die Sache tatsächlich für ihn erledigt sein können, wenn da nicht das Malheur mit dem misslungenen Zaubertrick gewesen wäre.

Kapitel 4

Pünktlich um 10 Uhr des nächsten Tages betrat der Rittmeister das Café Wien und ließ sich sein obligates zweites Frühstück bringen.

Der Kellner Fritz servierte, legte die Illustrierte Kronenzeitung auf den Tisch und vermeldete: „Seine Majestät sind gut in Ischl angekommen und im Prater ist eine Jungfrau fortgezaubert worden."

„Das soll öfter vorkommen", meinte Hagenberg amüsiert.

„Nein, nicht so, wie sie meinen, Herr Rittmeister. Richtig verhext ist sie worden! Lesen Sie nur!"

Die Schlagzeile lautete: *Die verhexte Jungfrau'*

Hagenberg nahm die Zeitung, betrachtete das Titelbild und bekam ein flaues Gefühl im Magen.

Auf der Titelseite war eine mit einem Tuch verhüllte Dame zu sehen, die schwerelos in der Luft hing. Natürlich hätte es tatsächlich irgendeine Jungfrau sein können, warum denn auch nicht? Der große Magier Mallachini arbeitete ja grundsätzlich nur mit Jungfrauen, wenn man dem Theaterzettel Glauben schenken konnte. Wahrscheinlich, weil man sie am leichtesten zum Schweben und auch zum Verschwinden bringen konnte. In einem Kreis in der rechten Ecke des Titelblattes war aber das Gesicht der Jungfrau abgebildet. Es zeigte Charlotte und Hagenberg mochte nicht recht glauben, dass sie eine Jungfrau war, wenn er an seine hundert Kronen dachte.

Der Zeichner Rybar war persönlich Zeuge des absonderlichen Vorfalls geworden und hatte nicht nur seine Zeichnung, sondern auch einen ausführlichen Bericht dazu an die Kronenzeitung verkaufen können:

Die zweite Vorstellung im Zaubertheater war ausgezeichnet besucht und begann zu einem Zeitpunkt, als Hagenberg und Bastian gerade heimwärts fuhren. Am Anfang des Programms trat ein Feuerspucker auf. Das waren noch keine wirklichen Zauberkunststücke, die Darbietung machte sich aber recht spektakulär und brachte das Publikum in Stimmung.

Es folgte ein Zauberer niedriger Ordnung, der eine Reihe von Taschenspielertricks zum Besten gab. Dabei durften auch die üblichen Hasen, die aus einem Zylinder gezogen wurden und Tauben, die sich plötzlich in einem zusammengeknüllten Tuch fanden, nicht fehlen.

Als erster Höhepunkt folgte der große Mallachini mit seinen Jungfrauen. Es waren insgesamt drei, aber nur eine, nämlich Charlotte, durfte schweben. Sie und ihre beiden Kolleginnen führten zur Einleitung einen neckischen Tanz auf, bei dem sie ihre hübschen Beine hoch in die Luft warfen. Dann schritt der Meister ein und machte einige herrische, beschwörende Gesten. Zwei der jungen Frauen wichen sofort ins Halbdunkel zurück, nur Charlotte blieb in der Mitte der Bühne stehen und begann sich träumerisch zu den Klängen leiser Walzermusik zu drehen.

Der Magier schritt in sorgfältig abgezirkelten Schritten um sie herum und murmelte unverständliche Zaubersprüche. Sie drehte sich langsamer, der Kopf sank vornüber und der Magier fing sie auf, ehe sie zu Boden gleiten konnte. Sie war sichtlich in tiefe Trance gefallen. Sogleich schoben die beiden anderen Assistentinnen ein auf Rädern laufendes Liegebett auf die Bühne und hoben gemeinsam mit ihrem Meister das willenlose Mädchen darauf. Während die beiden Schönen weitere Tanzschritte, diesmal langsam und dramatisch vollführten, machte der Magier prüfende Gesten über Charlottes Gesicht. Sie rührte sich nicht. Mallachini nickte zufrieden und ließ sich ein großes schwarzes Tuch reichen, das er über sie legte. Ihr ganzer Körper, auch der Kopf und die Füße wurden dadurch verdeckt. Die Musik verstummte. Der Meister streckte die Hände über Charlotte aus und flüsterte Beschwörungen. Charlottes Arm glitt unter dem Tuch hervor und baumelte herab. Der Meister hob das Tuch und legte ihr behutsam den Arm auf die Brust. Dabei konnte das Publikum sehen, dass sie noch immer reglos auf dem Bett lag.

Die Gesten des Zauberers wurden immer drängender. Die Musik ertönte wieder, diesmal waren es nicht die vertrauten Walzerklänge, sondern fremde, exotische Akkorde. Und plötzlich begann sich der Körper auf dem Bett zu heben. Ganz langsam schwebte er empor, während Mallachini weiterhin seine Beschwörungen ausführte. Aus dem Publikum waren zahlreiche ‚Ahs' zu hören.

Die beiden Assistentinnen tänzelten herum und drehten das leere Bett im Kreis. Eine von ihnen glitt sogar gelenkig und anmutig zwischen den Beinen hindurch. Das Publikum konnte sich so überzeugen, dass es ein ganz gewöhnliches Bett war, das hinausgeschoben wurde. Daran hatte ohnehin niemand gezweifelt. Denn Charlotte war noch immer an Ort und Stelle. Sie schwebte höher und höher und die Konturen ihres Körpers, insbesondere die hochragenden Brüste, zeichneten sich deutlich unter dem Tuch ab.

Der Zauberer machte eine abschließende Geste. Der Höhenflug der Jungfrau endete. Sie schwebte bewegungslos in der Luft. Die beiden Mädchen kamen wieder herein und reichten dem Meister zwei Schwerter. Er vollführte einige heftige Hiebe unter und rund um den schwebenden Körper, um zu beweisen, dass dort überhaupt nichts verborgen war, durch das die Schwebende gehalten wurde. Dann packte er das Tuch mit beiden Händen und riss es in einer dramatischen Geste von dem in der Luft hängendem Körper. Aber dort war nichts, keine Charlotte, keine Jungfrau und auch ihre Körperkonturen waren verschwunden. Nur das leere Tuch wehte zu Boden und blieb mitten auf der Bühne liegen.

Einen Augenblick war es ganz still. Dann durchlief ein Aufschrei das Publikum und begeisterter Applaus erhob sich. Der Magier und seine verbliebenen zwei Jungfrauen verbeugten sich mehrmals. Dann hob der Meister die Hand und forderte Ruhe. Er verkündete, dass er nun das Mädchen aus dem Reich der Geister zurückholen werde. An sich sprach er ja nicht gerne auf der Bühne, der Mallachini, weil er einen böhmischen Akzent hatte. Bei diesem Trick war es aber notwendig. Er deutete auf den Eingang des Zuschauerraumes. Der Scheinwerfer folgte seiner Geste. Ein Trommelwirbel ertönte. Besucher, welche die Vorstellung schon einmal gesehen hatten, wussten, dass gleich die verschwundene Jungfrau erscheinen und mit strahlendem Lächeln durch den Mittelgang auf die Bühne laufen werde.

Nichts dergleichen geschah. Der Trommelwirbel wurde wiederholt. Der Meister murmelte geheimnisvolle Worte.

Die Zuschauer dachten, es seien Beschwörungen. In Wahrheit fluchte er leise, er werde dieses unzuverlässige Miststück hinausschmeißen, wenn sie ihm die Pointe verdarb. Neuerlich erhob er die Stimme und forderte nachdrücklich Nachricht aus dem Reich der Geister, wo seine Jungfrau bliebe.

Diese Improvisation zeitigte ein unerwartetes Ergebnis. Statt eines hübschen Mädchens tauchte ein Bühnenarbeiter auf, der sich offenbar angesprochen gefühlt hatte, und rief aufgeregt: „Sie ist fort. Ich kann sie nirgends finden. Ich weiß auch nicht, wo sie hingekommen ist!"

Ein geistesgegenwärtiger Inspizient ließ den Vorhang fallen und verdeckte die Szene auf der Bühne. Das Publikum brach in Gelächter aus und hielt das Ganze für einen gar nicht so schlechten Witz.

Plötzlich waren laute Stimme hinter dem Vorhang zu hören. „Wo ist die Lotti?", schrie eine Männerstimme. „Was hast mit ihr gemacht, du Falott? Schau, dass sie wieder herkommt, oder ich spuck dich an, dass'd abbrennst bis auf de Säckl!"

Wie sich nachher herausstellte, war der eifersüchtige Feuerspucker völlig außer Rand und Band geraten, als er das rätselhafte Verschwinden seiner Liebsten mitbekam.

Der Zauberer wehrte sich lautstark gegen die Drohung, bis auf die Socken abgefackelt zu werden. Er böhmakelte jetzt recht stark und versicherte, er könne sich das Verschwinden seiner besten Jungfrau auch nicht erklären. Er habe nichts damit zu tun. Eine unglaubwürdige Verantwortung, hatten doch alle gesehen, wie sie von ihm persönlich weggehext worden war.

Die Zuschauer hörten lachend zu und hielten das Ganze noch immer für einen Gag. Bis eine energische Stimme ertönte: „Seid's deppert worden? Man hört euch ja im Auditorium! Streit's wo anders. Wir müssen weitermachen."

Fußgetrappel ertönte, die streitenden Stimmen wurden leiser und verklangen. Wieder hob sich der Vorhang für die Hauptattraktion der Vorstellung: Schauerliche Geistererscheinungen, für die das Zaubertheater berühmt war.

Bald war das Publikum gefesselt und dachte nicht mehr an die verschwundene Jungfrau. Nicht so Rybar. Er hatte nämlich – so berichtete er in seinem Artikel – das Gefühl, dass wirklich etwas Absonderliches geschehen sein könnte.

Es gelang ihm unbemerkt hinter die Bühne zu schleichen, wo er Zeuge einer hektischen aber vergeblichen Suchaktion wurde. Der Feuerspucker dehnte seine feurigen Drohungen auf das ganze Theater, ja den ganzen Prater aus, bis er es müde wurde. Er setzte sich resigniert neben den verzweifelten Zauberer auf den Boden. Die beiden verbliebenen Zaubermädchen tuschelten ernst miteinander, warfen verstörte Blicke in die Runde und entdeckten den Eindringling.

Rybar wurde sofort hinausgeworfen. Er hatte aber schon genug Material für seinen Bericht, für die dazugehörende Zeichnung sowieso. Das Gesicht Charlottes zeichnete er aus dem Gedächtnis. Es kam selten vor, dass er an zwei Tagen hintereinander ein Bild samt Bericht an die Kronenzeitung verkaufen konnte. Er war sehr zufrieden.

Kapitel 5

Der Rittmeister hingegen war verstört. Er las sich den Artikel mehrmals sorgfältig durch, wurde davon aber auch nicht klüger. Es musste kurz nach seinem Abschied von Charlotte passiert sein. Was wohl mit ihr geschehen war? Selbstverständlich glaubte er keinen Augenblick an ein übernatürliches Missgeschick, obwohl Rybar Andeutungen in diese Richtung machte. War sie entführt, vielleicht sogar umgebracht worden, so wie sie es befürchtet hatte? Er sah besorgt um sich, weil ihm der Gedanke kam, dass ihn jetzt zwei statt eines Gespenstes heimsuchen könnten.

Es war kein Gespenst zu sehen, dafür eine sehr reale Erscheinung, die ihm noch viel unangenehmer war, als jeder Besuch aus dem Jenseits.

Zur Tür kam der Hauptmann Cerny herein und ging geradewegs auf ihn zu.

Eberhard von Cerny war einer seiner ehemaligen Kameraden. Hagenberg hatte ihn nie gemocht. Der kleine geschniegelte Mann war arrogant und aufsässig gewesen. Er hatte nie mit Sticheleien gespart und die Opfer seiner überheblichen Bosheiten gerne der Lächerlichkeit preisgegeben. Das hatte er so geschickt gemacht, dass er kein einziges Mal gefordert worden war. Hagenberg, der gelegentlich auch Zielscheibe von Cernys Spott geworden war, hatte sich schon überlegt, ihn kurzerhand zu ohrfeigen und ihm dann im Duell mit dem Säbel eine tüchtige Abreibung zu verpassen. Er hatte es nicht getan, was er heute noch bedauerte.

Dabei war Cerny sehr auf die Offiziersehre bedacht und sprach gerne davon. Er hatte auch den überhasteten Abgang Hagenbergs von der Armee mit der Bemerkung kommentiert, dass dieser eben keine Ehre im Leib habe, weil er nicht wisse, wie man angemessen die Konsequenzen ziehe. Er meinte, dass sich der Rittmeister erschießen hätte sollen.

Man wird verstehen, dass Hagenberg nicht glücklich war, Cerny zu sehen. Der Hauptmann, der in Zivil war, trat an den Tisch und grüßte mit einer Freundlichkeit, die Hagenberg das Schlimmste befürchten ließ. „Servus, Hagenberg! Schön dich wieder einmal zu sehen. Darf ich dir Gesellschaft leisten? Wir haben uns ja schon eine halbe Ewigkeit nicht mehr gesehen!" Er schnippte mit den Fingern in Richtung Fritz: „Bringen's mir einen Cognac und für den Herrn Hagenberg auch!"

Er sagte nicht Rittmeister, selbstverständlich nicht. Fritz war das nicht entgangen. „Und für den Herrn Rittmeister auch", echote er nachdrücklich. „Kommt sofort!"

Hagenberg sah gar keine andere Möglichkeit, als freundlich zu sein. Am liebsten hätte er gesagt, Cerny solle ihn in Frieden lassen und verschwinden. Dem stand sein anerzogener Verhaltenskodex entgegen, den er nur sehr langsam los wurde.

„Servus, Cerny", sagte er lahm. „Setz dich doch. Was verschlägt dich in die Welt der Bürgerlichen?"

„Ich muss mit dir reden. Ich bin hergekommen, weil ich gehört habe, dass du um diese Zeit meistens hier bist. Es ist eine vertrauliche Sache, in der ich eine Auskunft brauche."

Auch das noch! Wenn das so weiterging, würde er sich ein anderes Kaffeehaus suchen müssen. Scheinbar wusste ganz Wien, wo er zu einer bestimmten Tageszeit zu finden war. Das kam wahrscheinlich daher, dass er als Soldat an einen geregelten Tagesablauf gewöhnt war, an eine Art Dienstplan, könnte man sagen, an den er sich auch jetzt noch möglichst genau hielt.

Wenn ihm Cerny gar einen Auftrag geben wollte, würde er ihn sicher nicht annehmen. Um kein Geld der Welt. Er wollte mit dem Kerl einfach nichts zu tun haben. Außerdem begann sich sein Vorrat an Höflichkeit zu erschöpfen. „Ja?", fragte er fast schroff.

Cerny nippte an seinem Cognac, beugte sich vor und sprach sehr leise und verschwörerisch, obwohl die Nebentische unbesetzt waren: „Du warst gestern im Prater und hast dich mit einem Mädel getroffen."

Hagenberg war alarmiert, man könnte fast sagen schockiert und beschloss auf der Hut zu sein. Er hätte jetzt fragen müssen: „Wieso weißt du das?", oder „Was geht dich das an?" Stattdessen begnügte er sich mit einem lakonischen „Ja und?", ohne eine Spur von Verwunderung oder Neugier erkennen zu lassen.

Cerny war irritiert. „Willst du gar nicht erfahren, wieso ich das weiß?"

„Nein", antwortete Hagenberg ungerührt und dachte an den Spion, den Bastian vor Charlottes Wagen bemerkt hatte.

Cerny wurde ungeduldig und hielt nur mühsam seine unechte Freundlichkeit aufrecht. „Du bist mit ihr gesehen worden. Sie heißt Charlotte Fleuron und ist Assistentin im Zaubertheater. Sie macht dort die schwebende Jungfrau. Wir müssen mit ihr reden."

„Das wird schwer gehen. Ich habe in der Zeitung gelesen, dass sie fortgezaubert worden ist."

Cerny knirschte mit den Zähnen. „Sie ist verschwunden, kurz nachdem du mit ihr zusammen warst. Wir wollen wissen, was du mit ihr zu tun hast, was ihr geredet habt und ob du weißt, wo sie jetzt ist."

Hagenberg ließ sich nicht aus der Reserve locken. „Wer ist das wissbegierige ‚Wir'?", fragte er fast gleichgültig. „Du und wer noch?"

„Das kann dir egal sein!" Cernys Selbstbeherrschung geriet schön langsam aus der Fasson.

„Ja dann ..." Hagenberg zündete sich eine ‚Nil' an. Schon die dritte an diesem Morgen. Er sah Cerny teilnahmslos an.

Der Hauptmann erkannte, dass er so nicht weiterkam. „Ich bin nicht mehr in meiner ehemaligen Einheit", sagte er bedeutungsvoll.

„Oh je! Deshalb bist du also in Zivil. Haben sie dich hinausgeschmissen?" Hagenberg wusste, dass er unverschämt wurde und er genoss es. Der ungarische Hanf hatte eine ausgesprochen enthemmende Wirkung.

Cerny beherrschte sich mühsam. „Nein, ich bin nicht geschasst worden und ich habe auch nicht quittieren müssen. Ich habe keine Spielschulden gemacht und dann nicht zahlen können. Unsereiner hat eine Ehre im Leib!"

„Na dann ist es ja gut", Hagenberg blieb gelassen.

Cerny entschloss sich, seine Karten auf den Tisch zu legen. Er hoffte Hagenberg dadurch beeindrucken zu können. „Ich bin jetzt im Evidenzbüro. Der Major Redl hat mich zu dir geschickt, weil ich dich von früher kenne."

Hagenberg war tatsächlich beeindruckt und noch mehr beunruhigt. Das Evidenzbüro war der militärische Geheimdienst der Monarchie. Redl, der Jahre später als Oberst im Mittelpunkt einer Spionageaffäre stehen sollte, die den Staat erschütterte, war ihm flüchtig bekannt. Trotzdem wollte er sich nicht einschüchtern lassen. „Du musst mir schon mehr erzählen."

„Ich muss dir gar nichts erzählen. Unsere Dienstgeheimnisse gehen dich nichts an. Du bist es, der reden muss. Als ehemaliger Offizier bist du zur Zusammenarbeit verpflichtet. Oder willst du keine Auskunft geben, weil du Dreck am Stecken hast?" Cerny hatte seine Stimme erhoben. Es war ihm anzumerken, dass er vor Wut kochte. Er mochte Hagenberg genau so wenig, wie dieser ihn. Fritz beobachtete besorgt die Szene.

Hagenberg wollte eine weitere Eskalation vermeiden. „Bitte sei nicht so laut! Ich erzähle es dir ja. Es stimmt schon. Ich war gestern im Prater. Beim Zaubertheater habe ich ein Mädel kennengelernt. Ich gebe dir mein Ehrenwort, dass ich sie zuvor noch nie gesehen habe. Für hundert Kronen ist sie mit mir auf ein knappes Stündchen in ihren Wohnwagen gegangen. Du kannst dir sicher denken, was wir gemacht haben. Danach bin ich nach Hause gefahren und habe eben erst in der Zeitung gelesen, was mit ihr passiert ist. Sonst war da nichts und sonst weiß ich nichts."

„Das soll ich dir glauben? Dass einer wie du einfach in den Prater geht und sich für sündteures Geld ein Flitscherl aufreißt, das kurz danach spurlos verschwindet? An solche Zufälle glauben wir nicht. Wir wissen, was du für einer suspekten Beschäftigung nachgehst. Gehört das Mädel zu einem deiner sogenannten Fälle?"

Hagenberg hatte genug. „Nein, sie hat mit keinem meiner Fälle zu tun und ich habe nicht die geringste Ahnung, warum sie verschwunden ist und wo sie jetzt sein könnte! Glaube es oder glaube es nicht. Mir wäre lieber, du gehst jetzt."

Cerny sah ihn empört an. „Du! Spiel dich ja nicht auf! Wer glaubst du eigentlich, wer du bist?" Er atmete ein paar Mal tief durch, dann hatte er sich wieder im Griff und sprach in vertraulichem Ton weiter: „Sei doch vernünftig. Es wäre für dich nur von Vorteil, wenn du kooperierst. Wir könnten unter Umständen arrangieren, dass du wieder in die Armee aufgenommen wirst. Du könntest mit unserer Abteilung zusammenarbeiten. Ein tüchtiger Schnüffler sollst du ja sein. Verpatz dir eine solche Chance doch nicht wegen einer Praterhure."

Er hatte ja recht, der Cerny. Wie sollte man sonst ein Mädel nennen, das für Geld mit einem Mann mitging und das sicher nicht zum ersten Mal? Aber der drastische Ausdruck missfiel Hagenberg zutiefst und er hatte das Gefühl, sie in Schutz nehmen zu müssen. Sie war bestimmt keine von denen, die mit jedem mitging, sondern nur mit solchen, die ihr gefielen. Genau wusste er das natürlich nicht, aber es schmeichelte seiner Eitelkeit, dass es so sein könnte und er ihr gefallen hatte, also wollte er daran glauben. Natürlich, sie hatte Geld dafür verlangt, sogar sehr viel. Sie verband eben das Angenehme mit dem Nützlichen. Was war schon dabei? Es war etwas dabei, dachte er. Wenn sie nur mit ihm mitgegangen wäre, weil er ihr so gut gefallen hatte, aus Neigung und daher gratis, wäre das etwas anderes gewesen. Aber sie hatte Geld dafür genommen und das veränderte alles. Er tat sich schwer damit, Cerny nicht recht zu geben, was Charlottes Lebenswandel anlangte. Das ärgerte ihn, das ärgerte ihn mehr, als er zugeben wollte. Er zündete sich seine vierte ‚Nil' an und inhalierte tief. Dann sagte er ganz ruhig und freundlich: „Schleich dich, du Kretin!"

Cerny sprang auf. Er konnte es nicht fassen. „Du hast ja so ein Glück", stammelte er vor Wut, „dass du satisfaktionsunfähig bist."

„Das Glück hast eher du. Ich tät dich mit Vergnügen auf ein Krenfleisch hauen. Das hätte ich schon immer gerne getan. Meinen Cognac brauchst du nicht zahlen. Von dir lasse ich mich nicht einladen, und jetzt: Adieu!"

Als Cerny das Lokal verlassen hatte, beschlich Hagenberg das Gefühl, dass er sich nicht nur ungehörig, sondern auch ausgesprochen unklug verhalten hatte. Geschehen war geschehen. Er konnte es nicht rückgängig machen. Irgendwie fühlte er sich aber erleichtert. Ohne dass es ihm bewusst geworden war, hatte sich in ihm soviel Frust angesammelt, dass es früher oder später zu einem Ausbruch hatte kommen müssen. Er hob die Hand: „Bringen Sie mir bitte noch einen Cognac, Fritz."

Fritz servierte den besonders gut eingeschenkten Cognac und fragte mitfühlend: „Alles in Ordnung, Herr Rittmeister?"

„Danke, Fritz. Man soll nicht verzagen. Der Tag kann nur noch besser werden."

„Vielleicht später, Herr Rittmeister, aber sicher noch nicht gleich, befürchte ich", murmelte Fritz und zog sich lautlos zurück.

Hagenberg blickte erstaunt hoch und sah die Ursache dieser pessimistischen Prognose.

Mohnhaupt stand vor seinem Tisch. Der Polizeiagent wirkte leidender denn je. „Mit dir habe ich ein Hühnchen zu rupfen", sagte er klagend und ließ sich keuchend auf dem Sessel nieder, den Cerny eben verlassen hatte. Hagenberg konnte er nicht täuschen. Der wusste, dass der Polizeiinspektor I. Klasse schneller rennen konnte, als die meisten Gauner, was so manchem von ihnen schon zum Verhängnis geworden war.

Fritz fragte zuvorkommend: „Einen verlängerten Braunen, Herr Inspektor?" Von wo er um die Profession des Besuchers wusste, den er erst zum zweiten Mal sah, blieb ein Geheimnis seines Berufes. Mohnhaupt nickte.

Hagenberg breitete die Arme aus: „Warum bist du böse auf mich? Ich habe ein reines Gewissen und in letzter Zeit auch nichts angestellt, das die Polizei interessieren könnte."

„Du hast mir erzählt, du weißt überhaupt nichts über das Mädchen, das im Prater erwürgt worden ist."

„Das stimmt ja."

„Ach so? Wieso schreibt sie dir dann einen Brief?"

„Woher willst du das wissen?"

„Ich habe mich im Hammerand erkundigt. Der Portier ist sehr gewissenhaft. Er führt Buch über die Post, die seine Gäste bekommen, damit nichts verloren geht."

Hagenberg war empört. „Der Portier gibt der Polizei Auskunft von wem die Gäste Post bekommen? Ich dachte, er ist besonders diskret!"

„Ist er auch. Er will sich bloß mit der Polizei gut stellen. Das wollen die meisten Hotelportiers. Ich habe ihm versprechen müssen, dass du nichts davon erfährst – wegen der Diskretion."

Hagenberg versuchte die Neuigkeiten zu verdauen. „Wieso überwachst du meine Post", fragte er indigniert.

„Ich überwache sie doch nicht. Ich habe mich bloß vorsichtshalber erkundigt, weil ich dir nicht traue. Recht habe ich gehabt!"

„Sag, schämst du dich nicht?"

„Nein", antwortete Mohnhaupt selbstzufrieden. „Im Dienst schäme ich mich nie und sonst eigentlich auch nicht. Jetzt rede schon! Was ist mit dem Brief?"

Hagenberg, der keinen Grund sah, mit der Geschichte hinter dem Berg zu halten, erzählte dem Inspektor alles was er wusste.

„Erstaunlich", murmelte Mohnhaupt. „Wer hätte gedacht, dass zwischen den beiden Fällen, dem Mord in Venedig und dem Verschwinden der schwebenden Jungfrau ein Zusammenhang bestehen könnte. Es war ein guter Einfall, dich im Auge zu behalten. Von selbst wärst du sicher nicht zu mir gekommen."

„Ich hätte dich noch heute informiert", log Hagenberg. „Ermittelt ihr auch wegen des Verschwindens der schwebenden Jungfrau?"

„Noch nicht. Der Theaterdirektor wollte zwar Vermisstenanzeige erstatten, ist aber abgewiesen worden. Als er zu Protokoll gegeben hat, dass ein Mädchen weggezaubert worden ist und dann nicht mehr zurückgezaubert werden konnte, hat ihn der Konzeptsbeamte hinauskomplimentiert."

„Das mit dem Verschwinden war doch nur ein Trick", murmelte Hagenberg. „Sie ist wirklich vermisst." Er hatte den Gedanken die ganze Zeit über verdrängt und musste sich jetzt eingestehen, dass er sich Sorgen um sie machte.

„Natürlich ist sie ein bisschen vermisst, aber wenn wir wegen jedem Pratermädchen, das vorübergehend in Verstoß gerät, sofort ermitteln möchten, hätten wir viel zu tun. Sie wird schon wieder auftauchen."

„Oder auch nicht. Ich möchte wissen, wie das mit dem Verschwinden gemacht wird. Das ist richtig gruselig."

Mohnhaupt zuckte mit den Schultern „Es ist nur ein ganz simpler Trick, wenn man weiß, wie es geht, und du wärst enttäuscht, wenn du dahinter kämst."

Hagenberg dachte eine Weile nach. „Da ist noch etwas", sagte er schließlich zögernd. „Kurz bevor du gekommen bist, war ein Offizier bei mir und hat mich unter Druck gesetzt. Ein gewisser Hauptmann Cerny. Er wollte mich über das verschwundene Mädchen aushorchen. Er ist recht unangenehm geworden, weil ich ihm nichts gesagt habe."

Mohnhaupt pfiff leise durch die Zähne. „Der Cerny? Das Schoßhündchen vom Redl?"

„Du bist aber gut informiert."

„Das gehört zum Beruf. Außerdem brauchen uns die Herren Spione gelegentlich. In dieser Sache haben sie uns aber nicht kontaktiert. Das wäre doch naheliegend gewesen, wenn sie unbedingt wissen wollen, wo das Mädel geblieben ist, findest du nicht auch? Stattdessen versuchen sie selber zu ermitteln, diese Dilettanten. Eigenartig, sehr eigenartig! Ich möchte wissen, warum das Evidenzbüro an der Sache dran ist."

„Hoffentlich ist ihr nichts passiert", bemerkte Hagenberg zusammenhangslos.

Mohnhaupt sah ihn forschend an. „Sie ist recht hübsch die Kleine, nicht wahr?"

„Sie ist eine ganz liebe, niedliche Person", sagte der Rittmeister verträumt.

Mohnhaupt sackte in sich zusammen und stierte Hagenberg aus rotgeränderten Augen an. Jemand, der ihn nicht kannte, hätte sich überlegt, einen Arzt zu rufen, so mitgenommen sah er aus.

„Ganz lieb mag sie ja sein. Du weißt aber schon, Rittmeister, dass sie keine von den ganz Braven ist, nicht wahr? Natürlich weißt du das. Sie ist ein Hundertkronenmädchen! Man soll die Tugend einer Frau ja nicht in Geld messen, obwohl sich das in der Praxis recht gut bewährt hat. Auch sind hundert Kronen extrem viel für den Prater. Verglichen mit den dort üblichen Preisen, ist sie also fast schon tugendhaft, nur ganz allgemein gesehen, eher nicht. Glaubst du im Ernst, dass sie etwas für dich wäre, abgesehen davon, dass sie jetzt ohnehin fort ist?"

„Was redest du da für einen Unsinn daher. Auf so etwas bin ich nie gekommen. Sie hat mir halt leid getan, weil sie so geweint hat."

„Und jetzt tut es dir leid, dass du sie nicht getröstet hast. Wer weiß, was daraus geworden wäre! Bezahlt hast du ja schon gehabt." Der Inspektor seufzte. „Du bist schon ein komischer Kauz, Rittmeister. Wenn ich dir einen Rat geben darf:

Halte dich von den ganz lieben Pratermädchen fern, um deiner selbst willen und damit nicht noch ein paar umgebracht oder weggezaubert werden."

„Sehr witzig", sagte Hagenberg vergrämt.

„Ich mache nie Witze, wenn ich im Dienst bin. Ich werde mit allen verfügbaren Kräften nach ihr fahnden lassen. Wir wollen doch sehen, ob sie mir nicht mehr über den Mord erzählt, als dir, die niedliche, hübsche Person."

„Und was ist mit dem Evidenzbüro?"

„Gar nichts. Ich habe doch keine Ahnung, dass die auch an der Sache interessiert sind." Mohnhaupt erhob sich jämmerlich ächzend. „Sei so freundlich und bezahl für mich. Das nächste Mal bin ich dran."

Er ließ einen nachdenklichen, bedrückten Hagenberg zurück, der Charlotte nicht aus dem Kopf bekam. Er rauchte noch eine ‚Nil' und überzeugte sich selbst in angestrengter Gedankenarbeit davon, dass sein Interesse an Charlotte nur beruflicher Art war.

Plötzlich waren sie da, alle beiden Gespenster waren da. Sie saßen ihm gegenüber und sahen ihn an. Die eine traurig und fordernd und die andere mit überraschten Augen, als sähe sie ihn zum ersten Mal. Er wusste, dass sie nicht wirklich waren, sondern nur Ausgeburten seiner überreizten Phantasie. Er versuchte sie mit dem blauen, süßlichen Rauch, der vor seinem Gesicht hing, wegzuwedeln. „Husch, fort", befahl er entschieden. „Verschwindet und lasst mich in Ruhe."

„Entschuldigen Sie, Herr Rittmeister", sagte Fritz, der ein Glas mit frischem Wasser auf den Tisch gestellt hatte. „Ich wollte nicht stören."

Hagenberg sah hoch. „Aber Sie doch nicht, Fritz. Ich habe nicht Sie gemeint. Ich habe bloß Selbstgespräche geführt. Ich bin ein bisschen angespannt."

„Es gibt solche Tage", meinte Fritz philosophisch, „da hat man nichts als Kalamitäten. Das Beste wird sein, ich bringe Herrn Rittmeister noch einen Cognac, wenn es recht ist."

Kapitel 6

Hagenberg und Bastian nahmen das Mittagessen in einem gemütlichen Beisl in der Nähe des Hammerand ein. Es gab Beuschel mit Knödel. Sie saßen im schattigen Gastgarten und tauschten Neuigkeiten aus.

Bastian hörte sich aufmerksam an, was seinem Chef am Vormittag widerfahren war. Er sagte nicht viel dazu, wirkte aber sehr besorgt. „Das ist eine ganz vertrackte Sache, in die Sie hineingeraten sind, Herr Rittmeister. Lassen Sie bloß die Finger davon", war der ganze Kommentar, den er abgab.

Hagenberg hatte sich mehr von ihm erwartet. „Es ist ja nur so, dass ich mir Sorgen um sie mache", erklärte er zum zweiten Mal an diesem Tag und zog seinen Tschibuk aus der Tasche.

„Lassen Sie das, bitte", sagte Bastian kurz und fast befehlend.

„Was soll ich lassen?"

„Das Mädel, die ist nichts für Sie, und das Rauchen auch nicht. Davon werden Sie nur konfus im Kopf." Er zog ein Telegramm hervor. „Der Seidl erwartet Sie um fünfzehn Uhr. Sie sollten bei klarem Verstand sein, wenn Sie mit ihm verhandeln."

Hagenberg steckte verdrossen sein Pfeifchen weg. „Warum erklärt mir bloß jeder, dass das Mädel nichts für mich ist? Es kann doch keine Rede davon sein, dass ich mich für sie interessiere. Warum unterstellt man mir das? Ich kenne sie kaum."

„Und das sollte auch so bleiben", meinte Bastian entschieden. „Was werde ich machen, während Sie den Seidl besuchen?"

„Mach dir einen freien Tag, oder wenn du unbedingt etwas tun willst, fahr in den Prater und hör dich um. Ich würde gern wissen, was geredet wird, über die beiden Mädchen, die ermordete und die verzauberte."

Bastian war es gewohnt von seinem Chef Anordnungen entgegenzunehmen. Jetzt revoltierte er. „Das ist keine gute Idee, Herr Rittmeister. Haben wir uns nicht eben darauf geeinigt, die Finger davon zu lassen?" Das hatten sie nicht und Bastian wusste das auch genau.

„Ich will ja nicht, dass du recherchierst. Nur umhören sollst du dich, unauffällig, Klatsch aufsammeln eben", besänftigte ihn Hagenberg. „Ab morgen stürzen wir uns dann mit aller Kraft in unseren neuen Auftrag, das verspreche ich dir."

Bastian fügte sich widerwillig und meinte bloß, dass sein Einsatz sicher nur vergeudete Zeit sei, weil doch schon die Polizei mit all ihren Mitteln nach dem verschwundenen Zauberopfer suche.

◆

Hagenberg fuhr mit der dampfbetriebenen Stadtbahn nach Gumpendorf und ging dann zu Fuß weiter. Er wollte seinen Besuch möglichst unauffällig gestalten. Die Seidl'sche Villa war nicht zu verfehlen: Ein moderner Bau, so wie es in den letzten Jahren Mode geworden war, mit glatten, klaren Konturen, ohne jedes Schnickschnack. Hagenberg gefiel das nicht. In seiner Vorstellung hatte eine herrschaftliche Villa Türmchen, Erker, vielleicht sogar Zinnen aufzuweisen und wie ein kleines Schlösschen auszusehen. Dieses modernistische Zeug gab für das Auge nichts her, fand er. Abgesehen davon, war es sicher sauteuer gewesen.

Herr von Seidl war ein distinguierter Herr, Mitte Vierzig. Hagenberg war überrascht. Er hatte einen älteren Mann erwartet. Seidl begrüßte den Rittmeister mit ausgesuchter Höflichkeit und führte ihn in sein Arbeitszimmer, wo sie auf einer lederbezogenen Sitzgarnitur Platz nahmen. „Ich danke Ihnen, dass Sie so rasch Zeit für mich gefunden haben", sagte der Fabrikant. „Die Angelegenheit ist von einer gewissen Dringlichkeit. Zigarre?"

„Nein, danke, ich rauche nur Zigaretten." Hagenberg griff in die Tasche. Seidl hielt ihm ein geöffnetes Kästchen mit Zigaretten entgegen. Hagenberg dachte an Bastians Ermahnung, verzichtete auf seine geliebte ‚Nil' und nahm das Angebot an. Seidl schenkte Cognac ein und reichte Hagenberg ein Glas. „Ich weiß, dass Ihre Zeit kostbar ist, Herr Rittmeister, deswegen will ich gleich zur Sache kommen. Es geht darum, dass ich sie beauftragen will, eine bestimmte Person für mich ausfindig zu machen."

Hagenberg war überrascht. Er hatte damit gerechnet, dass Seidl seiner untreuen Ehefrau auf die Schliche kommen wollte. „Darf ich Sie um Einzelheiten bitten, Herr von Seidl?"

„Sie heißt Franziska Koch, so hat sie jedenfalls vor mehr als zwanzig Jahren geheißen. Vielleicht ist sie inzwischen verheiratet und führt einen anderen Namen. Sie hat seinerzeit auf der Wieden 35 gewohnt und war Dienstmagd bei einem Friseurmeister. Ich habe eine alte Fotografie von ihr, das ist alles." Er schob Hagenberg ein unscharfes Bild zu. „Es wird Ihnen wahrscheinlich nicht viel weiterhelfen."

„Die Suche nach einer vermissten Person kann einfach oder auch ganz schwierig sein", erklärte der Rittmeister und dachte dabei an Charlotte. „Sie haben mir sehr viel Geld geboten, falls ich diesen Auftrag annehme. Ich will Ihnen nichts vormachen. Es gibt in Wien einige sehr tüchtige, auf Personensuche spezialisierte Leute, die solche Nachforschungen weit preisgünstiger und wahrscheinlich auch effizienter anstellen können, als ich."

„Denken Sie, das habe ich nicht versucht? Sämtliche Versuche sind im Sand verlaufen. Keiner dieser angeblich so tüchtigen Leute hat etwas herausgefunden. Dann hat man mir Ihren Namen genannt. Ich habe mich eingehend über Sie erkundigt, Herr Rittmeister. Sie gelten als der beste und diskreteste Privatermittler in der Stadt. Sie sind meine letzte Hoffnung."

„Ich fürchte, ich muss Sie enttäuschen, Herr von Seidl. Es ist ein Unterschied, ob man es mit einem aktuellen Fall zu tun hat, oder mit einem Problem, das so weit in der Vergangenheit liegt, dass die Zeit alle Spuren verwischt hat. Ich würde genauso scheitern, wie alle anderen auch, die Sie bisher damit befasst haben. Die Monarchie ist groß und wenn die Frau inzwischen ihren Namen geändert und alle Kontakte zu ihrem früheren Leben abgebrochen hat, ist sie praktisch unauffindbar."

Seidl schob ein Kuvert über den Tisch. „Ich weiß. Ich erwarte auch keine Wunder von Ihnen. Ich bitte Sie nur, es trotzdem zu versuchen. Dann habe ich wenigstens alles getan, was möglich ist. In dem Kuvert sind zehntausend Kronen als Anzahlung, die Ihnen gehören, ohne Rücksicht auf den Erfolg. Wenn Sie aber

Erfolg haben, bekommen Sie die gleiche Summe nochmals. Verzeihen Sie, dass ich so direkt bin, aber die Angelegenheit brennt mir auf den Nägeln."

Hagenberg berührte das Kuvert nicht. „Darf ich Sie nach Ihrem Interesse an dieser Frau fragen, Herr von Seidl?"

„Natürlich. Ich habe sie als sehr junger Mann im Prater kennen gelernt und eine Liebschaft mit ihr angefangen. Sie war eine ausgesprochen hübsche Person und lustig war sie, die Franzi, immer zu Späßen aufgelegt. Es war aber nichts Ernstes, verstehen Sie? Sie war ja keine von denen, die für mehr als das – Sie wissen schon – in Frage gekommen wäre." Hagenberg dachte wieder an Charlotte. „Dann ist sie schwanger geworden", fuhr Seidl fort. „Sie hat gesagt, das Kind ist sicher von mir und sie hat geschworen, dass sie mit keinem anderen Mann etwas gehabt hat, seit sie mich kennt. Ich habe ihr auch geglaubt und sie trotzdem sofort sitzen lassen. Das hätte mir gerade noch gefehlt: Ein Kind mit einer Dienstmagd! Ganz zu schweigen davon, was meine Eltern selig dazu gesagt hätten. Ich bin unverzüglich auf Reisen gegangen, nach Italien, und erst ein Jahr später wieder zurückgekommen. Irgendwie hat mich die Sache dann doch gedrückt, ich habe ein schlechtes Gewissen gehabt, wenn Sie so wollen, und ich habe mich vorsichtig nach ihr erkundigt. Alles was ich in Erfahrung bringen konnte, war, dass sie kurz nach meiner Abreise fortgezogen ist, wohin weiß kein Mensch." Seidl seufzte. „In letzter Zeit lässt es mir keine Ruhe. Ich muss immer öfter an sie denken und ich habe mich dazu entschlossen, altes Unrecht an ihr wieder gut zu machen, wenn das noch möglich ist."

„Aha", meinte Hagenberg. „Und jetzt brennt Ihnen die Sache auf den Nägeln? Darf ich fragen, wieso eigentlich? Nach so vielen Jahren kommt es auf ein paar Wochen oder Monate doch auch nicht mehr an."

„Oh, es kommt sehr wohl darauf an", erwiderte Seidl und lehnte sich mit leicht verzogenem Gesicht zurück. „Ich werde bald sterben. Mir sitzt ein Gewächs im Leib, das mich auffrisst und gegen das die Ärzte nichts mehr machen können."

„Es tut mir leid, das zu hören", murmelte Hagenberg erschrocken und verlegen.

Seidl winkte ab. „Keine Ursache. Man weiß es nicht genau: Die Ärzte meinen, dass ich noch ein paar Monate habe, oder so. Dann werde ich bettlägerig und die

Schmerzen werden immer stärker. Man wird mir Morphium geben und zwei, drei Wochen später werde ich hinübergedämmert sein. Sie sehen, Sie haben wirklich nicht mehr viel Zeit, wenn Sie mir helfen wollen."

Hagenberg überlegte. „Weiß Ihre Frau ...?"

„Meine Frau weiß selbstverständlich von meiner Krankheit und sie weiß auch, dass ich Franziska suchen lasse", unterbrach ihn Seidl. „Ich habe es ihr zwar nicht gesagt, aber sie hat es sich zur Angewohnheit gemacht, meine Papiere zu durchsuchen, wenn ich nicht da bin. Erst in letzter Zeit halte ich meine Korrespondenz verschlossen." Er beobachtete seinen Besucher fast lauernd. „Wenn Sie der Mann sind, für den ich Sie halte, Hagenberg, dann wissen Sie Bescheid, weil Sie sich sehr genau über mich informiert haben, bevor Sie hergekommen sind."

Hagenberg gab keine Antwort und senkte leicht den Kopf.

Seidl nickte zufrieden. „Meine Frau betrügt mich mit der größten Umsicht. Sie glaubt, ich weiß es nicht. Sie trifft bereits Vorkehrungen für ihr Leben nach meinem Tod als reiche Witwe und begehrte Partie. Ich müsste mich sehr täuschen, wenn sie nicht schon ihren nächsten Ehemann aufgetan hat. Mit dem Vermögen, das sie zu erben hofft, wird er nicht zögern ihr einen Antrag zu machen, wenn es soweit ist. Und es wird bald soweit sein."

Abermals fragte Hagenberg: „Weiß Ihre Frau ...?"

Seidl verzerrte schmerzvoll das Gesicht. „Sie meinen, ob meine Frau weiß, dass ich über ihre Untreue informiert bin? Nein! Sie ist diesbezüglich völlig ahnungslos. Das ist aber nicht Ihr Problem, Hagenberg. Um meine Frau brauchen Sie sich nicht zu kümmern. Ich weiß alles, was ich wissen muss. Sie sollen nur Franziska suchen. Kann ich auf Sie zählen?"

Hagenberg hatte einen Entschluss gefasst. Er nahm das Kuvert an sich und sah diskret hinein. „Ich werde es versuchen, Herr von Seidl. Ich hätte gerne gewusst, wen Sie bisher mit der Suche nach Franziska beauftragt haben.

Seidl sah ihn prüfend an, dann griff er in die Schreibtischlade und schob Hagenberg einige Papier zu.

Der Rittmeister blätterte darin „Das sind wirklich gute Leute", murmelte er. „Darf ich diese Papiere behalten?" Seidl nickte. „Ich werde Ihnen ehestbald berichten", versprach Hagenberg.

Seidl reichte ihm die Hand. „Danke, Herr Rittmeister. Berichten Sie mir wirklich bald, auch wenn Sie erfolglos geblieben sind. Ich will Sie nicht drängen, aber ich stehe unter einem gewissen Zeitdruck, wie Sie wissen."

◆

„Das also ist unser neuer Auftrag", schloss Hagenberg seinen Bericht. Er saß mit Bastian im Gastgarten. Es gab noch immer Beuschel, das von zu Mittag übrig geblieben war. Sie hatten es vorgezogen, zum Abendessen Wiener Schnitzel zu bestellen. Der Rittmeister schob Bastian das Geldkuvert zu. „Bring das morgen früh gleich auf die Bank. Fünftausend auf mein und fünftausend auf dein Konto.

Bastian verwahrte das Kuvert sorgfältig in der Innentasche seiner Jacke und war trotzdem überhaupt nicht zufrieden. „Nicht gut", erklärte er nachdrücklich. „Gar nicht gut. Wir haben bisher eine hundertprozentige Erfolgsquote. Damit wird es vorbei sein, weil Sie diesen aussichtslosen Fall angenommen haben. Wenn sich herumspricht, dass Sie einem todkranken Mann eine Menge Geld abgenommen und nichts dafür geliefert haben, wird das unserem Renommee sehr abträglich sein."

„Sei nicht so pessimistisch."

„Wo sollen wir bloß anfangen?", grübelte Bastian. „Ich könnte auf der Wieden, wo die Franziska früher gewohnt hat, nachfragen. Vielleicht weiß jemand etwas, das uns weiterhilft."

Hagenberg nickte. „Das werden wir auf jeden Fall machen, aber diese Spur ist wahrscheinlich kalt und ausgetreten. Das werden auch alle anderen versucht haben, die vor uns an der Sache dran waren."

„Dann bin ich ratlos."

„Mir wird schon etwas einfallen", versuchte Hagenberg Zuversicht zu verbreiten. „Erzähl mir jetzt, was du im Prater erfahren hast."

„Das ist alles, was Sie wirklich interessiert!", empörte sich Bastian. „Ihnen geht dieses Mädchen nicht aus dem Kopf. Gar nichts habe ich in Erfahrung bringen können. Es gibt viele Spekulationen, nur wissen tut keiner etwas."

Hagenberg grübelte vor sich hin. „In welchem Verhältnis sind die beiden Mädchen wohl zueinander gestanden? Das haben wir bisher nicht herausbekommen."

„Sie hätten ja die Fleuron danach fragen können, wie Sie die Gelegenheit dazu hatten", warf Bastian, der entgegen seinem sonstigen Verhalten ausgesprochen aufsässig war, boshaft ein. Er schaute nachdenklich. „Vielleicht habe ich nicht mit den richtigen Leuten gesprochen, aber mir scheint, auch im Prater hat niemand eine Ahnung davon, dass die beiden Mädchen einander gekannt haben." Er zögerte einen Augenblick. „Bis auf einen. Einen gewissen Brachyta."

„Wer ist das?"

„Ein Nachtwächter in ‚Venedig in Wien'. Er hat in der Mordnacht Dienst gehabt. Er hat gesprächsweise gemeint, hoffentlich sei die Charlotte nicht auch schon tot, wie ihre Freundin von der Lagune. Sonst hat niemand davon geredet, dass die beiden Mädchen Freundinnen waren."

„Sehr interessant", freute sich Hagenberg. Den Brachyta sollte man genauer befragen."

„Das soll die Polizei machen. Ist Ihnen schon etwas eingefallen, wie wir die Jugendsünde des Herrn von Seidl finden?" Hagenberg griff nach seiner Tabatiere. „Nicht!", forderte Bastian entschieden.

„Oh doch! Ich muss nachdenken." Der Rittmeister sog tief den Rauch ein und sah den blauen Schwaden nach. Schließlich sagte er. „Ich will, dass du Frau von Seidl überwachst. Ich will wissen, mit wem sie ihren Mann betrügt."

„Wo soll das hinführen?"

„Versuche kompromittierende Fotografien zu machen. Am Besten wäre, wenn sie gemeinsam mit ihrem Liebhaber ein Hotel betritt, Zärtlichkeiten austauscht, oder etwas in der Art", fuhr Hagenberg unbeirrt fort. Der vielseitig talentierte Bastian war nämlich Besitzer einer ‚Expo Watch Camera', die erst in diesem Jahr auf den Markt gekommen war. Die Kamera war als Taschenuhr getarnt und wurde mit einem speziellen 17,5 mm Rollfilm von Eastman geladen. Damit konnte man unbemerkt fotografieren, indem man tat, als wolle man nach der Zeit sehen. Bei gutem Licht und passender Entfernung ließen sich so recht brauchbare Bilder schießen.

„Ich werde sehen, was sich machen lässt. Trotzdem werden wir nichts davon haben", insistierte Bastian. „Das bringt uns auch nicht auf die Spur von Franziska. Hat Seidl nicht außerdem ausdrücklich gesagt, wir sollen uns nicht um seine Frau kümmern?"

„Es ist wie mit einem gut verschlossenen Paket", sinnierte der Rittmeister. „Es liegt vor dir und du weißt zunächst nicht, wie du es am besten aufmachen sollst. Dabei ist es ganz leicht. Du musst einfach versuchen ein Eck, irgend ein Eck aufzureißen. Alles andere findet sich schon."

„Oh Gott!", stöhnte Bastian, der mit solchen pseudophilosophischen Ergüssen nichts anfangen konnte. „Sonst fällt Ihnen nichts ein?"

„Mir nicht, aber vielleicht dem Mohnhaupt. Ich werde morgen mit ihm reden. Die Polizei hat ganz andere Möglichkeiten als wir, wenn es um die Suche nach einer Person geht."

„Sie glauben doch nicht im Ernst, dass Ihnen der Mohnhaupt hilft? Der wird sicher nicht den ganzen Polizeiapparat in Bewegung setzen, damit Sie vielleicht einen Fall lösen können."

„Vielleicht nicht, vielleicht aber schon." Der Rittmeister lächelte versonnen. „Ich habe ihm schließlich etwas anzubieten. Ich könnte ihm meinerseits helfen, den Fall der Toten von der Lagune zu lösen. Ich weiß, dass ihm der sehr im Magen liegt, weil die Zeitungen ständig darüber schreiben und der Polizei Unfähigkeit vorwerfen. Vielleicht steigt er darauf ein, wenn ich ihm sage, dass ich schon eine Spur habe."

Bastian starrte seinen Chef an, als ob er ein Ungeheuer vor sich sähe. „So haben Sie sich das also gedacht. Auf diese Weise können Sie mit gutem Gewissen auf die Suche nach Ihrer verhexten Jungfrau gehen und die Polizei macht inzwischen die Arbeit, für die eigentlich Sie bezahlt werden."

„So habe ich mir das gedacht", bestätigte Hagenberg zufrieden. „Gib zu, dass es ein guter Einfall ist, wenn ich nur den Mohnhaupt herumkriege."

Kapitel 7

Am nächsten Vormittag ließ Hagenberg seinen Besuch im Café Wien ausfallen und fuhr zur Liesel.

Die Liesel war das neue Polizeigebäude auf der Elisabethpromenade am Donaukanal, das im Jahr zuvor seiner Bestimmung übergeben worden war. Wegen seines Standortes in einem zum Gedenken an die ermordete Kaiserin Elisabeth benannten Straßenzug wurde das monumentale Bauwerk allgemein ‚Die Liesel' genannt.

Es war nicht leicht, in dem riesigen Gebäude, das auch das modernste, nach amerikanischem Vorbild gebaute Gefängnis der Monarchie beherbergte, jemanden zu finden. Wenn man eine Vorladung hatte, war es einfacher. Auf einer Vorladung stand, welcher Trakt, welches Tor, welche Stiege, welcher Stock und welches Zimmer.

Hagenberg musste beim Portier eingestehen, dass er keine Vorladung habe, aber trotzdem den Inspektor Mohnhaupt sprechen wolle. Der Portier erklärte, dass der Herr Inspektor heute keinen Parteienverkehr habe und fragte nach dem Anliegen des Besuchers. Es sei privat, sagte Hagenberg. Das war ein Problem. Wäre es etwas Dienstliches gewesen, hätte man entscheiden können, ob es gerechtfertig war, den Herrn Inspektor jetzt gleich zu behelligen, oder ob der Besucher auf die Amtsstunden zu verweisen sei. Bei einem privaten Besuch wusste man es nicht und es schickte sich auch nicht, Näheres zu erfragen.

Der Portier nahm Hagenberg genauer in Augenschein. Er hatte wie fast alle Staatsdiener in der Armee gedient und erahnte den Offizier in Zivil. Das verschaffte Hagenberg einen gewissen Bonus an Respekt und Vertrauenswürdigkeit. Der Portier schrieb ihm daher den Weg zu Mohnhaupts Zimmer auf, legte aber Wert auf die Feststellung, er könne nicht garantieren, dass der Herr Inspektor zu sprechen, oder überhaupt anwesend sei.

Hagenberg durchwanderte Höfe, imposante Stiegenhäuser, endlose Gänge in denen sich Tür an Tür reihte und verlief sich zweimal. Schließlich hatte er sein

Ziel erreicht. ‚*Inspektor I. Klasse Sebaldus Mohnhaupt*', stand an der Tür, ‚*Heute kein Parteienverkehr*'.

Hagenberg klopfte, zuerst leise und ehrerbietig, dann lauter. Nichts rührte sich hinter der Tür. Vorsichtig drückte er die Klinke und trat ein. Es war kein Mohnhaupt zu sehen. Der Inspektor hatte ein eigenes Vorzimmer, in dem ein Kanzlist mit Brille, Glatze und Ärmelschonern saß. Der Kerl sah unwillig hoch und fragte barsch. „Was wollen Sie?"

„Ich möchte, bitte sehr, den Herrn Inspektor Mohnhaupt sprechen."

Der Kanzlist blätterte in eine Kladde. „Haben Sie eine Ladung? Wie heißen Sie?"

Hagenberg hatte keine Ladung. Der Vorzimmermann wollte daraufhin seinen Namen gar nicht mehr wissen. „Heute ist kein Parteienverkehr. Haben Sie das nicht an der Tür gelesen? Kommen Sie wieder, wenn Amtsstunden sind. Die Termine finden Sie auf der schwarzen Tafel im Parterre." Er wandte sich wieder seinen Papieren zu und machte damit deutlich, dass es nicht mehr zu sagen gab.

Hagenberg tat etwas, das er sonst peinlichst vermied. Er warf sich in die Brust und sagte im Befehlston: „Rittmeister Hagenberg in einer dienstlichen Angelegenheit. Jetzt melden's mich dem Herrn Inspektor, aber flott!"

Auch der Kanzlist hatte gedient. Das war zwar schon eine Weile her, aber er kannte die Töne und reagierte noch immer so darauf, wie man es ihm eingedrillt hatte. Er sprang auf, schlug die Haken zusammen, brachte ein passables „Jawohl, Herr Rittmeister" zustande und eilte ins angrenzende Zimmer.

Wenig später kam er zurück und sagte, der Herr Inspektor lasse den Herrn Rittmeister bitten.

Mohnhaupt hatte ein schönes Zimmer, das in einer Ecke des Gebäudes gelegen war und daher von zwei Seiten durch große Fenster Licht bekam. Es roch nach Kampfer und Desinfektionsmittel. Der Inspektor hatte seinen mächtigen Schreibtisch in jene Ecke des Zimmers rücken lassen, wo das Licht am wenigsten hinkam. Er wirkte sehr leidend. Auf seinem Schreibtisch türmten sich zwei imposante Aktenstöße, einer links, der andere rechts. Mohnhaupt schaute zwischen ihnen hindurch, wie der verzweifelte Verteidiger einer belagerten Festung.

„Das ist aber eine Überraschung", sagte er ohne im geringsten überrascht zu wirken. „Was führt dich zu mir, Rittmeister?"

„Ich dachte, ich mache dir einmal einen Gegenbesuch. Wie geht es dir?" Hagenberg folgte einer müden Handbewegung des Inspektors und setzte sich auf den Besucherstuhl vor dem Schreibtisch.

„Schlecht geht es mir", klagte der Inspektor. „Ständig wird jemand umgebracht. Ich weiß nicht, wo das hinführen soll. Heute früh hat in Simmering ein Fleischhacker seine Frau mit dem Hackebeil erschlagen. Das muss am Wetter liegen, sage ich dir."

„Mir kommt vor, das Wetter ist ganz schön", meinte Hagenberg.

„Das täuscht", belehrte in Mohnhaupt. „Auf die Luftfeuchtigkeit kommt es an, musst du wissen. Sie ist viel zu hoch. Davon bekommt man Schnupfen und die Leute werden komisch im Kopf."

Er zog ein geblümtes Taschentuch hervor und schnäuzte sich lautstark. „Du bist sicher nicht gekommen, um dich nach meinem Befinden zu erkundigen. Das ist schlecht wie immer. Was willst du wirklich von mir, Rittmeister?"

„Dich um einen Gefallen bitten, Mohnhaupt."

„Im Dienst tue ich niemandem einen Gefallen und ich bin meistens im Dienst."

Hagenberg kannte diesen Spruch schon und ließ sich nicht abschrecken. Er legte einen Zettel zwischen die beiden Aktenberge. Darauf waren sorgfältig alle Informationen notiert, die er über Franziska Koch hatte. Das Foto war angeheftet.

„Ich muss diese Frau finden. Sie ist seit mehr als zwanzig Jahren spurlos verschwunden. Du musst mir helfen, sonst habe ich keine Chance, auf ihre Spur zu kommen."

Mohnhaupt stierte ihn ungläubig an. „Ich sage es ja! Das Wetter! Davon werden die Menschen wirr im Kopf. Jetzt hat es dich auch schon erwischt. Bist du verrückt geworden, Rittmeister? Soll ich sie etwa in der ganzen Monarchie zirkulieren lassen? Weißt du, welchen Aufwand das bedeutet? Nein, nein. Bei aller Freundschaft, das schlag dir aus dem Kopf. Ich weiß ohnehin nicht, wo mir der Kopf steht."

„Das habe ich befürchtet", heuchelte der Rittmeister. „Wie kommst du mit der Toten aus dem Prater voran?"

„Erinnere mich bloß nicht daran. Überhaupt nicht und die Schmierfinken von der Zeitung hacken auf uns herum. Mein Chef, der Hofrat, ist schon vom Minister darauf angesprochen worden. Das ist sehr peinlich. Peinlich für ihn und für mich noch viel mehr. Die Anschisse werden nämlich immer kräftiger, je weiter sie nach unten durchgereicht werden. Du kennst das sicher vom Militär." Er trocknete sich mit seinem Taschentuch die Stirn ab. „Wenigsten ist der Fleischhacker aus Simmering geständig. Es ist ihm auch nichts anderes übriggeblieben, weil man ihn dabei erwischt hat, wie er seine verstorbene Frau tranchieren wollte. Das ist das Wetter, die Luftfeuchtigkeit, genau genommen."

„Wegen der Toten von der Lagune habe ich die eine oder andere Idee", brachte Hagenberg das Gespräch wieder in die richtigen Bahnen.

Der Inspektor beäugte ihn misstrauisch. „Verheimlichst du mir etwas, Rittmeister?"

„Das tät ich nie, das weißt du doch. Nur ein paar Ideen habe ich, wie man weiterkommen könnte. Ich habe mir schon überlegt, ob ich dir nicht helfe, den Fall aufzuklären, nur so, aus alter Freundschaft. Leider habe ich keine Zeit dazu, weil ich diese Frau suchen muss." Er deutete auf den Zettel.

Mohnhaupt schwankte unentschlossen zwischen einem Wutanfall und vorsichtigem Interesse. Er erkannte genau, worauf das hinauslaufen sollte.

Ein neuer Besucher, der unangemeldet ins Zimmer trat, verschaffte ihm eine Nachdenkpause.

„Das sind die Bilder vom Tatort, Herr Inspektor", sagte der Ankömmling und legte ein paar saubere Skizzen auf den Schreibtisch.

„Sehr schön, Rybar", lobte Mohnhaupt. „Da kann man sich gleich viel mehr vorstellen, als auf einer Fotografie. Auch die Blutspritzer haben Sie sehr schön eingezeichnet und mit Maßen versehen." Er zeigte die Skizzen Hagenberg und sagte erklärend. „Der Fleischhackermord in Simmering."

Rybar hatte sich inzwischen den Zettel angesehen, der auffallend isoliert am Schreibtisch lag. „Kurios", meinte er nachdenklich, „wie sich manche Typen in der Bevölkerung halten und immer wieder finden. Es ist schon etwas dran an diesen Theorien über Rasse und Vererbung, die in Umlauf gekommen sind."

„Wie meinen?", fragte Mohnhaupt irritiert.

Rybar deutete auf die Fotografie. „Dieses Gesicht. Keine klassische Schönheit, aber sehr apart und hübsch. In seiner speziellen Eigenart geradezu unverkennbar. Mir ist erst in letzter Zeit so ein Gesicht untergekommen. Die Ähnlichkeit ist überraschend. Ein ganz besonderer Typ. Sehen Sie die hohen Wangenknochen, die vollen Wangen und die leicht schräggestellten Augen? Dazu die schön gewölbte Stirn und die Schädelform. Slawischer Einschlag, so wie man ihn häufig in Südböhmen findet. Aber nicht voll ausgeprägt. Eine Mischform würde ich sagen."

„Wer ist der Mann?", fragte Hagenberg, der dem Zeichner mit zunehmender Verwirrung zugehört hatte.

„Rybar, Heinrich Rybar, Künstler und Polizeizeichner", stellte sich dieser dienstbeflissen vor, weil er davon ausging, dass jemand, der mit dem Inspektor vertrauliche Gespräche führte und ihn ungeniert nach seinem Namen fragte, ein wichtiger Mann sein müsse.

„Wo ist Ihnen so ein Gesicht schon untergekommen, Herr Rybar?", erkundigte sich der Rittmeister interessiert.

Es hatte den Anschein, als bedaure Rybar, sich auf dieses Gespräch eingelassen zu haben. „Irgendwo", sagte er abwehrend. „Ich kann mich nicht mehr erinnern. Wenn ich nicht mehr gebraucht werde, darf ich mich verabschieden."

Mohnhaupt entließ den Zeichner mit einer huldvollen Handbewegung. Als sie wieder allein waren schwiegen die beiden Männer eine Weile, Mohnhaupt nachdenklich, Hagenberg erwartungsvoll.

Schließlich hatte sich Mohnhaupt zu einer Entscheidung durchgerungen. „Ich mache es", verkündete er. „Aber wehe dir, Rittmeister, du lässt mich hängen. Ich erwarte brauchbare Ergebnisse!"

„Das tu ich auch", sagte der Rittermeister demütig.

Die beiden Freunde starrten sich einen Augenblick an, dann brachen sie in Gelächter aus und schüttelten sich die Hand.

Hagenberg hatte fast schon die Tür erreicht, als ihn Mohnhaupt zurückrief. „Noch etwas, Rittmeister. Das Evidenzbüro hat sich mit uns in Verbindung gesetzt."

„Aha. Jetzt sollt ihr also doch die verschwundene Jungfrau für sie suchen."

„Davon war keine Rede. Sie haben sich nach dir erkundigt. Sie wollten alles wissen, was wir über dich haben: Ob du eine Geliebte hast oder hattest, vielleicht eine verheiratete Frau? Ob du ein Warmer bist, ob du Schulden hast, ob du vorbestraft bist, ob gegen dich wegen einer strafbaren Handlung ermittelt wird. Mit einem Wort, lauter Dinge, die man für eine kleine Erpressung brauchen könnte."

Hagenberg keuchte. „Und was habt ihr geantwortet?"

„Wir haben Fehlbericht erstattet. Du glaubst gar nicht, wie blöd wir uns stellen können, wenn wir wollen. Wir wissen leider überhaupt nichts über dich. Sei vorsichtig, Rittmeister und pass auf dich auf!" Er hob die Stimme: „Katzenbichler!"

Der Kanzlist eilte herein. „Herr Inspektor befehlen?"

„Ich brauche ein Zirkular. Ein großes Zirkular an alle Dienststellen." Er deutete auf den Zettel, den ihm der Rittmeister hinterlassen hatte. Haben Sie eine Ahnung, wie wir das begründen können?"

Hagenberg verlief sich auf dem Rückweg nur einmal und stand bald wieder auf der Elisabethpromenade.

Kapitel 8

„Ich hätte ich nicht gedacht, dass sich der Mohnhaupt darauf einlässt. Sie sind schon ein abgedrehter Fuchs, Herr Rittmeister, wenn ich das so sagen darf." Bastian wischte sich den Bierschaum vom Mund und winkte nach einem weiteren Bier. „Ich habe heute einen unglaublichen Durst", fügte er entschuldigend hinzu.

„Das ist das Wetter", erklärte der Rittmeister. „Die Luftfeuchtigkeit, genau genommen."

„Eher das Gulasch", meinte Bastian, der mit Wettertheorien nicht viel im Sinn hatte. „Wie soll es weitergehen? Jetzt müssen wir ja wohl oder übel im Pratermord ermitteln. Ich möchte nicht in Ihrer Haut stecken, wenn wir da nichts zustandebringen. Der Mohnhaupt würde dann sehr, sehr ekelhaft werden. Was haben wir also bis jetzt?"

Die beiden Männer begannen, so wie sie es sich zur Gewohnheit gemacht hatten, und worin zum guten Teil das Geheimnis ihrer bisherigen Erfolge lag, den Fall systematisch zu analysieren.

„Wir wissen", fing Hagenberg an, „dass zwischen den beiden Mädchen, Konstanze und Charlotte, ein Zusammenhang bestand, welcher wissen wir nicht genau, abgesehen davon, dass sie dieser Nachtwächter für Freundinnen gehalten hat. Sie hatten aber ein gemeinsames Anliegen. Das geht aus dem Brief Konstanzes ganz eindeutig hervor. Sie schreibt: ‚Wenn Sie uns helfen'. Die Frage ist: In welchem Verhältnis standen die beiden wirklich zueinander und was war ihr gemeinsames Problem? Die Vermutung liegt nahe, dass es sich dabei um nichts Belangloses, sondern um eine sehr heikle und gefährliche Sache handelte."

Bastian nickte und fuhr seinerseits fort: „Wie gefährlich, dürfte Charlotte erst nachträglich klar geworden sein, als Konstanze umgebracht wurde. Die beiden Mädchen verfolgten zunächst ein Ziel, von dem sie sich sehr viel Geld erhofften. So viel, dass sie sogar unser Honorar bezahlen hätten können. Charlotte hat sich nach dem Tod Konstanzes allerdings dazu entschlossen, die

Sache aufzugeben und den Kopf einzuziehen. Deshalb hat sie auch nicht wollen, dass wir uns damit befassen und Sie fortgeschickt."

„Richtig", bestätigte Hagenberg. „Die Frage, was die beiden ursprünglich von mir wollten, ist ganz zentral. Was könnte das gewesen sein?"

„Einen Hinweis auf die Art dieses Problems bietet vielleicht der Umstand, dass sich das Evidenzbüro für Charlotte interessiert und nach ihr sucht", warf Bastian ein. „Das ist sehr beunruhigend und genau genommen unerklärlich. Das Evidenzbüro ist nämlich nicht die Polizei. Die beschäftigen sich nur mit Sachen, die der militärischen Geheimhaltung unterliegen: Spionage, Gegenspionage und solche Dinge. Es ist kaum vorstellbar, dass die zwei Mädchen, ein Dienstmädchen und eine Praterartistin, in so etwas hineingeraten sind. Dazu waren sie viel zu unbedeutend und hatten sicher auch nicht die nötigen Kontakte. Es wäre natürlich auch möglich, dass das Evidenzbüro einer hochgestellten Persönlichkeit in einer delikaten Angelegenheit einen Gefallen tun will. Nur kann ich mir kaum vorstellen, dass man dazu einen solchen Aufwand treibt. So etwas lässt sich in dem Milieu, aus dem die beiden Mädchen stammen, mit ein wenig Einschüchterung und Geld leichter regeln."

„Das hat man ja auch bei mir versucht", knurrte Hagenberg und dachte an sein Treffen mit Cerny. „Offenbar glaubt das Evidenzbüro, Charlotte habe mir etwas erzählt, das ich nicht wissen sollte und ich stecke irgendwie mit ihr unter einer Decke."

„Das würden Sie ja auch gerne", grinste Bastian, wurde aber unter Hagenbergs tadelndem Blick sofort wieder ernst, murmelte ein ‚Entschuldigen' und fuhr fort: „Dann wäre unter Umständen auch Ihr Leben in Gefahr, wenn wir die Leute vom Evidenzbüro in den Kreis der Verdächtigen aufnehmen wollen. Wollen wir?" Bastian sah Hagenberg abwartend an.

„Nur theoretisch." Hagenberg zögerte. „Immerhin sind es Offiziere Ihrer Majestät. Ich kann mir absolut nicht vorstellen ..."

„Ich schon", sagte Bastian trocken. „Genau genommen sind Militärs darauf trainiert, andere Leute umzubringen. Das ist ihr Beruf. Wer sollte das besser wissen, als wir? Wir waren schließlich beide lange genug dabei. Soldaten sind potentielle Mörder, nur nennt man sie eben nicht Mörder, sondern Helden und Ehrenmänner, wenn sie im Namen von Gott und Kaiser töten. Für ihre Opfer ist das ohne Bedeutung. Tot sind sie auf jeden Fall. Es ist für sie gleichgültig, ob sie einem Raubmord zum Opfer gefallen sind, ob sie zum höheren Wohl des Vaterlandes beseitigt wurden, oder ob sie auf dem sogenannten Feld der Ehre mit einem Bajonett ausgedärmt wurden."

Dem ehemaligen Offizier waren solche Reden zutiefst zuwider. Bastian hörte sich fast an, wie einer von diesen Pazifisten, die sich um die Suttner formiert hatten und die Wehrbereitschaft der jungen Generation untergruben. Dabei hatte Bastian selbst keine Probleme damit, das wusste der Rittmeister ganz genau, Probleme auf gewalttätige Weise zu lösen, wenn es ihm opportun erschien. Wahrscheinlich wollte er auf seine nüchterne Art bloß zur Vorsicht raten, wenn man sich mit den Militärs anlegte.

Hagenberg wechselte unangenehm berührt das Thema. „Betrachten wir den Mord an Konstanze. Was wissen wir darüber?"

„Nicht viel. Konstanze wurde zwischen ein und zwei Uhr Morgens ermordet. Das ergibt sich aus dem Befund des Arztes und der Aussage des Nachtwächters Brachyta. Der hat nämlich um ein Uhr einen Rundgang gemacht. Da lag die Leiche noch nicht im Boot, sagt er. Das hat alles in der Zeitung gestanden."

„Ist das dieser Brachyta, der die Mädchen als Freundinnen bezeichnet hat?"

„Genau derselbe. Über den Täter können wir nur sagen, dass es höchstwahrscheinlich ein Mann, ein sehr kräftiger Mann gewesen ist. Weil die Leiche keine sonstigen Verletzungen aufwies, die auf einen Kampf oder eine Gegenwehr hindeuten, wurde Konstanze entweder überraschend aus dem Hinterhalt angegriffen oder sie hat sich vielleicht sogar in Begleitung des Täters befunden und mit so etwas nicht gerechnet."

„Das führt uns zu der Frage, wie sie auf das Gelände des Vergnügungsparks gekommen ist. Wurde sie dort ermordet, wo man sie gefunden hat, oder wo anders? Was denkst du?"

„Ich denke, sie wurde dort ermordet, wo man sie gefunden hat", meinte Bastian. „Wozu hätte sich der Täter die Mühe machen sollen, die Leiche auf das eingezäunte Areal zu schleppen? Wenn sie wirklich wo anders umgebracht worden wäre, hätte es genügt, sie irgendwo im Prater liegen zu lassen. Der Täter wollte die Tote ja nicht verstecken."

„Einverstanden", sagte Hagenberg. „Wie und warum ist sie dann auf das Gelände gekommen, beziehungsweise warum war sie nach Betriebsschluss noch dort?"

„Sie ist wahrscheinlich als normale Besucherin gekommen", grübelte Bastian, „und hat nach Betriebsschluss das Gelände nicht verlassen, sondern sich irgendwo versteckt, möglicherweise sogar mit ihrem Begleiter. Das geht ganz leicht, habe ich mir erzählen lassen. Oder sie war mit jemandem verabredet."

„Wozu?"

„Ich denke, es ist um ein Schäferständchen in romantischer Umgebung gegangen."

„Daran habe ich auch gedacht", bestätigte Hagenberg. „Das würde zu der Annahme passen, dass sie ihren Mörder gekannt hat und von seinem Angriff überrascht wurde."

Die beiden Männer schwiegen eine Weile, bis Bastian fragte: „Wie werden wir vorgehen?"

„Wir werden uns teilen und vorerst getrennt ermitteln. Du übernimmst den Auftrag des Herrn von Seidl. So ganz will ich mich auch nicht auf den Mohnhaupt verlassen. Ich kümmere mich inzwischen um den Pratermord. Ist heute nicht einer jener Tage an denen Frau von Seidl in die Stadt zu fahren pflegt?"

Bastian nickte widerstrebend. „In etwa eineinhalb Stunden, wenn sie sich an ihre Routine hält."

„Gut. Das geht sich noch aus. Hefte dich an ihre Fersen und versuche herauszubekommen, wer ihr Liebhaber ist."

„Das ist verlorene Zeit", ärgerte sich Bastian. „Frau von Seidl wird geradezu zur fixen Idee bei Ihnen. Dadurch kommen wir der vermissten Franziska Koch um keinen Schritt näher."

Hagenberg beachtete diesen Einwand nicht und fuhr fort: „Dann frag auf der Wieden nach, ob jemand weiß, wo Franziska hingekommen ist."

Bastians Verdrossenheit steigerte sich: „Das ist eine kalte Spur, das haben sie selbst gesagt."

Hagenberg reagierte nicht darauf, sondern schob Bastian ein Blatt Papier zu. „Das sind die Leute, die Seidl bisher mit der Suche nach Franziska beauftragt hat. Ich möchte herausbekommen, ob einer von ihnen nicht doch das Zipfelchen einer Spur gefunden hat."

Jetzt war Bastian richtig verärgert. „Was soll das bringen? Seidl hat Ihnen doch gesagt, dass alle völlig erfolglos geblieben sind."

„Eben das macht mich stutzig. Schau dir doch an, wer aller daran gearbeitet hat. Das sind Leute, die darauf spezialisiert sind, vermisste Personen zu finden. Möglich ist es natürlich, aber dass wirklich keiner von ihnen auch nur ansatzweise einen Hinweis entdeckt hat, wundert mich. Wir sollten abklären, ob der eine oder der andere vielleicht dahingehend beeinflusst wurde, seine Ergebnisse zurückzuhalten."

Bastian lehnte sich zurück, starrte Hagenberg verblüfft an und murmelte: „Frau von Seidl."

„Richtig: Frau von Seidl", bestätigte Hagenberg. „Sie weiß, dass ihr Mann bald sterben wird. Sie weiß auch, dass er Franziska suchen lässt. Sie kennt seine diesbezügliche Korrespondenz. Sie hat höchstwahrscheinlich auch mitbekommen, dass er daran denkt, sein Testament zu ändern, wo doch schon die Dienstboten darüber tratschen. Da muss es für sie höchst beunruhigend sein, wenn er nach seiner Jugendliebe sucht, um altes Unrecht wieder gutzumachen, wie er es formuliert hat. Es könnte um das Erbe des Herrn von Seidl gehen. Sie könnte versucht haben, die Suche nach der verschollenen Jugendliebe ihres Mannes zu sabotieren. Es ist durchaus möglich, ja sogar wahrscheinlich, dass auch ihr Liebhaber darin involviert ist."

„Jetzt verstehe ich Ihr Interesse an Frau von Seidl", sagte Bastian verblüfft. „Zumindest ist dieser Ansatz ein Strohhalm. Etwas anderes haben wir zur Zeit auch gar nicht. Ich werde mein Möglichstes versuchen. Was werden Sie inzwischen unternehmen, Herr Rittmeister?"

„Ich habe zunächst drei Dinge vor: Zuerst werde ich mir den Brachyta vornehmen. Dann werde ich versuchen mit einem alten Kameraden, dem Hauptmann Sünderhof, Kontakt aufzunehmen. Wir kennen uns von der Kadettenschule und haben uns immer gut verstanden. Obwohl der Kontakt schon lange abgerissen ist, weiß ich, dass er dem Evidenzbüro dienstzugeteilt wurde. Vielleicht kann er mir etwas sagen, falls er überhaupt mit mir redet." Hagenberg seufzte. „Und dann werde ich mit dem Zaubermeister reden, der Charlotte verschwinden hat lassen. Ich will versuchen ihre Spur aufzunehmen. Ich denke, ihre Aussage ist überhaupt der Schlüssel zu der ganzen Angelegenheit, auch zum Mord. Außerdem ..." Hagenberg sprach nicht weiter, weil er nicht wusste, wie er das ‚außerdem' Bastian gegenüber formulieren sollte.

Bastian verstand auch so, was seinen Chef bedrückte. „Ich will Ihnen das Herz nicht schwer machen, aber es kann sein, dass sie inzwischen schon tot ist", sagte er behutsam.

„Das glaube ich nicht. Unser Mörder pflegt seine Opfer nicht zu verstecken. Sicher hätte man sie gefunden, wenn ihr etwas zugestoßen wäre. Und jetzt beeil dich, mein Lieber, damit du Frau von Seidl nicht verpasst. Wir haben viel zu tun."

Kapitel 9

Nachtwächter haben untertags frei. Mit dieser an sich naheliegenden Tatsache wurde auch Hagenberg konfrontiert, als er sich am Nachmittag desselben Tages an der Kasse von ‚Venedig in Wien' erkundigte, ob und wo er den Herrn Brachyta sprechen könne. Die Dame an der Kasse war hilfsbereit, überhaupt nachdem Hagenberg zwei Kronen in das kleine Fenster geschoben hatte, hinter dem sie saß. Der Herr Brachyta sei um diese Zeit oft im Gasthaus Eisvogel, gleich um die Ecke am Eingang zum Prater zu finden, vertraute sie ihm an.

Hagenberg war überrascht. Der Eisvogel gehörte zu den beliebtesten Gaststätten im Prater und legte Wert auf ein gewisses Niveau. Nicht gerade das Lokal, in dem er den Nachtwächter vermutet hätte.

Er betrat den großen Gastgarten, der wegen des schönen Wetters gut besucht war und sah sich ratlos um. Kellner hetzten hin und her, die Hände voller Getränke und Speisen. Eine Damenkapelle saß unter einer Pergola und intonierte eine sentimentale Operettenmelodie. Die Luft war erfüllt von nahrhaften Gerüchen, lauten Stimmen, Gelächter und Musik. Es war natürlich aussichtslos, hier jemand zu finden, den man nicht kannte. Da half auch die Personenbeschreibung nicht, die ihm die freundliche Dame an der Kasse gegeben hatte.

Hagenberg trat einem der Kellner in den Weg und versuchte eine Frage anzubringen. Er erntet nur ein unwilliges: „Ich hab' jetzt keine Zeit. Setzen's Ihnen, Kollege kommt gleich!"

Es bedurfte mehrerer weiterer Versuche und einer Kronenmünze, um endlich die erwünschte Auskunft zu bekommen. Der Herr Brachyta saß in einer hinteren Ecke des Gastgartens allein an einem Tisch. Hagenberg musterte ihn sorgfältig.

Brachyta war Mitte Zwanzig und ein Gigerl, wie man in Wien sagte. Er sah fesch aus, mit seinen gelockten Haaren, dem sorgfältig gestutzten Schnurrbart und seinem eleganten Anzug, wobei man elegant relativ nehmen muss.

Auch unter den Gigerln gab es nämlich verschiedene Abstufungen: Angefangen von jenen, die modische Anzüge trugen und in den besten Kreisen verkehrten, über die Uniformierten, deren geckenhaftes Auftreten sozusagen standardisiert war, bis hin zu den einschlägigen Typen im Prater und in den Vorstädten. Zur letzteren Gruppe gehörte der Nachtwächter. Zu einer weitgeschnittenen Hose trug er eine gemusterte Weste und ein Sakko mit Stecktuch. Um den Hals hatte er eine Art Schalkrawatte geschlungen. Eine schräge Kappe, die er auch im Gastgarten nicht abgenommen hatte, vervollständigte diese prächtige Erscheinung. Im Mundwinkel hing ihm lässig eine dünne kurze Zigarre, die ihm ein weltmännisches Aussehen verleihen sollte. Auf jeden Fall war er einer, der sich mit den Frauen leicht tat: Ein typischer Dienstmädelverführer, fand Hagenberg.

Er trat an den Tisch und fragte höflich: „Herr Brachyta?"

Brachyta sah überrascht hoch, nahm die Zigarre aus dem Mund und versuchte den Fragenden einzuschätzen. Selbst wenn man sich im Moment nichts vorzuwerfen hatte, bekam man automatisch ein schlechtes Gewissen, sobald man von einem Polizeiagenten angeredet wurde. Das war allgemein so und ganz besonders bei den Praterleuten. Hagenberg sah allerdings nicht so aus, als ob er ein Kiberer wäre. Also fragte Brachyta halb höflich, halb abweisend: „Ja? Was wollen's von mir?"

Hagenberg ließ sich unaufgefordert nieder. „Ich bin Reporter und hätte gern mit Ihnen geredet."

„Worüber denn?"

„Na natürlich über die Tote in der Lagune."

„Da sind Sie aber spät dran. Ich habe schon mit ein paar Reportern geredet; ist alles in der Zeitung gestanden. Es gibt nichts Neues zu erzählen."

„Es kommt nicht darauf an, was es Neues gibt", belehrte in Hagenberg, „sondern darauf wie es erzählt wird."

Die Kapellmeisterin trat vor ihr Pult und kündigte etwas an. Die Leute in ihrer Nähe applaudierten freundlich. Hagenberg hatte in dem Trubel kein Wort verstanden, schloss sich aber dem Beifall an. Brachyta klatschte nicht, sondern betrachtete nachdenklich seinen Besucher. „Von welcher Zeitung kommen Sie überhaupt?", fragte er überraschend.

„Vorsichtig ist er und gar nicht blöd, der Kerl", dachte Hagenberg und schob Brachyta eine Visitenkarte zu. '*Manfred Hagenberg*', stand darauf, '*Korrespondent des Illustrierten Wiener Extrablattes*'.

Hagenberg war sehr sorgfältig, was die verschiedenen Tarnungen betraf, unter denen er seine Ermittlungen anstellte. Er hatte als sogenannter freier Mitarbeiter tatsächlich einige Artikel geschrieben, die im Extrablatt veröffentlicht worden waren, zuletzt über die Gefahren, die von den immer öfter zu sehenden Automobilen im Straßenverkehr ausgingen. Sollte sich jemand erkundigen, würde man beim Extrablatt sagen: „Ja natürlich kennen wir den Hagenberg. Der schreibt gelegentlich für uns."

Der Rittmeister verfügte über genau so gut abgesicherte Existenzen als Versicherungsagent, Handelsvertreter und ehrenamtlicher Mitarbeiter einer Organisation, die sich der Armen- und Obdachlosenfürsorge verschrieben hatte. Besonders letztere verschaffte ihm Zugang zu Kreisen, die sonst nicht sehr kooperativ waren, wenn man etwas erfragen wollte.

Brachyta war zufriedengestellt und fragte unverblümt: „Was zahlen Sie?"

Hagenberg seufzte abgrundtief und schob fünf Kronen über den Tisch.

„Also gut, fragen Sie."

„Wie viele Nachtwächter gibt es bei euch?"

„Wir sind sechs und machen abwechselnd Schichtdienst: Zwei in der Nacht, zwei haben frei und zwei müssen untertags anwesend sein. Die müssen sich darum kümmern, wenn ein Problem auftritt. Zum Beispiel, wenn Besucher in Streit geraten, oder eine Rauferei anfangen, oder irgendetwas Technisches nicht funktioniert. Unser Chef ist ein gewisser Newerkla. Der Nachtdienst ist recht angenehm. Einer macht immer den Rundgang und der andere bleibt im Büro und kann inzwischen schlafen, wenn nichts passiert." Brachyta sprach flüssig. Man erkannte, dass er die Geschichte schon öfter erzählt hatte.

„In der fraglichen Nacht haben Sie Nachtdienst gehabt?"

„Ja, gemeinsam mit dem Newerkla. Die erste Runde habe ich gemacht. Da war noch alles in Ordnung. Ich bin um etwa ein Uhr an der Lagune vorbeigekommen. Die Tote war noch nicht da. Das hätte ich sicher gesehen. Die nächste

Runde hat der Newerkla gemacht und die Tote gefunden. Er hat mich sofort angerufen, damit ich die Polizei hereinlasse. Mehr weiß ich nicht. Das hat schon alles in der Zeitung gestanden."

„Sagen Sie, haben Sie die Tote gekannt?"

„Vom Sehen. Persönlich habe ich sie nicht gekannt."

„Aha. Wo haben sie das Mädchen schon gesehen?"

„Im Prater eben und beim Zaubertheater."

„Beim Zaubertheater?"

„Ja. Ich glaube sie war mit der schwebenden Jungfrau bekannt. Ich habe die beiden ein paarmal gemeinsam gesehen."

„Meinen sie die schwebende Jungfrau, die weggezaubert worden ist?"

„Genau die."

„Haben Sie das verschwundene Mädchen auch gekannt?"

„Nicht gut. Ich habe sie einmal angeredet, aber bei der war nichts zu machen. Sie war ziemlich arrogant. Sie hat geglaubt, sie ist etwas Besseres."

„Wann haben Sie die beiden Mädchen zum letzten Mal gemeinsam gesehen?"

„Hören Sie! Sie fragen mich aber ganz schön aus. Diese Fragen hat nicht einmal die Kiberei gestellt."

Hagenberg seufzte neuerlich. „Ist es Ihnen recht, wenn ich Ihre Konsumation übernehme?"

„Meinetwegen." Brachyta bestellte sofort ein großes Bier und gab bereitwillig Auskunft: „Das letzte Mal habe ich die beiden gesehen, wie ich zum Dienst gegangen bin, in der Nacht, in der die eine umgebracht worden ist. Sie sind dort gestanden." Brachyta deutete vage in Richtung Riesenrad. „Sie haben sich gestritten. Regelrecht angeschrieen haben sie sich. Ich habe schon gedacht, jetzt fangen sie gleich zu raufen an; haben sie aber nicht."

„Worüber haben die beiden gestritten?"

„Das weiß ich doch nicht!"

Die Damenkapelle spielte den Radetzkymarsch. Hagenberg machte sich eifrig Notizen in ein Büchlein und fragte schließlich: „Können Sie sich vorstellen, wo das verschwundene Mädchen hingekommen ist?"

„Das kann doch ich nicht wissen! Aber wenn Sie mich fragen, besteht kein Grund zur Aufregung. Das hat nichts mit Zauberei oder solchen Dingen zu tun. Ich denke, die Kleine ist einfach abgehauen. Wahrscheinlich, weil sie ihr Gspusi los werden wollte. Ich habe gehört, der ist Feuerspucker und ein richtiger Spinner, der sie gar nicht gut behandelt."

„Das kann natürlich auch sein", murmelte Hagenberg und fragte weiter: „Wissen Sie, ob das Mädchen, das umgebracht wurde, einen Freund hatte?"

„Nicht sicher. Ich habe sie nur zwei oder dreimal Mal mit einem Mann gesehen."

„War das immer derselbe Mann?"

„Ja."

„Wie heißt er?"

„Was Sie alles fragen! Wie soll ich das wissen? Einer aus dem Prater war es. Ich habe ihn hier schon öfter gesehen, aber ich habe keine Ahnung, wie er heißt, oder wo er arbeitet." Brachyta sah Hagenberg lauernd an. „Wenn Sie wollen, kann ich versuchen ihn ausfindig zu machen."

„Daran wäre mir sehr gelegen", sagte Hagenberg langsam.

„Das kostet aber etwas. Dafür verlange ich fünfzig Kronen."

Die Forderung war unverschämt hoch. Trotzdem hätte Hagenberg fast zugestimmt, wenn er im letzten Moment nicht eine mögliche Falle, eine Art Prüfung erahnt hätte. Er fuhr zurück. „So kommen wir nicht ins Geschäft, Herr Brachyta. Was glauben Sie denn, was mir das Extrablatt für einen Artikel bezahlt? Spesen geben die mir auch keine. Mit fünfzig Kronen tät ich ja draufzahlen, selbst wenn ich den Artikel verkaufen kann. Ich kann Ihnen höchstens noch einmal fünf Kronen geben. Das ist wirklich alles."

„Zwanzig Kronen", verlangte Brachyta. „Um weniger mache ich es nicht. Ohne mich finden Sie den Mann nie. Nicht einmal der Polizei habe ich etwas davon erzählt. Die haben mich allerdings auch nicht danach gefragt. Das wäre eine sehr exklusive Information für Sie! Vielleicht können Sie sogar einen Sensationsartikel daraus machen, wenn Sie am Ende gar den Mörder finden. Wer weiß?"

„Einverstanden", stimmte Hagenberg bedrückt zu. „Sie bekommen das Geld, sobald Sie mir sagen, wer der Mann ist."

„Jetzt gleich."

Hagenberg reagierte empört. „Das kommt nicht in Frage!"

„Ich brauche das Geld jetzt gleich, weil ich Spielschulden zahlen muss. Sie wissen ja, wie das ist, mit den Spielschulden. Sagen Sie mir, wo ich Sie erreichen kann und ich schicke Ihnen bald Nachricht. Kann ich Sie beim Extrablatt erreichen?"

„Also gut", fügte sich der Rittmeister und nahm einen Zwanzigkronenschein in die Hand. „Aber nicht beim Extrablatt. Hinterlegen Sie eine Nachricht an der Rezeption des Hammerand."

Er hielt noch immer zögernd den Geldschein in der Hand.

„Geben Sie schon her!", forderte Brachyta forsch und schnappte sich das Geld. „Sie bekommen bald Nachricht. Vertrauen Sie mir, Herr Hagenberg!"

Hagenberg sah dem feschen Nachtwächter hinterher, der eilig den Gastgarten verließ. „Ich traue dir nicht im geringsten", dachte er. „Du hast es faustdick hinter den Ohren, mein Lieber."

Weil es in der Nähe lag, begab sich Hagenberg gleich anschließend zum Zaubertheater und fragte an der Kasse nach dem Zauberer Mallachini, wobei er eine Visitenkarte, die ihn als Reporter auswies, und zwei Kronen durch den Schalter schob. Die Dame hinter dem Schalter stellte zunächst einmal die Münzen sicher, damit er es sich nicht anders überlegen konnte, falls ihn ihre Auskunft enttäuschen sollte. Denn, so erklärte sie, der Meister sei nicht anwesend. Er habe einen Nervenzusammenbruch erlitten und bedürfe der Ruhe. „Morgen tritt er aber wieder auf", vertraute sie Hagenberg an. „Er wird dann wieder sein Kunststück mit der schwebenden Jungfrau vorführen. Eine seiner anderen Assistentinnen wird für die Fleuron einspringen. Leider sind die nächsten Vorstellungen bereits ausverkauft. Die Leute wollen unbedingt sehen, ob er es diesmal zusammenbringt, oder ob ihm noch eine Jungfrau abhanden kommt."

„Wo mag Charlotte Fleuron wohl jetzt sein?", fragte Hagenberg.

Die Dame hinter dem Schalter flüsterte verschwörerisch: „Fortgezaubert, verhext, verschollen im Reich der Geister irrt sie zwischen den Sphären umher, eine verlorene Seele ..."

„Pflanzen's mich nicht", unterbrach sie Hagenberg ärgerlich. „Glauben Sie, ich weiß nicht, dass das alles nur ein Trick ist? Wenn der Mallachini wirklich Leute fortzaubern könnt', tät er nicht im Theater auftreten. Dann wäre er der bestbezahlte Meuchelmörder von Wien."

Seine Gesprächspartnerin war irritiert. „Wieso Meuchelmörder? Ein Mörder bringt doch Leute um!"

„Fortzaubern ist genauso gut, wenn man jemanden loswerden will. Sogar noch besser, weil es dann keine Leiche und keine Spuren gibt."

„Auf kuriose Einfälle kommen Sie!" Sie studierte seine Visitenkarte. „Sind Sie der Hagenberg, der unlängst den Artikel über die Gefahren geschrieben hat, die von Automobilen ausgehen?"

„Ja", bestätigte Hagenberg und fragte nicht ohne einen Anflug von Stolz auf seine schriftstellerische Tätigkeit: „Hat er Ihnen gefallen?"

„Überhaupt nicht. Entschuldigen Sie, wenn ich Ihnen das so offen sage, aber so einen Blödsinn habe ich schon lange nicht mehr gelesen. Automobile sind wunderbar. Ich weiß das, weil ich schon einmal mitfahren habe dürfen. Das ist viel besser als ein Pferd. Bei einem Pferd weiß man nie, was es anstellen wird. Es wird wahrscheinlich durchgehen, einen abwerfen, beißen oder treten. Ein Auto tut so etwas nicht. Sie sind ein sehr altmodischer Mensch, Herr Hagenberg."

Hagenberg kränkte sich ein wenig und kam auf seine ursprüngliche Frage zurück: „Ich wüsste trotzdem gern, was mit Charlotte wirklich passiert ist."

„Davongelaufen wird sie halt sein, weil sie ihren Freund, den Ferry nicht mehr ausgehalten hat." Das war offenbar die vorherrschende Meinung unter den Praterleuten. Sie verstummte, obwohl Hagenberg sie abwartend ansah. Eine weitere Münze brachte die Auskunftsfreudigkeit der Kassiererin wieder in Schwung. „Der ist nämlich Feuerspucker", erzählte sie. „Man muss sich das nur vorstellen: Würden sie gern einen Feuerspucker küssen? Einen der nach

Petroleum oder sonst einem Fusel schmeckt? Einen der immer brenzlig riecht und bei dem man nicht weiß, ob er nicht noch ein Flämmchen im Mund hat?"

Hagenberg schüttelte schaudernd den Kopf und versicherte, er würde auf keinen Fall einen Feuerspucker küssen.

„Sehen Sie", fuhr die Dame hinter der Kasse zufrieden fort. „Außerdem hat er sie schlecht behandelt. Wenn ihm etwas nicht gepasst hat, hat er sie gründlich verprügelt. Das hat sie doch nicht notwendig! So ein hübsches Mädel kann sich jederzeit einen anderen suchen. Ich an ihrer Stelle hätte den Ferry schon längst sitzen lassen. Freilich, jetzt wo Sie fort ist, führt er sich wie ein Verrückter auf und gibt dem Mallachini die Schuld."

„Ist der Ferry da? Kann ich vielleicht mit dem reden?"

„Da ist er schon, aber reden können sie nicht mit ihm. Er ist total besoffen und liegt hinten auf der Wiese. Manchmal glaube ich, er säuft den Fusel, den er zum Feuerspucken verwendet. Nein! Aus dem bringen sie kein vernünftiges Wort heraus."

Hagenberg bedankte sich für die Auskunft, schlenderte durch die Praterstraße davon und überlegte, wie er mit Sünderhof Kontakt aufnehmen könne.

Kapitel 10

Die Suche nach Hauptmann Sünderhof gestaltete sich letztlich als sehr einfach. Einer Eingebung folgend rief Hagenberg vom nächstgelegenen Postamt im Offizierskasino an und fragte, ob der Hauptmann anwesend sei.

Er war anwesend und kam nach kurzer Zeit ans Telefon. Er freue sich, so sagte er, nach so langer Zeit von Hagenberg wieder zu hören und würde sich selbstverständlich und gerne auf einen kleinen Plausch mit ihm zusammensetzen. Durch nichts ließ er erkennen, dass er vom Ausscheiden Hagenbergs aus der Armee, oder gar von den unrühmlichen Umständen, unter denen das geschehen war, wusste. Wenn Hagenberg Lust und Zeit habe, sagte er, könne man sich gleich treffen: Am besten im Café Central, in einer dreiviertel Stunde.

Hagenberg war über die Bereitwilligkeit Sünderhofs, sich mit ihm so kurzfristig zu verabreden, mehr als überrascht und sagte sofort zu.

Von einem Fiaker mit offenem Verdeck ließ er sich direkt zum Palais Ferstel bringen und beobachtete, bequem in den Lederpolster gelehnt, die zahlreichen verschiedenartigen Gefährte, die sich auf der Straße drängten.

Er liebte es, mit dem Fiaker zu fahren. Er mochte das Trappeln der Hufe auf dem Pflaster, den Geruch nach Pferden und das sanfte Wiegen des Chassis. Außerdem war man ungestört und konnte in Ruhe seinen Gedanken nachhängen. Das war bei den elektrischen Straßenbahnen, die in Mode gekommen waren, nicht so. Sie waren auch nicht schneller als Pferdewagen, ratterten erbärmlich, waren unbequem und blieben ständig stehen, um unter Pfeifgeräuschen und befehlenden Rufen des Schaffners neue Passagiere aufzunehmen und andere zu entlassen. Meist war man zwischen Menschen eingeklemmt, die man nicht kannte, die man auch gar nicht kennenlernen wollte und die oft sonderbar rochen. Da nahm Hagenberg ganz gern den deutlich höheren Preis für eine Fiakerfahrt in Kauf.

Am meisten von allen diesen neumodischen Verkehrsmitteln verabscheute Hagenberg aber Automobile. Zum Glück sah man sie nur selten und sie würden sich auch nicht durchsetzen. Keines dieser hässlichen, stinkenden Gefährte konnte jemals ein Pferd ersetzen. Davon war er im Gegensatz zu der Dame an der Kassa des Zaubertheaters überzeugt. Denn ein Pferd war ein verständiges Wesen. Wenn es gut abgerichtet war, reagierte es auf einen leichten Schenkeldruck, eine Berührung mit den Fersen, oder auch nur auf ein leichtes Schnalzen mit der Zunge. Mit einem Auto war das anders. Ein hirnloser Motor trieb das Fahrzeug gewaltig voran und musste durch mechanische Vorrichtungen gebändigt werden. In tiefster Seele war Hagenberg davon überzeugt, dass Automobile nur sehr unzureichend gelenkt und beherrscht werden konnten. Sie waren auf eine seelenlose, unpersönliche Art bösartig, eine Gefahr für ihre Lenker und noch mehr für andere Verkehrsteilnehmer.

Nach einer knappen halben Stunde hatte Hagenberg sein Ziel erreicht und ließ den Fiaker an der in der Herrengasse gelegenen Seite des Palais halten.

Das Palais Ferstel war ein im Stil der toskanischen Frührenaissance gestalteter Bau, der nicht etwa nach einem Adelsgeschlecht, sondern nach seinem Architekten benannt worden war. Das Palais war nämlich im Auftrage der Österreichisch-Ungarischen Bank errichtet worden und beherbergte auch das weitläufige Café Central.

Das Central war eines der berühmtesten Kaffeehäuser der Monarchie. Hier verkehrten neben namhaften Literaten auch viele Politiker. Nicht wenige davon waren Sozialdemokraten. Im Stock darüber, im ehemaligen Börsensaal, hatte sich das Militärkasino eingemietet.

So existierten drei völlig verschiedene Sphären unter einem Dach und spiegelten die natürliche Ordnung der Welt wieder. Hausherr war das Kapital, oben residierte das Militär und unten im Kaffeehaus war das Reich der ständig diskutierenden Schöngeister, Philosophen, Schreiberlinge und glücklosen Politiker.

Gelegentlich verirrte sich zwar auch einer der Herren Offiziere ins Central, niemals aber einer der sonstigen Kaffeehausbesucher ins darüber liegende Kasino. Zivilisten hatten dort selbstverständlich keinen Zutritt. Die Stammgäste des Kaffeehauses kümmerte das herzlich wenig. Sie wollten ohnehin mit den Militärs nichts zu tun haben. Hagenberg durchschritt die Spielzimmer, in denen Billard, Tarock oder Schach gespielt wurde, und gelangte in den glasüberwölbten

Innenhof, wo ein malerischer Brunnen plätscherte. Von dort führte die Treppe zum Kasino hoch. Hagenberg beschleunigte seine Schritte, denn er hatte keine Lust, einem seiner ehemaligen Kameraden zu begegnen. Das eigentliche Kaffeehaus betrat er durch einen Hintereingang. Dort sah er sofort Sünderhof an einem jener Tische sitzen, die für Laufkundschaft bestimmt waren.

Der Hauptmann war das uniformierte Gegenstück zum Nachtwächter Brachyta: Ein Feschak, wie er im Buche stand, der sich seiner Wirkung auf Frauen voll und ganz bewusst war. Die Begrüßung der beiden alten Kameraden gestaltete sich herzlich. Besonders Sünderhof legte ein auffallend unbefangenes Verhalten an den Tag. Hagenberg interpretierte das als Freundlichkeit, denn höchstwahrscheinlich wusste der Hauptmann, dass ihm der Ehrenrat seines Regimentes mit einer förmlichen Verurteilung die Ehrlosigkeit sozusagen hinterher geschmissen hatte, als er schon aus der Armee ausgeschieden war.

Um nicht gleich in Peinlichkeiten zu geraten, fordert Hagenberg zuerst seinen Jugendfreund auf, zu erzählen, wie es ihm ergangen sei, seit ihren gemeinsamen Tagen an der Kadettenschule.

Sünderhof ließ sich nicht lange bitte und berichtete über die Stationen seiner Karriere bis hin zu seiner derzeitigen Verwendung beim Evidenzbüro.

„Wie ist es, im Evidenzbüro?", erkundigte sich Hagenberg.

„Viel zu tun ist halt", klagte Sünderhof. „Besonders im Kundschaftsbüro, dem ich jetzt zugeteilt bin." Hagenberg zog erstaunt die Augenbrauen hoch. Das Kundschaftsbüro war eine Spezialabteilung, die Aufgaben der militärischen Auslandsaufklärung wahrnahm. „Wir paar Leute kommen mit der Arbeit kaum nach", fuhr Sünderhof fort. „Daran sind die Ungarn schuld, die uns knapp halten. Wir werden nämlich vom Außenministerium budgetiert und dort haben die Ungarn viel mitzureden. Zum Glück können wir auf einen Spezialfond des Kriegsministeriums zugreifen, sonst könnten wir nicht einmal unsere informellen zivilen Mitarbeiter und Informanten bezahlen."

„Sind das keine Staatsgeheimnisse?", fragte Hagenberg scherzhaft.

„Geh hör auf! Staatsgeheimnisse! Das hat doch schon in der Zeitung gestanden. Heutzutage steht überhaupt alles in den Zeitungen. Wenn ich ein Spion wäre, ein ausländischer Spion meine ich, würde ich nur im Café Central sitzen und Zeitungen lesen. Da findet man alle Geheimnisse der Monarchie ganz taxfrei und braucht erst gar nicht viel herumzuspionieren. Das sind halt die Auswüchse der sogenannten Pressefreiheit. Wir sollten uns lieber an Russland ein Beispiel nehmen. Die haben wenigstens eine ordentliche Zensur. Aber jetzt erzähl etwas über dich. Bist du schon verheiratet? Als Zivilist brauchst du dir ja keine Gedanken machen, von wo du die Kaution herbekommst, die sie von uns Offizieren verlangen. Ich bin schon seit einem halben Jahr verlobt und mein zukünftiger Schwiegervater ziert sich noch immer mit der Kaution. Solche Probleme hast du nicht mehr."

Da war es, das unausgesprochene Bekenntnis, dass Sünderhof über seine Situation Bescheid wusste.

„Nein", bekannte Hagenberg und ließ sich nichts anmerken. „Ich bin nicht verheiratet und auch nicht verlobt."

„Muss ja nicht sein", meinte Sünderhof gönnerhaft. „Man kann es sich auch einfacher machen. Ein Gspusi hast du aber schon, nicht wahr? Wahrscheinlich eine vom Theater, wie ich dich einschätze."

„Nein", sagte Hagenberg kurz.

Sünderhof zog die Augenbrauen hoch. „Nein? Wieso nicht, um Himmelswillen? Ein Mann wie du kann sich doch jederzeit eine aufreißen. Du brauchst dir doch nur eine auszusuchen."

„Das ist nicht so", meinte Hagenberg zögernd. „Das mit dem Aussuchen und Aufreißen. Ich suche und plane meine Verhältnisse nicht. Bei mir ist es eher so", er zögerte und suchte nach dem richtigen Ausdruck, „dass mir die Frauen einfach passieren. Ja, so könnte man sagen: Die Frauen passieren mir."

„Was du daherredest! Eine Frau passiert einem doch nicht. Zumindest nicht einem Mann von Verstand. Bloß ein Unglück passiert einem, oder eine Naturkatastrophe!"

„Ich denke, das trifft es ziemlich genau", murmelte der Rittmeister.

Sünderhof schüttelte den Kopf und bot Hagenberg eine Zigarette an. „Und das Mädchen vom Zaubertheater ist dir die auch passiert?", fragte er überraschend.

Jetzt war auch das da, das Thema, auf das Hagenberg hinausgewollt hatte. Es war nicht von ihm gekommen, sondern von seinem Gesprächspartner. Hagenberg erkannte, dass sich Sünderhof nicht nur aus alter Freundschaft so bereitwillig mit ihm verabredet hatte. „Du weißt davon?", fragte er.

„Das hat sich kaum vermeiden lassen, so wie sich der Cerny nach seinem Gespräch mit dir aufgeführt hat. Du bist ihm mächtig auf die Zehen gestiegen."

„Ich glaube, ich war nicht sehr diplomatisch", gestand Hagenberg reumütig.

„Sei's drum. Der Cerny kann dich sowieso nicht leiden. Der kann eigentlich niemanden leiden. Er tut nur manchmal so, wenn er sich einen Vorteil davon erhofft. Aber jetzt sag: Was ist das für eine Geschichte zwischen dir und dieser Charlotte Fleuron." Er wusste sogar ihren Namen.

„Eigentlich wollte ich dich fragen, was das für eine Geschichte zwischen euch und Charlotte ist und wieso mir der Cerny deswegen auf den Pelz rückt."

Sünderhof schüttelte bedauernd den Kopf. „Weißt du, das sind jetzt wirklich Dienstgeheimnisse."

„Ich versteh' das alles nicht", murmelte Hagenberg.

Sünderhof gab ein wenig nach. „Soviel kann ich dir verraten: Wir müssen mit der Fleuron sprechen, bevor sie mit anderen redet."

„Wozu?"

„Das kannst du dir doch denken. Damit sie über gewisse Dinge den Mund hält."

„Über welche Dinge?"

„Das weißt du nicht?"

„Nein, das weiß ich nicht. Und ich weiß auch nicht, wo Charlotte jetzt ist. Das habe ich schon dem Cerny gesagt, aber der wollte mir ja nicht glauben. Also: Über welche Dinge?"

„Dienstgeheimnis. Je weniger du darüber weißt, um so besser für dich."

„Und wenn sie nicht will? Was ist, wenn sie nicht den Mund hält? Wenn sie am Ende gar mit irgendeinem Skandal, den ihr unter den Teppich kehren wollt, zur Zeitung gehen will?" Sünderhof schwieg.

„Wird sie dann auch umgebracht, so wie das Mädchen, das man in Venedig gefunden hat?", stieß Hagenberg überraschend nach.

Sünderhof fuhr hoch: „Was weißt du darüber?"

„Nur dass die beiden ein gemeinsames Geheimnis hatten. Jetzt ist die eine tot und die andere fürchtet um ihr Leben. Also: Soll sie auch umgebracht werden?"

„Was denkst du dir eigentlich? Wir sind doch keine Meuchelmörder", wehrte sich Sünderhof.

„Du nicht. Aber kannst du für alle in deinem Haufen, einschließlich der freien Mitarbeiter, wie du sie nennst, die Hand ins Feuer legen?"

„Ja, schon", meinte Sünderhof zögernd. Man sah ihm an, dass er sich in seiner Haut nicht wohl fühlte. „Obzwar die Interessen des Staates manchmal außerordentliche Maßnahmen erfordern. Schau, Hagenberg! Wir rechnen mit dir. Du bist doch trotz allem, was dir zugestoßen ist, noch immer einer von uns. Wenn du Charlotte findest, oder sie zu dir kommt, sorge dafür, dass sie mit uns redet. Ich gebe dir mein Ehrenwort, dass ihr nichts geschehen wird, wenn sie vernünftig ist."

„Es ist eher anzunehmen, dass die Polizei sie findet. Die suchen nämlich auch schon nach ihr, habe ich gehört."

„Das würde die Sache erleichtern. Wir haben unsere Verbindungen zur Polizei. Ich setze aber eher darauf, dass du sie zuerst in die Hände bekommst."

„Wie kommst du darauf?"

„Glaubst du, wir wissen nicht, was du so treibst und welcher Profession du auf beindruckend erfolgreicher Weise nachgehst? Das Evidenzbüro hat ein Dossier über dich, auch wenn sich manche deiner Freunde bei der Polizei nicht sehr auskunftsfreudig zeigen. Wir haben uns sogar schon überlegt, dich zu rekrutieren."

„Daraus wird nichts", wehrte Hagenberg ab. „Ihr könnt euch meine Honorare nicht leisten."

„Mag sein. In diesem Fall appellieren wir aber an deine Offizierseh re. Können wir auf dich rechnen?"

Hagenberg wurde blass vor Zorn. „Jetzt treibst du es zu weit, du Heuchler", ärgerte er sich. „Ehre habe ich, aber meine Offizierseh re habt ihr mir gründlich abgesprochen. Ihr würdet mich nicht einmal mit der Kohlenzange anfassen, wenn nicht das Vaterland ein solches Opfer verlangt. Das ist mir inzwischen klar geworden. Vergiss nicht, dir die Hände, zu waschen, du hast mich immerhin mit Handschlag begrüßt."

Hagenberg legte zwei Kronen auf den Tisch, obwohl er noch nichts konsumiert hatte, ließ den betretenen Sünderhof sitzen und verließ das Café durch den Vordereingang.

Ein Philosoph mit wirren Haaren bemerkte ohne den Kopf zu heben halblaut und abfällig: „Offiziere!" Es klang wie ein Schimpfwort.

„Ich nicht", sagte Hagenberg deutlich vernehmbar und dachte, dass er schon wieder kein Meisterstück an Diplomatie abgeliefert hatte. Aber was seine verlorene Offiziersehre betraf, war er eben noch immer sehr empfindlich.

Am Würstelstand bei der Oper vergönnte sich der gewesene Rittmeister ein rasches Abendessen, dann ließ er sich von einem Fiaker zum Hammerhand bringen.

Kapitel 11

Bastian war schon vor ihm angekommen und erwartete ihn. Sie ließen sich vom Etagenkellner Kaffee bringen und tauschten Neuigkeiten aus.

„Ich bin Frau von Seidl befehlsgemäß gefolgt", berichtete Bastian. Gelegentlich fiel er in einen militärischen Jargon zurück. „Sie hat sich zur Oper fahren lassen und ist dann zu Fuß weitergegangen, in die Kärntnerstraße. Da gibt es nicht weit vom Stephansplatz eine spezielle Pension: Sehr diskret, sehr gediegen und sicher sehr, sehr teuer. In Wahrheit vermieten sie dort stundenweise Zimmer an ein zahlungskräftiges Publikum aus sogenannten besseren Kreisen. Die Pension hat einen eigenen Eingang, man kann sie aber auch durch das Geschäft einer Modistin erreichen, das sich im Erdgeschoss befindet."

„Wie hast du das herausbekommen?"

„Ganz einfach. Zuerst ist Frau von Seidl wie eine normale Kundin in das Geschäft gegangen. Auf der gegenüberliegenden Straßenseite hat ein Mann gewartet und unmittelbar danach die Pension durch ihren regulären Eingang betreten, sodass niemand die beiden gemeinsam sehen konnte. Ich bin kurz danach in das Geschäft gegangen. Sie war nirgends mehr zu sehen. Ich habe mich also dumm gestellt und gefragt, wo der Eingang zur Pension ist. Die Modistin hat mich zur Hintertür gewiesen und mir zugeraunt, dass die Herren üblicherweise den Haupteingang nehmen und nur die Damen durch das Geschäft gehen. Ich bin durch die Hintertür in einen Hof gekommen, von wo es auch einen Aufgang zur Pension gibt. Dann habe ich das Haus wieder durch den Vordereingang verlassen und auf der Straße gewartet. Nach einer Stunde ist von Frau von Seidl mit einer Hutschachtel aus dem Geschäft gekommen und rasch wieder Richtung Oper gegangen. Ich habe sie gehen lassen und gewartet. Der Mann ist ein paar Minuten später aus der Pension gekommen und ich bin ihm gefolgt. Er wohnt im Royal in der Singerstraße und heißt Posowsky, Eugen von Posowsky; angeblich ist er ein polnischer Graf. Mehr habe ich über ihn nicht herausbekommen."

Hagenberg war trotzdem sehr zufrieden. „Ausgezeichnet. Konntest du Fotos machen?"

„Einige. Ich werde sie noch heute entwickeln, aber sie sind nicht kompromittierend."

„Macht nichts. Sein Foto könnte uns helfen, wenn wir uns näher nach ihm erkundigen wollen. Warst du auch auf der Wieden?"

„Ja, aber wie vermutet: Es ist eine kalte, ausgelatschte Spur. Das einzige was den Leute einfiel, war, dass ich der weißgottwievielte bin, der sich in letzter Zeit nach der Franzi erkundigt hat. Das Friseurgeschäft gibt es auch nicht mehr. Dort ist jetzt eine Kohlenhandlung, die von der Tochter des inzwischen verstorbenen Friseurmeisters betrieben wird. Die hat sich wenigstens an die Franziska erinnern können. Sie war damals noch ein kleines Mädchen und sie hat die Franzi sehr gemocht, weil sie immer so lustig und freundlich war. Dann, ein paar Wochen bevor sie weggegangen ist, hat sich Franzi verändert, meint die Kohlenhändlerin. Sie war immer traurig, hat manchmal geweint und ist dicker geworden. Der alte Friseurmeister hat gesagt: ‚Mir scheint, unsere Franzi kriegt ein Kind.' Dann hätte er sie natürlich hinausgeschmissen. Das war und ist noch immer so: Wenn ein weiblicher Dienstbote schwanger wird, wird sie auf der Stelle entlassen und mag sehen, wo sie bleibt. Darüber muss sich natürlich auch die Franziska im Klaren gewesen sein und sie ist lieber von selber gegangen. Eines Tages war sie verschwunden. Sie hat nur einen kurzen Brief hinterlassen, in dem sie sich entschuldigt, verabschiedet und mitgeteilt hat, wohin man ihr den restlichen Lohn schicken soll."

Hagenberg fuhr in die Höhe: „Diesen Brief müssen wir sehen!"

„Geht leider nicht. Die Kohlenhändlerin hat ihn nicht mehr. Sie hat ihn einem Mann, der sich vor ein paar Wochen nach Franziska erkundigt hat, gegeben, verkauft, sollte man besser sagen."

„Weiß sie an wen?"

„Nicht sicher. Sie konnte sich nicht mehr genau erinnern. Ich habe ihr die Liste mit den Namen der Ermittler gezeigt, die Seidl vor uns mit der Suche beauftragt hat. Sie glaubt, dass es ein gewisser Waller war."

„Erinnert sie sich wenigstens, wohin der restliche Lohn seinerzeit geschickt werden sollte?"

„Auch nicht. Ich habe sie genau beobachtet. Diese Person verheimlicht nichts. Sie ist eine tüchtige Kohlenhändlerin, aber sonst nicht sehr helle. Das einzige was ihr einfiel, war, dass die Ortschaft an der Donau liegt. An den Adresszusatz ‚an der Donau' konnte sie sich noch erinnern. Sie meint, irgendeine Ortschaft in Niederösterreich wird es gewesen sein."

„Das ist doch schon etwas", freute sich Hagenberg. „Es gibt zwar einige Orte, die dafür in Frage kommen, aber immer noch besser, als wir müssen sie in Böhmen oder Ungarn suchen. Sie hat scheinbar in der Umgebung von Wien einen Platz gewusst, wo sie hingehen kann: Wahrscheinlich zu ihren Eltern, oder sonst zu nahen Verwandten. Wir müssen jetzt herausfinden, ob es in einem dieser Orte eine Familie gibt oder gab, die Koch heißt. Dabei kann mir der Mohnhaupt behilflich sein. Wenn wir einen passenden Ort finden, brauchen wir nur im Kirchenbuch nachforschen, ob ein Kind namens Franziska getauft worden ist. Das müsste so um 1860 gewesen sein, plus minus fünf Jahre. Wenn wir Glück haben, finden wir sogar einen Vermerk, falls sie geheiratet hat, oder gestorben ist. Das wird auch bei auswärtigen Ereignissen der Geburtspfarre mitgeteilt, meistens jedenfalls. Wir kommen der Sache schon näher!"

„Ich glaube nicht, dass es so einfach wird", meinte Bastian skeptisch. „Und was haben Sie heute erlebt?"

Hagenberg gab seinem Assistenten einen ausführlichen Bericht.

Bastian fasste seine Meinung in einem kurzen Statement zusammen: „Verflucht! Sie hätten dem Mohnhaupt nicht versprechen dürfen, ihm bei dem Pratermord zu helfen. Das habe ich schon immer gesagt. Jetzt hat Sie das Evidenzbüro im Visier und es ist nicht abzusehen, was sich daraus noch für Probleme entwickeln werden. Das kann sehr, sehr unangenehm werden."

„Die können mich am Arsch lecken", sagte der Rittmeister gereizt.

Ehe er seine Meinung über das Evidenzbüro und seine ehemaligen Kameraden noch deutlicher ausführen konnte, wurde er vom Etagenkellner unterbrochen, der die Briefe für den Herrn Rittmeister brachte. Die hätte er natürlich auch schon mit dem Kaffee bringen können, aber er zog es vor, zweimal zu kommen, des Trinkgeldes wegen. „Diese beiden Nachrichten sind nicht mit der Post gekommen, sondern persönlich beim Portier abgegeben worden. Mein herzliches Beileid, Herr Rittmeister", sagte er. „Ich hoffe, es ist kein naher Angehöriger gestorben."

Hagenberg nahm die beiden Briefe entgegen. Einer davon war eine schwarzgeränderte Parte.

„Ich habe keine nahen Angehörigen", sagte er und drückte dem Kellner fünfzig Heller in die Hand. „Und auch sonst niemanden um den mir besonders leid täte. Trotzdem, vielen Dank."

Charlotte fiel ihm ein. „Um die täte mir schon leid", dachte er spontan und schob den Gedanken sofort als unangemessen beiseite. Völlig unangemessen: Einerseits, weil er sich absolut nicht eingestehen wollte, wie sehr er an einem Hundertkronenmädchen – um Mohnhaupt zu zitieren – Gefallen gefunden hatte und andererseits, weil es ihn erschreckte, sie sich als mögliche Hauptperson auf einer Parte vorzustellen.

„Wer ist gestorben?", erkundigte sich Bastian, sobald der Kellner gegangen war.

„Das Begräbnis von Konstanze Graf findet morgen um 15 Uhr auf dem Zentralfriedhof statt. Mohnhaupt hat mir die Parte geschickt. Auf diese Weise will er mich bloß an unsere Abmachung erinnern. Ich denke aber, ich werde hingehen. Ich habe sie ja schließlich gekannt."

Bastian sah ihn erstaunt an.

„Ich meine, irgendwie habe ich sie gekannt, auch wenn sie da schon tot war", versuchte Hagenberg etwas zu erklären, das er sich selbst nicht erklären konnte.

Bastian fand ganz von selbst eine logische, einleuchtende Erklärung: „Natürlich. Es könnte interessant sein zu sehen, wer noch bei diesem Begräbnis auftaucht. Man sagt sogar, dass manche Mörder nicht widerstehen können, an das Grab ihrer Opfer zu treten. Gehen Sie nur hin und halten Sie die Augen offen. Was steht in dem zweiten Brief? Oder ist es persönlich?"

Die zweite Frage war eine reine Höflichkeitsfloskel. Hagenberg bekam keine persönlich Post, überhaupt in Zeiten, in denen es keine Frau in seinem Leben gab, und Bastian wusste das ganz genau.

„Sieh an", staunte Hagenberg. „Herr Brachyta schreibt mir und noch dazu so rasch und so schön. Hör dir das an:

Sehr geehrter Herr Hagenberg!

Ich habe mir meine zwanzig Kronen redlich verdient, auch wenn Sie mir nicht so recht getraut haben.

Der Mann den Sie suchen, heißt Frantisek Dvorak. Er arbeitet im Prater bei der elektrischen Grottenbahn. Ich habe noch mehr getan als das, wofür sie mich bezahlt haben. Sehen Sie, so falsch haben Sie mich eingeschätzt. Ich habe mit Frantisek gesprochen und er ist bereit mit Ihnen zu reden. Sie sollen morgen, so um zehn Uhr mit der Grottenbahn fahren. Er macht in der Abteilung ‚Alpenglühen' den Jäger. Wenn Sie ihm ein Zeichen geben, wird er sich ein paar Minuten für Sie Zeit nehmen und draußen auf Sie warten.

Indem ich hoffe, Ihnen gedient zu haben, verbleibe ich hochachtungsvoll

Karl Brachyta"

Hagenberg ließ den Brief sinken. „Denkst du dasselbe wie ich?"

„Die Sache stinkt zum Himmel", sagte Bastian nachdrücklich. „Ein Blinder kann mit dem Stock die Falle ertasten. Ich glaube nicht, dass ein Nachtwächter so einen Brief geschrieben hat. Der ist sicher nicht auf seinem Mist gewachsen. Und dann die komplizierte Art der Kontaktaufnahme mit dem Dvorak. Was soll denn das? Das wäre doch weit einfacher gegangen. Nein, nein, da stimmt etwas nicht. Sie werden sich doch nicht darauf einlassen?"

„Warum denn nicht? Ich möchte doch zu gerne wissen, wo das hinführt. Was soll schon groß passieren bei all den Menschen und überhaupt, wenn du mir den Rücken freihältst? Schlimmstenfalls vergeuden wir einen Vormittag. Gefährlich ist eine Fahrt mit der Grottenbahn sicher nicht."

In diesem Punkt sollte sich der Rittmeister gründlich täuschen.

Kapitel 12

Das zweite Frühstück im Café Wien musste schon wieder ausfallen. Hagenberg mochte es nicht, wenn seine Tagesroutine durcheinandergebracht wurde, aber Dienst war Dienst. So sah er die Sache, obwohl eine Fahrt in den Prater eigentlich zu den Vergnügungen gerechnet werden sollte.

Die elektrische Grottenbahn befand sich beim Südportal der Rotunde, jenem monumentalen Überbleibsel der Weltausstellung von 1873, dessen Kuppel zwar nicht an Beständigkeit, aber doch an Größe sogar das Pantheon in Rom übertraf. Den Wienern gefiel dieses architektonische Monstrum, mit dem man nichts Rechtes anzufangen wusste, nicht besonders gut. Das hinderte sie allerdings nicht daran, in lautes Wehklagen auszubrechen, als es Jahrzehnte später abbrannte.

Die Grottenbahn war auch ein architektonisches Monstrum, was aber niemanden störte. Von einer Grottenbahn konnte man schließlich nichts anderes erwarten. Der langgestreckte Bau war in seinen Dimensionen nicht leicht einzuschätzen, weil er von einer künstlichen Felsenlandschaft überwuchert wurde, auf der malerische Ruinen thronten. Die ganze Anlage wurde von einer mächtigen, lautstarken Orgel dominiert, die ungeniert Operetten- und Opernmelodien hinausdröhnte. Dirigiert wurde dieses Orchestrion von einer Figur, die an Johann Strauß erinnerte. Hagenberg wunderte sich, dass der Lärm nicht zum Ärgernis wurde. Aber ganz im Gegenteil zog er zahlreiche Musikliebhaber an, die nicht mit der Grottenbahn fahren, sondern sich bloß ein Gratiskonzert gönnen wollten.

Die eigentliche Bahn verschwand auf Schienen fahrend durch ein rundes Portal im Inneren des Berges aus Stuck. Gezogen wurden die Wagen von einem grüngeschuppten Drachentier mit geschwungenem Hals, aufgerissenem Maul und roten Augen. Zwischen den grotesk kleinen Flügeln hockte ein Bediensteter, der als eine Art magischer Straßenbahnfahrer fungierte.

Hagenberg und Bastian kauften zwei Karten und warteten am Steg neben den Schienen auf die nächste Fahrt. Es war kurz vor zehn Uhr. Sie waren zwischen zahlreichen Menschen eingeklemmt. Hagenberg fühlte sich ausgesprochen unbehaglich. Auf der Liste der Dinge, die er verabscheute, standen Schlangestehen und Gedränge ganz oben. Bastian hingegen freute sich auf die Fahrt, weshalb Hagenberg nörgelte und ihn einen kindischen Einfaltspinsel schalt. Bastian, der die Eigenarten seines Chefs nur zu gut kannte, machte sich nichts daraus.

Schließlich kamen der Drache und dahinter die leeren Wagenreihen in Sicht. Die wartende Menge begann vorwärts zu drängen. Hagenberg überließ es dem energischen Bastian, ihnen den Weg zu bahnen und einen Platz gleich hinter dem Fahrer zu sichern.

Nachdem ein Bediensteter mit einem monoton gemurmelten „Bittseer – Daankschön" von den Billets aller Fahrgäste eine Ecke abgerissen hatte, setzte sich der Wagenzug in Bewegung und verschwand im Bauch des Berges. Es wurde für einige Sekunden dunkel. Die Musik erklang nur mehr gedämpft, wirkte jetzt aber auf Hagenberg in eigenartiger Weise bedrohlich und pochend, so als ob der Berg ein Ungeheuer wäre, das sie gefressen hatte und durch dessen Eingeweide sie nun glitten. „Das kommt von der Resonanz", murmelte er beklommen.

Bastian schaute angestrengt nach vorne und achtete nicht auf ihn. Dann tauchte vor ihnen ein magischer Lichtschimmer auf. Der Zug fuhr in die erste Grotte ein, wurde langsamer und hielt. Zahlreiche ‚Ahs, Ohs und Jö, schau' ertönten. Gnome arbeiteten emsig in einem Bergwerk. Einige bewegten sich mit kleinen Wagen auf einer ewigen Kreisbahn, andere hämmerten mit ihren Spitzhacken immer auf die gleiche Stelle ein. Zwei drehten eine Kurbel, immer und immer herum, wozu wusste man nicht. Die Beleuchtung war sehr hübsch arrangiert und vermittelte einen märchenhaften Eindruck.

Mit einem Ruck fuhr der Drache wieder an, passierte einen kurzen dunklen Gang und machte bei Schneewittchen halt, die in ihrem Sarg aus Glas lag und von den sieben Zwergen beweint wurde. Hagenberg dachte an das Begräbnis, das ihm heute noch bevorstand. Das Mädchen im Sarg war hübsch, aus Papiermaschee gemacht, aber sehr hübsch. Es erinnerte ihn an Konstanze, besser gesagt an ihr Bild, denn er hatte sie ja nie persönlich kennengelernt, wenn man von ihrem lästigen Gespenst absah. Das Gespenst war aber nur die Wirkung des speziellen Tabaks gewesen, den er so gerne rauchte, davon war Hagenberg inzwischen überzeugt. Er hatte Bastians Mahnung befolgt, nichts mehr von seiner Spezialmischung geraucht und war seither von Heimsuchungen aus dem Jenseits verschont geblieben. „So einfach ist das", dachte er zufrieden.

Schneewittchen hob fast unmerklich den Kopf, öffnete die Augen und lächelte ihn an. Es konnte keinen Zweifel geben, es war wieder da, das mahnende Gespenst. Dort im Sarg lag Konstanze. Er konnte sie ganz deutlich sehen. Hagenberg stieß ein Keuchen aus und wandte sich um. Keiner der anderen Fahrgäste schien etwas bemerkt zu haben. Als er wieder hinsah, war Konstanze verschwunden und Schneewittchen träumte friedlich von einem Prinzen und von Küssen.

Der Drache fuhr in die nächste Abteilung. Der böse Wolf mit einem Großmutterhäubchen auf dem Kopf bedrohte zwar das Rotkäppchen mit zähnestarrendem Maul, die Szene hatte aber für Hagenberg nichts Bedrohliches an sich, im Vergleich zu seinem Erlebnis mit Schneewittchen.

„Hältst du mich eigentlich für verrückt?", flüsterte er Bastian zu.

„Ein bisschen schon", erwiderte sein Assistent ungerührt. „Es ist aber nicht besonders schlimm, wenn Sie sich nichts anmerken lassen. Schauen Sie doch, dort vorne kommt der Nordpol!"

Die Temperatur in der Grotte war sommerlich warm. Trotzdem konnte man leicht ins Frösteln kommen, so realistisch war die Szenerie gestaltet. Mächtige blauweiße Eiszapfen hingen von der Decke. Ein gestrandetes Schiff lag seitlich mit nackten Masten auf einem zackigen Eisberg. Auf einer eisigen Anhöhe stand ein Eisbär und riss das Maul weit auf. Die allgegenwärtige Musik wurde vom Heulen eines Schneesturms übertönt. Hinter einem Eisblock kam ein Gnom hervor und zielte mit einem Gewehr nach dem Eisbären. Hagenberg fand das irritierend. Er hatte einen wagemutigen Nordpolforscher erwartet, aber keinen Gnom. Andererseits, warum nicht ein Gnom? Besonders wenn man bedachte, dass die Grotten auch sonst überwiegend von Zwergen und Gnomen bewohnt waren. Hagenberg beschloss tolerant zu sein und den Gnom als Eisbärenjäger durchgehen zu lassen.

Als ob der kleine Kerl nur auf sein Einverständnis gewartet hätte, gab er Feuer. Aus seinem Gewehr fuhr eine Flamme, Hagenberg fragte sich, wie das gemacht wurde, ein Knall ertönte und der Eisbär kippte um, wie die Figur in einer Schießbude.

Ruckend fuhr die Bahn wieder an und passierte eine Reihe von Märchenszenen, von denen Hagenberg besonders den gestiefelten Kater niedlich fand.

Dornröschen, die letzte Märchensequenz auf ihrer Fahrt war besonders hübsch gemacht. Eingerahmt von einer Rosenhecke träumte auch sie von Prinzen, erlösenden Küssen und einer glücklichen Heirat. Die verhängnisvolle blutbefleckte Spindel lag zu ihren Füßen. Rings um sie hockten und lagen der König, die Königin und etliche Mitglieder des Hofstaates. Sie schliefen tief, wie es die böse Fee gewollt hatte. Trotz des friedlichen Eindruckes beunruhigte das Bild Hagenberg. Es erinnerte ihn an das Ergebnis eines Massenmordes. Irgendwie war es das ja auch, wenngleich mit der märchenhaften Option auf ein glückliches Ende. Intensiv betrachtete er Dornröschen und fragte sich, ob sein persönliches Gespenst wieder auftauchen werde. Kaum hatte er es gedacht, sah er Konstanze vor sich und Dornröschen schlug die Augen auf. „Natürlich", dachte Hagenberg. „Das war zu erwarten, das habe ich selbst heraufbeschworen. Wenn ich nicht daran gedacht hätte, wäre gar nichts passiert. Das ist so wie im Traum. Kaum denkt man, hoffentlich passiert dieses oder jenes nicht, geschieht es auch schon."

Dornröschen lächelte nicht, sondern schaute ihn sehr ernst an. Sie rief ihm etwas zu. Er konnte ihre Stimme deutlich hören. „Pass auf!", rief sie. „Pass auf den Teufelsjäger auf!"

„Hast du das gehört", fragte Hagenberg verstört.

„Aber ja. Die Musik gefällt mir auch", antwortete Bastian. „Schauen Sie nur, dort vorne kommt schon die Abteilung ‚Alpenglühen'."

‚Alpenglühen' war die letzte Grotte und der Höhepunkt der Fahrt. Im Vordergrund gaben Bäume und Sträucher mit bunten Blättern der Bühne Tiefenwirkung. Hoch ragten die Berge empor, auf einer Anhöhe stand ein Kirchlein. Vorne, dort wo ein Steg über einen Bach führte, kniete ein Mädchen vor einem Gnadenbild. „Jetzt denke ich sicher nicht an Konstanze", dachte Hagenberg entschieden. Obwohl das ein Widerspruch in sich war, passierte tatsächlich nichts. Hagenberg war sehr zufrieden mit sich. „Es ist alles nur eine Frage der Selbstdisziplin", überlegte er. „Man darf sich nicht selber verrückt machen und muss seine Phantasie im Zaum halten."

Das Licht begann zu verblassen, die Berge am Horizont färbten sich rot. Begeisterte Rufe ertönten. Hagenberg war wider Willen beeindruckt. „Das haben sie gut gemacht", lobte er.

„Und wo bleibt unser Mann?", fragte Bastian. „Ich habe von Anfang an befürchtet, dass das Ganze nur ein Windei ist. Wenigstens war die Fahrt ihr Geld wert."

Die Musik nahm einen fröhlichen Klang an. Hagenberg erkannte die Melodie. „Der Freischütz", bemerkte er zu Bastian. „Kommt ein schlanker Bursch gegangen ... Erkennst du es? Passt gut zu der Szenerie und, schau, da ist ja auch schon unser Mann."

Hinter einem Felsen trat ein Jäger hervor und musterte angestrengt die Fahrgäste. Hagenberg winkte ihm zu. Der Jäger sah ihn prüfend an, dann winkte er zurück und nahm seine Büchse von der Schulter. Hagenberg fiel die Warnung ein, die ihm Dornröschen zugerufen hatte und er beäugte misstrauisch den Jäger. Der Jäger war nicht so gekleidet, wie man es erwarten sollte. Er trug einen einfachen Straßenanzug. Sonderbar, wenn man bedachte, wie viel Mühe man sich mit dem Szenenbild gemacht hatte! Da hätte man doch auch dem Jäger ein passendes Kostüm geben können. Mit seinem Stutzen stimmte auch etwas nicht. Das war kein Jagdgewehr!

Hagenberg, der sich als ehemaliger Offizier mit Waffen auskannte, versuchte im Dämmerlicht Details zu erkennen. Dann fiel der Groschen. Der Jäger hatte kein Jagdgewehr in Händen, sondern eine ‚Mannlicher Modell 1895', das Ordonanzgewehr der österreichischen Armee und zwar in einer handlichen, nicht serienmäßigen Kurzversion. Der Lauf schwenkte herum und richtete sich auf den ersten Wagen.

„Deckung", schrie der Rittmeister, ließ sich auf den Boden des Wagens fallen und riss Bastian mit sich. Der Schuss peitsche auf. Die Kugel klatschte in die gegenüberliegende Wand der Grotte. Hagenberg hörte, wie die Waffe repetiert wurde. In diesem Moment fuhr die Wagenreihe wieder an. Ein zweiter Schuss blieb aus. Dem Schützen war es nicht mehr möglich Hagenberg zu treffen.

Eine dicke Dame, die hinter Hagenberg saß und keine Ahnung von der Gefahr hatte, in der sie geschwebt war, sagte lachend: „Gehen's wie kann man nur so gschreckt sein, ein großes Mannsbild, wie Sie. Das ist doch nix als Theater!"

Die Wagenreihe erreichte den Ausgang des Märchenreiches. Der Drache entließ seine Gäste wieder in die Wirklichkeit. Die Fahrgäste kniffen die Augen zusammen, weil sie die Sonne blendete, und versicherten einander, wie schön es gewesen sei. Hagenberg und Bastian setzten sich auf.

„Modifizierter Karabiner M95", sagte Bastian sachlich. „Der Klang ist unverkennbar. Und Sie haben gemeint, es kann nichts passieren. Aber alle Achtung! Sie haben blitzschnell reagiert. Wie haben Sie den Braten so rasch gerochen?"

„Konstanze hat mich gewarnt", bekannte der Rittmeister und kletterte aus dem Wagen. „Frag mich jetzt nicht, wie mich ein totes Mädchen warnen kann. Du hast selber gesagt, dass ich ein bisschen verrückt bin."

Bastian schüttelte den Kopf. „Was jetzt? Gehen wir hinein und versuchen den Kerl zu greifen?"

„Nein", lehnte Hagenberg entschieden ab. „Ich renne nicht unbewaffnet in die Dunkelheit, jage einen Scharfschützen, der eine Mannlicher hat, und lasse mich dabei von einem Drachen überfahren. Außerdem ist er wahrscheinlich schon über alle Berge. Ich will etwas anderes versuchen."

Er trat an einen Kiosk, an dem Ansichtskarten von der Grottenbahn verkauft wurden und fragte nach Herrn Frantisek Dvorak. Der Verkäufer schüttelte den Kopf und sagte, er kenne keinen Frantisek Dvorak.

„Ich dachte er arbeitet hier?"

„Ganz sicher nicht. Bei uns arbeitet kein Dvorak."

„Vielleicht habe ich etwas falsch verstanden", meinte Hagenberg. „Haben Sie eine Karte mit dem ‚Alpenglühen'? Eine, wo auch der Jäger drauf ist?"

Der Verkäufer sah in erstaunt an. „Das ‚Alpenglühen' habe ich natürlich, aber dort gibt es keinen Jäger."

„Sind Sie sicher?"

„Natürlich bin ich mir sicher. Im ‚Alpenglühen' gibt es keinen Jäger, hat es niemals einen gegeben, obwohl das gar keine so schlechte Idee wäre. Wollen Sie jetzt die Karte ‚Alpenglühen' ohne Jäger?"

Hagenberg kaufte ihm eine Karte ab. Bastian, der schweigend zugehört hatte, war voller Tatendrang. „Jetzt holen wir uns den Brachyta. Der hat uns in eine Falle gelockt."

„Vorläufig aussichtslos", entschied Hagenberg. „Den werden wir nicht so leicht finden. Das kann warten. Nach dem fehlgeschlagenen Attentat wird er damit rechnen, dass ich hinter ihm her bin und untertauchen. Jetzt ..." Er stutzte. „Da ist ja der Sünderhof", sagte er erstaunt.

Am Eingang der Restauration ‚Zum Walfisch' stand Hauptmann Sünderhof. Als er merkte, dass ihn Hagenberg gesehen hatte, salutierte er, drehte sich um und ging rasch weg. Es war klar, dass er mit seinem ehemaligen Kameraden nicht reden wollte.

Hagenberg sagte gar nichts.

Bastian hingegen begann lang anhaltend zu fluchen. Nachdem er seinem Herzen Luft gemacht hatte fragte er neuerlich: „Was jetzt?"

„Wir gehen Mittagessen und am Nachmittag fahren wir zu einem Begräbnis. Ich will mich von Konstanze verabschieden und bei ihr bedanken."

„Wenn das so weitergeht, kann es gut sein, dass Sie wirklich verrückt werden, oder dass wir bald zu unserem eigenen Begräbnis fahren", antwortete Bastian grimmig.

Kapitel 13

„Fahren's ein bisserl langsamer, wir sind viel zu früh dran", befahl Hagenberg. „Ich will nicht am Friedhof herumstehen und warten."

Der Kutscher drehte sich um. „Zahlen der Herr nach Zeit oder nach Strecke?", erkundigte er sich.

„Nach Zeit."

Der Fiaker lenkte seinen Wagen an den Straßenrand, um den übrigen Verkehr nicht zu behindern, zügelte die Pferde und ließ sie in einen gemächlichen Schritt fallen. Sie hatten über den Rennweg kommend den Gürtel passiert und fuhren auf der Simmeringer Hauptstraße direkt zum Zentralfriedhof.

Wien hatte an die zwei Millionen Einwohner und gehörte zu den florierendsten Großstädten Europas. Man rechnete damit, dass die Einwohnerzahl bis zu vier Millionen steigen werde. Eine solche Stadt brauchte einen entsprechend großen Friedhof. Der Zentralfriedhof war Ende des vergangenen Jahrhunderts in einer Vorstadt eingerichtet worden und galt als einer der größten Friedhöfe Europas, vielleicht sogar der Welt, aber das wusste man nicht genau. Dieser Moloch wartete am Stadtrand auf jene Einwohner Wiens, die aus dem Leben geschieden waren, und verschlang sie mit nicht endendem Appetit. Platz genug hatte er in seinem Bauch.

Hagenberg betrachtete die vorübergleitenden niedrigen Häuser und die einfachen Geschäfte. Simmering, obwohl seit einiger Zeit nach Wien eingemeindet, hatte seinen dörflichen Charakter beibehalten.

„Hier hat unlängst ein Fleischhacker seine Frau erschlagen", bemerkte er. „Man hat ihn erwischt, wie er sie tranchieren wollte. Der Mohnhaupt hat es mir erzählt."

Bastian fand professionelles Interesse an dem Fall. „Es ist für einen Mörder immer ein Problem, wenn er eine Leiche verschwinden lassen muss", grübelte er. „Der Ansatz, sie zu tranchieren ist gar nicht so schlecht. Wenn man den Fleischer nicht erwischt hätte, wäre sie spurlos in den Würsten, im

Faschierten und im Gulasch verschwunden und er hätte unbesorgt Abgängigkeitsanzeige erstatten können." Er kratzte sich am Kopf. „Ich frage mich nur, was er mit den Knochen gemacht hätte. Zum Teil hätte er sie natürlich als Beinfleisch und Suppenknochen los werden können, aber sicher nicht alles. Vor allem mit dem Kopf ist es nicht so einfach."

„Jetzt hör aber auf. Wir haben zu Mittag Gulasch gehabt", protestierte Hagenberg schaudernd, der an solche Weiterungen noch gar nicht gedacht hatte.

Seit sie langsam fuhren, waren sie bereits vom dritten pferdebespannten Leichenwagen überholt worden. „Viel Verkehr ist in den letzten Tagen", sagte der Fiaker über die Schulter. „Die Leute sterben wie die Fliegen. Das ist das Wetter, sage ich Ihnen."

Man muss sich das nur vorstellen: In der Millionenstadt starben wöchentlich hunderte, bis zu tausend Menschen und sie hatten alle Platz auf dem riesigen Friedhof am Stadtrand, reichlich Platz sogar. Es galt nur, die Verblichenen zu ihrer letzten Ruhestätte zu bringen und der einzige Weg führte über die Simmeringer Hauptsstraße. Die Wiener hatten ja an sich ein freundschaftliches Verhältnis zum Tod und eine ‚schöne Leich' gefiel ihnen allemal. Da machten auch die neu eingemeindeten Simmeringer keine Ausnahme. Aber der nie versiegende Zug von Leichenwägen schlug sich ihnen nach und nach doch aufs Gemüt. Ihre vormals friedliche Hauptstraße war zu einem Boulevard des Todes geworden.

Es regnete Beschwerden an die Stadtverwaltung. Man erwog, die Leichen nächtens mit der elektrischen Straßenbahn, die bis zum Zentralfriedhof führte, an ihr Ziel zu bringen. Aber die Vorstellung spärlich beleuchteter Straßenbahnzüge, die nach Betriebsschluss für die Lebenden die Toten durch die Stadt fuhren, war noch viel gruseliger und wurde fallen gelassen.

Der Vorschlag eines fantasiebegabten Architekten, von der zentralen Sammelstelle der Bestattung eine Art Rohrpost für Leichen bis zum Zentralfriedhof einzurichten, musste wegen technischer und finanzieller Schwierigkeiten gleichfalls verworfen werden. Es blieb vorerst dabei: Die

Toten wurden mit Pferdegespannen zum Friedhof transportiert. Schon wieder passierte eines dieser Fahrzeuge Hagenbergs Fiaker.

Der Rittmeister zündete sich unauffällig eine Zigarette an, obwohl das Rauchen im Fiaker verpönt war. Der Kutscher schnupperte und bemerkte über die Schulter: „Ich habe gelesen, dass sie in Deutschland die Verstorbenen jetzt auch verbrennen. Man stelle sich das nur vor: Sich verbrennen lassen, das gehört sich doch nicht! Zum Glück gibt es das hier bei uns in Österreich nicht!"

Damit brachte er die vorherrschende Meinung der Wiener zum Ausdruck. Kein rechter Christenmensch ließ sich verbrennen. Das hatte die Kirche sogar ausdrücklich verboten. Warum wusste Hagenberg nicht genau. Wahrscheinlich lag es daran, dass die Kirche ihre Schäfchen nicht nur von der Wiege bis zur Bahre, sondern auch darüber hinaus fest im Griff haben wollte. Ein ordentlicher Christ wurde auf einem geweihten Gottesacker nächst der Kirche und unter einem Kreuz der Erde übergeben. So und nicht anders sollte es sein. Die Priester ließen daran keinen Zweifel und verkündeten es von der Kanzel: Während der Leib im irdischen Feuer des Krematoriums verging, büßte die Seele schon im immerwährenden Höllenfeuer. Es war ein nahtloser Übergang von einem Feuer ins andere, für diejenigen, die auf die Kirche nicht hören wollten. Hagenberg seufzte und warf heimlich seine Zigarette über Bord.

Der Fiaker hielt vor dem zweiten Tor, dem Haupteingang zum Friedhof. Zwei hohe Obelisken flankierten die breite Einfahrt. Sie wirkten wie riesige Phallussymbole, wie eine trotzige Manifestation des Lebens am Eingang zum Totenreich.

„Soll ich auf die Herren warten?", erkundigte sich der Fiaker hoffnungsvoll.

Hagenberg schüttelte den Kopf und bezahlte den Fahrpreis. „Nein. Ich bleibe vielleicht länger."

„Das blüht uns allen, früher oder später", bemerkte der Fiaker mit düsterem Humor und lenkte seinen Wagen wieder auf die Straße.

Hagenberg studierte den ausgehängten Plan und machte sich mit Bastian auf den Weg. Sie stießen nach einem Fußmarsch von einer guten viertel Stunde auf den Trauerzug, der einen anderen Weg genommen hatte.

Der Trauerzug war klein. Voran ging ein Ministrant mit einem Kreuz auf einer Stange. Hinter ihm kam ein weiterer Ministrant mit einem Weihrauchkessel, den er von Zeit zu Zeit vorsichtig schwenkte und kleine wohlriechende Wölkchen produzierte. Dann folgte der Pfarrer, die Hände mit einem Gebetbuch über dem Bauch gefaltet. Er schritt dem Sarg voran, der von vier feierlich gekleideten Pompfüneberer, wie man die Bestatter in Wien nannte, auf einem knarrenden Holzkarren geschoben wurde. Dahinter gingen die Trauernden. Es waren nur zwei. Die Baronin Rentenbach, die ehemalige Dienstgeberin Konstanzes, die für das Begräbnis aufkam, und der Inspektor Mohnhaupt. Obwohl er innerlich völlig ungerührt war, das wusste Hagenberg genau, wirkte er als einziger von der ganzen Gesellschaft tief traurig, geradezu gebrochen.

Hagenberg und Bastian schlossen sich schweigend dem kleinen Trauerzug an. Die Rentenbach warf ihnen einen überraschten Blick zu, sagte aber nichts. Bastian blickte sich aufmerksam um. Er konnte jedoch niemanden ausmachen, der an dem kleinen Zug Interesse zeigte.

Sie hielten vor der offenen Grube. Der Pfarrer sprach Gebete.

„Schön hat sie es hier", flüsterte Bastian leise und sah sich weiter um.

„Mir ist es egal, wo sie mich vergraben, wenn ich gestorben bin", brummte der Rittmeister. „Davon bekomme ich nichts mehr mit. Dann ist alles aus und vorbei. Meinetwegen kann man mich auch verbrennen."

„Werden Sie jetzt bloß nicht depressiv", mahnte Bastian und schaute seinen Chef besorgt von der Seite an.

„Und ob ich schon wanderte im finsteren Tal, fürchte ich kein Unglück, denn du bist bei mir; dein Stecken und dein Stab, die trösten mich", betet der Priester.

Der Kreuzträger stützte sich müde auf seinen Stab und gähnte verstohlen. Der Priester war zu einem Ende gekommen und der Sarg wurde in die Tiefe gelassen. Der Ministrant schwenkte ein letztes Mal, diesmal etwas kräftiger seinen Weihrauchkessel, ohne Erfolg. Die Glut schien erloschen zu sein. Der Pfarrer sprach den Trauernden sein Beileid aus. Dabei wandte er sich hauptsächlich an Mohnhaupt, der ihm wegen seines angegriffenen Aussehens der Hauptleidtragende zu sein schien. Der Inspektor nahm die tröstenden Worte ohne Widerrede zur Kenntnis und duldete es ergriffen, dass ihm der Priester die Hände drückte und aufmunternd auf die Schulter klopfte. Dann entfernte sich der Pfarrer eiligen Schrittes. Das nächste Begräbnis wartete schon. Die Ministranten und Pompfüneberer folgten ihm, nachdem ihnen die Baronin diskret ein paar Münzen zugesteckt hatte.

Nur ein Totengräber war zurückgeblieben und stand mit einer kleinen Schaufel Erde neben dem Grab. Hagenberg gab ihm eine Krone und warf die Erde hinunter. Sie polterte auf den Sarg. Dann zog der Rittmeister eine weiße Rose, die er am Blumenstand beim Eingang gekauft hatte, hervor und ließ sie ins Grab fallen. „Ruhe in Frieden", murmelte er. „Und danke für die Warnung."

Ein leichter Schwindel befiel ihn. „Gern geschehen", sagte eine weibliche Stimme. „Du musst aber noch etwas für mich tun. Das weißt du doch?" Die Stimme war so deutlich zu hören, dass sich der Rittmeister verstört umwandte, um zu sehen, wer gesprochen hatte. Hinter ihm stand nur Mohnhaupt. Hagenberg massierte sich die Schläfen.

„Was ist mit dir, Rittmeister?", fragte der Inspektor. „Geht es dir nicht gut? Das ist das Wetter, sonst nichts!" Er zog Hagenberg beiseite. „Du hast doch versprochen, etwas für mich zu tun. Hast du schon etwas über den Mord herausbekommen?"

„Ich denke schon. Dafür bin ich fast umgebracht worden. Ich hoffe, du weißt das zu würdigen."

Er gab Mohnhaupt einen kurzen Bericht über seine Erlebnisse.

„Also Brachyta", sagte der Inspektor grimmig. „Den werden wir bald haben. Eigentlich ist es naheliegend, nur sind wir bisher nicht auf ihn gekommen. Er könnte Konstanze auf seinem Kontrollgang umgebracht und sie dann einfach liegen lassen haben, damit sie sein Kollege findet. Er hatte die Gelegenheit und das Motiv werden wir auch noch finden. Er hat ganz sicher Dreck am Stecken, sonst hätte er dich nicht in eine Falle gelockt. Er ist ein erstklassiger Verdächtiger. Ich bin sehr zufrieden mit dir, Rittmeister."

„Werde ich mit dir auch zufrieden sein, Mohnhaupt? Ist das Rundschreiben schon draußen?"

Mohnhaupt keuchte mitleiderregend und stützte sich schwer auf einen Grabstein.

„Jetzt simulier nicht, Mohnhaupt. Ich weiß, dass du wahrscheinlich besser beieinander bist, als ich. Was ist mit dem Zirkular?"

„Mir geht es wirklich nicht gut", klagte der Inspektor und wischte sich mit seinem riesigen Taschentuch über die Stirn. „Ich habe etwas Schlechtes gegessen. Das Gulasch im Gasthaus vor dem Friedhof hat sehr komisch geschmeckt."

„Das wird schon wieder", tröstete Hagenberg den Inspektor. „Du hast einen richtigen Saumagen, dem macht das nichts aus. Was ist mit dem Zirkular?"

Mohnhaupt zeigte leichte Anzeichen von Verlegenheit, überhaupt zum ersten Mal, seit ihn der Rittmeister kannte. „Schwierig", stöhnte er. „Sehr schwierig. Für eine so umfassende Suche brauche ich einen triftigen Grund, den ich aktenkundig machen muss. Sonst bekomme ich Schwierigkeiten mit meinem Vorgesetzten und mir fällt absolut nichts ein. Dem Katzenbichler auch nicht."

„Ich glaube, ich kann dir helfen", meinte Hagenberg gönnerhaft. Er steckte seinem Freund einen Zettel zu. „Ich habe dir ein paar wenige Orte in Niederösterreich aufgeschrieben, auf die wir die Suche vorerst einschränken. Das kannst du doch wohl ohne deinen Vorgesetzten?"

„Das schon", sagte Mohnhaupt erleichtert. „Das geht unter der Hand. Ich melde mich bald wieder bei dir."

Hagenberg sah dem Inspektor nach, der sich überraschend schnell von seinem Unwohlsein erholt hatte und flott davoneilte.

Die Baronin Rentenbach stand noch immer am Grab und tat, als ob sie in Andacht versunken sei. In Wahrheit hatte sie auf Hagenberg gewartet.

Sie kam auf ihn zu, als er allein war. „Sie hier, Herr Rittmeister? Ich war sehr überrascht, Sie zu sehen. Haben Sie die arme Konstanze gekannt?"

„Nicht persönlich, Frau Baronin. Jedenfalls kann ich mich nicht an sie erinnern, obwohl sie mir bei Ihnen einmal die Tür aufgemacht hat. Sie hat mit einem Fall zu tun, den ich bearbeite."

„Ach so ist das. Natürlich! Aber ich hätte nicht gedacht, dass Sie sich auch mit der Aufklärung von Mordfällen befassen."

„Manchmal tue ich der Polizei einen Gefallen. Das lohnt sich immer in meinem Metier. Haben Sie den Herrn gesehen, mit dem ich gesprochen habe?"

„Der arme, kranke Mensch, der so verzweifelt war? Ich habe mich gar nicht getraut, ihn anzureden, so kläglich hat er gewirkt."

Hagenberg lachte. „Lassen Sie sich nicht täuschen, gnädige Frau. Der Herr Polizeiinspektor Mohnhaupt erfreut sich bester Gesundheit, wenn man von einer leichten Magenverstimmung absieht. Er ist hinter dem Mörder von Konstanze her. Deswegen war er auf dem Begräbnis. Wenn wir schon davon reden, Frau Baronin: Wären Sie wohl bereit, mir etwas über Konstanze zu erzählen? Ich würde auch sehr gerne ihre Habseligkeiten sehen."

„Die sind zwar schon ergebnislos von der Polizei durchsucht worden, aber natürlich zeige ich Ihnen alles, was da ist. Wollen Sie mich nicht einfach jetzt gleich nach Hause begleiten, Herr Rittmeister, wenn es Ihre Zeit erlaubt? Mein Wagen wartet vor dem Tor."

„Sie sind sehr freundlich, gnädige Frau; wenn es Ihnen wirklich keine Umstände bereitet ..."

„Ach Gott, seien Sie doch nicht so förmlich. Es macht mir keine Umstände, sonst hätte ich es nicht gesagt. Und jetzt informieren Sie Ihren Assistenten, der die ganze Zeit über besorgt zu uns herüberschaut."

Alles was Bastian sagte war: „Fahren Sie nur mit ihr mit, Herr Rittmeister, wenigstens kommen Sie auf andere Gedanken. Ich werde nicht auf Sie warten. Es könnte unter Umständen spät werden."

Hagenberg sah in verständnislos an, verzichtete aber darauf, nachzufragen, was Bastian zu dieser Annahme brachte.

Kapitel 14

Das lederbespannte Verdeck war geschlossen und vermittelte eine Atmosphäre ungestörter Intimität. Der Wagen der Baronin rollte stadteinwärts, vorbei an den entgegenkommenden Leichenwägen. Hagenberg lehnte behaglich in den Sitzpolstern. Es roch angenehm: Nach teurem Leder, nach Pferd, aber nur ganz wenig, und nach einem Hauch Parfum. Ein sehr aufregendes Parfum, fand er, obwohl er den Geruch nicht eindeutig identifizieren konnte. Er beobachtete verstohlen die Baronin, die ihm gegenüber saß und versonnen aus dem Fenster schaute. Sie schien seine taxierenden Blicke nicht zu bemerken.

Die Rentenbach, obwohl noch nicht einmal dreißig, war bereits verwitwet, seit zwei Jahren schon. Sie war ein Pariser Typ. Was immer man sich darunter vorstellen mochte, es kam einem sofort in den Sinn, wenn man sie ansah. Sie war – um bei Hagenbergs Einteilung der Frauen zu bleiben – eine knappe Elf. Aus gutem, aber bankrottem Haus stammend, war es ihr Dank ihres aparten Aussehens und ihres gewinnenden Wesens gelungen, eine ausgesprochen günstige Heirat zu machen: Günstig in finanzieller und erbrechtlicher Hinsicht, versteht sich. Denn der alte und sehr wohlhabende Baron Rentenbach war kinderlos, schon ein wenig kränklich und völlig vernarrt in seine Luise.

Sie erfüllte getreulich ihre ehelichen Verpflichtungen, verschaffte ihrem Ehemann einen letzten Liebesfrühling, zu einer Zeit, als schon Schnee auf den Feldern seines Lebens lag und – wenn man den Gerüchten Glauben schenken darf – einen schönen Tod. Er wurde mit einem Lächeln auf dem Gesicht im Ehebett vorgefunden, kurz nachdem ihm seine Frau ihre Zuneigung bekundet hatte. Die Liebesmühen waren einfach zuviel für sein altes Herz gewesen.

Luise betrauerte ihn gewissenhaft genau ein Jahr, dann begann sie ihr Erbe und ihre neu gewonnene Freiheit zu genießen. Sie zählte zu den begehrtesten Partien Wiens. Zahlreiche Bewerber stellten sich ein und wurden charmant aber entschieden abgewiesen. Das hinderte Luise nicht daran, eine Affäre mit einem Italiener zu beginnen. Bei der Wahl ihres Liebhabers war sie allerdings nicht so besonnen, wie sie bei der Wahl ihres Ehemannes gewesen war.

Die Diskretion verbietet es, Näheres über die delikaten Einzelheiten zu berichten. Der betreffende Herr, Abkömmling eines obskuren Adelsgeschlechtes, das niemand kannte, wurde zu einem Problem, das nicht nur die gesellschaftliche Position der Baronin, sondern auch ihre finanzielle Existenz bedrohte. Die Baronin nahm schließlich in ihrer Verzweiflung die Dienste Hagenbergs in Anspruch, der sich zu drastischen Maßnahmen entschloss.

Der Italiener wurde, als er ein anrüchiges Lokal verließ, von zwei maskierten Männern brutal zusammengeschlagen. Ein Revolverlauf wurde ihm in den Mund gestoßen, was ihn einen seiner schönen weißen Zähne kostete, und eine Stimme flüsterte in sein Ohr, was mit seinen Genitalien geschehen werde, wenn er nicht binnen vierundzwanzig Stunden abgereist sein sollte, ohne die Baronin noch einmal behelligt zu haben. Zur Verdeutlichung wurde ihm ein Rasiermesser gezeigt. Noch Ärgeres wurde ihm für den Fall angedroht, dass er die Polizei mit einer Anzeige belästigen sollte. Diese Sprache verstand der falsche Comte. Er kannte sie aus seiner Heimat Palermo nur zu gut und er nahm die Warnung ernst. Er hatte bloß nicht gedacht, dass man auch in Wien zu solchen Methoden greifen werde. Er unterfertigte bereitwillig, wenngleich mit einer Revolvermündung im Nacken, einige Dokumente, die seine Zugriffsmöglichkeiten auf Luises Vermögen annullierten, gab Briefe und intime Fotografien heraus und verschwand spurlos aus Wien und aus Luises Leben.

Hagenberg war im Gegensatz zu Bastian überhaupt nicht stolz auf diesen Fall. Er schämte sich dafür, dass ihm keine elegantere Lösung eingefallen war, denn er bevorzugte subtilere Methoden. Wie auch immer, diese berufliche Entgleisung hatte ihm ein stattliches Honorar, die Dankbarkeit der Baronin und möglicherweise auch ein wenig ihre Zuneigung eingebracht. Im letzten Punkt war er sich nicht ganz sicher.

„Gefällt Ihnen, was Sie sehen", fragte Luise, ohne den Kopf vom Fenster zu wenden.

„Entschuldigen Sie. Ich wollte Sie nicht anstarren", murmelte der Rittmeister. „Das war ungehörig."

Die Baronin schaute ihn aufmerksam an, wie eine Katze, die eine Maus entdeckt hat. „Mein Gott, was sind Sie für ein förmlicher Mensch. Sie dürfen es ruhig sagen, wenn ich Ihnen gefalle. Wissen Sie, Frauen mögen Komplimente."

Hagenberg räusperte sich.

„Zu spät", sagte Luise. „Eingeforderte Komplimente gelten nicht. Sie müssen auf eine bessere Gelegenheit warten. Jetzt können Sie meinetwegen dienstlich werden, oder wie Sie es halt nennen. Also los! Stellen Sie Ihre Fragen!"

„Danke, gnädige Frau." Luise verzog das Gesicht bei dieser förmlichen Anrede. „Bitte erzählen Sie mir alles, was Sie über Konstanze wissen."

„Da gibt es nicht viel zu erzählen. Ich habe sie gleichsam geerbt. Sie war schon im Haushalt meines Mannes, als wir geheiratet haben. Ich kann nur sagen, dass sie sehr fleißig, verlässlich und angenehm war. Ich habe sie gern um mich gehabt."

„Hat sie Angehörige gehabt?"

„Wenn ich mich recht erinnere, ist vor nicht allzu langer Zeit ihr Vater gestorben. Sie hat gesagt, jetzt hat sie niemanden mehr, dem sie abgehen würde."

„Das lässt verschiedene Deutungen zu."

„Wahrscheinlich haben Sie recht. Ich habe allerdings nicht nachgefragt."

„Hatte sie einen Freund, einen Liebhaber oder vielleicht sogar einen Bräutigam?"

„Genau diese Fragen haben mir auch die Polizeiagenten gestellt. Ich weiß es nicht. Erzählt hat sie nichts. Möglich ist es schon, dass sie jemanden getroffen hat, wenn sie Ausgang hatte."

„Viel Gelegenheit wird sie dabei nicht gehabt haben", murmelte Hagenberg. Weibliche Dienstboten bekamen alle drei oder vier Wochen freien Ausgang, meist nur für ein paar Stunden, und mussten am Abend wieder zu Hause sein.

Die Baronin seufzte. „In dieser Hinsicht war ich großzügig, vielleicht zu großzügig. Sie durfte einmal in der Woche ab Mittag ausgehen und ich habe ganz bewusst nicht überwacht, wann sie wieder zurückkommt. Hauptsache, sie hat mir am nächsten Morgen mein Frühstück serviert. Ich habe mir deswegen schon Vorwürfe gemacht. Wenn ich sie strenger gehalten hätte, wäre diese schreckliche Sache vielleicht gar nicht passiert."

„Sie wäre passiert", sagte Hagenberg. „Davon bin ich überzeugt. Konstanzes Tod war kein Zufall. Sie brauchen sich keine Vorwürfe zu machen, Luise." Es war das erste Mal, dass er sie mit ihrem Vornamen anredete. Die Baronin lächelte. Hagenberg fragte eilig weiter: „Hatte Konstanze eine Freundin, jemanden mit dem sie gerne getratscht oder gar Geheimnisse ausgetauscht hat?"

„Ausgekommen ist sie mit den anderen Dienstboten gut. Besonders mit meinem zweiten Mädel, der Elisabeth. Aber das ist nur natürlich, weil die beiden gleich alt waren. Denn abgesehen von meiner ältlichen Köchin, die nicht sehr gesellig ist, habe ich nur einen Kutscher und einen Gärtner. Ich glaube aber, Konstanze hat eine Freundin gehabt, mit der sie sich außer Haus öfter getroffen hat. Sie hat sogar den Namen einmal erwähnt." Luise schaute nachdenklich.

„Charlotte, Lotte oder Lotti?", fragte Hagenberg.

„Richtig. Lotti. Die könnte Ihnen sicher mehr erzählen."

„Davon bin ich überzeugt, nur leider ist sie spurlos verschwunden. Ich konnte nur einmal kurz mit ihr sprechen. Sie hat um ihr Leben gefürchtet und ist seither vermisst."

„Was Sie nicht sagen! Das klingt ja ganz nach einem gefährlichen Komplott", meinte die Baronin erstaunt. „Wer hätte gedacht, dass die arme Konstanze in so etwas verwickelt ist!"

Hagenberg nickte und versank in nachdenklichem Grübeln. Luise bestand nicht darauf, Konversation zu machen, sondern ließ ihn in Frieden. Die weitere Fahrt verlief schweigend.

Der Landauer der Baronin folgte in flottem Trab dem Wienfluss nach Gumpendorf. Die Rentenbach bewohnte eine komfortable Villa ganz in der Nähe des Seidl'schen Anwesens.

„Eigenartiger Baustil", bemerkte der Rittmeister und deutete aus dem Fenster.

„So baut man eben heutzutage. Es gehört einem gewissen Seidl."

„Ich weiß."

Die Baronin sah Hagenberg überrascht an. „Sie kennen die Seidls?"

„Ich hatte unlängst eine Besprechung mit Herrn von Seidl."

„Sieh an!" Die Baronin lachte. „Hat er genug von den Eskapaden seiner Frau? Liefern Sie ihm Material für eine Scheidung?"

„Darüber möchte ich nicht reden, gnädige Frau. Bitte verstehen Sie das."

„Ich verstehe Sie, mein Lieber. Diskretion ist alles in Ihrem Beruf, nicht wahr?"

Der Landauer hatte vor dem Portal angehalten und die Baronin führte Ihren Gast ins Haus. Sie bat ihn, in einem Zimmer Platz zu nehmen, das eine eigenartige Mischung aus Arbeitszimmer und Boudoir war und befahl dem Dienstmädchen Cognac und Kaffee zu bringen.

„Es wäre bei aller Diskretion möglich, dass ich Ihnen einen Tipp in der Seidl'schen Affäre geben könnte", griff die Baronin das Thema wieder auf und kauerte sich bequem auf den Diwan. „Natürlich nur, wenn Sie wollen. Möchten Sie gerne wissen, wer der Liebhaber der Frau von Seidl ist?"

Hagenberg gab keine Antwort.

„Wer schweigt stimmt zu. Es ist ein gewisser Eugen von Posowsky. Er wohnt im Royal." Die Baronin sah Hagenberg forschend an. „Sie wirken nicht besonders überrascht. Sie haben das schon gewusst. Geben Sie es zu!"

Hagenberg gab seine Zurückhaltung auf, weil er neugierig war. „Sie sind erstaunlich gut informiert Luise."

„Sehen Sie, Sie gewöhnen sich schon daran, mich Luise zu nennen. Das ständige ‚Gnädige Frau', mit dem Sie mich immer beehren, geht mir sowieso auf die Nerven. Es ist passender, wenn wir einander mit Vornamen anreden. Schließlich wissen Sie intime Geheimnisse von mir, die sonst kein Mann kennt."

Hagenberg wollte schon darauf hinweisen, dass dieses Wissen notwendig gewesen sei, um seinen Auftrag für die Baronin zu erfüllen: Rein beruflich und nicht auf Basis einer persönlichen Vertrautheit. Glücklicherweise hielt er den Mund.

Ihre Augen hielten ihn gefangen. „Sie dürfen rauchen, wenn Sie wollen. Was denken Sie eigentlich über mich, Manfred? Halten Sie mich für eine, die sich für ein Vermögen verkauft hat? Nichts anderes war die Heirat mit meinem Seligen. Mein unglückliches Verhältnis mit dem Comte, von dem Sie mich befreit haben, bin ich aus Neigung oder, wie sich nachträglich herausgestellt hat, aus Dummheit eingegangen. Die Heirat hingegen war von meiner Seite her ein kühl kalkuliertes Geschäft, sonst nichts. Bin ich in Ihren Augen unmoralisch?"

Hagenberg war zunehmend irritiert. Das Gespräch nahm eine für ihn unerwartete Richtung.

„Eine Heirat kann doch nicht unmoralisch sein", protestiert er, obwohl er sich nicht ganz sicher war. „Außerdem soll man die Moral einer Frau nicht in Geld messen. Das hat unlängst ein Freund von mir gesagt." Er dachte unwillkürlich an Charlotte. „So gesehen ist es wahrscheinlich egal, ob es um hundert Kronen oder ein ganzes Vermögen geht."

„So sehen Sie das? Es macht einen erheblichen Unterschied, glauben Sie mir! Einen Unterschied von einigen hunderttausend Kronen in meinem Fall. Und sagen Sie Ihrem weltklugen Freund, dass es um die Moral der Männer nicht besser bestellt ist. Womit wir wieder beim Thema wären. Wollten Sie nicht etwas über Eugen von Posowsky erfahren?"

Hagenberg gab Geräusche von sich, die man als Zustimmung deuten konnte.

„Danke Elisabeth", sagte die Baronin zu dem Mädchen und schenkte zwei Gläser Cognac ein. „Wir wollen dann nicht gestört werden, der Herr Rittmeister und ich."

Das Mädchen sah Hagenberg interessiert an. Den Rittmeister stimmte dieser Blick bedenklich.

Die Baronin wartet, bis sie wieder allein waren und fuhr dann fort: „Posowsky ist ein Mitgiftjäger, oder eben ein Herr auf der Suche nach einer vorteilhaften Heirat, wenn man es wohlwollender formulieren will. Woher ich das weiß? Was glauben Sie wohl? Er hat sich über meine Vermögensverhältnisse erkundigt und mir dann so stürmisch den Hof gemacht, dass ich mich seiner kaum erwehren konnte. Schon nach einer Woche hat er mir seine unsterbliche Liebe erklärt und ist mit einem Heiratsantrag dahergekommen. Ich muss sagen, er hat es sehr gut gemacht. Er war ein richtiger Draufgänger, der wusste, worauf es ankommt, kein Traumichnicht, wie so manch anderer." Hagenberg beschloss, den letzten Teil nicht auf sich zu beziehen. „Er war sehr enttäuscht, als ich ihn entschieden abgewiesen habe. Ein Ehemann! Das hätte mir gerade noch gefehlt! Ich heirate sicher nicht so bald wieder." Sie schüttelte so heftig den Kopf, dass ihr die hübschen braunen Locken ins Gesicht flogen. „Einen Liebhaber nehme ich mir vielleicht, aber keinen Ehemann. Falls eine meiner Affären schief geht, weiß ich ja, wer das wieder in Ordnung bringen kann." Sie sah Hagenberg mit ihren Katzenaugen an und lächelte. „Bald danach hat er sich Frau von Seidl zugewandt. Woher ich das weiß? Ich habe die beiden zufällig beobachtet, als ich in der Kärntnerstraße Einkäufe gemacht habe. Sie sind natürlich nicht zusammen aufgetreten, dazu waren sie viel zu vorsichtig. Trotzdem war die Situation eindeutig. Es gibt dort eine Pension, müssen Sie wissen ..."

„Die von den Damen durch ein Geschäft, von den dazugehörigen Herren aber durch den Hauseingang betreten werden kann", fuhr Hagenberg fort.

Sie sah ihn erstaunt an. „Genau so ist es. Ich nehme an, ein Detektiv muss über solche Dinge Bescheid wissen, obwohl man sehr um Geheimhaltung bemüht ist."

Hagenberg war nach einer Bosheit zumute. „Sie wissen ja schließlich auch Bescheid, Luise. Waren Sie nicht auch schon Gast dort? Mit einem Mann, den Sie nicht zu Hause empfangen wollten?"

Die Fragen waren ein Schuss ins Blaue gewesen und er war damit entschieden zu weit gegangen.

„Es ist höchst ungehörig, eine Dame so etwas zu fragen", sagte sie wütend. „Sie sollten sich schämen, Manfred! Wofür halten Sie mich eigentlich? Haben Sie mich etwa überwachen lassen?"

„Ich gebe Ihnen mein Wort, dass ich nichts dergleichen getan habe. Es tut mir leid, wenn ich Sie gekränkt habe. Bitte verzeihen Sie mir meine Indiskretion", bat er reumütig.

Sie beschloss nicht nachtragend zu sein. „Aha! Dann haben Sie wohl die Seidl beobachten lassen. Also doch! Eines verstehe ich an der ganzen Sache nicht. Warum hat sich Posowsky an die Seidl herangemacht? Sie ist verheiratet und wenn sie sich von ihrem Mann trennt, wird sie den Ansprüchen des Posowsky nicht mehr genügen; in finanzieller Hinsicht meine ich. Also warum?"

Hagenberg sagte nichts.

„Auch das wissen Sie! Ich sehe es Ihnen an. Kommen Sie, erzählen Sie es mir, Manfred. Ich liebe solche Geschichten und werde ganz bestimmt verschwiegen sein."

„Nein", sagte der Rittermeister kurz. „Ich wäre Ihnen dankbar, wenn ich jetzt die Hinterlassenschaft Konstanzes ansehen dürfte."

Sie war verstimmt. „Ja natürlich. Deswegen sind Sie schließlich mit mir mitgekommen und nicht um mich zu unterhalten."

Sie ging ins Nebenzimmer und kam mit einem Pappkarton und einigen Kleidungsstücken zurück. „Mehr ist nicht da. Wie gesagt: Die Polizei hat schon alles durchgesehen. Nehmen Sie sich Zeit. Ich werde mich inzwischen umziehen. Dieses verdammte Korsett bringt mich noch um. Sie entschuldigen mich." Luise verließ neuerlich das Zimmer.

Hagenberg ließ die Kleidungsstücke unbeachtet und durchsuchte sorgfältig den Karton. Stück für Stück nahm er heraus und prüfte es. Es waren die belanglosen, ärmlichen Reste eines belanglosen, ärmlichen Lebens. Sie war mit siebzehn Jahren in den Haushalt des Baron Rentenbach gekommen und hatte nie irgendwo anders gedient.

Er fand ihre Taufurkunde. Sie war in der Pfarrkirche zum hl. Josef in der Taborstraße getauft worden. Als Geburtsdatum war der 15. Oktober 1881 angegeben. Ihre Eltern waren: Josef Graf, Schlossermeister und seine Ehefrau Maria.

Ein Stoß Briefe erweckte sein besonderes Interesse. Kurz nach ihrem Dienstbeginn bei Rentenbach hatte sie mit einer Freundin korrespondiert. Es waren Mädchengeschichten, die ausgetauscht wurden: Tratsch über gemeinsame Bekannte, Anspielungen auf Männer und Träume von einer glücklichen Zukunft. Dann waren die Briefe spärlicher gekommen und vor zwei Jahren völlig ausgeblieben. Eine Parte über den Tod einer 81 jährigen Frau lieferte keinen Hinweis darauf, ob es sich dabei um eine Verwandte Konstanzes gehandelt hatte. Eine zwei Jahre alte Heiratsanzeige gab wahrscheinlich Auskunft über die Hochzeit eines anderen Dienstmädchens aus der Umgebung.

Schließlich war da noch ein Stoß Briefe, sorgfältig mit einem blauen Band zusammengebunden. Es waren eindeutig Liebesbriefe, voller Beteuerungen und Erinnerungen an vergangene Liebesstunden. Der Schreiber war Korporal beim Militär gewesen. Vor etwa einem Jahr war diese Korrespondenz und höchstwahrscheinlich auch die Liebschaft abgebrochen worden. Der Inhalt des letzten Briefes, sprach von einer bevorstehenden Versetzung. Wie er Mohnhaupt kannte, war dieser Korporal bereits überprüft und als möglicher Mörder ausgeschieden worden.

Hagenberg notierte trotzdem sorgfältig alle Namen und Daten in sein Notizbüchlein.

Dann gab es noch etliche Romane in Heftformat, eine Papierrose, wahrscheinlich die Trophäe von einer Schießbude, mehrere Eintrittskarten von Praterattraktionen, billige Schmuckstücke, Toiletteartikel, einen altersschwachen Stoffbären und eine Spieldose, die beim Aufklappen den Donauwalzer spielte. Ein Medaillon an einem dünnen goldenen Kettchen war der einzige Gegenstand, der wahrscheinlich einigen Wert hatte. Er klappte den Deckel auf. Das Innere war leer, hatte aber irgendwann einmal eine Fotografie beinhaltet. Hagenberg entdeckte ein kleines Stück davon, das sich festgeklemmt hatte. Das Bild war offenbar hastig und ohne Sorgfalt herausgerissen worden.

Er lehnte sich zurück, zündete sich eine Zigarette an und betrachtete nachdenklich das Häufchen, das von Konstanzes Leben übrig geblieben war. Er nahm sich nochmals die Romanhefte vor. Eines erweckte seine Aufmerksamkeit. Es war die Nummer 33 aus der Serie *‚Wahre Geschichten, die das Leben schrieb'*. Nichts daran war wirklich wahr. Es handelte sich um schwülstige Phantasien, die für 20 Heller einem *‚gebildeten, an wertvoller Literatur interessiertem Publikum'* dargeboten wurde. Der Titel dieser Episode lautete: ‚Die verlorene Tochter'. Jemand hatte das mit einem dramatischen Bild geschmückte Deckblatt verunziert, indem der Titel nachdrücklich mit Tintenbleistift eingeringelt worden war.

Er blätterte das Heft Seite für Seite durch und wurde für seine Sorgfalt belohnt. Eine einfache Visitenkarte, so wie sie Konstanze auch von ihm besessen hatte, flatterte zu Boden. ‚*Friedrich Waller, Diskrete Ermittlungen und Personensuche*' stand darauf. Wer immer sich vor ihm mit Konstanzes Nachlass beschäftigt hatte, er war schlampig gewesen. Hagenberg pfiff durch die Zähne. Er war möglicherweise nicht der erste Privatermittler gewesen, den Konstanze kontaktiert hatte. Es war zum zweiten Mal, dass er auf den Namen Wallers stieß. Ob es derselbe war, der auch für Seidl ermittelt und den Brief der Franziska Koch an sich gebracht hatte? Höchstwahrscheinlich! Sorgfältig verwahrte er die Karte in seinem Notizbüchlein und schichtete die Romanhefte zu einem ordentlichen Stoß.

Luise hatte inzwischen ein bequemes Hauskleid aus blauer Seide angezogen. Bei ihrer traumhaften Figur benötigt sie ganz gewiss kein Korsett, dachte Hagenberg. Sie registrierte mit Genugtuung seinen bewundernden Blick. „Nun, haben Sie etwas gefunden, das Ihnen weiterhilft?"

„Nicht wirklich. Sagen Sie, Luise, hat die Polizei oder sonst jemand von Konstanzes Hinterlassenschaft etwas mitgenommen?"

„Nicht dass ich wüsste. Es müsste noch alles da sein."

„Sie sehen bezaubernd aus, wenn ich mir die Bemerkung erlauben darf", sagte Hagenberg zusammenhangslos.

„Sie dürfen", lachte sie. Dann wurde sie plötzlich ernst. „Ich möchte dass Sie eines wissen: Meine wenigen Besuche in dieser Pension sind ohne Bedeutung. Er war kein verheirateter Mann, wie sie vielleicht vermuten, aber mit einer anderen verlobt war er schon. Mir ist das einfach passiert und jetzt ist es vorbei. Ich möchte nicht, dass Sie mich für eine leichtfertige Person halten."

Hagenberg hob abwehrend die Hand. „Wie käme ich dazu? Es steht mir nicht zu, über Ihre Moral zu urteilen."

Sie zog einen Schmollmund. „So wie Sie das sagen, klingt es, als ob Sie mich schon verurteilt hätten; im Geheimen halt und ohne dass Sie es sagen, weil Sie ein höflicher Mensch sind."

Sie unterband einen möglichen Protest mit einer Handbewegung. „Grund hätten Sie ja, schlecht von mir zu denken, wenn es nach der verlogenen Moral unserer Gesellschaft geht. Ich selbst halte mich nicht für unmoralisch, sondern für eine moderne Frau, die nur ein ganz klein wenig jene Freiheiten für sich in Anspruch nimmt, die für euch Männer selbstverständlich sind."

„Ich bin nicht so", sagte Hagenberg lahm und ohne selbst genau zu wissen, wie dieses ‚so' zu interpretieren sei.

„Oh doch! Das sind Sie, mein Lieber. Was haben Sie eigentlich mit den speziellen Fotografien gemacht, die der Comte von mir hatte?"

„Wie ich Ihnen berichtet habe: Sie wurden alle vernichtet."

„Ich nehme an, Sie haben sie vorher genau betrachtet?"

„Nur soweit es notwendig war, um sich von ihrer Vollständigkeit zu überzeugen." Hagenberg fuhr sich mit dem Finger zwischen Kragen und Hals. Er schien ihm sehr warm im Zimmer zu sein. In Wahrheit hatte er sich die Bilder sehr genau angesehen.

„Und Sie sind nicht in Versuchung geraten, sich eines als Andenken an mich zu behalten?"

„Jetzt sind Sie es, die mich beleidigt", protestierte er. „Sie wurden alle vernichtet. Wenn es um einen Auftrag geht, bin ich absolut korrekt."

„Das sind Sie vermutlich wirklich. Sie sind überhaupt sehr korrekt. Nun, wenn die Fotos weg sind, müssen Sie sich eben mit der Erinnerung begnügen, oder auch nicht. Wir werden sehen."

Sie läutete nach dem Mädchen. Hagenberg stand auf, weil er dachte, dass er nun verabschiedet werde.

„Frühstück um halb Acht", befahl Luise. „Richte es im Frühstückszimmer an."

„Sehr wohl, gnädige Frau", sagte Elisabeth mit unbewegter Miene. „Haben Sie besondere Wünsche?"

Luise wandte sich an Hagenberg: „Hast du besondere Wünsche?"

Dem Rittmeister war, als ob man ihm den Boden unter den Füßen weggezogen hätte. Ein ähnliches Gefühl hatte er bei dem Manöver vor drei Jahren gehabt. Auf einem Patrouillenritt wäre er fast in einen Hinterhalt geraten. Einen Augenblick hatte er daran gedacht, mit gezogenem Säbel attackieren zu lassen, um den Gegner womöglich zu überrennen. Dann hatte er den Rückzug befohlen, war scharf abgeschwenkt und im vollen Galopp retiriert. Vereinzelte Schüsse und die Rufe der enttäuschten Feinde folgten ihm. Seine Entscheidung, sich rasch, aber in guter

Ordnung zurückzuziehen, war richtig gewesen, wie in der Manöverkritik am nächsten Tag festgestellt wurde. Durch den Verzicht auf eine törichte Heldentat hatte er seine Einheit vor der imaginären Vernichtung oder zumindest einer schmählichen Gefangennahme bewahrt.

Er wollte sich auch diesmal nicht gefangen nehmen lassen und öffnete den Mund, um zu erklären, dass er sich nun leider verabschieden müsse, aber irgendetwas hatte sich in seinem Kopf und nicht nur dort selbstständig gemacht. Er hörte sich selber sagen: „Ein weiches Ei, drei Minuten, ein Butterbrot und einen Kaffee."

„Du hast es gehört, Elisabeth. Richte lieber ein bisschen mehr an. Der Herr Rittmeister könnte morgen Früh hungrig sein. Wir sind dann für niemanden mehr zu sprechen."

„Sehr wohl, gnädige Frau", sagte das Mädchen und schloss geräuschlos die Tür hinter sich.

Luise sah Hagenberg an. „Fünfzig zu fünfzig", sagte sie.

„Ich verstehe nicht ..."

„Die Chancen standen fünfzig zu fünfzig. Ich habe mit mir selber gewettet, ob du dableibst, oder ob du mir einen Korb gibst. Zugetraut hätte ich es dir. Aber ich habe gewonnen."

„Es ist nur so ...", begann Hagenberg halbherzig.

„Dafür ist es jetzt wirklich zu spät, findest du nicht? Das wäre kein geordneter Rückzug mehr, sondern klägliche Flucht."

Sie schlang die Arme um seinen Hals und schmiegte sich an ihn, während ihre Lippen seinen Mund suchten. Der Rittmeister dachte nicht mehr an Rückzug. Er ließ seine Hände unter ihr Kleid und über ihren Körper gleiten.

„So stelle ich mir das vor", flüsterte sie in sein Ohr. „Zeig mir, was eine ordentliche Kavallerieattacke ist, Herr Rittmeister."

Kapitel 15

Um halb neun Uhr morgens wanderte Hagenberg zur Station der Stadtbahn. Er hatte es abgelehnt, sich vom Wagen der Baronin nach Hause fahren zu lassen. Es schien ihm nicht passend zu sein. Er wäre sich vorgekommen, wie einer, der sich von einer reichen Frau aushalten lässt. Prompt lief er Herrn von Seidl in die Hände, der vor seinem Haus stand und prüfend zum Himmel schaute. Hagenberg lüftete höflich den Hut.

„Wollen Sie zu mir?", fragte Seidl erstaunt.

„Nein, Herr von Seidl. Ich hatte bloß zufällig in der Gegend zu tun."

„So früh schon?" Sein Blick glitt hinüber zum Haus der Baronin. Der Vorhang hinter einem Fenster bewegte sich leicht. „Die Baronin Rentenbach", sagte Seidl amüsiert. „Wie klein doch die Welt ist!"

„Es trifft sich gut, dass wir uns begegnet sind", wechselte Hagenberg eilig das Thema. „Ich habe noch einige Fragen an Sie. Wann hätten Sie Zeit für mich?"

„Zeit habe ich nur noch sehr wenig, wie Sie wissen. Also reden wir am besten gleich. Kann ich Sie vielleicht in die Stadt mitnehmen? Mein Wagen wird jeden Moment vorfahren. Sie können mich unterwegs fragen."

Hagenberg nickte. „Das ist mir sehr angenehm."

Seidl sah ihn prüfend an, dann lachte er. „Sie schauen müde aus. Die Rentenbach! Warum auch nicht? Sie müssen sich nur daran gewöhnen, dass sie in manchen Dingen eine sehr moderne Frau ist. Aber das wissen Sie wahrscheinlich schon. Ah, da ist mein Wagen ja schon."

Wenn Hagenberg Pferdegetrappel und eine gemütliche Kutsche erwartet hatte, wurde er enttäuscht. „Was ist das?", fragte der Rittmeister entsetzt.

„Ein Mercedes Simplex, Baujahr 1904", erklärte Seidl, der annahm, Hagenberg habe Interesse an technischen Informationen. „Er ist nicht gerade der Schnellste mit seinen 60 km/h. Spitze, aber mir reicht es. Kommen Sie, steigen Sie in den Fond."

Der Wagen war rot gestrichen und hatte ein bordeauxrotes Lederverdeck, das zurückgeklappt war. Auf der vorderen Sitzbank thronte ein Fahrer mit einer Mütze und einer gewaltigen Staubbrille. Das ganze Fahrzeug bebte unter den Stößen des leerlaufenden Motors.

Wie wir wissen, verabscheute der Rittmeister Automobile und ein bisschen fürchtete er sich auch vor ihnen. Weil er sich vor Seidl keine Blöße geben wollte, kletterte er mit zusammengebissenen Zähnen in den Fond.

„Zum Ferstel", befahl Seidl dem Fahrer. „Er wandte sich an Hagenberg. „Sagen Sie es einfach, wenn ich Sie in der Stadt absetzen soll."

Der Motor tat einige kräftigere Explosionen und setzte den Wagen in Bewegung, wobei er eine stinkende Wolke hinter sich ließ.

Es war eng für zwei Personen auf der hinteren Sitzbank. In einem Landauer wäre es gemütlicher gewesen.

Hagenberg erwog, seine Skrupel beiseite zu schieben und sich künftig vielleicht doch mit Luises Kutsche fahren zu lassen. Sie hatte nämlich keinen Zweifel daran gelassen, dass sie an einer dauerhaften Beziehung Interesse hatte. Wie hatte Seidl gesagt? ‚Die Rentenbach! Warum auch nicht?' Sie war eine sehr attraktive Frau mit Humor und Charme. Im Bett war sie eine Offenbarung: Er hatte noch nie eine Frau erlebt, die auf so entzückende Weise schamlos sein konnte. An ihre wenig damenhafte Art, selbst in intimen Situationen die Initiative zu ergreifen, würde er sich schon noch gewöhnen, dachte er.

„Fahren Sie gerne mit dem Automobil", erkundigte sich Seidl.

„Nicht besonders", murmelte Hagenberg und versuchte Haltung zu bewahren. „Mir sind Pferde lieber."

„Den Autos gehört die Zukunft", belehrte ihn Seidl. „Wir leben in einer Epoche des rasanten technischen Umbruchs. Alles wird sich ändern. Wir gehen wunderbaren Zeiten entgegen, Sie werden schon sehen. Ich wollte, mir bliebe mehr vom Leben, um selbst zu sehen, wo das alles hinführt." Er seufzte. „Haben Sie in meiner Angelegenheit etwas herausgefunden?"

„Ich verfolge eine Spur, die mir erfolgversprechend erscheint." Hagenberg zog Wallers Visitenkarte aus der Tasche und zeigte sie Seidl. „Ich glaube mich erinnern zu können, dass dieser Mann auf der Liste stand, die sie mir gegeben haben."

„Richtig. Ich hatte ihn mit der Suche nach Franziska beauftragt. Er hat dasselbe gesagt, wie Sie eben: Er verfolge eine vielversprechende Spur."

„Was ist daraus geworden?"

„Leider nichts. Haben Sie es nicht in der Zeitung gelesen? Er ist vor etwa drei Wochen im Prater umgebracht worden."

Hagenberg war wie erschlagen. „Der Prater ist in letzter Zeit ein gefährliches Pflaster", murmelte er.

„Man hat ihn erstochen", berichtete Seidl. „Er wurde auf dem Platz hinter dem Zaubertheater gefunden, dort wo die Wohnwägen der Artisten stehen."

„Verdammt, verdammt", stieß Hagenberg hervor und dachte an Charlotte. Die Fälle an denen er arbeitete, der Mord an Konstanze, die Suche nach Charlotte und die Nachforschungen nach der Jugendliebe des Herrn von Seidl schienen sich ineinander zu verwickeln, aber er konnte noch kein Muster erkennen. Vielleicht war ja auch alles nur Zufall.

„Ich habe mich natürlich sofort bei seinem Partner erkundigt", fuhr Seidl fort. „Er hatte keine Ahnung von den Ermittlungen, die Waller für mich durchführte und es waren auch keine Unterlagen darüber aufzufinden. Ich war völlig verzweifelt, aber dann hat mir Luise Rentenbach ihren Namen genannt und Sie mir empfohlen."

„Luise hat mich empfohlen?", fragte Hagenberg erstaunt. „Sie hat nichts davon erwähnt." Er grübelte vor sich hin. „Sagt Ihnen der Name Posowsky etwas?"

„Ja, der Name sagt mir etwas. Habe ich Sie nicht gebeten, sich nicht um die Affäre meiner Frau zu kümmern?"

„Das tue ich auch nicht", log Hagenberg. „Luise hat mir den Namen genannt. Er hat ihr angeblich einen Heiratsantrag gemacht."

„Ich verstehe. Posowsky hat es also auch bei Luise versucht, bevor er sich meiner Frau zugewandt hat. Nun, Luise wollte sicher keinen Ehemann, der es auf ihr Vermögen abgesehen hat. Ihr war ein fescher Offizier als Zeitvertreib sicher lieber. Mit dem scheint es jetzt ja auch vorbei zu sein."

„Welcher Offizier?", fragte Hagenberg scharf.

Seidl schaute betreten. „Ich bin ein geschwätziger Dummkopf. Ich will nichts gesagt haben. Fragen Sie doch Luise selber. Sie wird es Ihnen sicher sagen, wie ich sie kenne."

„Sie hat es mir erzählt. Sie hat nur nicht erwähnt, dass es ein Offizier war."

„Ein Hauptmann, wenn ich mich recht erinnere", sagte Seidl widerstrebend. Ich habe ihn nur einmal in Uniform gesehen. Er ist nicht oft hergekommen. Die beiden dürften sich meist in der Stadt getroffen haben, wahrscheinlich in einer verschwiegenen Absteige, weil sie ihre Beziehung geheim halten wollten." Seidl schaute verlegen. „Wissen Sie, als Nachbar bekommt man so einiges mit, ob man will oder nicht."

„Können Sie mir etwas über Posowsky erzählen?"

Seidl zuckte mit den Schultern. „Wozu? Er ist der Liebhaber meiner Frau. Er ist ein Mitgiftjäger mit hohen Erwartungen an das Vermögen seiner Zukünftigen. Beruflich macht er in Import und Export, aber womit er wirklich handelt, habe ich nicht herausbekommen. Trotzdem dürfte er über genügend Barmittel verfügen, um sich ein standesgemäßes Auftreten leisten zu können. Jedenfalls verkehrt er in den besten Kreisen."

„Darf ich fragen, wo Sie Ihre Informationen über Posowsky her haben?"

„Um meine Frau hat sich gleichfalls Waller gekümmert und alle Informationen geliefert, die ich brauchte, bevor er umgebracht wurde. Aber hören Sie, Hagenberg: Ich will, dass Sie sich ausschließlich mit der Suche nach Franziska beschäftigen. Versprechen Sie mir das?"

„Natürlich, Herr von Seidl. Ich melde mich bald wieder bei Ihnen."

„Tun Sie das! Ich nehme an, Sie werden jetzt ohnehin öfter in der Gegend sein. In meiner Nachbarschaft, meine ich." Seidl lachte herzlich, bis ihm ein Hustenanfall Einhalt gebot.

Das Café Wien kam in Sicht. „Lassen Sie mich jetzt bitte aussteigen", verlangte Hagenberg.

Der Wagen hielt. „Grüßen Sie Luise schön von mir", keuchte Seidl, der langsam wieder zu Atem kam.

◆

Der Rittmeister betrat das Kaffeehaus Viertel nach Zehn. An seinem Tisch saß Mohnhaupt und sah ihm entgegen.

„Du kommst zu spät rügte er. Ich warte schon eine viertel Stunde. Du wirst doch nicht schleißig werden? Ein bisschen verschlissen schaust du heute ohnehin aus. Hast du nicht gut geschlafen?"

„Das Übliche, Herr Rittmeister?", fragte Fritz.

„Nein. Ich habe schon ausgiebig gefrühstückt. Bringen's mir bitte einen doppelten Cognac."

„So, so, du hast schon ausgiebig gefrühstückt", feixte Mohnhaupt. „Darf ich raten wo? Bei der Rentenbach! Warum auch nicht?"

„Wie kommst du auf so etwas?"

„Dazu braucht man kein großer Kriminalist zu sein. Du bist gestern mit ihr weggefahren und warst inzwischen nicht mehr zu Hause. Du hast noch immer deinen Begräbnisanzug an. Außerdem, wie sie dich am Friedhof immer angeschaut hat, da war doch schon klar, was passieren wird."

„Mir nicht."

„Nein, dir nicht. Mir und dem Bastian Gruber aber schon. Verpatz es nicht wieder. Wenn du die Rentenbach heiratest, hast du ausgesorgt. Hübsch ist sie und viel Geld hat sie auch: Was willst du mehr?"

„Sie denkt absolut nicht ans Heiraten. Das ist das Letzte, was sie will."

„Sagt sie das?"

„Das sagt sie."

„Dann ist alles klar. Wenn eine Frau nachdrücklich betont, dass sie nicht heiraten will, ist sie auf der Suche nach einem geeigneten Ehemann. Sie probiert nur ein bisschen herum, aber alles, was sie wirklich will, ist heiraten. Glaube mir, die Anzeichen sind unverkennbar."

„Du mit deinen Weisheiten! Sie lässt dir übrigens ausrichten, dass es mit der Moral der Männer auch nicht besser bestellt ist, als mit der Moral der Frauen."

„Damit hätte sie ganz recht, wenn Frauen und Männer gleich wären. Sind sie aber nicht. Wenn eine Frau und ein Mann dasselbe tun, hurt sie herum und der Mann führt einen flotten Lebenswandel. So ist das!"

„Sie sieht es anders. Sie ist eine moderne Frau", verteidigte Hagenberg Luise.

„Oh je! Wahrscheinlich ist sie eine von diesen Emanzen, die sogar das Wahlrecht für Frauen fordern. So weit kommt es noch! Das musst du ihr gründlich austreiben, wenn ihr verheiratet seid."

„Jetzt hör auf, mich in aller Früh zu sekkieren! Ich will sie nicht heiraten und sie mich schon gar nicht."

„Dann versuch doch die Probe aufs Exempel: Mach ihr einen Heiratsantrag. Ich werde dir sagen was passiert: Sie wird überrascht sein. Ganz paff wird sie sein, weil du so eine Idee hast. Sie selber wäre auf so etwas nie gekommen. Dann wird sie sagen, dein Antrag ehrt sie zwar sehr, sie will aber nicht heiraten, obwohl sie dich sehr mag. Ein halbes Jahr später ist Hochzeit. So läuft das ab. Traust du dich?"

„Nein", sagte Hagenberg entschieden.

„Ein Depp bist du, wenn du dir eine solche Gelegenheit entgehen lässt. Mach nur so weiter, dann bleibst du über, so wie ich, oder du landest bei einem Pratermädchen, was mich gar nicht wundern tät."

„Der Cognac für den Herrn Rittmeister." Fritz stellte das Glas auf den Tisch. „Die Kronenzeitung ist leider in der Hand, weil Herr Rittmeister später gekommen sind. Soll ich sie bringen, wenn sie frei ist?"

„Gibt es Neuigkeiten?"

„Seine allergnädigste Majestät sind in Ischl auf Hofjagd gegangen."

„Sehr schön. Umgebracht ist niemand worden?"

„Leider nein, Herr Rittmeister, nur im Donaukanal ist einer ersoffen."

„Dann lassen wir die Zeitung für heute." Hagenberg nahm einen tüchtigen Schluck und zündete sich eine ‚Nil' an, die erste seit geraumer Zeit.

„Was führt dich zu mir Mohnhaupt? Gibt es Neuigkeiten?"

„Ja und nein. Der Brachyta ist wie vom Erdboden verschwunden. Er ist nicht mehr zum Dienst erschienen. Wir fahnden jetzt nach ihm."

„Das war zu erwarten."

„Die verhexte Jungfrau ist auch nicht aufzufinden."

Hagenberg schüttelte den Kopf. Er machte sich Sorgen um Charlotte und er hatte das völlig irrationale Gefühl, ihr untreu geworden zu sein. „So ein Unsinn!", dachte er.

„Dafür habe ich Nachrichten aus Hainburg an der Donau. Du hast eine gute Nase gehabt. Eine Franziska Koch ist tatsächlich dort geboren worden. Am 13. Mai 1860. Es ist ziemlich sicher, dass es die von dir gesuchte Person ist. Sie ist nämlich 1879 nach Wien in Dienst gegangen. Im Spätherbst 1881 ist sie wieder zurückgekommen und hat bei einer Tante gewohnt."

„Ausgezeichnet", freute sich Hagenberg. „Was ist aus ihr geworden?"

„Sie hat zwei Jahre später geheiratet, einen Schustermeister Johann Prohaska. Die Ehe ist kinderlos geblieben. 1890 ist sie gestorben. Der Typhus hat sie erwischt, obwohl es damals gar keine richtige Epidemie gegeben hat."

„Was ist mit dem Kind geschehen? Sie war doch schwanger, wie sie von Wien weggegangen ist! Ist es auch gestorben?"

„Ich muss dich enttäuschen. Es gibt keinen Hinweis auf ein Kind. Im katholischen Taufbuch findet sich kein passender Eintrag. Es kann sich auch niemand erinnern, dass sie schwanger gewesen wäre, als sie nach Hainburg gekommen ist."

„Ein Kind kann nicht einfach verschwinden", ärgerte sich Hagenberg. „Nicht in unserer modernen Zeit, in der alles dokumentiert wird. Darüber müsste es doch behördliche Unterlagen geben: Über die Geburt, über eine Adoption oder über die Bestellung des Amtsvormundes für ein uneheliches Kind."

„Theoretisch schon", räumte Mohnhaupt ein. „Wenn die Vorschriften eingehalten wurden. Immer vorausgesetzt, es hat wirklich ein Kind gegeben.

Vielleicht war sie ja auch gar nicht schwanger, oder sie hat das Kind verloren. Man wird das nicht mehr feststellen können."

„Was ist mit ihrem Mann?"

„Er ist kurz nach ihrem Tod weggezogen, ins Böhmische. Sein derzeitiger Aufenthalt ist unbekannt." Mohnhaupt schüttelte bedauernd den Kopf und sah Hagenberg abwartend an. „Du wirst wahrscheinlich nichts Neues für mich haben, weil du mit deiner Luise beschäftigt warst, oder doch?"

„Sie ist nicht meine Luise", protestierte Hagenberg. „Soweit sind wir noch lange nicht. Vielleicht habe ich aber doch etwas für dich. Erinnerst du dich an den Mord an einem gewissen Waller im Prater? Er war ein Privatermittler."

„Ja, ich erinnere mich. Das ist aber nicht mein Fall. Den bearbeitet ein Kollege. Bis jetzt ist er auch erfolglos." Mohnhaupt klang ein wenig schadenfroh. „Was ist mit diesem Waller?"

„Ich vermute, er hatte Kontakt zu Konstanze, kurz bevor er umgebracht wurde. Sie hatte seine Visitenkarte, genauso, wie sie auch meine hatte. Und mich hat man auch schon zu beseitigen versucht."

Mohnhaupt trocknete sich die Stirn mit seinem Taschentuch und stöhnte: „Hätte ich doch nicht gefragt. Wenn ich das verwerte, hängt man mir auch noch den Fall Waller an." Er schaute nachdenklich. „Es könnte aber auch umgekehrt laufen und ich werde meinen Fall los. Der Fall Waller ist schließlich der ältere und zieht den jüngeren an sich. So steht es in der Geschäftsverteilung. Das wäre eine geschäftsordnungsmäßig korrekte und sehr gute Lösung für mich!"

„Schämst du dich nicht?"

„Was fragst du mich ständig, ob ich mich schäme? Nein und nochmals nein. Aber ich werde diese Information vorläufig informell behandeln. Den Akt Waller schau ich mir bloß interessehalber an."

„Noch etwas", verlangte Hagenberg. Mohnhaupt stierte ihn mit blutunterlaufenen Augen an und begann zu schnaufen. „Es ist nichts Besonderes beruhigte ihn Hagenberg. „Ich brauche die genauen Personaldaten von Charlotte: Geburtsdatum, Geburtsort, Eltern und so weiter."

„Ich muss dich schon wieder enttäuschen. Wir haben nur ihren Namen: Fleuron, Charlotte Fleuron, wenn das überhaupt ihr richtiger Name ist. Wahrscheinlich ist es nur eine Art Künstlername. Wer heißt schon in Wirklichkeit Fleuron? Sonst haben wir nichts."

„Das ist eine unglaubliche Schlamperei. Wie kann das passieren? Haben wir kein Melderegister? Wenn ich daran denke, was ich für Formulare ausfüllen habe müssen, damit ich im Hammerand wohnen kann! Sie muss doch Papiere gehabt haben!"

Mohnhaupt zuckte mit den Schultern. „Wahrscheinlich hat sie welche. Die sind aber fort. Wir haben natürlich längst ihren Wohnwagen danach durchsucht. Glaubst du, wir warten darauf, bis einer wie du uns Ratschläge gibt? So ist das halt. Viele Leute kümmern sich nicht um die Vorschriften. Besonders nicht die Artisten und Theaterleute, ganz abgesehen von den Gaunern."

„Der Mallachini müsste etwas wissen, weil er sie engagiert hat."

„Auf deine Ezzes habe ich grad noch gewartet. Das habe ich längst überprüft. Ein Kollege von ihm, ein Feuerspucker hat sie ihm vermittelt, als er eine dritte Assistentin gesucht hat. Weil sie hübsch und anstellig war, wurde sie ohne Förmlichkeiten engagiert."

„Aha! Ferry, der Feuerspucker! Was sagt der?"

„Nichts, was uns weitergeholfen hätte. Irgendwo im Prater hat er sie kennengelernt, sagt er. Mehr war aus ihm nicht herauszubringen. Warum glaubst du, treten wir so auf der Stelle? Es ist einfach kein Weiterkommen!"

Hagenberg seufzte. „Noch etwas."

„Nein, jetzt ist es wirklich genug!"

„Sei nicht so ungefällig. Wisst ihr etwas über einen Eugen von Posowsky?"

Mohnhaupt verfiel zusehends. Er wirkte leidender denn je. „Du wanderst auf dünnem Eis, Rittmeister. Was sage ich wandern, du trampelst darauf herum. Nein wir wissen nichts über Herrn von Posowsky. Wir dürfen gar nichts über ihn wissen."

„Wie soll ich das verstehen?"

„Er wurde von einer Dame der Gesellschaft angezeigt, weil sie ihn für einen Heiratsschwindler hielt. Noch ehe wir richtig zu ermitteln anfangen konnten, ist von ganz oben die Weisung gekommen, ihn unbehelligt zu lassen. Als Begründung wurde angegeben, dass er über einen untadeligen Leumund verfügt und über jeden Verdacht erhaben ist. Der Akt wurde von meinem Vorgesetzten eingezogen."

„Das ist interessant", sagte Hagenberg nachdenklich.

Mohnhaupt stemmte sich ächzend hoch. „Pass auf dich auf Rittmeister, und sei so freundlich, zahl für mich. Das nächste Mal bin ich dran."

Kapitel 16

„Sie waren also erfolgreich", konstatierte Bastian zufrieden und wischte sich den Bierschaum vom Mund. Er meinte damit sowohl den Stand ihrer aktuellen Ermittlungen als auch Hagenbergs Erlebnisse mit Luise, obwohl der Rittmeister in diesem Punkt sehr diskret gewesen war. „Damit wäre der Fall des Herrn von Seidl abgeschlossen", fuhr Bastian fort. „Seine Franziska hat gar kein Kind von ihm bekommen und sie ist inzwischen gestorben. Es war fast zu einfach, das herauszubekommen. Geben Sie ihm bei der Schlussabrechnung einen Preisnachlass. Wir wollen doch nicht, dass man uns für Halsabschneider hält. Der Mord an Konstanze ist auch geklärt. Der Brachyta war es, daran habe ich keinen Zweifel. Den soll die Polizei suchen. Sie haben Ihre Abmachung mit Mohnhaupt erfüllt. Charlotte ist längst über alle Berge. Wenn Sie nicht mehr nach ihr suchen, wird man auch Sie künftig in Frieden lassen. Davon bin ich überzeugt. Jetzt sollten Sie sich um wichtigere Dinge kümmern. Die Baronin Rentenbach zum Beispiel. Das wäre doch eine standesgemäße Partie für Sie."

„Ganz so einfach ist das nicht", meinte Hagenberg nachdenklich.

„Aber ja doch. Fragen Sie nur und sie wird nicht ‚nein' sagen!"

„Ich habe nicht an Luise gedacht", sagte der Rittmeister ärgerlich. „Hast du vergessen, dass es zwei Tote gegeben hat? Konstanze und Waller. Ganz abgesehen davon, dass man auch mich umbringen wollte. Das kann ich doch nicht so einfach auf sich beruhen lassen."

„Und ob Sie das können. Es ist sogar das einzig Richtige! Sie wissen doch, was im Prater unter der lustigen Oberfläche abläuft. Wahrscheinlich geht es um Prostitution und Glücksspiel. Wenn Sie in einem kleinen Bandenkrieg herumstolpern, dürfen Sie sich nicht wundern, dass auch Ihnen die Kugeln um die Ohren fliegen. Ziehen Sie sich zurück und niemand kümmert sich mehr um Sie. Überlassen Sie das der Polizei!"

„Das erklärt noch nicht, warum das Militär mitmischt."

„Wahrscheinlich ist eine hochgestellte Persönlichkeit involviert und die wollen das bloß diskret vertuschen. Vielleicht eine der Bekanntschaften von Charlotte, wenn wir es so nennen wollen, und sie hat bei der Gelegenheit etwas mitbekommen, das sie nicht wissen sollte. Sie hat es ganz richtig gemacht. Sie ist abgetaucht und wir sollten dasselbe tun."

„Ich weiß nicht recht", meinte Hagenberg unentschlossen und blies Rauchringe in die Luft. Am anderen Ende das Gastgartens saß eine junge Frau und nickte ihm zu. Er kniff die Augen zusammen und war sich einen Augenblick sicher, Konstanze gesehen zu haben. Dann stand die Fremde auf, lächelte ihm zu und verließ den Garten."

„Sie sollten nicht mit fremden Weibern anbandeln, jetzt, wo Sie praktisch verlobt sind", kritisierte Bastian.

„Ich bin nicht verlobt", dementierte Hagenberg wütend. „Davon kann keine Rede sein. Hör endlich auf, dir über mein Privatleben Gedanken zu machen. Hast du die Fotos entwickelt?"

„Wozu brauchen Sie die noch?" Widerstrebend zog Bastian die Abzüge aus der Tasche und reichte sie über den Tisch.

Hagenberg studierte sie sorgfältig. Frau von Seidl war fast eine schöne Frau. Fast, denn die gekrümmte Nase verlieh ihrem Gesicht eine unangenehme Schärfe. „Wie ein Raubvogel sieht sie aus", dachte Hagenberg. „Wie ein Geier, ein Aasgeier. Der gebe ich nicht mehr als eine Sechs bis Sieben. Höchstens!" Damit tat er ihrem Aussehen unrecht, aber er war voreingenommen. Abgesehen von diesem kleinen Schönheitsfehler in ihrem Gesicht, war sie nämlich eine sehr gefällige Erscheinung.

Dasselbe konnte man uneingeschränkt von ihrem Liebhaber sagen. Er war ein gut aussehender Herr, vom Scheitel bis zur Sohle. „Er könnte gut und gern ein Hochstapler oder Heiratsschwindler sein", dachte Hagenberg, dem Posowsky zutiefst unsympathisch war, obwohl er ihn persönlich gar nicht kannte.

Er wählte zwei der Fotos aus, steckte sie ein und gab Bastian die übrigen zurück. „Ich bin müde", verkündete er. „Ich gönne mir jetzt ein Mittagsschläfchen und am Nachmittag fahre ich zu Seidl und informiere ihn. Vielleicht mache ich anschließend noch einen Besuch. Du brauchst nicht auf mich zu warten. Besorge inzwischen in Hainburg alle Matrikelauszüge über Franziska, damit wir unseren schriftlichen Abschlussbericht an Seidl belegen können."

◆

Er hätte seinen Besuch ankündigen sollen. Das Mädchen an der Tür war skeptisch, ob ihn Herr von Seidl empfangen werde.

„Wer hat geläutet, Maria?", fragte eine Stimme aus dem Inneren des Hauses. Frau von Seidl trat persönlich in den Vorraum, um nach dem Rechten zu sehen. Hagenberg zog seinen Hut und gab ihn dem Mädchen. „Meine Verehrung, gnädige Frau", sagte er höflich. „Ich komme in einer geschäftlichen Angelegenheit. Hagenberg ist mein Name. Ob ich wohl Herrn von Seidl sprechen könnte?"

„In welcher geschäftlichen Angelegenheit? Mein Mann empfängt nicht. Er ist leidend."

Hagenberg zog eine seiner Visitekarten hervor. „Ich bin Gebietsbetreuer der Glabusversicherung. Ich habe Ihrem Herrn Gemahl ein Angebot zu machen."

„Wir brauchen keine neuen Versicherungen." Frau von Seidl war hochmütig bis herablassend. „Wir wünschen keine Vertreterbesuche. Guten Tag, Herr Hagenberg." Das Mädchen drückte ihm seinen Hut wieder in die Hand.

Zum Glück erschien der Herr des Hauses und befreite ihn aus seiner peinlichen Lage. „Es ist nur ein Vertreter", sagte seine Frau. „Ein Versicherungsvertreter." Es klang, als ob Hagenberg dem Abschaum der Menschheit zuzurechnen wäre.

„Ich weiß", bestätigte Seidl geistesgegenwärtig. „Ich habe um seinen Besuch gebeten. Kommen Sie doch bitte weiter, Herr Hagenberg." Das Mädchen nahm den Hut wieder an sich.

Seidl schloss sorgfältig die gepolsterte Tür zu seinem Arbeitszimmer. „Sie ist ja so fürsorglich", sagte er bitter. „Sie versucht mich nach und nach von allem abzuschirmen. Bald, wenn mich meine Kräfte im Stich lassen, werde ich nicht mehr Herr im eigenen Haus sein. Nun, Hagenberg, ich hoffe, Sie haben gute Nachrichten für mich."

„Ich habe die gewünschte Information, aber Sie werden nicht glücklich darüber sein. Franziska ist im Spätherbst 1881 nach Hainburg an der Donau gekommen. Sie hat zwei Jahre später geheiratet und ist 1890 an Typhus gestorben. Das ist in Kürze, was ich herausbekommen habe. Mein Assistent besorgt die entsprechenden Auszuge aus den Kirchenbüchern. Es tut mit leid, Herr von Seidl."

„Tot", stöhnte Seidl. Am Morgen hatte er noch recht vital gewirkt. Jetzt sah man ihm seine Krankheit an. Er atmete keuchend. „Aber das Kind, Hagenberg, was ist mit meinem Kind? Haben Sie es gefunden?"

Hagenberg schüttelte den Kopf. „Es gibt kein Kind. Franziska war nicht schwanger, als sie in Hainburg angekommen ist. Auch ihre Ehe ist kinderlos geblieben."

„Aus und vorbei", murmelte Seidl. „Franziska ist tot und ich habe kein Kind. Das ist das Ende all meiner Hoffnungen, das Ende meines Lebens."

Er stand mühsam auf und machte sich an seinem Tresor zu schaffen.

„Sie schulden mir nichts mehr, Herr von Seidl", sagte Hagenberg. „Ich werde Ihnen meinen schriftlichen Bericht mit allen Unterlagen ehestens zukommen lassen."

„Sie sind ein Ehrenmann, Hagenberg." Unvermutet packte Seidl seinen Besucher an den Rockaufschlägen und zog in krampfhaft zu sich. „Finden Sie mein Kind, ich bitte Sie, finden Sie mein Kind", flüsterte er heiser

„Es gibt kein Kind", sagte der Rittmeister behutsam. „Bitte beruhigen Sie sich doch, Herr von Seidl."

Seidl schüttelte ihn, mit aller Kraft, die er noch aufbringen konnte. „Man hat mir gesagt, Sie seien der Beste, der Mann für hoffnungslose Fälle. Jetzt beweisen Sie es. Finden Sie mein Kind! Denken Sie nach! Ich habe ein Kind, das fühle ich, ich fühle es mit jeder Faser meines Herzens! Es kann gar nicht anders sein!"

Er ließ Hagenberg los und sank in seinen Sessel zurück. Sein Gesicht war fahl. Schweißtropfen standen auf seiner Stirn. „Entschuldigen Sie, Herr Rittmeister. Ich wollte Sie nicht inkommodieren. Möchten Sie rauchen?"

Hagenberg, der sich bloß wünschte, wieder gehen zu können, tastete nach seinen Zigaretten, ließ es dann aber bleiben.

„Rauchen Sie ruhig, wenn Sie dann besser nachdenken können." Ein Hustenanfall schüttelte den kranken Mann. „Nehmen Sie keine Rücksicht auf mich. Mir kann Ihr Zigarettenrauch nicht mehr schaden. Mir kann gar nichts mehr schaden."

Hagenberg hatte Hemmungen, sich jetzt einfach zu verabschieden, obwohl ihm sehr unbehaglich zu Mute war. Also fügte er sich und rauchte eine ‚Nil'. Seidl beobachtete ihn schweigend. Der Rittmeister blies blaue Wölkchen in die Luft und begann sich zu entspannen. In seinem Hirn setzten sich kleine Rädchen in Bewegung. So stellte er sich das selbst vor: Kleine Rädchen, die präzise ineinander griffen und sich schnell und immer schneller drehten. Er richtete sich kerzengerade auf. „Das könnte man noch klären", sagt er leise.

„Ah", machte Seidl. „Sie haben eine Idee?"

„Nicht gerade eine Idee, aber eine Frage."

„Dann fragen Sie, Hagenberg, fragen Sie!"

„Wann genau hat Ihnen Franziska gesagt, dass Sie schwanger ist?"

Seidl dachte nach. „Das muss im März 1881 gewesen sein. Ja, im März. Es war schon Frühling, alles hat zu blühen begonnen und sie war so voller Hoffnung, dass ich mich zu dem Kind bekennen werde." Er wischte sich mit dem Handrücken über die feuchten Augen.

Hagenberg ließ sich nicht ablenken. Die kleinen Rädchen schnurrten. „Wissen Sie, in welchem Monat sie war?"

„Sie hat gesagt, im dritten Monat. Man hat schon ganz wenig die Wölbung ihres Bauches gesehen. Ich gewissenloser Idiot bin die Woche darauf abgereist, ohne ihr irgendeine Nachricht zu geben. Was habe ich getan, was habe ich bloß getan!"

„Dann müsste das Kind wann zur Welt gekommen sein? Eine normale Schwangerschaft vorausgesetzt?"

„Nun, ich denke im Herbst, vielleicht im September?"

„Das könnte es sein", murmelte Hagenberg.

„Was meinen Sie?", fragte Seidl aufgeregt.

„Überlegen Sie! Sie hat bald nach Ihrer Abreise ihre Stellung verlassen. Wahrscheinlich im Frühsommer. Sie ist aber erst im Spätherbst 1881 wieder in Hainburg aufgetaucht, also frühestens November, vermutlich im Dezember. Die diesbezüglichen Informationen sind vage. Ich müsste das noch verifizieren. Wenn es aber so war, konnte sie natürlich nicht mehr schwanger sein. Das Kind war bereits zur Welt gekommen. Es fehlen uns einige Monate in ihrem Leben, in denen sie tatsächlich ein Kind geboren haben könnte."

Seidl riss die Augen auf. „Sehen Sie!", rief er aufgeregt. „Ich habe mich nicht getäuscht. Ich habe ein Kind. Finden Sie es!"

Hagenberg schüttelte bedauernd den Kopf. „Das ist praktisch unmöglich. Eher findet man eine Nadel in einem Heuhaufen. Wir wissen ja gar nicht, ob Franziska wirklich das Kind bekommen hat. Das ist nur eine theoretische Möglichkeit. Wir wissen auch nicht, wo sie war, bevor sie nach Hainburg gegangen ist. Das Kind, sollte es wirklich eines gegeben haben, kann weiß Gott wo zur Welt gekommen sein. Wenn Franziska es bei fremden Leuten gelassen hat, eine Vermutung, die nahe liegt, könnte es an Kindesstatt angenommen worden sein und führt jetzt den Namen der Zieheltern. Es ist nach so langer Zeit unmöglich eine Spur aufzunehmen. Ich habe nicht den geringsten Hinweis, wo ich mit der Suche anfangen soll."

Hagenberg empfand Bedauern mit dem gebrochenen Mann vor ihm. „Trösten Sie sich mit der Möglichkeit, Herr von Seidl, dass Sie vielleicht wirklich ein Kind haben und hoffen Sie, dass es noch am Leben ist und es ihm gut geht. Ich kann nichts mehr für Sie tun. Es tut mir leid. Ich darf mich jetzt verabschieden." Er stand auf.

„Warten Sie!" Seidl öffnete den Tresor, nahm ein Bündel Banknoten heraus und warf es vor Hagenberg auf den Tisch. „Verzeihen Sie mir meine Direktheit, aber ich habe einfach nicht mehr die Kraft für diplomatische Reden. Hier sind zwanzigtausend Kronen. Nehmen Sie das Geld und suchen Sie mein Kind."

„Nein", antwortete Hagenberg entschieden. „Ich bin nicht zimperlich, was die Höhe meiner Honorare anlangt, aber ich nehme kein Geld, wenn ich nichts dafür bieten kann."

„Das ehrt Sie. Trotzdem, bedenken Sie, Hagenberg: In ein paar Wochen ist dieses Geld für mich ohne Bedeutung. Ich kann es ja nicht mitnehmen. Wenn ich aber weiß, dass Sie mit allem Nachdruck nach meinem Kind suchen, kann ich mich wenigstens mit einer Spur Hoffnung auf meinen Tod vorbereiten." Er stopfte das Banknotenbündel seinem Besucher in die Tasche. „Machen Sie sich auf die Suche, das ist alles, was ich will. Ich werde ihnen keinen Vorwurf machen, wenn Sie erfolglos bleiben, aber versuchen sollen Sie es."

Der Rittmeister wusste nicht recht, was er tun oder sagen sollte. Also nickte er bloß widerstrebend mit dem Kopf.

„Sehen Sie, so ist es recht. Kommen Sie, ich bringe Sie zur Tür."

Im Vorraum lungerte Frau von Seidl herum und war sichtlich neugierig. Das Mädchen erschien, ohne dass es gerufen worden war, und brachte Hagenbergs Hut.

„Ich danke für Ihren Besuch, Herr Hagenberg", sagte Seidl, „und hoffe, Sie bald wiederzusehen."

Er sprach zu seinen Hausgenossen. Seine Stimme klang selbstbewusst und befehlsgewohnt. Nichts war ihm von den vorangegangenen emotionalen Erschütterungen oder seiner Krankheit anzumerken: „Herr Hagenberg ist mir jederzeit und unter allen Umständen zu melden, wenn er mich zu sprechen wünscht. Bin ich verstanden worden?"

Frau von Seidl kniff die Lippen zusammen und sagte nichts.

„Sehr wohl, gnädiger Herr", knickste das Mädchen und ließ Hagenberg zur Tür hinaus.

Es war dunkel geworden, viel zu früh für diese Jahreszeit. Von den Hügeln am Horizont zog eine bedrohliche Wolkenfront heran und bedeckte den ganzen Himmel.

Hagenberg stand auf der Straße, die Taschen voller Geld und war auf dem Weg zu seiner Geliebten. Trotzdem war er zutiefst deprimiert. Der eigenartige Fall des

Herrn von Seidl setzte ihm mehr zu, als er sich eingestehen wollte. Er hatte Hunger und er fühlte sich den Anforderungen eines Besuches bei Luise nicht gewachsen. Sie würde heute keinen amüsanten Gesellschafter an ihm haben. Zuviel ging ihm im Kopf herum. Er dachte daran, einfach nach Hause zu fahren und sich von seinem Spezialtabak bunte, angenehme Träume verschaffen zu lassen. Morgen würde die Welt wieder besser aussehen.

Der Wind wehte heiß und stoßweise. In den schwarzen Wolkenbergen zeichneten sich gelbe Streifen ab. Der Himmel wurde von aufblitzenden, fahlen Lichtern erhellt. Es war aber kein Donner zu hören. Eine fast unnatürliche Stille lag über der menschenleeren Straße.

Ein einzelner schwerer Tropfen klatschte auf das Pflaster. Weit und breit war kein Fiaker zu sehen. Wenn er versuchte, zu Fuß die Station der Stadtbahn zu erreichen, würde er wahrscheinlich bis auf die Knochen durchnässt werden. Entschlossen ging er die paar Schritte zu Luises Villa und zog an der Glocke. Noch ehe das Bimmeln im Inneren des Hauses verklungen war, öffnete ihm Elisabeth. „Guten Abend, Herr Rittmeister", sagte das Mädchen unbefangen. Sie nahm ihm seinen Hut ab und blickte zum Himmel. „Das gibt noch was. Wir dachten schon, Sie kommen heute nicht mehr. Ich werde Sie sofort melden."

Luise saß an ihrem Schreibtisch und wirkte sehr beschäftigt. „Das ist eine Überraschung", sagte sie. „Ich habe dich so spät gar nicht mehr erwartet. Was führt dich zu mir? Hast du Sehnsucht nach mir gehabt, oder hat dich bloß das Unwetter in meine Höhle getrieben?"

„Entschuldige, ich weiß, für einen Anstandsbesuch ist es schon reichlich spät."

„Wenn man dich so reden hört, käme man gar nicht auf die Idee, dass wir erst gestern miteinander im Bett waren. Für einen Anstandsbesuch ist es wirklich schon zu spät. Uns wird eben nichts anderes übrig bleiben, als unanständig zu sein." Sie stand geschmeidig auf, schlang die Arme um seinen Hals und küsste ihn zärtlich. „Die Wahrheit ist", flüsterte sie in sein Ohr, „dass ich auf dich gewartet habe, schon den ganzen Nachmittag."

Hagenberg löste sich von ihr und ließ sich in einen Sessel sinken. „Ich hatte bis jetzt zu tun. Es war ein schwerer Tag."

„Und dabei ist er noch gar nicht vorüber, du Ärmster. Hast du schon gegessen? Soll ich dir etwas bringen lassen?"

„Nein. Das geht doch nicht."

„Warum nicht? Es ist manchmal so leicht, deine Gedanken zu erraten: Es kommt dir bloß zu familiär vor, bei mir zu essen!"

Sie läutete nach dem Mädchen und ließ ihrem Besucher einen Imbiss bringen.

Hagenberg machte sich heißhungrig über den kalten Braten her. Sie kauerte sich auf den Diwan und zog die Beine unter sich. Er konnte ihre wohlgeformten Waden und wunderhübschen runden Knie bewundern. Dazu wurden sie ihm schließlich auch gezeigt. In seinem Kopf machte es ‚Klick' und die kleinen Rädchen setzten sich in Bewegung. „Sie weiß, wie man einen Mann verführt", dachte er. „Sie weiß es ganz genau. Nichts ist zufällig und spontan, alles was sie tut, geschieht mit Bedacht." Er trank sein Glas Wein leer und wischte sich den Mund ab.

„Erzähl mir etwas", forderte sie. „Was hast du heute gemacht?"

„Ich möchte dich etwas fragen."

„Etwas fragen? Nur zu, aber ich kann dir nicht versprechen, dass ich ‚ja' sagen werde."

„Nichts dergleichen. Ich möchte dich etwas über deinen letzten Liebhaber fragen."

Sie sah ihn überrascht an, dann verzog sie missmutig den Mund. „Ach so. Darauf läuft es hinaus. Früher oder später musste das ja kommen. Dass ihr Männer immer so versessen darauf seid, alles über die Verflossenen eurer Geliebten zu erfahren. Als ob das nicht gleichgültig wäre. Du willst also eine Generalbeichte von mir haben? Meinetwegen. Das kann aber lange dauern, bei meinem wilden Lebenswandel." Sie lachte. „Schau nicht so verstört. Ich habe nur einen Scherz gemacht. So arg ist es gar nicht. Wo soll ich anfangen? Bei meinem Ersten? Ich war damals achtzehn." Sie machte eine abwehrende Handbewegung, als sie Hagenberg unterbrechen wollte. „Nein, wir machen es anders, wir fangen bei der Gegenwart an und du musst mitmachen. Ich will auch von dir eine

Generalbeichte haben. Du musst mir von jeder einzelnen Frau erzählen, die du gehabt hast. Auch von denen, die du bezahlst hast. Erzähl mir nicht, dass du noch nie für eine Frau bezahlt hast. Wir werden uns gegenseitig alles ganz genau beichten und du musst anfangen, weil es deine Idee war. Versprichst du mir die Wahrheit zu sagen?"

„Wie geschickt sie das macht", dachte Hagenberg. „Wie geschickt sie den Spieß umdreht."

„Ich verspreche es", sagte er.

„Sehr schön. Dann sag mir, wann hast du einer Frau zuletzt Geld gegeben, damit sie mit dir schläft?"

Hagenberg überlegte, ob er Charlotte mitrechnen sollte. Immerhin hatte er mit ihr ja gar nichts gehabt. Er beschloss, die Frage wortgetreu zu beantworten. Ein Donnerschlag ließ die Fenster klirren. Urplötzlich setzte heftiger Regen ein und rann an den Scheiben herunter.

„Vor ein paar Tagen", sagte er.

„Wie hat sie geheißen, oder hast du gar nicht nach ihrem Namen gefragt?"

„Charlotte."

„Charlotte! Ein hübscher Name. Sei nicht so wortkarg, ich werde es auch nicht sein, wenn ich an der Reihe bin. Wieviel hast du ihr bezahlt?"

„Hundert Kronen."

„Ich weiß zwar nicht über die Taxen solcher Damen Bescheid, aber das kommt mir ganz schön viel vor. Dafür wird sie dir einiges geboten haben, nicht wahr? Lass dir doch nicht jedes Wort aus der Nase ziehen! Wo hast du sie aufgerissen?"

„Im Prater. Sie war ein außergewöhnlich hübsches Mädchen."

„Bei dem Preis muss sie das auch gewesen sein. Ist sie hübscher als ich? War sie im Bett besser als ich? Was hat sie Spezielles gemacht? Schau nicht so betreten. Solche Sachen kommen eben zur Sprache, wenn man Generalbeichte abhält. Los, sag schon die Wahrheit. Du hast es versprochen!"

„Nichts was sie getan hat, hält einen Vergleich mit deinen Liebeskünsten stand."

„Gut habe ich das formuliert", dachte Hagenberg. „Und es stimmt sogar, in gewisser Weise."

„Gut hast du das formuliert", meinte auch Luise, „ein bisschen geschwollen, aber ich bin zufrieden. Gefallen hat sie dir aber schon. Das sehe ich dir an. Du hast sie wiedergesehen, nicht wahr? Die Wahrheit, mein Lieber!"

Hagenberg blieb bei der Wahrheit. „Ich habe tatsächlich versucht, sie wiederzusehen. Ich habe im Prater nach ihr gesucht, aber ich habe sie nicht mehr gefunden." Das Gewitter stand jetzt direkt über ihnen. Es blitzte und donnerte ununterbrochen.

„Du hast sie nicht mehr gefunden? Hast du gar keine Ahnung, wo sie sein könnte?"

„Nein. Jetzt brauche ich sie ja nicht mehr zu suchen. Jetzt habe ich dich."

„Das ist wahr. Untersteh dich, mich mit einem Hundertkronenmädchen zu betrügen." Sie lachte. „Aber wenn sie dir wieder über den Weg läuft, musst du es mir unbedingt sagen, damit ich mich vorsehen kann. Versprichst du mir das? Ja?"

Er nickte langsam. „Es ist wie ein Verhör", dachte er. „Genau so könnte es auch in einem Protokoll stehen."

Sie lachte wiederum. „Schau doch nicht wie die Katze, wenn es donnert. Ich sehe dir schon an, dass dir solche Bekenntnisse keinen Spaß machen. Komm, lassen wir es bleiben. Es ist ein albernes Spiel. Unsere früheren Verhältnisse sind doch ohne Bedeutung. Du weißt ohnehin schon eine Menge über mich, wenn ich nur an den Comte denke. Lassen wir es einfach genug sein."

„Einverstanden. Nur noch eine Frage. Wie hat dein letzter Liebhaber geheißen? Der Offizier. Wie ist sein Name? Hast du noch Kontakt zu ihm?"

Sie sah ihn fast erschrocken an. „Darum geht es dir also. Darum ist es dir von Anfang an gegangen. Du hast gar nicht Beichte spielen wollen. Du bist auf meinen Letzten eifersüchtig! Dazu hast du wahrhaftig keinen Grund, das schwöre ich dir."

„Der Name, Luise."

„Ich mag dir seinen Namen nicht sagen. Ich habe ihm versprochen, absolut diskret zu sein."

Das Prasseln des Regens nahm einen bedrohlichen Ton an. Es ging in ein hartes Trommeln über. Irgendwo zerbrach eine Fensterscheibe.

„Der Hagel zerschlägt alles", flüsterte sie. „Er macht alles kaputt. Die Gärten, die Blumen, einfach alles. Bitte, lass es gut sein!"

„Der Name, Luise!"

Ihre Stimme klang mit einem Mal ruhig und sachlich. „Ich nehme an, wenn ich ihn dir nicht sage, wirst du ihn trotzdem herausfinden. Das ist schließlich dein Beruf. Also bringen wir es hinter uns: Sein Name ist Sünderhof, Hauptmann Erich von Sünderhof." Sie hatte die Absicht, ihn zu verletzen und fügte heftig hinzu: „Er ist ein ausgezeichneter Liebhaber, der weiß, wie man eine Frau glücklich macht. Ich habe unser Zusammensein immer sehr genossen. So, ist dir jetzt leichter?"

„Nicht besonders", murmelte Hagenberg. „So genau wollte ich es gar nicht wissen."

Verlegenes Schweigen breitete sich aus. Die Stimmung war gründlich verdorben. Beide hatten das Gefühl, zu weit gegangen zu sein und keiner wusste, was jetzt geschehen sollte.

Hagenberg stand auf. „Möchtest du, dass ich gehe?"

„Willst du gehen? Der Hagel ist vorbei! Ich borge dir einen Regenschirm. Du kannst ruhig gehen, wenn du willst."

Er tat den ersten Schritt zur Versöhnung und nahm sie behutsam in die Arme. „Nein, ich will bei dir bleiben."

„Dann bleib halt und lass uns nie mehr solche Gespräche führen. Wir brauchen uns doch nicht gegenseitig weh tun, du lieber, lieber, Dummer."

Der Rittmeister gab sich die größte Mühe, aber er konnte die Bemühungen Luises, ihre Versöhnung zu besiegeln, nicht richtig genießen. Die kleinen Rädchen in seinem Kopf drehten sich ununterbrochen weiter und wollten nicht zum Stillstand kommen. Sie produzierten beängstigende Gedanken und einen schlimmen Verdacht.

Kapitel 17

Bastian pflegte im Allgemeinen nicht das Café Wien aufzusuchen. Er bevorzugte Gastgärten, wenn es die Witterung zuließ. An diesem Morgen machte er eine Ausnahme. Die Stühle in den Gärten waren noch nass von dem Unwetter, das in der vergangenen Nacht über Wien niedergegangen war und alles dampfte in der Wärme des neuen Tages. Es begann wieder heiß zu werden. Die Luftfeuchtigkeit war unerträglich hoch, ein sicheres Vorzeichen für bevorstehende Bluttaten, wenn man der Theorie des Inspektors Mohnhaupt glauben konnte.

Außerdem wollte Bastian mit seinem Chef sprechen, der sich in letzter Zeit rar gemacht hatte. Also betrat er kurz nach zehn das Café Wien und fand Hagenberg vor, wie er vor einem doppelten Cognac saß, trübsinnig schaute und lustlos in der Kronenzeitung blätterte.

„Guten Morgen, Herr Rittmeister. Störe ich?"

„Du störst nie. Was willst du, verdammt noch einmal, in aller Früh von mir?"

„Es ist Viertel nach Zehn. Geht es Ihnen gut, Herr Rittmeister?"

„Nicht besonders. Lass mich einfach in Frieden."

Bastian argwöhnte, dass die Bekanntschaft mit Luise dem Seelenfrieden seines Chefs abträglich war. Hagenberg und die Frauen waren ein Thema, das ihm nicht zum ersten Mal Sorgen bereitete. Der Rittmeister ließ sich bei seinen Amouren all zu leicht von der Arbeit ablenken und verfiel unweigerlich früher oder später in Trübsinn. Diesmal schien die trübsinnige Phase ziemlich rasch eingetreten zu sein. Bastian hatte ein sehr einfaches, gut funktionierendes Weltbild, in dem Frauen als Verwirrung stiftender Faktor nur theoretisch vorkamen, nämlich als Motiv für die Untaten anderer Leute. Er selbst blieb bei seinen gelegentlichen Liebschaften von solchen Anfechtungen verschont. Eine gewisse Seeelenverwandtschaft mit Mohnhaupt war nicht zu übersehen, auch wenn wir nicht so weit gehen wollen, Bastian das Gemüt eines Fleischerhundes zuzuschreiben.

„Ich war befehlsgemäß gestern noch in Hainburg", berichtete er, nachdem ihm Fritz mit allen Zeichen der Missbilligung ein Krügel Bier serviert hatte. Es war erst früher Vormittag und man war schließlich kein Wirtshaus, sondern ein Stadtkaffee. „Ich habe die Auszüge aus den Kirchenbüchern besorgt. Es war eine großzügige Opfergabe notwendig, weil das sonst Tage, wenn nicht gar Wochen dauert."

Er schob einige Blätter über den Tisch. „Sie können sich gleich daran machen, den schriftlichen Bericht an Seidl abzufassen."

Bastian war im Gegensatz zu seinem Chef der Meinung, dass Arbeit die beste Möglichkeit sei, ein krankes Gemüt zu heilen.

„Noch nicht", sagte Hagenberg. „Unser Auftrag ist erweitert worden. Seidl ist der festen Meinung, dass Franziska doch ein Kind von ihm bekommen hat. Möglicherweise hat er damit sogar recht."

Er gab Bastian einen Bericht über seine Besprechung mit ihrem Auftraggeber.

Bastian war nicht glücklich. „Völlig aussichtslos!", urteilte er kategorisch. „Geben Sie ihm sein Geld zurück. Wir nutzen die Verzweiflung eines sterbenden Mannes nicht aus. So etwas könnte unserer Reputation sehr abträglich sein, wenn es bekannt wird."

„Ich wollte ohnehin nicht, aber er hat mich überrumpelt", bekannte Hagenberg. „Er war so verzweifelt und doch voller Hoffnung."

„Sie haben ein zu weiches Herz", befand Bastian. „Das bringt Sie ständig in Schwierigkeiten: Bei den Frauen und auch sonst. Die Kunst besteht darin, einfach ‚nein' zu sagen und seiner Wege zu gehen. Das erspart einem selber und auch anderen nur Kummer. Glauben Sie mir!"

„Ich bin dir ja so dankbar für deine Ratschläge", antwortete Hagenberg sarkastisch. „Wir machen Folgendes: Wir arbeiten zwei weitere Wochen an diesem Fall. Wenn wir dann noch keine Ergebnisse haben, lege ich den Auftrag zurück und gebe ihm die zwanzigtausend Kronen wieder. Genau so machen wir es. Bist du jetzt zufrieden?"

„Wenn Sie mir sagen, wo ich anfangen soll, das Kind der Franziska zu suchen, bin ich zufrieden."

Hagenberg zündete sich eine Zigarette an. Die kleinen Rädchen in seinem Hirn versuchten mühsam in Bewegung zu kommen. Er glaubte fast, sie knirschen zu hören. „Überlegen wir: Franziska wusste, dass sie nach Hainburg gehen wird. Sie hat verlangt, dass ihr restlicher Lohn dorthin geschickt wird. Vermutlich an die Tante, bei der sie bis zu ihrer Heirat gewohnt hat. Nehmen wir an, sie wollte ihr Kind vorher wo anders zur Welt bringen. Wo könnte das gewesen sein? Sicher nicht weit von Wien oder Hainburg entfernt."

„Ausgezeichnet. Stechen Sie auf einem Plan eine Zirkelspitze in den Stephansplatz und schlagen Sie einen Kreis von sagen wir fünfzig Kilometer. Dann werden wir sie gleich haben."

Bastian war alles andere als kooperativ. Hagenberg ließ sich nicht beirren. Die kleinen Rädchen kamen in Schwung. „So kompliziert wollen wir es nicht machen. Wir kennen nur zwei Orte, zu denen Franziska ein Naheverhältnis hatte: Wien und Hainburg. In Hainburg hat sie nicht geboren. Was hindert uns daran, anzunehmen, dass sie in Wien geblieben ist, nachdem sie ihren Dienst verlassen hat? Sie könnte das Kind in Wien zur Welt gebracht haben."

„Möglich", meinte Bastian zögernd. „Wien haben wir bisher nicht in Erwägung gezogen, weil wir uns auf Hainburg konzentriert haben."

Die kleinen Rädchen drehten sich schneller. „Ich werde den Mohnhaupt besuchen", kündigte Hagenberg an. „Die Polizei hat Zugriff auf eine Menge Daten für Wien. Vielleicht taucht darin im Zeitraum zwischen April und Dezember 1881 eine Franziska Koch auf."

„Wahrscheinlich verlangt er wieder einen Gefallen dafür", meinte Bastian. „Der macht nichts aus purer Freundschaft. Hoffentlich will er nicht, dass wir ihm nochmals bei den Ermittlungen im Prater helfen."

„Das muss ich in Kauf nehmen. Der Mord an Konstanze gilt trotz der Verdachtsmomente gegen Brachyta noch immer als ungeklärt." Hagenberg sah den blauen Rauchwölkchen seiner Zigarette misstrauisch hinterher. Diesmal blieb er von einem mahnenden Gespenst verschont.

„Was soll ich inzwischen machen?", fragte Bastian, wie immer voller Tatendrang.

Jetzt liefen die kleinen Rädchen wie geschmiert. „Ich schreibe ein Billett an die Baronin Rentenbach und entschuldige mich für heute Abend mit beruflichen

Verpflichtungen. Du bringst es hin und fragst, ob du auf Antwort warten sollst. Die Gelegenheit kannst du nutzen, um mit dem Stubenmädchen zu plaudern. Elisabeth heißt sie. Sie wird dir gefallen."

„Aha", meinte Bastian abwartend.

„Dann behalte das Haus im Auge", fuhr Hagenberg fort. „Ich will wissen, ob die Baronin Besuch bekommt. Wenn sie fortgeht, will ich wissen, wohin sie geht, was sie macht und wen sie trifft."

„Oh nein!", protestierte Bastian entschieden. „Sind wir schon so weit? Sie haben, mit Respekt gesagt, zweimal mit ihr geschlafen und haben schon Angst, sie könnte Sie betrügen? Wenn das der Fall ist, sollten Sie die Frau bleiben lassen. Ich habe ohnehin schon Zweifel, ob sie wirklich die Richtige für Sie ist. Sie tut Ihnen nicht gut."

„Wirst du mir glauben, wenn ich dir sage, dass mein Interesse an ihrem Umgang mehr beruflicher Art ist?", fragte Hagenberg geduldig.

„Nein! Wieso?"

„Sie war die Dienstgeberin Konstanzes. Das Mädchen hat lange in ihrem Haus gewohnt", erklärte Hagenberg versonnen. „Sie ist außerdem eine recht gute Bekannte von meinem alten Freund, dem Hauptmann Sünderhof. Ich habe dir von meinem Treffen mit ihm im Central erzählt. Er war auch ganz zufällig im Prater anwesend, als auf mich geschossen wurde, erinnerst du dich? Luise hat versucht, mich unter dem Vorwand, sie wolle etwas über meine früheren Verhältnisse erfahren, sehr genau über Charlotte auszufragen. Es fällt mir schwer, dabei nur an Zufälle zu glauben. Ich halte es für möglich, dass sie durch Sünderhof viel mehr über Konstanze und Charlotte weiß, als sie zugibt. Wenn du recht hast und Mohnhaupt verlangt, ich soll die Praterfälle wieder aufnehmen, könnte sich aus der Überwachung der Baronin vielleicht ein Hinweis ergeben. Es ist nur eine vage Möglichkeit, zugegeben. Ich hoffe ehrlich, dass dabei nichts herauskommt und ich schon wieder Gespenster sehe. Trotzdem, es sollte geklärt werden."

Bastian war trotz seines simplen Daherkommens kein Dummkopf. Nicht ohne Grund hatte ihn Hagenberg zu seinem Partner gemacht. Er schwieg eine Weile und überdachte die möglichen Implikationen.

„Sie kennt mich", grübelte er schließlich, ohne weitere Einwände gegen seinen Auftrag zu erheben. „Wenn ich ihr folge, werde ich mich verkleiden müssen."

Bastian verfügte über ein Arsenal an verschiedenen Perücken, Bärten und Brillen, sowie Jacken und Mützen aller Art. Hagenberg lehnte solche Methoden ab. Er war schließlich ehemaliger Offizier und kein Detektiv wie im Groschenroman. Er musste aber zugeben, dass sich Bastian in Windeseile bis zur Unkenntlichkeit verwandeln konnte. Da es regelmäßig Bastian zufiel, Überwachungen durchzuführen, mochte so ein Mummenschanz angehen.

„Das überlasse ich ganz dir", murmelte der Rittmeister.

◆

Hagenberg durchwanderte die Eingeweide der Liesel und gelangte zu Mohnhaupts Tür, ohne sich auch nur einmal verlaufen zu haben. Er war sehr zufrieden mit sich.

An der Tür hing das Schild *‚Kein Parteienverkehr'*. Soweit er der Geschäftsverteilung im Erdgeschoss entnommen hatte, hielt der Inspektor überhaupt nur alle vierzehn Tage, jeweils am Mittwoch von 9 bis 11 Uhr allgemeinen Parteienverkehr ab.

Er klopfte kurz und trat ein. „Guten Morgen, Katzenbichler", sagte er freundlich. „Ist der Herr Inspektor anwesend? Wenn ja, melden's mich bitte."

Katzenbichler war geschmeichelt, weil sich der Herr Rittmeister an seinen Namen erinnerte. Er brachte eine Art Salutieren zustande und eilte ins Nebenzimmer.

Mohnhaupt hatte ein angefeuchtetes Taschentuch auf seine Stirn gelegt und sah sehr krank aus.

„Mir geht es nicht gut", klagte er. „Das Wetter ist einfach schrecklich. Weißt du wieviel Prozent Luftfeuchtigkeit wir haben? Er deutete auf ein Hygrometer, das an der Wand hing. „Ich überwache das ständig. Die kritische Marke ist längst überschritten. Jeden Augenblick muss es Mordalarm geben."

„Du Ärmster", sagte Hagenberg ohne ehrliches Bedauern. „Bis es soweit ist, könntest du etwas für mich tun."

Er legte einen Zettel vor Mohnhaupt. „Lass doch bitte überprüfen, ob sich in euren Unterlagen für den Zeitraum zwischen April und Dezember 1881 etwas über eine Franziska Koch findet. Ich möchte wissen, wo sie in diesem Zeitraum gewohnt hat und überhaupt alles, was ihr über sie findet."

„Bist du wahnsinnig Rittmeister? Glaubst du, ich bin dafür da, deine Arbeit zu machen. Das ist das Wetter! Anders kann ich mir nicht erklären, dass du dich mit so etwas überhaupt zu mir traust."

„Komm schon! Das ist für dich eine Kleinigkeit. Ihr habt Register, Zettelkästen, Akten, und was weiß ich noch, alles schön geordnet. Lass doch einfach nachschauen!"

„Das stellst du dir so einfach vor! Natürlich haben wir Akten und jede Menge Register. Aber glaubst du, es ist einfach, damit etwas zu finden? Was ich präsent haben muss, ist da." Er klopfte sich auf die Stirn und sah sinnend vor sich hin. „Ich habe unlängst ein Buch gelesen. ‚Unsere Welt in Hundert Jahren' hat es geheißen. Weißt du, was es in hundert Jahren alles geben wird? Flugapparate, mit denen du einfach von einem Land ins andere fliegen kannst, so schnell, dass sich gerade noch ein Mittagessen an Bord ausgeht. Städte auf dem Meeresgrund und eine Maschine, die alles über jeden Bürger weiß. Du brauchst nur einen Namen zu sagen und schon spuckt sie seitenweise Informationen über die betreffende Person aus. Ich wollte, ich könnte das noch erleben. Dann würde die Polizeiarbeit richtig Spaß machen."

„Ich weiß nicht", meinte Hagenberg skeptisch. „Ich möchte nicht auf dem Meeresgrund leben. Ein Häuschen auf dem Land wäre mir lieber. Und das mit dem Fliegen halte ich für einen noch größeren Unsinn, als die Automobilplage, unter der wir jetzt schon leiden. Ich ziehe Pferde vor. Solange wir deine Wundermaschine noch nicht haben, müssen wir eben alte Akten durchsuchen. Dein Katzenbichler macht das sicher ganz geschickt."

Mohnhaupt sah ihn triefäugig an. Dann schrie er: „Katzenbichler, her zu mir!"

Dem eifrig buckelnden Kanzlisten wurden entsprechende Anweisungen erteilt.

„Und jetzt zu dir", sagte Mohnhaupt. „Für nichts ist nichts. Das weißt du doch?"
Hagenberg seufzte.

„Du hast zwei Möglichkeiten. Bring mir den Brachyta oder die Charlotte Fleuron. Einen von beiden, wen ist mir egal."

„Wie stellst du dir das vor", protestierte Hagenberg. „Was soll denn ich machen, wenn sogar deine Leute bisher erfolglos geblieben sind?"

„Das ist deine Sache. Geh halt in den Prater. Wenn dich der Brachyta noch immer umbringen will, wird er sich schon bei dir melden. Und jetzt geh wieder, du hast viel zu tun, mein Lieber. Du hörst von mir, sobald der Katzenbichler mit der Nachsuche fertig ist. Herauskommen wird dabei nichts, das kann ich dir schon jetzt sagen."

Hagenberg verbrachte den Nachmittag damit, seine Gedanken zu ordnen. Das heißt, er war nach wenigen Minuten auf seinem Bett liegend eingenickt und schlief tief und fest bis zum Abend. Dann machte er sich auf den Weg in den Prater und begab sich zum Zaubertheater. An diesem Abend sollte wieder Mallachini auftreten. Charlottes Bild war auf dem Plakat überklebt worden. Der Meister hatte sich Ersatz besorgt und sein Jungfrauentrio wieder komplettiert. An der Kasse hing ein Schild ‚*Ausverkauft*'. Hagenberg klopfte gegen die Scheibe.

„Wir sind ausverkauft", sagte die Dame dahinter gelangweilt.

„Ich weiß. Ich hätte trotzdem gern einen schönen Platz. Möglichst vorne bei der Bühne, damit ich gut sehen kann."

Hagenerberg schob zehn Kronen, ein Mehrfaches des regulären Kartenpreises über das Pult.

„Ich sage Ihnen doch, wir sind ausverkauft!" Mit einem Mal war der Geldschein verschwunden und die Dame blätterte demonstrativ in einem leeren Kartenheft, um ihre Behauptung zu beweisen. Zu ihrer Überraschung entdeckte sie ganz hinten noch ein paar Karten. „Na so etwas, die habe ich ganz übersehen. Da haben Sie aber Glück gehabt", wunderte sie sich und schob Hagenberg eine Karte zu. Es war sogar eine gute Karte, für einen der vorderen nummerierten Sitze.

Der Rittmeister bedankte sich überschwänglich und fragte vertraulich: „Sagen Sie, wie heißt eigentlich der Feuerspucker?"

„Steht alles auf dem Plakat: Fernando Stromboli heißt er."

„Ich meine seinen richtigen Namen."

Die Dame kam zu dem Schluss, dass diese Auskunft durch die zehn Kronen gerade noch abgedeckt war. „Ferdinand Grindbaum, man sagt aber Ferry zu ihm."

Zufrieden nahm Hagenberg seinen Platz im Theater ein, ganz vorne bei der Bühne. Die Vorstellung konnte beginnen.

Den Anfang machte besagter Grindbaum. Er wurde von einem kleinwüchsigen Mann im Frack begleitet. Der Kleine kündigte wortgewaltig den Meister des Feuers, den weithin berühmten Fernando Stromboli an. Der Feuerspucker selbst sprach nicht. „Ist wahrscheinlich auch besser so", dachte Hagenberg. „Wenn einer ständig den Mund voller Feuer hat, sollte er nicht viel herumschreien, damit ihm am Ende nicht versehentlich eine Stichflamme auskommt."

Stichflammen und Feuerbälle produzierte der Grindbaum reichlich. Es mochte sein, dass er den Kummer über Charlottes Verlust noch immer nicht überwunden hatte und er sich so abreagierte. Seine Darbietungen nahmen gefährliche Formen an. Im Hintergrund der Bühne tauchten zwei besorgt blickende Männer mit einem Wasserschlauch auf. Vielleicht war das auch nur ein Teil der Show, ganz sicher war sich Hagenberg nicht. Das Publikum applaudierte erleichtert, als Grindbaum aus seinem Mund nur mehr Rauchschwaden entließ und sich mit einer kurzen Verbeugung und unter den Lobpreisungen seines Assistenten zurückzog. Die nächste Nummer bot mit ihren Taschenspielertricks keine Sensationen, war aber recht unterhaltsam.

Dann kam der große Mallachini mit seinen drei Jungfrauen. Er war der eigentliche Grund für den guten Besuch der Vorstellung. „Ich bin neugierig, ob er es heute zusammenbringt, oder ob wieder eine perdü ist", flüsterte sein Sitznachbar Hagenberg zu.

Sobald die Jungfrau in halber Raumhöhe schwebte wandte sich der Meister an das Publikum. „Darf ich einen der Herren aus dem Publikum bitten, auf die Bühne zu kommen?"

Spontan sprang Hagenberg auf und rief: „Ich!"

Mallachini musterte ihn und fand ihn geeignet. „Bitte kommen Sie herauf. Überzeugen Sie sich selbst und das geschätzte Publikum, dass alles mit natürlichen Dingen zugeht. Oder sollte ich besser sagen: Mit übernatürlichen Dingen?"

Er quittierte das spärliche Gelächter mit einer kleinen Verbeugung und reichte Hagenberg einen Säbel. „Bitte beweisen Sie uns, dass nichts unter der schwebenden Jungfrau ist, absolut nichts. Seien Sie vorsichtig, damit Sie sich nicht verletzen. Die Waffe ist rasiermesserscharf."

Gehorsam führte Hagenberg unter der schwebenden Dame einige Säbelhiebe aus. Die beiden anderen Jungfrauen, die nicht schwebenden, tänzelten auf der Bühne herum und schoben das funktionslos gewordene Bett hinaus. Eine warf Hagenberg ein Kusshändchen zu.

„Bitte lassen Sie sich durch die jungen Damen nicht ablenken", forderte Mallachini. „Jetzt blicken Sie nach oben. Können Sie über der schwebenden Dame irgendetwas erkennen, das dort nicht sein sollte? Schauen Sie genau!"

Hagenberg legte den Kopf in den Nacken. Er konnte in der Dunkelheit über der Bühne nichts erkennen und schüttelte den Kopf.

„Natürlich können Sie nichts sehen, weil dort nichts ist", triumphierte Mallachini. „Und jetzt treten Sie bitte ein wenig zurück. Vorsicht, stolpern Sie nicht." Einen kurzen Moment war Hagenberg abgelenkt und sah hinter sich. In diesem Augenblick riss Mallachini das schwarze Tuch von der schwebenden Gestalt. Die Frau, deren Umrisse man bis jetzt ganz deutlich gesehen hatte, war plötzlich verschwunden. Das Tuch war leer.

Hagenberg war enttäuscht. Er hatte gehofft, dem Geheimnis aus der Nähe auf die Spur kommen zu können. Die Sache war ihm nach wie vor unerklärlich.

Applaus brandete auf, dann machte sich erwartungsvolles Schweigen breit. Der Meister steigerte die Spannung, indem er geheimnisvolle Beschwörungen murmelte. Hagenberg, der sehr gute Ohren hatte, glaubte Schillers Lied von der Glocke zu erkennen, mit einem deutlichen böhmischen Akzent. Dann breitete Mallachini die Arme aus und wies auf den Mittelgang. Ein Trommelwirbel ertönte. Plötzlich stand zwischen den Sitzreihen die verschwunden gewesene Jungfrau in einem Scheinwerferkegel. Sie lief Kusshändchen werfend nach vorne und sprang auf die Bühne. Der Zaubermeister und seine drei Helferinnen verbeugten sich. Hagenberg stand daneben und wusste nicht recht, ob er sich auch verbeugen sollte. Mallachini schüttelte ihm die Hand und schob ihn von der Bühne.

Neuerlich Applaus und Beifall, dazwischen waren auch einige enttäuschte Rufe zu hören. Nicht wenige Besucher hatten gehofft, es werde wieder eine junge Dame in Verstoß geraten. Dem hatte Mallachini aber gründlich vorgebeugt. Ein zweites Mal würde ihm so etwas nicht mehr passieren. So leicht waren zaubertaugliche Jungfrauen schließlich auch nicht aufzutreiben, noch dazu hübsche.

Hagenberg, um den sich kein Mensch mehr kümmerte, kehrte nicht an seinen Platz zurück, sondern machte sich auf die Suche nach dem Feuerspucker.

Eine Tür neben der Bühne mit der Aufschrift ‚*Zutritt strengstens verboten*' schien ihm am erfolgversprechendsten zu sein. Er trat ohne zu zögern ein, so als ob er dazu berechtigt wäre. Das war die sicherste Methode um keine Aufmerksamkeit zu erregen. Er durchschritt einen Raum, in dem Kulissen lagerten, und mischte sich unter Artisten, leicht bekleidete Mädchen, die für die Tanzeinlagen zuständig waren, und Bühnenarbeiter. Es wäre ein Fehler gewesen, innezuhalten und sich suchend umzusehen. Er wäre sofort als Eindringling erkannt und hinausgeworfen worden. Stattdessen studierte er mit gerunzelter Stirn in seinem Notizbuch und hob kaum den Kopf.

„Wo sind meine Kaninchen?", verlangte der Zauberer aus dem Vorprogramm von ihm zu wissen. Er machte offenbar Hagenberg für deren Verbleib verantwortlich. Der Rittmeister deutete sofort in die entgegengesetzte Richtung und folgte eilig einem Pfeil ‚*Zu den Künstlergarderoben*'. Schließlich fand er die Tür mit der Aufschrift ‚*Fernando Stromboli*'.

Hagenberg war überrascht, als er nach kurzem Klopfen eintrat. Er hatte einen unwirtlichen, unaufgeräumten Raum mit einem derben Kerl als Bewohner erwartet. Statt dessen war alles sehr ordentlich und sauber. Stromboli hatte noch immer sein Bühnenkostüm an, einen gelben Anzug, der mit lodernden Flammen aus Stoff drapiert war, und einen roten Umhang. Er stand an einem Waschbecken und spülte sich hingebungsvoll den Mund mit Minzewasser. Trotzdem hing ein Geruch von Rauch und Feuer im Raum.

„Was wollen Sie?", fragte er überrascht. „Wer sind Sie?" Er war ein stattliches Mannsbild und er hatte eine angenehme Stimme. Er konnte sogar Hochdeutsch reden, wenn er nicht aufgeregt war. Eine Art Hochdeutsch, so wie man es eben in Wien sprach.

Hagenberg beschloss auf die Reportermasche zu verzichten und direkt auf sein Ziel loszugehen. „Ich suche die Lotti. Ich habe gehört, ich soll mich an Sie wenden. Sie sind doch der Ferry, oder?"

Das Gesicht des Feuerspuckers verdüsterte sich. „Wer schickt Sie? Wie sind Sie überhaupt hereingekommen?"

„Ich bin einfach durch die Hinterbühne gegangen."

„Und niemand hat Sie hinausgeschmissen?" Ferry schüttelte den Kopf und streckte zwei große Hände nach seinem Besucher aus. „Alles muss man selber machen!"

„Warten Sie!", rief Hagenberg und hielt dem Feuerspucker zwanzig Kronen entgegen. Ferry wartet mit dem Hinausschmeißen und steckte das Geld ein.

„Was wollen Sie von der Lotti?"

„Ich möchte sie gerne wiedersehen."

Der Feuerspucker geriet sofort wieder in eine kritische Gemütslage. „Wiedersehen?", fragte er drohend. „Was heißt wiedersehen? Haben Sie etwas mit ihr gehabt? So ein Luder!" Seine großen Hände gerieten wieder in Bewegung.

Hagenberg erinnerte sich daran, wie eifersüchtig sein Gegenüber war und wie man seine Eifersucht besänftigen konnte. „Ich habe ihr hundert Kronen gegeben!", sagte er schnell.

Grindbaum entspannte sich. „Ach so. Das ist etwas anderes." Er seufzte. „Wissen Sie, man muss auf die Lotti aufpassen, damit sie anständig bleibt. Ein Mädel ist im Prater ständig in Gefahr. Es gibt jede Menge Lustmolche, die glauben, für ein paar Kronen können sie sich bei so einem unerfahrenen Ding alles erlauben."

„Ich tät ja gern wieder hundert Kronen zahlen", versicherte Hagenberg, „wenn ich sie wiedersehen könnte. Ich kann sie aber nirgends finden."

„Sie ist fort", sagte Grindbaum traurig. „Haben Sie es nicht in der Zeitung gelesen? Der Mallachini hat sie weggehext." Er tat einen tiefen Schluck aus einer Flasche. Es roch streng nach Fusel. Einladend hielt er die Flasche seinem Besucher entgegen.

„Trinken Sie etwa das Zeug, das Sie für Ihre Kunststücke verwenden?", fragte Hagenberg besorgt.

„Was fällt Ihnen ein! Da würde es mich ja zerreißen, wenn ich versehentlich Feuer verschlucke. Nein, das ist bester Weinbrand. Meine Feuermixtur ist in dem Kanister unter dem Sessel auf dem Sie sitzen."

Hagenberg stand sofort wieder auf. „Ist das nicht feuergefährlich?"

„Nur wenn man es anzündet", meinte der Feuerspucker gelassen. „Sie können ruhig rauchen, wenn Sie wollen. Es kann nichts passieren."

Hagenberg verzichtete trotzdem auf eine Zigarette und wies auch den ‚besten' Weinbrand zurück. „Ich glaube nicht an Zauberei", erklärte er. „Ich dachte, das Verschwinden der Lotti sei bloß ein Bühnentrick gewesen."

„Ist es auch. Mallachini hat mir gezeigt wie es geht, weil ich ihn sonst mit Feuer angespuckt hätte. Er kann wirklich nichts dafür."

„Was sie nicht sagen! Wie geht dieser Trick?", fragte Hagenberg begierig.

„Das werde ich Ihnen sicher nicht sagen! Der Mallachini hat gedroht, wenn ich etwas verrate, verflucht er mich. Glauben Sie, ich will, dass mir die Eier abfaulen?"

Gewisse magische Fähigkeiten traute der Feuerspucker seinem Kollegen von der Zaubererzunft offenbar doch zu. Hagenberg schüttelte einsichtig den Kopf.

„Sie ist weggelaufen", lamentierte Grindbaum weiter. „Das ist alles. Undank ist der Welten Lohn. Ich habe die Lotti aufgeklaubt, vor einem halben Jahr, wie sie in den Prater gekommen ist. Sie wäre sonst garantiert auf die schiefe Bahn geraten. Ich habe mich um sie gekümmert, ihr die Arbeit beim Mallachini verschafft und ihr alles gezeigt, was sie wissen muss. Ich war auch immer gut zu ihr. Nie habe ich sie ins Gesicht geschlagen. Wenn Sie etwas anderes gehört haben, stimmt das nicht. Auf den Arsch schon, aber nur wenn sie es verdient hat, wenn sie übermütig geworden ist und nicht folgen wollte. Und jetzt ist sie weg. Sie fehlt mir so, die Lotti." Er machte wieder einen tiefen Schluck von seinem Weinbrand und wischte sich über die Augen.

Hagenberg glaubte nicht recht zu sehen. Weinte dieses Monstrum von einem zuhälterischen Feuerschlucker etwa?

„Ja wo kann sie denn sein?", fragte er vorsichtig.

„Wenn ich das wüsste, hätte ich sie schon längst zurückgeholt. Bei mir wäre sie gut aufgehoben, da fehlt ihr nichts. Aber sie war schon in den letzten Wochen so komisch. Sie hat sich eingebildet, sie ist etwas Besseres. Vielleicht hat sie gedacht, sie ist mehr wert als hundert Kronen. Aber man muss vernünftig sein und einen realistischen Preis verlangen, sonst rechnet sich die Sache nicht richtig. Es geht um Gewinnmaximierung, um die Preiselastizität der Nachfrage, verstehen Sie?"

Hagenberg starrte den volkswirtschaftlich belesenen Zuhälter fassungslos an und verstand kein Wort.

Dieser fuhr fort: „Ich habe versucht, vernünftig mit ihr zu reden und ihr die Sache leicht verständlich zu erklären. Ich habe sie verprügelt, nur auf den Arsch, versteht sich, damit sie endlich kapiert, dass ich es nur gut mit ihr meine. Es hat nichts genützt." Er schniefte. „Sie ist einfach abgehaut."

„Wo sie wohl jetzt ist?", fragte Hagenberg beharrlich.

„Im Prater nicht. Da hätte ich sie gefunden. Vielleicht ist sie wieder nach Hause gefahren, weil sie genug vom Prater hatte."

Hagenberg konnte nicht glauben, dass er soviel Glück hatte. Endlich zeichnete sich eine Spur zu Charlotte ab.

„Wo ist sie denn zu Hause?", fragte er und versuchte gleichgültig zu klingen.

„Irgendwo in der Provinz, in Hainburg glaube ich. Von dort ist sie vor einem halben Jahr abgerissen, weil ihr das Nest zu fad war. So schön hätte sie es in Wien bei mir haben können."

Hagenberg schnalzte ein paar Mal bedauernd mit der Zunge und empfahl sich.

Es konnte keinen Zweifel geben. Der Feuerschlucker begann bitterlich zu schluchzen. Man hörte es ganz deutlich durch die geschlossene Tür.

Auf dem Rückweg lief er wieder dem Zauberer zweiter Klasse aus dem Vorprogramm in die Hände.

„Haben Sie meine Kaninchen endlich gefunden?"

„Die hat sich der Mallachini ausgeborgt", sagte Hagenberg geistesgegenwärtig. „Er probiert mit ihnen einen neuen Verschwindetrick. Ein paar sind schon weg. Er kann sie nicht wieder herzaubern."

Der Zauberer stieß einen Schreckensschrei aus und rannte weg, um seinen großen Kollegen zu suchen.

Auch Hagenberg machte sich eilends aus dem Staub. Er betrat genau zum Ende der Vorstellung wiederum durch die verbotene Tür den Zuschauerraum und mischte sich unter die Menge, die dem Ausgang zustrebte.

Auf der Straße lungerten ein paar junge Frauen umher und durchmusterten die Theaterbesucher nach geeigneten Opfern. Eine von ihnen machte sich an Hagenberg heran. „Möchst' mit mir hinters G'sträuch gehen? Ich tät 10 Kronen verlangen."

„Spinnst? 10 Kronen? Nein, danke."

„Fünf Kronen? Ich mach dir einen Sonderpreis, weilst' so ein fescher Mann bist: Drei Kronen!"

„Gib mir Ruh'. Ich suche eine, die hundert Kronen verlangt."

„Bist deppert? Dann verlange ich halt hundert!"

„Pflanz wem anderen. Ich suche eine, die Lotti heißt."

„Ach so, die meinst'. Das hätte ich mir gleich denken können! Es gibt nicht viele im Prater, die sich soviel Geld zu verlangen trauen. Die wirst' aber nicht mehr finden. Sie hat ihrem Gschamsterer[1], dem Ferry, den Gstieß[2] geben und ist fort. Hätte ich auch getan, an ihrer Stelle, wie der sie immer abg'watscht hat. Die hat nicht einmal ein blaues Auge gehabt. Recht geschieht ihm, dass sein Hundertkronenmädchen fort ist!"

Die Frau erkannte, dass mit Hagenberg nichts anzufangen war. „Wennst' viel Geld ausgeben willst, musst halt am Graben[3] gehen. Wirst draufkommen, dass die dort auch nichts anderes können, als unsereins." Sie wandte sich einem anderen potentiellen Kunden zu.

Hagenberg machte sich nachdenklich auf den Heimweg. Die kleinen Rädchen in seinem Kopf liefen wie geschmiert und kamen trotzdem zu keinem brauchbaren Ergebnis.

---

[1] Freund, Geliebter
[2] Vom Tarockspiel abgeleitete Redensart: Jemanden fortweisen, die Beziehung beenden. Der Gstieß (umgangssprachlich für Sküs) ist die höchste Trumpfkarte im Tarock.
[3] Der Graben in der Wiener Innenstadt war das Revier der teureren ‚Grabennymphen'.

Kapitel 18

„Wie immer, Herr Rittmeister?", fragte Fritz. „Einen doppelten Cognac?" Er versuchte sich den geänderten Frühstücksgewohnheiten seines Gastes anzupassen.

„Nein, ich habe heute noch nichts gegessen. Ich hätte gern zwei weiche Eier im Glas, drei Minuten, zwei Butterbrote, einen großen Braunen und die Kronenzeitung."

„Sehr wohl, Herr Rittmeister. Was wünschen der Herr? Bier ist leider aus."

Fritz hatte Bastian noch nicht eingeordnet. Solange man nichts Näheres über ihn wusste, wurde er mit dem titularischen Provisorium ‚der Herr' angeredet. Er schien ein guter Bekannter des Rittmeisters zu sein, was ihm einen gewissen Bonus verschaffte. Nur das Biertrinken musste man ihm tunlichst abgewöhnen. Man war schließlich ein Stadtkaffee.

„Einen großen Mokka", resignierte Bastian.

„Kommt sofort, der Herr."

Hagenberg hatte es kategorisch abgelehnt über berufliche Dinge zu sprechen, solange kein Frühstück in Sicht war. Daher hatte ihn sein Gefährte ins Kaffeehaus begleitet.

Jetzt schien der Rittmeister arbeitsbereit zu sein. „Also, was hast du gestern erlebt?", erkundigte er sich bei seinem Gehilfen und Partner. „Ich wollte dich nicht mehr wecken, wie ich nach Hause gekommen bin."

„Ich habe am Nachmittag auftragsgemäß die Baronin aufgesucht und das Billet abgegeben. Ich habe gesagt, ich soll eventuell auf Antwort warten und inzwischen mit dem Stubenmädchen, der Elisabeth, geplaudert. Wirklich, ein netter Käfer. Nur neugierig ist die, das glauben Sie nicht. Ich bin gar nicht dazu gekommen, sie auszuhorchen, so viele Fragen hat sie mir gestellt."

„Ganz wie ihre Gnädige", knurrte Hagenberg.

„Antwort hat es keine gegeben. Also habe ich mich in der Nähe des Hauses postiert und gewartet. Nach etwa zwei Stunden hat die Frau Baronin Besuch bekommen: Von einem Offizier. Der, den Sie mir im Prater gezeigt haben, nachdem man auf uns geschossen hatte. Er war aber in Zivil."

Hagenberg stieß zischend den Atem aus. „Erich von Sünderhof."

Bastian nickte. „Genau der. Er ist aber nicht lange geblieben. Nicht lange genug, als dass man Unziemlichkeiten vermuten müsste, wenn Sie dieser Gedanke beunruhigen sollte. Außer, die beiden hätten sich sehr beeilt." Als gründlicher Mensch wollte Bastian auch diese, wenngleich unwahrscheinliche Möglichkeit nicht unerwähnt lassen. Sein Chef, der Bastians Gewissenhaftigkeit sonst sehr schätzte, war ihm diesmal nicht dankbar dafür.

„Ich habe mich dazu entschlossen, dem Hauptmann zu folgen", fuhr Bastian fort. „Zum Glück habe ich einen Fiaker ums Eck warten lassen. Ich bin ihm also nach, bis auf die Praterstraße. Dort ist er ins neu eröffnete Café Dogenhof gegangen. Er hat sich mit einem Zivilisten getroffen, der aber wie ein Militär gewirkt hat. Für so etwas habe ich einen Blick. Ich bin mir nicht sicher, aber es könnte der Jäger aus der elektrischen Grottenbahn gewesen sein, der auf uns geschossen hat."

„Luise", murmelte der Rittmeister bedrückt. „Luise steckt wirklich in der Sache drinnen. Ich habe gleich so ein Gefühl gehabt, dass etwas mit ihr nicht stimmt."

„Sonst hätten Sie ja auch nicht ihre Überwachung angeordnet. Sie haben auch diesmal eine gute Nase gehabt. Alle Achtung!"

Was Bastian als lobenswerte Weitsicht ansah, versetzte den Rittmeister in tiefe Depression.

„Mir ist eben kein Glück mit den Frauen vergönnt", lamentierte er. „Immer ist ein Haar in der Suppe."

„Diesmal ist es kein Haar, sondern ein richtiges Seil, das uns vielleicht weiterhilft. Sie müssen die Dame bloß so richtig unter Druck setzen, damit sie redet."

Bastian dachte in seiner pragmatischen Art primär an eine kriminalistische Chance und nicht an eine Beziehungskrise. „Vielleicht kommen wir so dem Brachyta und seinen Hintermännern auf die Spur. Dann ist uns Mohnhaupt eine Menge Gefälligkeiten schuldig!"

„Das Frühstück für den Rittmeister, ein großer Mokka für den Herrn. Und hier ist die Kronenzeitung, bitte sehr. Seine Majestät allerhöchst waren auf der Hofjagd sehr erfolgreich und haben eine Menge Viecher erschossen."

„Ist außerdem noch jemand umgebracht worden?"

„Bedaure, nein, Herr Rittmeister", meldete Fritz. „Ersoffen ist auch niemand, obwohl bei dieser Hitze sonst immer Badeunfälle vorkommen."

„Dann nehmen's die Zeitung wieder mit", befahl der Rittmeister trübsinnig. Er wandte sich an Bastian: „Niemand ist mehr umgebracht worden in den letzten Tagen. Der Mohnhaupt hat überhaupt nicht Recht mit seiner Wettertheorie."

„Er hätte aber schon Recht gehabt, wenn der Jäger in der Grottenbahn auch so gut geschossen hätte, wie unser gnädiger Herr Kaiser", korrigierte ihn Bastian und fuhr fort: „Wie gesagt: Der Kerl, den Sünderhof getroffen hat, hätte gut und gern unser Schütze sein können. Also bin ich ihm in den Prater gefolgt."

„Und?"

„Leider", gestand Bastian verlegen, „war er auf einmal weg. Ich kann mir nicht erklären, wohin. Es ist möglich, dass er mich bemerkt hat, obwohl ich sehr vorsichtig war. Es kommt mir sogar vor, es war derselbe, der Sie und Charlotte beobachtet hat, wie Sie mit ihr in den Wohnwagen gegangen sind."

„Was soll ich bloß wegen Luise machen?", murmelte der Rittmeister, dessen Gedanken sich im Kreis bewegt hatten, zusammenhanglos. Es war sonst nicht seine Art, Liebesgeschichten mit Bastian zu erörtern, aber die Frage hatte ihm auf der Zunge gelegen.

Sein Helfer sah ihn erstaunt an. „Sie gründlich aushorchen und im Übrigen das, was Sie bisher auch gemacht haben. Genießen Sie es noch ein Weilchen, so lange es halt dauert. Ich bin der Meinung, dass sie doch nicht die Richtige für Sie ist; übrigens genauso wenig wie das Hundertkronenmädchen aus dem Prater."

„Habe ich dich um deine Meinung gefragt?", zürnte Hagenberg.

„Ja, das haben Sie", antwortete Bastian und gestattete sich ein kleines Grinsen.

Zum Glück kam in diesem Augenblick Mohnhaupt herein und steuerte den Tisch der beiden an. „Guten Morgen. Bringen's mir eine Melange und ein Brioschkipferl."

„Sehr wohl, Herr Inspektor", sagte Fritz.

„Habt's euch grad gestritten?", fragte Mohnhaupt süffisant? „Vielleicht, weil ihr nicht weiterkommt mit eurem Fall? Wenn ich euch nicht ständig helfen zät, müsstet ihr euch über kurz oder lang eine ehrliche Arbeit suchen!"

Er legte ein Blatt Papier vor Hagenberg und genoss seinen Triumph. „Franziska Koch war im September 1981 in Wien! Errätst du wo? Im Prater war sie!"

Hagenbergs schnappte sich gierig das Blatt. Es war ein Polizeibericht vom 16. September 1881 über einen Raufhandel im Prater:

Ein alkoholisierter Fleischhackergeselle – sein Name tut nichts zur Sache, weil er sonst keine Rolle in unserer Geschichte spielt – hatte eine junge Frau namens Franziska Koch, die guter Hoffnung war, im Gedränge derb angerempelt und gemeint, sie solle sich mit ihrer Wampe schleichen und nicht im Weg herumstehen. Der Begleiter der Koch, ein gewisser Josef Graf hatte daraufhin dem Fleischhacker – wie es die Zeugen formulierten – ein paar in die Goschen gehaut, so kräftig, dass sein Widersacher Nasenbluten bekam und in seinem Rausch schrie, er sei getötet worden, man möge die Kiberer rufen. Als die Polizei eintraf, hatte sich die Situation bereits wieder beruhigt. Die Zuschauer bekundeten übereinstimmend, dem Fleischhacker sei Recht geschehen, er möge sich nicht so aufführen. Der Fleischhacker war inzwischen wieder halbwegs nüchtern geworden, bereute aus Gründen, die nur ihm bekannt waren, die Aufmerksamkeit der Polizei auf sich gelenkt zu haben, und erklärte entschieden, es sei ihm nichts passiert, das ganze sei nur ein Missverständnis gewesen. Weil sie nicht unverrichteter Dinge abziehen wollten und auch um zu demonstrieren, dass es Folgen hat, die Polizei zu behelligen, nahmen die Beamten ein Protokoll mit den Beteiligten auf und verhörten Zeugen, die sich nicht rechtzeitig aus dem Staub gemacht hatten, ließen die Angelegenheit aber dann auf sich beruhen. Es war an sich eine belanglose Sache. Interessant waren für Hagenberg die Personalien zur Person der Koch und ihres Begleiters: *'**Franziska Koch**, 21 Jahre alt, ledig, zuständig nach Hainburg an der Donau, Dienstmagd, ohne feste Anschrift, derzeit wohnhaft im Gasthaus ‚Zur alten Krone, Prater. **Josef Graf**, 34*

Jahre alt, verheiratet, zuständig nach Schildberg in Böhmen, Schlossermeister, wohnhaft Taborstraße 17, ebendort auch gewerblich etabliert.'

„Der Katzenbichler ist darauf gestoßen", erklärte Mohnhaupt. „So lange ich den habe, brauche ich keine Wundermaschine, die alles weiß. Der Katzenbichler findet einfach alles!" Mohnhaupt unterbrach sich und schaute Hagenberg verwundert an. „Was hast denn? Du schaust ja ganz desperat!"

Hagenberg kramte in seinen Taschen und brachte ein Notizbuch zu Tage, in dem er aufgeregt blätterte. „Da haben wir es", sagte er. „Der Vater von Konstanze war Schlossermeister und hat Josef Graf geheißen. Sie wurde in der Pfarrkirche getauft, die für die Taborstraße zuständig ist. Das weiß ich, weil ich ihre Taufurkunde bei Luise gesehen habe. Das kann kein Zufall sein!"

Mohnhaupt zuckte mit den Schultern. „Zufälle sind immer sonderbar." Er sah sein Gegenüber grimmig an. „Jetzt bist wieder du dran, mir einen Gefallen zu tun. Die Fleuron muss her! Sie ist die Einzige, die uns möglicherweise das Motiv liefern kann, warum Brachyta die Graf umgebracht hat." Er seufzte tief. „Wenn er es überhaupt war und wenn wir ihn je erwischen."

„Der Ferdinand Grindbaum, ihr ehemaliger Freund, meint, sie könnte nach Hainburg zurückgegangen sein, weil sie wahrscheinlich von dort her ist."

„Der Feuerferry, dieser Peitscherlbub?", ärgerte sich Mohnhaupt. „Uns hat er überhaupt nichts gesagt. Wieso redet er dann mit dir?"

„Ich habe ihn in einer rührseligen Stimmung erwischt. Er kränkt sich sehr, weil sie ihm davon ist."

„Der wird sich noch mehr kränken, wenn ich ihn in die Finger kriege", knurrte der Inspektor. „Ich werde sofort nach Hainburg telegrafieren, ob das Mädchen dort aufgetaucht ist. Du unternimmst vorläufig nichts. Ich sage dir dann, was dabei herausgekommen ist."

„Ist gut", meinte Hagenberg fügsam. „Was hast du über den Fall Waller in Erfahrung gebracht?"

„Das ist eine eigenartige Geschichte", sagte Mohnhaupt nachdenklich. „Du könntest am Ende mit deiner Vermutung doch recht haben, dass diese Fälle alle irgendwie zusammenhängen: Der Mord an Waller, der Mord an Konstanze Graf und das Verschwinden der Charlotte Fleuron, vielleicht auch deine Suche nach Franziska Koch. Ich bin aber leider an den Akt Waller nicht herangekommen. Den hat nämlich unser Chef, der Hofrat Dambrowsky an sich gezogen und hält ihn unter Verschluss."

„Genauso wie die Anzeige gegen den Herrn von Posowsky?"

„Genauso." Mohnhaupt sah Hagenberg nicht an. Fast schien es, als ob er sich stellvertretend für die Polizei schämte. Das konnte aber natürlich nicht sein, denn Mohnhaupt schämte sich nie, wie er stets betonte. Er wischte sich mit seinem geblümten Taschentuch übers Gesicht und schnäuzte sich ausgiebig. Dann stand er abrupt auf und nahm Hagenberg den Polizeibericht wieder weg. „Es ist heute wieder so unangenehm warm und feucht. Demnächst haben wir einen Mord, du wirst schon sehen. Das Wetter macht die Leute verrückt! Geh, sei so freundlich Rittmeister und zahl für mich. Das nächste Mal bin ich dran."

„Das ist eben für Sie abgegeben worden, Herr Rittmeister", meldete Fritz.

Hagenberg sah Mohnhaupt nach und schüttelte den Kopf. „Weiß denn ganz Wien, wo ich am Vormittag zu finden bin? Ständig kommt jemand!"

Er zog das Billet aus dem Umschlag.

„Herr Rittmeister sind eben sehr beliebt", meinte Fritz.

„Ich glaube nicht", sagte der Rittmeister, nachdem er die Nachricht gelesen hatte, „dass ich so besonders beliebt bin."

Hauptmann Sünderhof bat ihn, heute Nachmittag um drei ins Central zu kommen, in die Spielzimmer, wenn es möglich wäre. Der letzte Halbsatz war nur eine Höflichkeitsfloskel. Ansonst klang das Schreiben wie eine Vorladung.

„Der Bursch, der das gebracht hat, tät auf eine Antwort warten." Hagenberg sah zur Tür. Bei der Sitzkassierin stand einer, den er sofort als Offiziersburschen einordnete, obwohl er Zivil trug.

„Ich lass' ausrichten, ich werde kommen. Nachher bringen's mir bitte einen doppelten Cognac." Hagenberg sah den leidenden Bastian von der Seite an. „Und dem Herrn Bachler, meinem Kompagnon, bringen's ein Bier. Machen's halt eine Ausnahme, weil's gar so heiß ist. Der Inspektor Mohnhaupt glaubt sogar, dass bald jemand umgebracht werden wird. Daran ist das Wetter schuld, sagt er."

„Wenn das stimmt, werden wir es morgen in der Kronenzeitung lesen", meinte Fritz. Angesichts der Krisenstimmung die offenbar herrschte, war er kompromissbereit. „Einen doppelten Cognac für den Herrn Rittmeister und ein kleines Bier für den Herrn von Bachler, kommt sofort, Herr Rittmeister."

◆

Pünktlich um Drei betrat Hagenberg von der Herrengasse her die Spielzimmer des Central. Im zweiten Raum entdeckte er Sünderhof. Der Hauptmann saß mit zwei Männer an einem Tisch und spielte Karten. Einer von ihnen war der Hauptmann Cerny. Hagenberg geriet in Versuchung, sich sofort wieder zurückzuziehen. Er konnte sich nicht vorstellen, mit Cerny an einem Tisch zu sitzen. Er zögerte zu lange.
Sünderhof sah auf. „Ja grüß dich Gott, Hagenberg. Schön dich zu sehen. Hast ein bisserl Zeit? Wir brauchen einen vierten Mann zum Tarock."
„Ich weiß nicht recht ..."
„Geh sei nicht fad. Talonspielen macht keinen richtigen Spaß. Darf ich die Herren bekannt machen? Den Cerny kennst du ja schon." Cerny nickte mit dem Kopf und lächelte. Hagenberg glaubte nicht recht zu sehen. Der Kerl lächelte tatsächlich. Er konnte sich das nur so erklären, dass jemand Cerny nachdrücklich befohlen hatte, freundlich und diplomatisch zu sein. Dementsprechend fiel auch sein Lächeln aus. Es war mehr eine Grimasse. Hagenberg sagte artig: „Grüß dich Gott, Cerny", und versuchte auch seinerseits ein verbindliches Lächeln. Sünderhof war erleichtert, dass diese Klippe umschifft worden war und fuhr mit der Vorstellung fort: „Rittmeister a.D. Hagenberg, Herr Hofrat Dambrowsky."
Man schüttelte sich die Hände und murmelte, wie erfreut man sei. Hagenberg nahm Platz.
„Hagenberg", sagte der Hofrat nachdenklich. Er ließ den Rittmeister weg. „Ihr Name ist mir natürlich bekannt. Sind Sie nicht mit meinem Mohnhaupt befreundet?"
„Wir kennen uns recht gut", antwortete Hagenberg reserviert. Er ging davon aus, dass der Hofrat über seine Bekanntschaft mit Mohnhaupt bestens informiert war.

„Guter Mann", erklärte der Hofrat leutselig. „Ein bisserl neugierig ist er halt, der Inspektor Mohnhaupt. Aber das ist ja kein Nachteil für einen Polizisten. Sind Sie auch neugierig, Hagenberg?"

„Er ist neugierig drauf, ob er gute Karten bekommt", unterbrach Sünderhof und begann zu mischen. Er sah Hagenberg an, als ob er ihn ermahnen wollte, sich nicht auf einen Wortwechsel einzulassen. „Wir spielen Zwanzigerrufen, zehn Heller der Punkt. Zusammenwerfen gilt nicht, Kontra ist immer zulässig."

Hagenberg fand Tarock faszinierend. Es erinnerte ihn an einen Kriminalfall, bei dem man erst nach und nach erkennt, wer der Gegner ist: Die wenigsten Informationen hat dabei der Rufer. Er muss erraten, wer sein Partner ist, der sich aber nicht unmittelbar zu erkennen geben darf, und wer seine Gegner sind. Nur der Gerufene hat alle Informationen über die aktuelle Koalition. Er weiß, wer sein Partner ist und gegen wen er in diesem Durchgang spielen wird. Die restlichen beiden, kennen zwar den Rufer als Gegner, nicht aber dessen oder ihren eigenen Partner. So lief das ab, wenn korrekt gespielt wurde.

Hagenberg spielte konzentriert. Der Hofrat beobachtete ihn, wie ein Naturforscher ein seltenes Insekt. Cerny wirkte nervös. Sünderhof war entspannt und bemühte sich um ein angenehmes Klima am Spieltisch. Hagenberg gewann kontinuierlich. Die Münzen und Geldscheine häuften sich vor ihm. Er betrachtete ungläubig das Blatt, das er eben erhalten hatte, holte tief Luft und machte seine Ansage: „Solo Valat!"

Einen Augenblick war es still am Tisch. Das war die höchstmögliche Ansage. Hagenberg musste allein gegen die drei anderen spielen und sämtliche Stiche machen. Es ging dabei um den vierundzwanzigfachen Einsatz.

„Ein Solo Valat ist selten", meinte der Hofrat zögernd. „Ich spiele schon jahrelang und habe erst einmal so ein Blatt gehabt. Sind Sie sicher, Hagenberg? Wir sind damit einverstanden, wenn Sie Ihre Ansage ändern wollen."

„Unglück in der Liebe, Glück im Spiel", sagte Hagenberg leichthin und sah Sünderhof an.

Dieser wich seinem Blick aus und murmelte. „Ich bin mir sicher, du hast auch eine Menge Glück in der Liebe."

„Kontra." Cernys Stimme klang eine Spur zu hoch. „Die Ansage gilt und kann nicht mehr zurückgenommen werden. Ich gebe Kontra!" Damit war der Einsatz auf das Achtundvierzigfache verdoppelt.

„Retour", sagte Hagenberg ruhig und versuchte damit den Einsatz neuerlich zu verdoppeln.

„Das geht leider nicht, lieber Hagenberg", meinte der Hofrat eilig. „Sie können nach unseren Regeln über einen kontrierten Solo Valat nicht hinausgehen. Sonst würde der Einsatz ja viel zu hoch werden. Wir sind doch schließlich bescheiden besoldete Staatsdiener und spielen nur zum Spaß. Nicht wahr, meine Herren? Nicht wahr, lieber Hagenberg?" Der Rittmeister lächelte verbindlich und sagte bloß: „Selbstverständlich, Herr Hofrat." Er spielte aus. Schon nach wenigen Stichen war klar, dass er auch dieses Spiel gewinnen werde. Schließlich warf er den Gaukler auf die letzten drei Farbkarten und verkündete: „Pagat zum Schluss!"

Der Hofrat war verdrossen, verzichtete aber darauf, Cerny zu kritisieren.

Dieser kaute an der Unterlippe und nahm die Sache sehr persönlich. „Wenn das so weitergeht, wirst du noch reich, Hagenberg." Er konnte seine Wut nur mühsam im Zaum halten.

„Das sind doch nur Peanuts", meinte Hagenberg wegwerfend und streifte seinen Gewinn ein.

„Verdient man so gut als Privatschnüffler?"

Wieder wurde es ganz still am Tisch. „Ich bin zufrieden", unterbrach Hagenberg gelassen das Schweigen. Er war fest entschlossen, sich auf keinen Streit einzulassen. Sünderhof warf Cerny einen scharfen Blick zu. Der verzichtete daraufhin auf weitere Provokationen.

„Der Herr Rittmeister ist ein anerkannter Kriminalist", nahm der Hofrat überraschend Partei. Er verübelte Cerny noch immer den mutwilligen Kontra. „Er hat auch schon gelegentlich erfolgreich mit der Polizei zusammengearbeitet." Er schob die Karten beiseite und sprach Hagenberg direkt an: „Wenn ich recht informiert bin, suchen Sie im Moment nach einer jungen Frau, die Charlotte

Fleuron heißt, nicht wahr? Fasziniert Sie die Tatsache, dass die Kleine fortgezaubert worden ist?" Er lachte.

Hagenberg kam zu dem Schluss, dass er das Gespräch nicht verweigern durfte, wenn er herausbekommen wollte, worum es dem Hofrat ging. „Nein, Herr Hofrat. Sie war eine Freundin von Konstanze Graf, die im Prater umgebracht wurde. Ich glaube, dass sie mich auf die Spur von deren Mörder bringen kann."

„Nur darum geht es Ihnen? Sie wollen einen Mörder fangen? Warum eigentlich? Warum überlassen Sie das nicht der Polizei?"

„Konstanze hat kurz vor ihrem Tod versucht, mit mir Kontakt aufzunehmen. Ich mag es nicht, wenn Leute, die meine Hilfe suchen, umgebracht werden."

„Ja, so", meinte der Hofrat nachdenklich. „Das macht Ihnen Ehre, Hagenberg. Sie sollten aber darauf vertrauen, dass die Polizei den Fall auch ohne Sie lösen kann. Ihr Freund Mohnhaupt sucht bereits einen gewissen Brachyta, den er für den Mörder hält."

„Ich habe davon gehört, Herr Hofrat."

„Dann ist es ja gut, Hagenberg. Vertrauen Sie auf die Polizei und pfuschen Sie uns nicht ins Handwerk."

„Natürlich, Herr Hofrat", gab sich Hagenberg einsichtig, ohne es wirklich zu sein. „Ich werde mich daran halten."

„Meinen Sie das ehrlich, können wir uns darauf verlassen? Sehen Sie, Hagenberg, Sie sind hier unter Freunden. Wir wollen vermeiden, dass Sie zu Schaden kommen, wenn Sie sich als Privatmann auf Mörderjagd begeben. Das kann sehr gefährlich werden. Vertrauen Sie darauf, dass der Mörder von Konstanze Graf seine gerechte Strafe erhält. Können wir uns wirklich darauf verlassen, dass Sie sich von diesem Fall, in dem Sie nicht einmal ein Honorar zu erwarten haben, zurückziehen?"

„Ja. Auf mein Wort, Herr Hofrat."

Dambrowsky stand auf. „Na sehen Sie, Hagenberg. Das war doch nicht so schwer. Sie brauchen nur ein bisserl vernünftig sein, dann kommt alles in Ordnung. Ich muss mich leider jetzt verabschieden, meine Herren. Es hat mich sehr gefreut."

„Ich schließe mich an", sagte Cerny.

„Sind wir uns einig, meine Herren?", fragte Sünderhof beiläufig.

„Aber ja doch!" Der Hofrat schüttelte Hagenberg die Hand.

Cerny machte eine missmutige Kopfbewegung, die man als Nicken deuten konnte. Es war aber nicht eindeutig, ob er damit Zustimmung signalisieren oder bloß hochmütig grüßen wollte.

Sünderhof und Hagenberg blieben zurück und schwiegen eine geraume Weile. Sünderhof begann die Tarockkarten zu legen.

Hagenberg tat den ersten Schritt. „Was war das eben? Was hat das zu bedeuten? Was hat der Hofrat eigentlich genau gemeint?"

Sünderhof sah ihn an. „Du weißt schon, dass du in Gefahr bist?"

„Spätestens seit ein Kerl mit einer Mannlicher auf mich geschossen hat. Worum ist es eben gegangen?"

„Um den Versuch, dich vor Schaden zu bewahren. Es gibt eine Person, die meint, dass du einem vernünftigen Arrangement zugänglich sein wirst, wenn man mit dir redet. Diese Person hat auch den dringenden Wunsch geäußert, dass dir nichts passieren soll. Aus Gründen, die ohne Bedeutung für dich sind, fühle ich mich trotz erheblicher Widerstände in meiner Behörde verpflichtet, diesem Wunsch zu entsprechen."

„Luise", flüsterte Hagenberg.

Sünderhof reagierte nicht darauf, sondern fuhr fort: „Es geht dir also nur darum, den Mörder der Graf zur Strecke zu bringen? Du sollst deinen Willen haben. Er wird seine Strafe erhalten. Von dir wird dafür erwartet, dass du Frieden gibst und nicht in Angelegenheiten herumstocherst, die elementarste Interessen der Monarchie berühren und die mit dir gar nichts zu tun haben. Das ist das Arrangement, das wir dir bieten."

„Was geschieht mit Charlotte?"

„Gar nichts. Sie ist nicht in Gefahr, solange sie schweigt, untergetaucht bleibt und du vernünftig bist und nicht nach ihr suchst."

„Ich verstehe das alles nicht."

„Das ist auch nicht notwendig. Du musst nur eines begreifen: Das Leben ist kein Kartenspiel. In der Wirklichkeit kannst du keinen Solo spielen, du gegen alle anderen. Wenn du es trotzdem versuchst wird dir Cerny, der nur auf die Gelegenheit wartet, oder jemand anderer Kontra geben und dann ..."

Hagenberg verstand die Warnung. Er ahnte, dass er es mit Leuten zu tun hatte, die nicht spaßten. „Ich muss dir wahrscheinlich dankbar sein", sagte er zögernd.

„Mir nicht, mir sicher nicht. Bedanken musst du dich bei jemand anderem." Sünderhof stand abrupt auf, legte grüßend die Hand an den Kappenschirm und entfernte sich. Hagenberg war über diese fast feindselige Reaktion Sünderhofs überrascht. Er war davon ausgegangen, dass dieser ihm trotz aller Differenzen gewogen war. „Er ist eifersüchtig", dachte er. „Er ist eifersüchtig wegen Luise. Es ist noch lange nicht vorbei zwischen den beiden, jedenfalls nicht, was ihn anlangt."

Der Rittmeister ging zu Fuß in sein Hotel zurück. Nach wenigen Schritten schloss sich ihm ein Oberlehrer an. Er sah zumindest wie ein Oberlehrer aus, mit seinem Spitzbart, dem Kneifer und dem schütteren Haarwuchs.

„Bist du mir schon wieder nachgeschlichen, Bastian?", fragte Hagenerberg.

„Nur vorsichtshalber Herr Rittmeister, damit Ihnen nichts passiert."

„Was soll mir im Central schon passieren?"

„Denen trau ich alles zu."

„Aha! Du hast gesehen, mit wem ich mich getroffen habe?"

„Natürlich: Mit Ihrem alten Freund Hauptmann Sünderhof, wenn er wirklich Ihr Freund ist und einem zweiten Offizier. Den Dritten kenne ich auch nicht."

„Der zweite Offizier war der Cerny, dieses Ekel, von dem ich dir erzählt habe, und der dritte Mann war der Hofrat Dambrowsky. Der Vorgesetzte von unserem Mohnhaupt."

„Sieh an. Und jetzt erzählen Sie mir, was dieses Trio von Ihnen gewollt hat."

Hagenberg kam dieser Aufforderung nach und versetzte damit Bastian in tiefe Nachdenklichkeit.

„Sie wissen, was das bedeutet?", fragte Bastian nach einer Weile.

„Wir haben es mit Leuten zu tun, die ein Geheimnis bewahren wollen und die auch vor Mord nicht zurückschrecken. Luise ist darin verwickelt und hat soviel Einfluss auf Sünderhof, dass sie ihn dazu bewegen konnte, mich aus der Schusslinie zu nehmen. Nicht nur das: Sie wollen sogar den Mörder Konstanzes ans Messer liefern, damit ich zufrieden bin und keine weiteren Fragen stelle. Eigentlich ist das sogar ein großzügiges Angebot."

„Das finde ich auch. Wir können froh sein, dass die Angelegenheit so glimpflich abgegangen ist. Der militärische Geheimdienst und die Polizei, das sind Brocken, die für uns entschieden zu groß sind. Jetzt können wir uns endlich mit ganzer Kraft auf den Fall des Herrn von Seidl konzentrieren."

Hagenberg nickte. „Ich werde etwas machen, das ich schon längst tun hätte sollen", sagte er. „Ich werde mit dem Kompagnon Wallers reden. Waller ist nicht umsonst umgebracht worden: Der hat etwas über Franziska Koch und deren Kind gewusst. Es müsste mit dem Teufel zugehen, wenn sein Partner wirklich so uninformiert ist, wie er Seidl gegenüber behauptet hat. Haben wir genug Bargeld zur Verfügung?"

„Zehntausend Kronen", antwortete Bastian. „Als Reserve, falls wir jemanden rasch schmieren müssen." Er grinste und blickte auf seine Taschenuhr. Es könnte sich noch ausgehen, dass wir jemanden im Büro Wallers antreffen."

Kapitel 19

Sie hatten Glück. In Wallers ehemaligem Büro auf der Mariahilfer Straße war noch jemand anwesend. Das Licht einer Lampe fiel durch die zugezogenen Vorhänge. Es begann bereits dämmrig zu werden. Auf dem Firmenschild hatte ursprünglich gestanden: ‚*Friedrich Waller & Anselmus Silberblick, Investigationen*'.

Jetzt hatte man den ‚Friedrich Waller' übermalt, sodass nur der ‚Anselmus Silberblick' übergeblieben war. Dadurch wirkte das Firmenschild sehr unsymmetrisch und Waller schimmerte noch immer leicht durch die Übermalung.

„Er wird ein neues Schild brauchen", meinte Hagenberg. „Der Name Silberblick ist auch nicht gerade passend für einen Privatermittler." Er sah sich vorsichtig um. „Ist uns jemand gefolgt oder wird das Lokal überwacht?"

Bastian schüttelte den Kopf. „Nein. Ich habe gut aufgepasst. Die Luft ist rein."

„Sehr schön. Du wartest inzwischen heraußen und gibst weiter acht."

Die Tür war fest versperrt. Ein Schild mit der Aufschrift ‚*Geschlossen*' und ein zweites mit den Bürozeiten – ‚*ausschließlich Montag bis Freitag von Neun bis Elf*' – bekräftigte die Unwilligkeit Silberblicks, sich mit späten Besuchern abzugeben. Hagenberg schüttelte den Kopf und zog nachdrücklich an der Klingel. Im Inneren des ebenerdigen Gebäudes war ein missgestimmtes Bimmeln zu hören. Nach einer Weile öffnete sich die Tür und ein Mann schaute heraus: „Ja? Was ist?"

„Verzeihen Sie die Störung außerhalb der Bürozeiten", entschuldigte sich Hagenberg. „Ich hätte gern Herrn Silberblick gesprochen, wenn es möglich ist. Ich bräuchte nämlich ganz dringend eine vertrauliche Auskunft. Da bin ich doch bei Ihnen richtig, oder?"

„Eine vertrauliche Auskunft? Aber ja, da sind Sie bei uns richtig", freute sich sein Gesprächspartner. „Bitte kommen Sie doch weiter." Es war keine Rede von ‚schon geschlossen' oder Bürozeiten. Hagenberg dachte, dass die Geschäfte wohl nicht besonders gut liefen. Er ließ sich in ein Büro komplimentieren und nahm auf einem lederbezogenen Sessel vor dem Schreibtisch Platz. Der Schreibtisch war leer. Sein Gastgeber legte ein paar weiße Blätter und einen scharf gespitzten Bleistift vor sich. „Ich bin Anselmus Silberblick persönlich", verkündete er, „und stehe ganz zu Ihrer Verfügung. Ob Sie nun Auskünfte über Geschäftspartner oder Frauen benötigen, wir liefern prompt, diskret und umfassend, alles was sie wissen wollen. Wir sind auch sehr erfolgreich im Aufspüren verschollener Personen und Haustiere, gleichgültig ob es sich um entlaufene Ehefrauen, Hunde oder potentielle Erblasser handelt. Womit können wir Ihnen dienen, Herr ..."

Hagenberg nahm Silberblick näher in Augenschein. Auf einem tonnenförmigen Körper saß, ohne dass auch nur ansatzweise ein Hals zu erkennen war, der runde Kopf mit einer Bürstenfrisur. Dicke Brillengläser verhalfen nicht nur ihrem Träger zu einer besseren Sicht, sondern vergrößerten auch in der Gegenrichtung seine Augen auf geradezu groteske Weise, so dass man das Gefühl hatte, einem gewaltigen, leicht schielenden Frosch gegenüberzusitzen.

„Hagenberg, Manfred Hagenberg", stellte sich der Rittmeister vor.

Silberblick kräuselte die Stirn und spitzte den Mund. „Hagenberg?", fragte er irritiert. „Etwa der Rittmeister?"

„So nennt man mich bisweilen. Sie wissen wer ich bin?"

„Natürlich. Jeder in der Branche weiß, wer Sie sind, auch wenn ich bisher noch nicht persönlich das Vergnügen hatte. Was könnte das wohl für eine Auskunft sein, die ich dem berühmten Rittermeister verschaffen soll?" Seine Stimme klang bitter. Die Geschäfte gingen wirklich nicht gut, seit sein Partner das Zeitliche gesegnet hatte.

„Ich bin zur Zeit mit Arbeit überhäuft", erklärte der Rittmeister, „und habe daran gedacht, eine Kooperation mit einem Kollegen einzugehen, der mir behilflich ist. Man hat Sie mir als tüchtigen Ermittler genannt. Wären Sie allenfalls interessiert? Ich habe zunächst an eine Zusammenarbeit in einzelnen Fällen gedacht. Ob man später mehr daraus machen kann, wird man sehen. Die finanzielle Seite würde gewiss zu Ihrer Zufriedenheit ausfallen."

Die Froschaugen zwinkerten. Hagenberg war sich nicht sicher ob Silberblick ihn oder das Bild an der Wand hinter ihm anstarrte. „Er muss unbedingt seinen

Namen ändern", dachte er. „Ein Privatdetektiv, der schielt und Silberblick heißt, ist einfach lächerlich. So etwas kommt nicht einmal in einem Roman vor."

„Nun, auch ich bin ziemlich ausgelastet", erklärte Silberblick, „trotzdem könnte ich es wahrscheinlich einrichten, Sie bei dem einen oder anderen Fall zu unterstützen. Wie haben Sie sich das Finanzielle vorgestellt, wenn ich fragen darf?"

„Ganz einfach", erklärte Hagenberg gelassen. „Sie erhalten ein Fallpauschale von sagen wir zweitausend Kronen." Er legte zwei Banknoten zu tausend Kronen auf den Tisch.

Silberblick schluckte mehrmals und konnte sein Glück nicht fassen. „Was muss ich dafür tun?", fragte er mit belegter Stimme. Seine Hände zuckten und zitterten, als ob sie es gar nicht mehr erwarten konnten, die Scheine zu schnappen.

„Möglicherweise haben Sie die Informationen schon und brauchen gar nichts zu tun, als sie mir zu verraten. Ich habe den Fall des Herrn von Seidl übernommen. Das wird Ihnen wohl ein Begriff sein. Ich will alles wissen, was Sie und Ihr leider verstorbener Partner darüber herausbekommen haben."

Die Hände, die sich schon nach dem Geld ausgestreckt hatten, fuhren zurück, als ob sie sich verbrannt hätten. Silberblick glotzte Hagenberg entsetzt an. Auf seiner Stirn bildeten sich Schweißperlen. „In dieser Sache waren wir leider ganz erfolglos. Das habe ich Herrn von Seidl auch berichtet."

„Wenn ich das glauben würde, wäre ich nicht hier." Hagenberg schob die Banknote in die Mitte des Tisches. „Zweitausend Kronen", bemerkte er, „falls Sie mir etwas Brauchbares bieten können."

Silberblick stöhnte auf und starrte verzweifelt auf das Geld. „Ich kann Ihnen nichts sagen."

„Weil man Sie bedroht hat? Wer hat sie kontaktiert? Allein für diese Auskunft zahle ich zusätzlich tausend Kronen."

„Zwei Offiziere", keuchte Silberblick, „im Hauptmannsrang."

Hagenberg hatte Mühe, sich seine Überraschung nicht anmerken zu lassen. „Wie haben sie geheißen?", fragte er. „Was hat man von Ihnen verlangt?"

174

„Namen sind nicht genannt worden. Der eine war ein kleiner arroganter Kerl, der sich weiß Gott was eingebildet hat, der andere war ein richtiger Feschak. Sie wollten dasselbe von mir wissen, wie Sie. Ich habe alles abgestritten und erklärt, ich wisse von gar nichts. Ich habe gesagt, Waller habe ganz allein an der Causa Seidl gearbeitet, ich hätte keine Informationen darüber und es seien auch keine schriftlichen Unterlagen da. Sie haben daraufhin unseren Aktenschrank durchsucht und erklärt, dazu seien sie ermächtigt. Ich habe nicht gewagt mich zu widersetzen. Gefunden haben sie nichts. Dann haben sie mich zu absolutem Stillschweigen verpflichtet und mir mit dem Militärgericht oder noch Schlimmerem gedroht, falls ich etwas erzähle. Das war kurz nachdem Fritz umgebracht worden war. Sie können sich vorstellen, wie ich mich gefürchtet habe."

Hagenberg zog eine weitere Banknote aus der Tasche und schob sie über den Tisch. „Sehen Sie, das war doch ganz leicht. Und hier sind auch schon die versprochenen tausend Kronen. Jetzt können Sie sich auch den Rest verdienen. Ich darf Ihnen versichern, dass niemand von meinem Besuch bei Ihnen erfahren wird. Haben Sie den Akt Seidl noch?"

Silberblick schüttelte den Kopf. „Nein. Den habe ich sofort vernichtet, nachdem die beiden Offiziere gegangen waren. Aber ich habe alles Wesentliche im Kopf."
Er gab seinen Widerstand auf. „Wir haben Franziska Koch, nach der Seidl suchen hat lassen, gefunden. Sie war in Hainburg an der Donau verheiratet und ist vor etlichen Jahren dort auch gestorben."

„Ich weiß. So weit bin ich auch schon gekommen. Franziska Koch hatte ein Kind mit Seidl, nicht wahr? Was habt ihr über das Kind herausbekommen?"

„Fritz hat bei seinen Nachforschungen auf der Wieden erfahren, dass die Koch noch eine Zeitlang im Prater gewohnt hat, bevor sie nach Hainburg gegangen ist. Sie war in einem Wirtshaus, das ‚Zur alten Krone' heißt. Fritz hat gemeint, dass Franziskas Kind, ein Mädchen, dort zur Welt gekommen ist."

„Habt ihr dieses Mädchen ausfindig machen können?"

„Wahrscheinlich. Fritz hat ab diesem Zeitpunkt allein an dem Fall gearbeitet und mich nur sehr knapp informiert. Wie er auf ihre Spur gekommen ist, weiß ich nicht. Er hat ja nie besonderes Vertrauen in meine Fähigkeiten gehabt und alles Wichtige selber machen wollen." Silberblick schnaubte verächtlich und schielte nach dem Geld auf dem Tisch.

„Wo ist dieses Mädchen jetzt?", bohrte Hagenberg weiter.

„Das weiß ich nicht. Fritz hat es mir nicht gesagt, aber er hat erwähnt, es sei möglicherweise eine junge Frau, die als Dienstmädchen in Stellung ist und er habe schon mit ihr gesprochen und ihr seine Visitenkarte gegeben."

„Was hat er ihr gesagt?"

„Ich weiß nicht. Vielleicht genug, damit sie sich Hoffnungen auf eine reiche Erbschaft gemacht hat."

„Warum hat er Seidl nicht berichtet?"

„Ich weiß nicht. Vermutlich wollte er ganz sicher gehen und noch etwas verifizieren."

„Sagt Ihnen der Name Charlotte Fleuron etwas?"

Die Frage war Silberblick offenbar unangenehm. Er brummte vor sich und bequemte sich dann zu einem: „Ich glaube schon, Fritz hat sie erwähnt."

„In welchem Zusammenhang?"

„Er hat gemeint, sie könne ihm letzte Gewissheit geben, ob er die Tochter des Herrn von Seidl wirklich gefunden hat."

Hagenberg lehnte sich zurück, zündete sich eine Zigarette an, schloss die Augen und dachte nach. Die kleinen Rädchen in seinem Hirn rasten. Silberblick stellte einen Aschenbecher auf den Schreibtisch, genau auf die Banknoten, um seinen Anspruch darauf zu deklarieren. „Wissen Sie jetzt alles, was sie wissen wollten?", fragte er.

Hagenberg schlug die Augen wieder auf. „Fast. Nur eine Frage noch: Wieviel Geld haben Sie bekommen, damit Sie Ihren Partner verraten?"

Silberblick riss die Froschaugen auf. „Verraten? Ich? Was fällt Ihnen ein?"

„Antworten mir Sie mir, oder ich lasse Sie noch heute verhaften. Zweifeln Sie besser nicht an meiner Entschlossenheit und an meinen Möglichkeiten."

Diese Möglichkeiten hatte der Rittmeister natürlich nicht im Geringsten, aber konnte sehr überzeugend und einschüchternd wirken, wenn er wollte.

Silberblick brach zusammen. „Ich habe meinen Partner doch nicht verraten. Ich habe bloß unter der Hand unsere Ermittlungsergebnisse weitergegeben. Das war sicher nicht richtig, aber auch kein Kapitalverbrechen. Ich wollte mir nur ein kleines Nebeneinkommen verschaffen. Fritz hat ja doch immer den Löwenanteil an unseren Honoraren eingestreift."

„An wen haben Sie die Informationen verkauft und um wieviel?"

Silberblick rang die Hände. „Er hat keinen Namen genannt. Es war ein vornehmer Herr. Ich glaube, er hat vorher schon mit Fritz gesprochen, aber der hat ihn sicher abblitzen lassen. Er hat mir fünfhundert Kronen geboten, damit ich ihm alles sage, was ich weiß."

Hagenberg legte schweigend die Fotografie auf den Tisch, die Bastian von Posowsky angefertigt hatte.

„Ja, das ist er." Silberblick wischte sich den Schweiß von der Stirn. „Was wird jetzt? Werde ich Schwierigkeiten mit den Offizieren bekommen?"

„Die Offiziere wussten von vorneherein Bescheid. Sie haben sich nur vergewissern wollen, dass Sie den Mund halten werden. Also schweigen Sie weiter und vergessen Sie auch meinen Besuch. Dann kommen Sie möglicherweise ungeschoren aus der Sache heraus; sicher bin ich mir allerdings nicht."

„Wie meinen Sie das?", stammelte Silberblick.

Hagenberg stand auf und betrachtete sein Gegenüber voller Abscheu. „Sie sind Schuld am Tod ihres Partners und nicht nur das. Ihre Indiskretion hat bisher zwei Menschen das Leben gekostet und es könnten noch mehr werden. Ich bin nicht Ihr Richter, aber ich würde es als Akt höherer Gerechtigkeit ansehen, wenn es auch Sie erwischt. Das Geld unter dem Aschenbecher gehört Ihnen. Ich an Ihrer Stelle würde mich damit ganz schnell auf eine sehr lange Reise begeben und keine Nachsendeadresse hinterlassen. In manchen Gegenden Südamerikas soll es sehr schön sein, habe ich gehört. Leben Sie wohl, Herr Silberblick."

Hagenberg und Bastian wanderten durch den Abend. Bastian hörte schweigend den Bericht seines Chefs an.

„Beunruhigend ist", erklärte Hagenberg, „dass auch in diesem Fall das Militär mitmischt. Nach der Beschreibung, die mir Silberblick gegeben hat, hat es sich bei den beiden Offizieren um Cerny und Sünderhof gehandelt. Das bedeutet aber, dass zwischen dem Tod von Konstanze und dem Fall des Herrn von Seidl wirklich ein Zusammenhang besteht. Es ist kein Zufall gewesen, wie Mohnhaupt meint, dass der Begleiter der hochschwangeren Koch im September 1881 Graf geheißen hat. Ich habe die Taufurkunde von Konstanze Graf gesehen. Sie wurde im Oktober 1881 geboren und in der Pfarrekirche getauft, die für den Wohnsitz des Graf zuständig ist. Wir brauchen bloß annehmen, dass Konstanze von der Familie des Graf aufgenommen wurde, dann passt alles zusammen. Nun hat man mich im Central überhaupt nicht auf meine Suche nach der verschollenen Tochter Seidls angesprochen, obwohl man darüber sicher Bescheid wusste, wahrscheinlich, um mich gar nicht erst auf den Gedanken zu bringen, es könne eine Verbindung geben. Man geht sicher davon aus, dass meine Suche im Sand verlaufen wird, wenn ich nicht mit Charlotte spreche und gerade das hat man zu unterbinden versucht. Die Herren wussten bloß nicht, was wir inzwischen alles herausbekommen haben. Es geht tatsächlich um das Erbe des Herrn von Seidl: Seine Frau hat mitbekommen, dass er seine Jugendliebe beziehungsweise das gemeinsame Kind suchen hat lassen. Sie hat befürchtet, ganz oder teilweise enterbt zu werden. Ihr Liebhaber der feine Herr Posowsky, der auf eine reiche Heirat mit ihr aus ist, hat in Erfahrung gebracht, wie weit Waller mit seinen Ermittlungen schon gekommen war. Kurz darauf sind Waller und Konstanze umgebracht worden. Ich bin mir sicher, dass Posowsky auf die eine oder andere Weise hinter diesen Morden steckt. Arme Konstanze! Ich fürchte, sie war die Tochter, die Seidl gesucht hat."

„Das glaube ich auch, aber sicher sein und beweisen können sind zwei verschiedene Paar Schuhe", wandte Bastian ein.

„Das ist mir schon klar. Die Frage ist nur, wie weit wir uns in die Sache noch hineinziehen lassen, zumal Posowsky offenbar die Protektion hoher Militärs genießt. Diese Protektion geht soweit, dass der Geheimdienst Druck macht, um uns an weiteren Ermittlungen zu hindern, und nach Charlotte sucht, wahrscheinlich um sicherzustellen, dass sie nicht plaudert. Ich fürchte, sie schwebt in Lebensgefahr und sie weiß das auch."

„Wenn Sie meinen Rat hören wollen", sagte Bastian, „berichten Sie Seidl, dass leider auch seine Tochter ums Leben gekommen ist, und lassen Sie es damit genug sein."

„Mir graut davor, dem Mann diese Nachricht zu überbringen", murmelte Hagenberg. „Das bricht ihm wahrscheinlich das Herz. Ich habe es damit gar nicht eilig. Ehrlich gesagt, denke ich sogar daran, ihm sein Geld zurückzugeben und zu erklären, ich sei leider erfolglos geblieben. Dann kann er wenigstens halbwegs in Frieden sterben."

„Wenn Sie meinen ...", sagte Bastian zögernd. „Damit würden Frau von Seidl und Posowsky allerdings ihr Ziel erreicht haben und sich mit dem Erbe des Herrn von Seidl ein schönes Leben machen. Wenn Sie ihm hingegen die Wahrheit und Ihren wohlbegründeten Verdacht mitteilen, wird er dieses Luder sicher enterben und die beiden schauen durch die Finger."

„Nicht nur das. Wahrscheinlich wird er von mir auch verlangen, dass ich die beiden überführe, damit sie ihrer Strafe zugeführt werden", grübelte Hagenberg. Er seufzte. „Ich muss mir alles noch durch den Kopf gehen lassen. Es gibt ein paar lose Ende, die ich verknüpfen möchte, ehe ich mit Seidl rede. Morgen schaue ich mich im Gasthaus ‚Zur alten Krone' um."

„Wozu soll denn das gut sein?", fragte Bastian verdrossen.

„Ich weiß nicht, aber Waller war offenbar auch dort. Ich folge nur der Spur, der auch er gefolgt ist."

„Sie wissen ja, wo ihn seine Spur hingeführt hat", meinte Bastian grimmig. „Haben Sie heute Abend noch etwas vor?"

„Aber ja doch", bekannte der Rittermeister. „Ich habe mich für heute Abend bei Luise angesagt."

„Wer hätte das gedacht", erwiderte Bastian, ohne wirklich überrascht zu sein. Die beiden Männer nickten einander zu und trennten sich ohne weitere Förmlichkeiten.

Kapitel 20

Fritz betrachtete prüfend den Rittmeister und versuchte dessen heutige Frühstückswünsche zu erraten.

Hagenberg hatte Ringe unter den Augen, wirkte müde, aber andererseits auch recht zufrieden. Sein Besuch bei Luise war angenehm verlaufen. Sie hatten sich beide bemüht, einander zu gefallen und in ihren Gesprächen heikle Themen vermieden. Luise war weniger wild als sonst, dafür ausgesprochen zärtlich und fügsam gewesen. Man kann sagen, dass der Rittmeister den Abend und noch mehr die Nacht mit ihr sehr genossen hatte. Es gab eine Menge Dinge, die er gerne von ihr gewusst hätte, vor allem, was ihre Beziehung zu Sünderhof betraf und was sie über den Tod Konstanzes wusste. Er hatte keine Fragen in diese Richtung gestellt, weil er sich den Abend mit ihr nicht verderben wollte und sie hatte das zu würdigen gewusst, indem sie besonders liebevoll gewesen war.

‚Genießen Sie es noch ein Weilchen, so lange es halt dauert', hatte ihm Bastian geraten und er war schwach und selbstsüchtig genug gewesen, diesem Ratschlag zu folgen, obwohl er wusste, dass er damit eine wahrscheinlich schmerzhafte Entscheidung nur aufschob. Ein wenig kam er sich schon schäbig vor, weil er einer potentiellen Verdächtigen Liebesschwüre ins Ohr geflüstert hatte.

Andererseits war auch ihr Verhalten nicht aufrichtig und frei von Berechnung gewesen. Davon war er überzeugt. Allerdings hatte sie sich bemüht, ihren Einfluss auf ihren früheren Liebhaber zu nutzen, um ihn in Schutz zu nehmen. Das ließ darauf schließen, dass er ihr nicht gleichgültig war, dass sie etwas für ihn empfand. Ob sie ihn am Ende gar liebte? Es war eine verzwickte Situation ohne große Aussicht auf ein glückliches Ende, fand der Rittmeister. Es kam ihm gar nicht zu Bewusstsein, dass er es vermied, seine eigenen Gefühle für Luise zu definieren. Als einer, der Frauen nicht sucht, sondern dem sie einfach passieren, wie er es selbst formuliert hatte, fand er keinen Grund, sich über Derartiges Gedanken zu machen. Das Schicksal, oder was auch immer, traf die Entscheidungen für ihn und entband ihn jeder Verantwortung für seine eigenen Gefühle. So sah er das. Weil er aber im Grunde ein skrupulöses Herz hatte, endeten seine Affären regelmäßig in schmerzhaftem Trübsinn, meist mehr für ihn selber, als für die betreffenden Damen.

„Einen doppelten Cognac, Herr Rittmeister?", fragte Fritz.

„Ja bitte, und die Kronenzeitung, wenn sie frei ist. Es wird ohnehin nichts Neues geben."

Darin sollte sich der Rittmeister täuschen.

„Der Cognac für den Herrn Rittmeister, bitte sehr, und die Kronenzeitung", meldete Fritz. „Seine Majestät haben das Hoftheater in Ischl besucht und sich sehr beifällig über die Aufführung geäußert. Es war sehr schön und hat ihn sehr gefreut, hat er gesagt."

„Umgebracht ist niemand worden?"

„Leider nein, Herr Rittmeister. Nur ersoffen ist wieder einer."

„Kein Wunder bei dieser Hitze. Da sind die Leute halt unvorsichtig, wenn sie baden gehen."

„Ich glaube nicht, dass er baden wollte. Er war besoffen und ist mitten in der Nacht in die Lagune in ‚Venedig' gefallen."

„Geben's her!" Hagenberg riss die Zeitung an sich und starrte das Titelblatt an.

Rybar hatte eine ausgesprochene Glückssträhne. Auch diesmal war es ihm gelungen, seine künstlerische Interpretation des Vorfalls samt einem Bericht an die Kronenzeitung zu verkaufen. Demnach hatte der Nachtwächter Newerkla auf seinem Kontrollgang einen bewegungslosen Körper, der mit dem Gesicht nach unten in der Lagune schwamm, entdeckt. Er war sofort in das Wasser gewatet, das nur etwa einen Meter tief war, und hatte den Leblosen herausgezogen. Zu seinem Entsetzen hatte er feststellen müssen, dass es sich dabei um seinen Kollegen Brachyta handelte. Der sofort herbeigerufene Arzt hatte aber nur mehr den Tod des Verunglückten feststellen können. Die Polizeikommission, der auch Rybar als Tatortzeichner angehört hatte, war nämlich zu dem Schluss gekommen, dass Brachyta einem Unfall zum Opfer gefallen war. Denn ganz in der Nähe wurde eine fast leere Schnapsflasche gefunden und der Tote stank noch immer nach Fusel, so als ob er im Schnaps und nicht im Wasser ertrunken wäre. Rybar hatte aber noch mehr: Dieser Brachyta, so ließ er die Leser wissen, war von der

Polizei im Zusammenhang mit der Ermordung einer jungen Frau, die man vor einigen Tagen bei eben dieser Lagune erwürgt hatte, gesucht worden. Es sei nicht auszuschließen, so spekulierte Rybar, dass ihn Gewissensbisse an den Ort des Verbrechens zurückgetrieben hatten, wo ihn seine Strafe ereilte, ein Akt höherer Gerechtigkeit sozusagen. Rybar liebte solche Geschichten und traf damit den Geschmack der Leser.

„Ich muss sofort mit dem Mohnhaupt reden", murmelte der Rittmeister aufgeregt.

„Kommt wie gerufen, Herr Rittmeister", sagte Fritz und rückte befließen einen Sessel zurecht. Mohnhaupt ließ sich schnaufend nieder und verlangte eine Melange und ein Brioschkipferl.

„Ich komme überhaupt nicht mehr zum Arbeiten", jammerte er, „weil ich ständig mit dir im Kaffeehaus sitzen muss. Aber der Hofrat Dambrowsky hat gemeint, ich soll dich persönlich informieren. Weiß der Teufel, warum du ihm so am Herzen liegst. Sei's drum: Wir haben den Brachyta."

„Ich weiß. Es steht schon in der Zeitung. Grad habe ich es gelesen. Schade nur, dass man ihn nicht mehr verhören kann."

„Der Rybar ist eine Plage. Ständig geht er mit Informationen an die Presse. Der Hofrat ärgert sich auch schon über ihn. Obwohl, so sagt der Hofrat, diesmal hat er recht, der Rybar: Brachyta war sicher der Mörder von Konstanze Graf. Damit können wir diesen Fall abschließen."

„Aha. Und weiß er auch, dein Hofrat, warum Brachyta sie umgebracht hat?"

„Auch das. Es war eindeutig Raubmord. Man hat bei dem Toten ein Kettchen mit einem Medaillon gefunden. Es ist nicht besonders viel wert, aber Menschen sind schon wegen weniger umgebracht worden. Es war ein stinknormaler Raubmord, ohne geheimnisvollem Hintergrund, wie du dir vielleicht gedacht hast. Die Baronin Rentenbach hat das Schmuckstück identifiziert. Es hat tatsächlich der Graf gehört."

„Ihr wart schon bei Luise, ich meine bei der Baronin Rentenbach?"

Mohnhaupt grinste. „Wir sind eben flink. Wenn wir noch ein bisschen flinker gewesen wären, hätten wir dich wahrscheinlich noch angetroffen."

Der Rittmeister verzichtete darauf, zu dementieren. Mohnhaupt hätte ihm ohnehin nicht geglaubt. Stattdessen fragte er: „Wird Brachyta obduziert?"

„Nein. Es gibt keine Anzeichen von Fremdverschulden. Es war ein Unfall. Die Todesursache steht zweifelsfrei fest, sagt der Hofrat. Er ist im volltrunkenen Zustand ins Wasser gefallen und ersoffen."

Etwas ließ dem Inspektor keine Ruhe: „Kennst du den Dambrowsky? Ich habe mich bisher immer bemüht, unsere gelegentliche Zusammenarbeit vor ihm geheimzuhalten, weil so etwas genau gesehen nicht zulässig ist. Jetzt schickt er mich sogar persönlich zu dir! Was hat das zu bedeuten?"

„Genau weiß ich es auch nicht. Ich habe den Herrn Hofrat unlängst zufällig kennengelernt. Wir haben im Central eine Partie Tarock gespielt. Er war aber recht gut über unsere Bekanntschaft informiert und hat mich sogar darauf angesprochen."

„Tarockieren tut er gern, der Hofrat", meinte Mohnhaupt nachdenklich. „Hoffentlich hat er gewonnen. Er mag es nicht, wenn er verliert. Er schaut immer, dass er bei den Gewinnern ist, nicht nur beim Tarockieren. Wer hat noch mitgespielt, wenn ich fragen darf?"

„Der Hauptmann Sünderhof und der Cerny."

Mohnhaupt stieß zischend den Atem aus.

Hagenberg entschloss sich, seinem Freund gleich reinen Wein einzuschenken. Der hätte ohnehin weitergebohrt. „Man hat mir zu verstehen gegeben, ich solle mich in meinem eigenen Interesse von dem Fall zurückziehen und dass der Mörder von Konstanze seiner gerechten Strafe zugeführt werden wird. Ich habe dabei allerdings an eine Verhaftung gedacht und nicht an einen tödlichen Unfall."

Mohnhaupt keuchte mitleiderregend und trank nach einem kurzen ‚Du gestattest?' Hagenbergs Cognac aus.

„Reg dich nicht auf", besänftigte ihn Hagenberg. „Der Hofrat war sehr wohlwollend, obwohl er beim Tarockieren verloren hat. Er hat dich ausdrücklich gelobt und jetzt ist der Fall Graf ja gelöst. Das hast du selber gesagt. Alles ist in bester Ordnung."

Mohnhaupt trocknete sich die Stirn. „Das glaubst du doch selber nicht! Die Luftfeuchtigkeit steigt und steigt. Das Wetter schreit geradezu nach Mord und Totschlag und du bist keiner, der so lammfromm aufgibt. Mir kannst du nichts vormachen."

Hagenberg hielt es für klug, das Thema zu wechseln. „Hast du Nachricht aus Hainburg? Ist Charlotte Fleuron dort aufgetaucht?"

„Fehlanzeige. In Hainburg gibt es keine Charlotte Fleuron, hat es nie eine gegeben. Nicht einmal eine Familie Fleuron ist dort bekannt. Das wundert mich auch nicht. Wer heißt schon Fleuron? Das ist wahrscheinlich nur ein Bühnenname." Mohnhaupt sah sich nach Fritz um. „Ich glaube, heute bin ich dran mit dem Zahlen."

Hagenberg winkte ab. „Das nächste Mal. Wir sehen uns sicher bald wieder."

Er sah Mohnhaupt nach, der mit müden Schritten das Lokal verließ. Er dachte daran, dass in Konstanzes Hinterlassenschaft ein Kettchen mit Medaillon gewesen war. „Ich möchte zu gern wissen, ob es noch da ist", murmelte er.

Am Nachmittag begaben sich Hagenberg und Bastian in den Prater, um das Gasthaus ‚Zur alten Krone', in dem Franziska Koch vor mehr als zwanzig Jahren gewohnt hatte, zu suchen.

Das Wirtshaus, etwas abseits in den Ausläufern des Volkspraters gelegen, gab es noch, allerdings nur mehr zum Teil. Der andere Teil war bereits abgerissen worden und hatte ein Stück aufgewühlter Erde hinterlassen, auf dem Ziegelstücke lagen. Der Rest des Hauses schaute wie ein riesiges, desolates Puppenhaus aus. Man konnte in geöffnete Räume blicken, in denen noch Tapeten an der Mauer klebten, und Türen, die in dahinterliegende Zimmer führten. An der Wand eines Zimmers hing ein verstaubtes Bildnis seiner Majestät, des allergnädigsten Herrn Kaisers. Es war vor Jahrzehnten dort aufgehängt worden und man hatte verabsäumt, es vor Abbruch des Gebäudes in gebührender Weise sicherzustellen. Die Szenerie wirkte wie ein Gleichnis auf das vom Zerfall bedrohte Kaiserreich. Schon als das Bild aufgehängt worden war, hatte der Monarch alt ausgesehen. Jetzt war er noch viel älter, aber man merkte den Unterschied kaum mehr.

Ein paar Arbeiter waren damit beschäftigt, Schaufeln und Krampen auf einen Wagen zu werfen, vor dem ein magerer Gaul stand. Offenbar war für heute Feierabend.

Hagenberg war enttäuscht. Es sah nicht so aus, als ob er hier noch etwas in Erfahrung bringen könne. Er trat an einen bierbäuchigen Mann heran, in dem er den Vorarbeiter vermutete. „Dass mir das Bild seiner Majestät nicht einfach auf den Mist geworfen wird", forderte er mit strenger Stimme und deutete auf die Ruine.

Der Vorarbeiter schaute abwechselnd ihn und Bastian an. Er geriet in Versuchung, eine grobe Antwort zu geben, kam dann aber zu dem Schluss, dass er wahrscheinlich zwei Polizeiagenten auf der Suche nach Majestätsbeleidigern vor sich hatte. Man musste vorsichtig sein in diesen Zeiten. Also nickte er willfährig und bekundete seine Verehrung für die Majestät. Man werde dessen Bildnis selbstverständlich mit gebührendem Respekt behandeln.

Die anderen Arbeiter hielten sich abseits. Sie sprachen Tschechisch miteinander. Hagenberg konnte nicht verstehen, was sie sagten, es klang aber recht abfällig. „Wo sind die Besitzer des Hauses?", fragte er mit amtlicher Miene.

„Gestorben. Das Haus steht seit Jahren leer. Jetzt lässt es die Erbin abreißen. Auf dem Grundstück soll ein Ringelspiel aufgestellt werden."

„Aha." Der Rittmeister zog sein Notizbüchlein hervor, leckte einen Bleistift ab und machte sich Notizen. „Wie heißt sie?"

„Anastasia Gelinek. Ihr gehören die großen Hutschen gleich hinter der Grottenbahn."

Dem Vorarbeiter war mulmig zu Mute. Er lüftete seinen speckigen Hut und machte, dass er mit seinen Helfern fortkam.

„Was jetzt?", fragte Bastian. „Suchen wir die Gelinek auf?"

„Noch nicht. Vorher möchte ich mich in dem Haus, oder was davon noch übrig ist, umsehen. Waller muss hier irgendetwas entdeckt haben."

„Das bringt sicher nichts. Wir machen uns nur dreckig, oder die Ruine fällt uns auf den Kopf", nörgelte Bastian.

Der Rittmeister hörte nicht auf ihn und folgte seiner Intuition. Er betrat kurzerhand eine der Zimmerhälften und öffnete die Tür an deren Rückseite. Ein Gang führte ins Innere des Hauses, von dem doch noch mehr übrig war, als man von außen vermutet hätte. Eine Tür, die halb in den Angeln hing, gab den Blick in die ehemalige Küche frei. Außer einem umgekippten, verrosteten Ofen war keine Einrichtung mehr vorhanden. Es roch nach altem Mauerwerk, Ziegelstaub und Moder. Ein Rascheln und das Trappeln kleiner Füße war zu hören. „Ratten", bemerkte Bastian angewidert.

Hagenberg ging zielstrebig weiter und öffnete eine andere Tür. Gestank schlug ihnen entgegen, menschlicher Gestank. Hier wohnte noch jemand. Auf einer alten, halbzerfallenen Matratze lag eine zerlumpte Gestalt und fuhr aufgeschreckt in die Höhe, als die beiden ungebetenen Besucher eintraten.

„Wen haben wir denn da?", fragte Hagenberg und gab sich den Anschein, als ob er befugt sei, jedermann solche Fragen zu stellen.

Erstaunt und mitleidig betrachtete er den armseligen Alten, der sich mühsam aufrappelte. Er trug einen Backenbart wie der Kaiser, war etwa in dessen Alter und sah ihm auch sonst auf schreckliche Art ähnlich. Er war eine Travestie auf seine Majestät. So hätte der Kaiser ausgesehen, wenn er nicht in einem Schloss, sondern als Sandler in den Praterauen gehaust hätte. Sogar die zerschlissenen Hosen, die er trug, stammten ursprünglich aus militärischen Beständen und waren mit roten Streifen geschmückt.

Es gab hinter den strahlenden Kulissen der Residenzstadt viele solcher elenden Existenzen. Sie kamen in den verschiedensten Abstufungen vor. Manche, meist die mit Familie, wohnten bis zu zehnt in einem Zimmer. Sie hatten wenigstens ein Dach über den Kopf, so erbärmlich es auch sein mochte. Alleinstehende fanden auch als Bettgeher Unterkunft, indem sie sich eine Schlafstätte in einer Privatwohnung nicht selten mit einem Zweiten teilen mussten. Viele aber, entweder weil sie sich nicht einmal das leisten konnten, oder weil sie ihrem

Elend zumindest eine Art Freiheit abgewinnen wollten, hausten auf der Straße, in den Praterauen, in der Kanalisation der Großstadt oder in Ruinen.

„Kaiser, Franz Kaiser", sagte der Alte mit zittriger Stimme. „Ich habe nichts angestellt, verehrte Herren. Ich bin ein braver Mann. Ich wohne hier nur, solange das Ganze noch zusammenhält."

„Es wird aber jetzt alles demoliert", sagte der Rittmeister.

„Ich weiß. Das sind die Serben und die Russen."

„Sie haben sich eher wie Tschechen angehört."

„Die auch. Und die Ungarn."

„Er ist nicht mehr richtig im Kopf", flüsterte Bastian. „Er redet wirres Zeug."

„Wohnen Sie schon lange hier", erkundigte sich Hagenberg.

„Seit mehr als vierzig Jahren schon, mein Herr."

Hagenberg sah Bastian verblüfft an und hockte sich nieder, ohne auf den Schmutz zu achten, um dem Alten näher zu sein.

„Vierzig Jahre schon! Wie kommt das?"

„Ich war Hausdiener in der ‚Alten Krone', erzählte der Greis bereitwillig. „Als das Lokal vor fünf Jahren geschlossen wurde, weil der Besitzer gestorben ist, bin ich einfach dageblieben. Niemand hat sich darum gekümmert und jetzt reißen sie mir mein Haus ab." Seine Stimme wurde höher. Langsam schien ihm seine Situation bewusst zu werden.

„Können Sie sich an eine Franziska oder Franzi Koch erinnern, die vor vielen Jahren hier gewohnt hat?", fragte Hagenberg eindringlich.

Der Alte sah ihn mit wässrigen Augen an. „Die Franzi? Ja schon. Sie hat ein paar Wochen bei uns gewohnt."

„War die Franzi schwanger?"

„Ja sicher. Hochschwanger war sie, die Franzi. Sie hat das Kind hier bekommen. Mein Gott, war das eine Aufregung. Sie ist nämlich ganz überraschend niedergekommen. Es ist aber alles gutgegangen. Ein Mädchen hat sie bekommen. Bald darauf ist sie weggezogen."

„Was ist aus dem Kind geworden? Auf welchen Namen ist das Kind getauft worden?"

„Ich weiß nicht, wie das Kind geheißen hat. Ich kann mich nicht mehr erinnern. Mein Gedächtnis ist nicht das Beste, gnädiger Herr."

„Hat sie das Kind mitgenommen?"

„Ich weiß es nicht mehr, gnädiger Herr." Der Alte verlor jedes Interesse an dem Gespräch. „Was soll ich machen, wenn sie mein Haus abreißen?", jammerte er.

„Ich muss wissen, was aus dem Kind geworden ist", sagte Hagenberg eindringlich.

Der Alte rieb sich die Stirn. „Dienstmädchen", sagte er schließlich. „Ja, sie ist Dienstmädchen geworden. Bei einem Baron Bach oder so ähnlich."

„Rentenbach?", fragte Hagenberg atemlos.

„Richtig. Rentenbach war der Name."

„Sind Sie sicher?"

„Ja schon. Das habe ich auch dem anderen gnädigen Herrn gesagt, der sich nach ihr erkundigt hat."

„Waller", murmelte Bastian.

„Woher wissen Sie, dass die Tochter der Franzi bei Rentenbach in Stellung gegangen ist?", drängte Hagenberg.

„Der Graf hat es mir erzählt, kurz bevor wir geschlossen haben. Er war Stammgast bei uns im Wirtshaus und hat mit mir über alte Zeiten geplaudert. Dabei ist die Rede auch auf die Franzi und ihr Kind gekommen. Er hat mir gesagt, dass seine Tochter bei Rentenbachs eine Stellung bekommen hat."

„Was jetzt: Seine Tochter oder die Tochter der Franzi?"

Der Alte schaute in verwirrt an. „Ja, ja", murmelte er. „Das hat er gesagt, der Graf. Hagenberg schüttelte den Kopf. So war kein Weiterkommen. Der getrübte Verstand des Alten irrte in halb verschütteten Erinnerungen herum. Er versuchte es anders. „Meinen Sie den Schlossermeister Graf?"

„Genau den. Ich habe ihn schon Jahre nicht mehr gesehen. Ich sehe überhaupt keine Leute mehr, die ich früher einmal gekannt habe. Wahrscheinlich sind sie alle schon gestorben." Kaiser begann unvermittelt zu weinen.

Hagenberg stand auf. Im Moment war mit dem Alten nichts mehr anzufangen, das erkannte er genau. Er wandte sich an Bastian. „Du bringst ihn irgendwo unter, wo man sich um ihn kümmert. Das wird Geld kosten. Sei nicht knauserig."

„Sie haben ein viel zu weiches Herz", protestierte Bastian.

„Das auch. Aber ich will vor allem wissen, wo ich ihn in den nächsten Tagen finden kann, um ihn weiter zu befragen. Er ist ein wichtiger Zeuge. Ich werde seine Aussage auch von einem Notar beglaubigen lassen. Wenn man ihm in den nächsten Tagen das Dach über dem Kopf abreißt, ist er wahrscheinlich verschwunden. Er weiß sicher noch mehr, man muss seinem Gedächtnis nur nach und nach auf die Sprünge helfen." Er seufzte. „Lange wird's wohl nicht mehr dauern mit ihm."

„Ich verstehe. Ich kenne ein Ehepaar in Simmering, das eine Gärtnerei betreibt. Die nehmen ihn wahrscheinlich auf, wenn das Geld stimmt."

„Ausgezeichnet." Hagenberg redete wieder den Alten an, der trübsinnig vor sich hinstarrte: „Gehen Sie mit diesem Herrn mit. Er besorgt Ihnen eine neue Unterkunft."

„Wo wollen Sie mich hinbringen?", ängstigte sich der ehemalige Hausknecht. „Ich gehe nicht mit. Ich will in kein Asyl oder in eine Anstalt und schon gar nicht ins Armenhaus."

„Haben Sie gedient?"

„Ja schon. Ich war bei Solferino und Königsgrätz dabei. Wir haben aber nicht gewonnen. Wir haben nie gewonnen. Meine Schuld war es nicht, das dürfen Sie mir glauben, gnädiger Herr. Ich habe immer tapfer gekämpft."

„Ich glaube Ihnen ja. Der Kaiser lässt seine Veteranen nicht verkommen. Er verschafft Ihnen ein neues Zuhause."

„Welcher Kaiser?", murmelte der Greis. „Das bin doch ich." Mit seinem Verstand schien es weniger gut bestellt zu sein, als die gelegentlichen lichten Momente vermuten hatten lassen.

„Der Kaiser, dessen Bild vorne im Haus hängt."

„Ach der, der so ausschaut wie ich. Vielleicht bin ich das auch selber. Darf ich mir das Bild mitnehmen?"

„Ja", sagte Hagenberg. „Nehmen Sie Ihr Bild mit."

Bastian überredete einen Fiaker mit vielen guten Worten und noch mehr Geld, ihn und Kaiser zu fahren. Der Kutscher wollte zuerst nicht, weil der Alte so verwahrlost war und schlecht roch. Der Geruch würde tagelang in den Sitzpolstern hängen, behauptete er. Schließlich gab er nach und fragte: „Wohin soll es gehen?"

„Nach Schönbrunn", sagte der alte Veteran, der das Bild seines Kaisers, das er für sein eigenes hielt, umklammert hielt. „Kennen's mich denn nicht?"

„Nach Simmering", stellte Bastian richtig. „Zur Gärtnerei Gerber. Dort ist es fast so schön wie in Schönbrunn."

Dem Alte war auch das recht.

Hagenberg suchte inzwischen Anastasia Gelinek und ihre Hutschen auf.

Kapitel 21

Das Geschäft florierte und bewies, dass man auch mit einfachen Lustbarkeiten Geld machen konnte. Zwei große Schaukeln standen nebeneinander und wurden von je einem Hutschenschleuderer betreut. Sie halfen den Fahrgästen in die Gondeln, die wie Boote geformt waren, und schoben die Gondeln an, damit sie in Schwung kamen. Wenn Kinder oder weniger sportliche Fahrgäste die Hutschen nicht richtig in Fahrt brachten und eher kläglich hin und her pendelten, wurde ihnen nachgeholfen. Andererseits wurden all zu Wagemutige, die den Ehrgeiz hatten, die Hutschen zum Überschlag zu bringen, durch den Einsatz von Bremsklötzen daran gehindert, kopfüber aus den Gondeln zu fallen. In einem kleinen Häuschen, wo man Karten kaufen konnte, saß eine Frau mittleren Alters und bestätigte mit misstrauischer Miene, dass sie Anastasia Gelinek heiße.

Hagenberg schob durch das Fensterchen eine seiner Visitenkarten, die ihn als Mitarbeiter einer wohltätigen Organisation auswies, die sich der Obdachlosenfürsorge verschrieben hatte.

„Sammeln Sie Geld?", fragte die Frau missmutig. Sie griff in die Lade und schob fünfzig Heller hinüber. „Mehr gibt's nicht."

„Vergelt's Gott", bedankte sich Hagenberg demütig und füllte eine Quittung aus. „Jede auch noch so kleine Spende hilft das Elend dieser armen Menschen zu mildern und ist uns willkommen. Erst heute haben wir wieder einen dieser Unglücklichen geborgen, der gebeugt vom Alter und verwirrt im Geist in einer Ruine gehaust hat, die jetzt abgebrochen wird: Das ehemalige Gasthaus ‚Zur alten Krone'. Kennen Sie es?"

Die Frau starrte ihn betroffen an. „Das gehört mir", gestand sie, weil sie nicht wusste, wie sie sonst auf diese Eröffnung reagieren sollte.

„Was Sie nicht sagen. Franz Kaiser heißt der Alte. Haben Sie ihn gekannt?"

„Ja schon", gestand die Gelinek, die sich sichtlich unbehaglich fühlte. „Er war Hausknecht im Wirtshaus. Ich dachte, er sei schon längst gestorben. Er hat in dem Abbruchhaus gehaust, sagen Sie? Das wusste ich nicht."

Hagenberg nickte. „Wir haben ihn heute zufällig gefunden. Er ist nicht mehr ganz richtig im Kopf. Manchmal glaubt er, er sei unser allergnädigster Kaiser Franz Josef. Er fantasiert auch ständig von einer jungen Frau, die vor Jahren in der ‚Alten Krone' ein Kind bekommen hat. Franzi hat sie geheißen. Er behauptet, er muss ihr dringend etwas sagen. Ganz konfus im Kopf ist er, der Ärmste. Wahrscheinlich bringt er etwas durcheinander und diese Franzi hat es gar nicht gegeben."

„Hat es schon", erklärte die Gelinek spontan. „Ich war damals noch ein kleines Mädchen und habe mich oft in dem Wirtshaus aufgehalten, das einem Onkel von mir gehört hat. Es war vor mehr als zwanzig Jahren. Damals war eine junge Frau dort, Franziska hat sie geheißen. Sie hat ein Kind bekommen, ein Mädchen. Ich kann mich noch gut daran erinnern, weil sie überraschend niedergekommen ist und ein furchtbares Durcheinander war. Selber habe ich es nicht miterlebt, aber ich habe meine Tante darüber reden gehört."

„Was Sie nicht sagen", wiederholte Hagenberg. „Was ist aus Mutter und Kind geworden? Ich frage nur, damit ich den Alten vielleicht beruhigen kann."

„Sie sind kurz darauf weggezogen, die Franziska und das Kind. Ich habe keine Ahnung, wohin."

„Schade. Wissen Sie vielleicht, auf welchen Namen das Kind getauft wurde? Den Alten wird es freuen, wenn ich ihm davon erzählen kann."

Die Frau kratzte sich am Kopf. „Ich weiß nur aus Bemerkungen der Erwachsenen, welchen Namen die Mutter im Sinn hatte. Lilo sollte das Mädchen heißen."

Hagenberg wich einen halben Schritt zurück. „Nicht Konstanze?", fragte er verstört.

„Ich denke nicht. Wie kommen Sie auf Konstanze?"

„Der Alte hat von einer Konstanze phantasiert."

„Lilo", sagte die Frau. „Lilo sollte das Kind heißen. Es kann natürlich sein, dass es sich die Mutter anders überlegt hat. Das weiß ich nicht." Sie schaute nachdenklich vor sich hin. „Jetzt, wo Sie davon reden, kommt mir vor, dass es damals tatsächlich auch ein kleines Mädchen gegeben hat, das Stanzerl geheißen hat. Ich kann mich aber nicht mehr daran erinnern, wem es gehört hat. Vielleicht war das doch die Tochter von der Franzi. Sie müssen verstehen: Ich war ja damals selbst noch ein kleines Mädchen und so wirklich interessiert hat mich das alles nicht."

„Wissen Sie genauer, wann die Franzi ihr Kind bekommen hat?", fragte Hagenberg, ohne sich große Hoffnungen auf eine befriedigende Antwort zu machen.

„Sie sind aber neugierig! Ende September wird es gewesen sein. Ja, Ende September. Das weiß ich deswegen so genau, weil ich selber am 30. September Geburtstag habe." Sie griff wieder in die Lade und schob Hagenberg eine Krone zu. „Nehmen Sie. Ich bin froh, dass der alte Kaiser gut untergebracht wird, auf seine alten Tage."

„Sie sind sehr gütig, gnädige Frau." Hagenberg füllte eine weitere Quittung aus. „Sie haben mir sehr geholfen."

◆

Der Rittmeister hat das Bedürfnis, seine Gedanken zu ordnen und die neuesten Informationen zu verdauen. Nach einem Besuch bei Luise war ihm augenblicklich nicht zu Mute. Also trug er einem der Dienstmänner, die am Eingang zum Prater auf Kundschaft warteten, auf, ein Billet zur Baronin Rentenbach zu bringen. Er hatte sein Kommen für diesen Abend zwar nicht zugesagt, hielt es aber für selbstverständlich, dass sie sehnsüchtig auf ihn warten werde. Dringende berufliche Verpflichtungen hinderten ihn daran, sie heute Abend zu besuchen, schrieb er. Er werde sich ehestens wieder melden. Natürlich hätte er auch telefonieren können, Luise hatte ja einen Telefonanschluss, aber er telefonierte nicht gerne, weil er den Segnungen der modernen Technik skeptisch gegenüberstand, und hielt ein Billet für stilvoller.

Zu Hause, genauer gesagt in seinem Zimmer im Hammerand, angekommen, warf er sich aufs Bett und dachte nach.

Er war sich durch die Erzählung des alten Kaiser, so verwirrt diese auch gewesen war, recht sicher gewesen, in Konstanze die Tochter des Herrn von Seidl gefunden zu haben. Durch die Aussage der Gelinek war diese Annahme wieder erschüttert worden. Sie war sich punkto Vornamen des Mädchens unsicher gewesen und sie hatte ihm ein Geburtsdatum Ende September genannt. Konstanze war aber erst im Oktober geboren. Er hatte ihre Geburtsurkunde gesehen. Natürlich war es möglich, dass sich auch die Gelinek an Details nicht mehr richtig erinnerte. Trotzdem, ein Zweifel blieb. Der Gedanke, dass er Seidl zwar eine Tochter präsentieren konnte, ihm aber gleichzeitig von deren Ermordung berichten musste, hatte ihn die ganze Zeit über bedrückt. War es möglich, dass er bisher einer trügerischen Spur gefolgt war? Dann stand er in der Sache Seidls wieder ganz am Anfang.

Freilich, wie dann der Tod Konstanzes in das Bild passte, war ihm nicht klar. Konnte es sein, dass alles ein Zufall war und sie wirklich nur einem simplen Raubmord zum Opfer gefallen war? Das schien ihm unwahrscheinlich zu sein. Er konnte daran nicht so recht glauben. Auch der Tod Wallers, der die Polizei so erstaunlich wenig zu interessieren schien, musste in das Bild noch eingepasst werden.

Er zweifelte nicht daran, dass Brachyta der Mörder Konstanzes war, aber er bezweifelte sehr stark, dass dieser wirklich nur einem Unfall zum Opfer gefallen war. Wahrscheinlich hatte er an Konstanze einen Auftragsmord begangen und war dann selbst beseitigt worden, nicht zuletzt, um ihn, Hagenberg, ruhig zu stellen.

Es war wichtiger als je zuvor, Charlotte zu finden. Wenn er alles recht bedachte, schien sie im Zentrum der ganzen Affäre zu stehen. Ihre Aussage würde endgültige Klarheit über die Identität Konstanzes und das Motiv für den Mord an ihr bringen, davon war er überzeugt.

Er musste allerdings sehr behutsam nach ihr suchen. Mit größter Wahrscheinlichkeit schwebte sie in Lebensgefahr. Denn es gab schon zu viele Tote in diesem Fall und offenbar Personen, die keine Scheu davor hatten, jene zu töten, die zuviel wussten, oder zuviel wissen wollten. Nur so ließ sich der Mordanschlag auf ihn in der Grottenbahn erklären. Es war auch sicher kein Zufall gewesen, dass Sünderhof dabei in der Nähe gewesen war. Er hatte sich vom Erfolg der Aktion überzeugen wollen. Der Gedanke entsetzte Hagenberg. Er hätte nie gedacht, dass sein ehemaliger Kamerad und Freund aus ihrer gemeinsamen Kadettenzeit so weit gehen werde.

Aber seine Luise hatte sich bei ihrem früheren Liebhaber für ihn eingesetzt, damit ihm nichts zustoße. Die schöne Luise, die ihn vielleicht liebte und die wahrscheinlich mit Mördern paktierte. Als er mit seinen Überlegungen soweit gekommen war, befiel ihn derart heftig Sehnsucht nach ihr, dass er sich entschloss, sie ungeachtet seiner Absage doch noch aufzusuchen und ihr mit einem Überraschungsbesuch Freude zu bereiten.

Überraschungsbesuche bereiten weit weniger oft Freude, als so mancher meint. Insbesondere sollte man vermeiden, Frauen mit einem Besuch zu überraschen. Das gilt nicht nur, aber vor allem für Liebhaber. Denn Frauen schätzen es, wenn sie sich auf einen solchen Besuch vorbereiten und überhaupt ihre Termine danach richten können. Hagenberg hatte diese simple Lebensweisheit noch nicht verinnerlicht, sollte aber bald Gelegenheit dazu finden.

Schon allein Elisabeths Verhalten hätte ihm einen Hinweis darauf geben können. Als sie ihm die Tür öffnete, starrte sie ihn mit einem Ausdruck völligen Entsetzens an und machte Anstalten, ihm den Weg zu verstellen. Er achtete nicht darauf. „Ich habe es mir anders überlegt und bin doch gekommen", erklärte er fröhlich und drängte sich mit einem Blumenstrauß in der Hand an ihr vorbei. „Meld mich bitte der Gnädigen."

Sie nahm ihm den Hut ab, weil ihr nichts anderes übrig blieb, und glotzte ihn weiter ratlos an, ohne etwas zu sagen.

„Was hast du denn?", fragte er amüsiert. „Schau doch nicht so verschreckt. Ich weiß, es ist relativ spät, aber die Gnädige wird sich sicher freuen, weil ich doch noch gekommen bin."

„Sicher nicht", brachte Elisabeth heraus.

Die Bedeutung dieser eigenartigen Aussage wurde Hagenberg klar, als lachende Stimmen auf der Stiege zum Obergeschoss zu hören waren. Zwei Personen kamen herunter. Der Hauptmann Sünderhof in ordnungsgemäßer Adjustierung und – was noch viel verstörender war – hinter ihm Luise, die alles andere als ordnungsgemäß adjustiert war. Sie trug nur einen Morgenmantel, der halb offen stand und erkennen ließ, dass sie darunter nichts an hatte. Ihr Haar war zerstrubbelt, das Gesicht leicht gerötet und die Augen glänzten. Selbst bei wohlwollendster Prüfung aller nur denkbaren Möglichkeiten blieb nur die eine übrig: Sie hatte ein heftiges Schäferstündchen hinter sich.

„Deine Sophie wird jetzt nicht mehr viel von dir haben", lachte sie. „Schreib ihr halt ein Billet und entschuldige dich für heute. Andere machen das auch so."

In diesem Augenblick sahen die beiden Hagenberg. Die Szene erstarrte zur schweigenden Bewegungslosigkeit, die gut und gern zehn Sekunden andauerte, was eine lange, eine sehr lange Zeit war.

Dann schlug Luise die Hand vor den Mund und flüsterte: „Oh mein Gott."

„Es tut mir leid, gnädige Frau", entschuldigte sich Elisabeth, die am wenigsten dafür konnte.

„Servus, Hagenberg", brachte Sünderhof heraus, weil ihm nichts Besseres einfiel. Man muss ihm allerdings zugute halten, dass es für solche Situationen kaum eine angemessene Äußerung gibt.

„Verdammte Scheiße", sagte Hagenberg und brachte damit in aller Deutlichkeit zum Ausdruck, was alle dachten.

Neuerlich senkte sich betretenes Schweigen über die Gruppe. Alle sahen Hagenberg an. Man erwartete offenbar, dass er jetzt irgend etwas Dramatisches sagen oder tun werde. Es war ihm bloß nicht danach. Er fühlte sich nur deprimiert und sehr müde. „Dann werde ich halt wieder gehen", erklärte er mit ruhiger Stimme und war selbst überrascht darüber, wie gelassen er klang. Er drückte Elisabeth den Blumenstrauß in die Hand, nahm ihr seinen Hut ab und marschierte zur Tür hinaus.

Zu seiner Überraschung folgte ihm Sünderhof und schloss sich ihm an. Hinter ihnen fiel die Tür zu.

„Die Sophie ist meine Verlobte", sagte der Hauptmann. Warum er sich zu dieser unnötigen Erklärung bemüßigt fühlte, war unklar. Aber in solchen Situationen neigen Menschen dazu, unpassende Dinge zu sagen, bloß damit sie irgendetwas sagen.

Hagenberg gab ihm keine Antwort.

„Kann ich dich in die Stadt mitnehmen?", fragte Sünderhof. „Ich habe dort vorne einen Fiaker warten."

Der Rittmeister geriet in Versuchung, ihm eine deftige Antwort zu geben. Ein paar erste Regentropfen, die vom Himmel fielen und das Potential zu einem Platzregen in sich trugen, ließen ihn seine Meinung ändern. „Warum nicht", stimmte er resigniert zu. „Wenn wir uns schon die Frau geteilt haben, können wir uns auch einen Fiaker teilen."

Der Regen prasselte auf das Verdeck des Fiakers. Nach einer Weile brach Sünderhof das Schweigen: „Der Mord an Konstanze Graf ist jetzt endgültig geklärt. Du hast es sicher in der Zeitung gelesen."

„Habe ich. Außerdem war der Hofrat Dambrowsky so freundlich, mich durch einen seiner Mitarbeiter informieren zu lassen, falls ich zufällig keine Zeitung gelesen hätte. Das habt ihr sehr elegant hingekriegt, mit dem Raubmord und dem angeblichen Unfall des Täters."

Sünderhof war über diese offene Unterstellung unangenehm berührt, aber er wollte keinen Streit mit Hagenberg und wechselte daher rasch das Thema. Weil ihm nichts anderes einfiel, kam er auf Luise zu sprechen, was wahrscheinlich ohnehin unumgänglich war.

„Das mit Luise tut mir leid", sagte er. „Es hat sich einfach so ergeben, es ist irgendwie passiert. Sie hat sich nämlich über dich geärgert, weil du nicht einmal angerufen, sondern nur einen besoffenen Dienstmann vorbeigeschickt hast. Ich glaube, sie wollte sich auch bei mir bedanken, weil ich mich für dich verwendet habe. Sie liebt dich wirklich. Mehr als du glaubst. Wärst du nicht unangemeldet hereingeplatzt, hättest du nie etwas davon erfahren. Du solltest das von vorhin nicht überbewerten."

„Ich wüsste nicht, was es da zu bewerten gäbe. Ich werde sie nicht mehr wiedersehen und damit ist die Sache für mich erledigt."

Wenn sich Luise und Sünderhof so wie früher in der verschwiegenen Pension in der Kärtnerstraße getroffen hätten, wäre ihm diese peinliche Szene erspart geblieben. „Es kommt in Wirklichkeit nicht so sehr darauf an", dachte der Rittmeister, „was geschehen ist und was man weiß, sondern hauptsächlich darauf, ob die anderen wissen, dass man darüber Bescheid weiß. Nur das zwingt uns zum Handeln." Unter diesem Gesichtspunkt blieb ihm gar nichts anderes übrig, als seine Beziehung mit Luise zu beenden.

„Ich verstehe dich ja, aber wenn du ehrlich bist, hat sie eigentlich die ganze Zeit über mich mit dir betrogen. Es wäre also eher an mir, beleidigt zu sein", behauptete Sünderhof.

„Das war mir nicht klar. Es ist mir aber auch gleichgültig, ob sie dich mit mir oder mich mit dir betrogen hat. Was heißt das schon: ‚betrogen'. Sie ist eine moderne Frau und kann machen, was sie will. Sie hat keinem von uns die Treue geschworen. Mir jedenfalls nicht."

Hagenberg fühlte, wie der Schock, der ihn bisher gefangen gehalten hatte, abklang und einer tiefen Verbitterung Platz machte. „Ich werde sie nicht mehr wiedersehen", wiederholte er nachdrücklich, „und euch nicht im Weg stehen. Ich wünsche euch viel Glück."

„Ich werde sie wahrscheinlich auch nicht mehr wiedersehen", verkündete Sünderhof überraschend. „Schließlich bin ich mit einer anderen verlobt." Das war eine eigenartige und verspätete Einsicht. Schlechtes Gewissen sah Sünderhof außerdem gar nicht ähnlich.

Hagenberg glaubte ihm kein Wort. „Es sei denn, dienstliche Interessen machen ein Treffen nötig", sagte er hämisch, „weil sie doch eine informelle Mitarbeiterin eures Spionageklubs ist."

Sünderhof zog es vor, auch auf diese Unterstellung nicht zu antworten. Die weitere Fahrt verlief schweigend, bis sich Hagenberg in der Nähe des Hammerand absetzen ließ und mit einem kurzen Gruß entfernte.

Es hatte zu regnen aufgehört.

Kapitel 22

Es war unverkennbar, dass Krisenstimmung herrschte. Der Rittmeister hatte mit grimmigem Appetit sein Frühstück verzehrt und warf Fritz einen kurzen Blick zu. Der brachte ihm daraufhin einen doppelten Cognac. Den zweiten an diesem Morgen. Bastian saß ihm gegenüber, trank ein Bier und beobachtete ihn. Er war nicht allzu sehr besorgt, weil er derartige Stimmungslagen bei seinem Chef schon öfters erlebt hatte. Jetzt schien ihm der richtige Zeitpunkt für ein Gespräch gekommen, das der Rittmeister bisher verweigert hatte. „Was ist gestern passiert?", fragte er unverblümt.

„Luise hat mich mit Sünderhof betrogen. Ich habe die beiden praktisch in flagranti erwischt." Er hatte nicht die Absicht, mit Bastian seine Beziehungsprobleme zu erörtern, aber er hielt diese Information für unumgänglich, weil Luise irgendwie in ihren Fall verwickelt war.

„Verdammte Scheiße!"

„Das habe ich auch gesagt", bestätigte Hagenberg. „Mehr gibt es dazu auch nicht zu sagen. Es ist aus und ich will nicht mehr darüber reden. Hast du den alten Kaiser gut unterbringen können?"

„Wie geplant. Die Gerbers haben ihn aufgenommen. Sie werden für ihn sorgen und darauf achten, dass er möglichst lange am Leben bleibt. Sie können das Geld nämlich gut brauchen. Ich habe ihnen 75 Kronen Pflegegeld im Monat zugesagt und für ein halbes Jahr im Voraus bezahlt. Die Sache kommt uns auf die Dauer ganz schön teuer zu stehen, wenn er doch noch eine Weile lebt."

„Was soll ich denn machen? Den Alten ausfragen und dann auf der Straße verrecken lassen?"

„Es ist, wie es ist", sagte Bastian philosophisch. „Ich hätte es so gemacht. Sie sollten sich abgewöhnen, sich für alle möglichen Dinge, die Sie gar nichts angehen, verantwortlich zu fühlen. Vorerst hat sich die Investition aber gelohnt. Dem Alten gefällt es bei den Gerbers und er ist richtig aus sich herausgegangen. Sein Gedächtnis ist vorübergehend auch wieder in Schwung gekommen und er hat mir etwas sehr Interessantes erzählt." Bastian machte eine dramatische Pause.

„Er hat sich an ein kleines Mädchen erinnert, das Konstanze geheißen hat. Er konnte sich zwar nicht mehr an Einzelheiten erinnern, nicht einmal daran, ob er das Kind selbst gesehen hat, aber er war sich sicher, dass seinerzeit von einem Kind namens Konstanze die Rede war. Mir genügt das endgültig: Wir können jetzt die verschollene Tochter des Herrn von Seidl eindeutig identifizieren. Es war die Konstanze Graf. Schade nur, dass sie tot ist. Das wird dem Seidl den Rest geben, aber wir haben unseren Auftrag erfüllt."

„Da bin ich mir jetzt nicht mehr ganz sicher", grübelte Hagenberg. „Die Tochter von Franziska Koch könnte auch Lilo geheißen haben. Das habe ich gestern von der Besitzerin des ehemaligen Gasthauses ‚Zur alten Krone' erfahren. Ich habe mir schon überlegt, ob es sich nicht um die junge Frau handeln könnte, die unter dem Namen Charlotte Fleuron im Zaubertheater aufgetreten ist, die verschwundene Freundin von Konstanze Graf. Lilo ist eine Kurzform von Lieselotte. Daraus könnte in einem Künstlernamen eine Charlotte geworden sein.

„Das Hundertkronenmädchen spukt Ihnen ständig im Kopf herum. Haben Sie nicht schon genug Probleme mit Frauen? Kaiser war sich ganz sicher, Konstanze hat das Kind geheißen. Die Fleuron war außerdem nie Dienstmädchen. Das passt nicht zusammen."

„Auf die verworrenen Erinnerungen eines alten Mannes, der nicht einmal sicher weiß, wer er selbst ist, will ich keine ausschließliche Beweisführung stützen. Der Alte ist ja nicht ganz richtig im Kopf."

„Das stimmt. Aber wie ist er auf Konstanze gekommen? Der Name ist ihm selbst eingefallen. Ich habe ihn nicht danach gefragt. Freilich, er hat nur sehr undeutliche Erinnerungen an Franziska Koch, aber an ein Kind, das Konstanze geheißen hat, daran hat er sich ganz deutlich erinnert. Nehmen Sie mir's nicht krumm, aber ich glaube, Sie haben bloß Angst davor, dem Seidl vom Tod seiner Tochter zu berichten."

Hagenberg war verwirrt. Er inhalierte tief den Rauch einer Zigarette, die er sich aus seinem speziellen Orienttabak gedreht hatte. Schon die zweite an diesem Morgen. Neben Bastian saß eine blasse Gestalt und sah ihn an. Er regte sich schon nicht mehr darüber auf, dass er am helllichten Tag ein Gespenst sah. Er wusste ja, dass es nur eine Ausgeburt der Droge war, die er rauchte. „Bist du es, oder bist du es nicht?", fragte er das Gespenst, das bei Lebzeiten Konstanze geheißen hatte.

Sie wiegte den Kopf und flüsterte: „Was glaubst du?"

„Ich kann das Rätsel nicht lösen", beklagte sich Hagenberg.

„So schwer ist das doch gar nicht. Du musst dir nur Mühe geben. Du hast doch schon alle wesentlichen Informationen."

„Reden Sie mit mir oder mit sich selber", fragte Bastian.

„Wahrscheinlich mit mir selber – glaube ich."

Bastian schüttelte den Kopf. „Mehr war aus Kaiser nicht herauszubekommen. Er hat begonnen von seinem Schloss Schönbrunn zu faseln und verlangt, dass sein Bild an die Wand gehängt wird. Dann ist er eingeschlafen. Man weiß nicht, ob und wann er wieder einen lichten Moment haben wird."

Fritz trat an den Tisch. „Eine Nachricht ist für den Herrn Rittmeister gekommen, bitte sehr. Ein Dienstmann hat sie gebracht. Er sagt, er soll sie persönlich übergeben. Er war schon im Hammerand, dort haben sie ihn hergeschickt. Er muss auf eine Antwort warten, sagt er."

Bei der Sitzkassierin stand ein schwankender Dienstmann und sah Hagenberg mit geröteten Augen erwartungsvoll an.

„Die Baronin Rentenbach", mutmaßte Bastian.

Hagenberg runzele die Stirn und riss das Kuvert auf. Bastian hatte recht gehabt.

‚Lieber Freund', schrieb Luise. *‚Ich muss dich dringend sprechen. Ich weiß, du denkst jetzt gerade daran, dieses Blatt zusammenzuknüllen und einfach wegzuwerfen. Bitte tu es nicht und lies weiter. Es gibt etwas, dass ich dir sagen möchte. Keine Angst, ich werde nicht versuchen, mein Verhalten von Gestern zu entschuldigen und dich mit Liebesgeständnissen in Verlegenheit bringen. Mir ist klar, dass du nicht über deinen Schatten springen und mir vergeben kannst. Was ich dir zu sagen habe, hat etwas mit dem Fall zu tun, an dem du arbeitest und ich denke, du solltest es erfahren. Ich erwarte dich heute um drei Uhr am Nachmittag. Bitte gib mir Nachricht, ob du kommen wirst.*

Deine sehr unglückliche Luise'

Hagenberg schob das Billett über den Tisch. Bastian überflog es. „Deine sehr unglückliche Luise", las er laut vor und betonte süffisant das ‚Deine'. „Sie spielt ihre letzte Karte aus und das gar nicht schlecht. Sie wird versuchen, Sie wieder um den Finger zu wickeln. Trotzdem müssen Sie hingehen."

„Ich denke nicht daran", protestierte Hagenberg, der zu seinem Entsetzen Gefallen an der Vorstellung fand, von Luise wieder um den Finger gewickelt zu werden.

„Sie müssen. Es geht um unseren Fall. Pressen Sie alle Informationen aus ihr heraus und dann verschwinden Sie wieder. Lassen Sie sich auf nichts ein. Sie brauchen bloß ‚nein' zu sagen. Das ist ganz einfach."

„Du musst zu meiner Gnädigen gehen", forderte auch das Gespenst, das am Tisch saß, in Wirklichkeit aber nur in seinem Kopf hauste. „Sie schreibt, sie ist sehr unglücklich. Hör dir doch zumindest an, was sie zu sagen hat."

„Misch dich nicht ein", fauchte Hagenberg. „Du gehst mir mit deinen ständigen Ermahnungen auf die Nerven."

„Ich weiß", meinte Bastian, der diesen Ausbruch auf sich bezog, gelassen. „Sie müssen trotzdem hingehen."

Hagenberg dreht spontan das Billet um und schrieb auf die Rückseite: ‚*Ich werde kommen*', sonst nichts, keine Anrede und kein Gruß. Er wollte so seiner Missbilligung Ausdruck verleihen und keine falschen Hoffnungen wecken.

Er winkte den Dienstmann an den Tisch, trug ihm auf, das Billet zurückzubringen und gab ihm zwei Kronen, obwohl er sicher schon von Luise bezahlt worden war. Der Dienstmann sagte daraufhin ‚Exzellenz' zu ihm.

Pünktlich um 15 Uhr fand sich Hagenberg in der Villa Rentenbach ein. „Es tut mir leid, Herr Rittmeister", sagte Elisabeth, die ihn einließ.

„Was tut dir leid?"

„Mein Verhalten gestern. Ich habe einen Fehler gemacht. Ich hätte Sie nicht einlassen, sondern Ihnen sofort sagen sollen, dass meine Gnädige ausgegangen ist. Dann wären Sie weggegangen und wir wären jetzt alle glücklicher."

„Betrogen, aber glücklich", erwiderte der Rittmeister grimmig. „Du bist die Letzte, die sich etwas vorzuwerfen hat. Meld mich jetzt deiner Gnädigen."

Luise empfing ihn in ihrem Arbeitszimmer. Sie trug ein elegantes, hochgeschlossenes Kleid, dass wohl eine gewisse Förmlichkeit signalisieren sollte. „Schön, dass du gekommen bist. Bitte nimm doch Platz. Darf ich dir einen Cognac anbieten?"

„Nein danke, ich habe heute schon zuviel getrunken. Du wolltest mich sprechen?" Er bemühte sich um entspannte Freundlichkeit. Denn er wollte eine Szene vermeiden. Szenen verabscheute er auch, obwohl manche Frauen, wie er wusste, Szenen liebten. „Was hast du mir zu sagen?"

Sie seufzte. „Fangen wir mit etwas an, dass wohl gesagt werden muss: Mein Verhältnis mit Erich war nie so richtig zu Ende, auch nicht, nachdem ich mit dir etwas angefangen hatte."

„Das ist mir inzwischen klar geworden."

„Es kann doch vorkommen, dass eine Frau zwei Männer gleichzeitig liebt. Den einen noch und den anderen schon, eine Zeit des Übergangs eben, bis sich alles geklärt hat. Verstehst du das?"

„Natürlich", bestätigte er konziliant, obwohl er es in Wirklichkeit ablehnte, für so etwas Verständnis aufzubringen.

„Das meinst du nicht wirklich", sagte sie traurig und sah ihn mit großen leidenden Augen an.

„Nein. Du wolltest mir etwas über den Fall erzählen an dem ich arbeite?"

„Das eine hängt mit dem anderen zusammen. Es geht um den Mord an Konstanze."

„Der ist aufgeklärt, wie die Polizei festgestellt hat."

„Das stimmt wahrscheinlich nur zum Teil." Sie seufzte neuerlich. „Ich habe keine glückliche Hand bei der Wahl meiner Liebhaber. Erich hat mich nur benutzt."

„Häufig und ausgiebig, wie ich mir vorstellen kann. Du hast es sicher sehr genossen."

„Bitte sei nicht vulgär, das passt nicht zu dir", sagte sie heftig. „Ich habe es anders gemeint. Er hat meine Bekanntschaft nur wegen Konstanze gesucht, wegen meines Dienstmädels."

Hagenberg zog die Augenbrauen hoch und sagte nichts.

„Es war vor etwa drei Wochen", fuhr Luise fort. „Er hat sich an mich herangemacht und ich bin ganz rasch auf ihn hereingefallen und habe mich in ihn verliebt."

Die kleinen Rädchen in Hagenbergs Kopf drehten sich wie geschmiert. Vor drei Wochen: Zu dieser Zeit musste Waller Franziskas Brief von der Kohlenhändlerin auf der Wieden bekommen und mit dem alten Kaiser gesprochen haben. Er war derselben Spur gefolgt, wie Hagenberg und musste zu dem Ergebnis gekommen sein, dass Konstanze Graf die Tochter des Herrn von Seidl war. Er hatte vor seinem Tod mit Konstanze Kontakt aufgenommen. Seine Visitenkarte, die Konstanze in einem Romanheft mit dem vielsagenden Titel ‚Die Verlorene Tochter' versteckt hatte und das Geständnis Silberblicks, bestätigten das. Dann hatte er mutmaßlich auch mit Charlotte sprechen wollen, wobei ihn sein Schicksal ereilte hatte. Er war in unmittelbarer Nähe ihres Wohnwagens niedergestochen worden. Wenn seine Überlegungen stimmten, hatte Konstanze gewusst, dass sie eine mögliche Erbin war, und deshalb nach dem Tod Wallers versucht, ihn, Hagenberg, zu engagieren.

„Hörst du mir eigentlich zu?", fragte Luise.

„Jedes Wort. Du hast erzählt, wie befremdend du über sein Interesse an einem Dienstmädchen warst."

„Ja. Er hat immer wieder ganz freundlich mit ihr geplaudert und sich ausführlich nach ihrer Familie und ihren Freundinnen erkundigt. Ich war sogar ein wenig eifersüchtig auf die Ärmste. Nach ihrem Tod ist mir klargeworden, dass er an ihr als Frau gar nicht interessiert war. Er hat die Maske fallen lassen und mir gesagt, dass Interessen der Monarchie auf dem Spiel stehen und mich gebeten, zu kooperieren. Ich war so vernarrt in ihn, dass ich seinen Liebesschwüren geglaubt und zugestimmt habe."

„Was hat er von dir verlangt?"

Sie schluckte und fuhr tapfer fort: „Er wusste, dass du mir einmal geholfen hast und hat mich gebeten, die Bekanntschaft mit dir zu erneuern und dich über deinen aktuellen Fall auszuhorchen, ganz besonders über ein Mädchen, das Charlotte heißt und für hundert Kronen mit Männern mitgeht."

„Das ist mir nicht entgangen. Du hast mich regelrecht verhört."

„Du weißt ohnehin schon alles und hast nie etwas gesagt?"

„Gewusst habe ich es bis jetzt nicht, aber geahnt und befürchtet schon."

„Zum Fürchten hattest du auch allen Grund. Selbst so berechnende Männer wie Erich neigen in bestimmten Situationen dazu, geschwätzig zu werden. Er hat mir gesagt, dass du eine Gefahr für den Staat darstellst, weil du nach Dingen forschst, die nicht bekannt werden sollen, und dass man dich wahrscheinlich beseitigen muss."

„Ich weiß, dass du dich für mich eingesetzt hast und ich danke dir dafür."

Ihre Augen füllten sich mit Tränen. „Ich habe mich in dich verliebt. Das war so nicht geplant, es ist mir einfach passiert. Erich war vor Eifersucht außer sich, aber ich konnte ihn umstimmen. Er hat mir versprochen, nach einem Ausweg zu suchen und hat aus der Hinterlassenschaft Konstanzes ein Kettchen mit Medaillon mitgenommen."

„Das hat man dann bei einem gewissen Brachyta gefunden. Es soll beweisen, dass Konstanze einem Raubmord zum Opfer gefallen ist. Was weißt du eigentlich über die Hintergründe dieser Affäre, Luise?"

„Gar nichts. Was ich getan habe, habe ich getan, um Erich zu Gefallen zu sein. Es war so ähnlich wie mit dem italienischen Comte. Ich habe dir alles erzählt, was ich weiß."

„Und warum hast du mir alles erzählt?"

Sie wandte sich ab, sodass er ihr Gesicht nicht sehen konnte, und sagte mit erstickter Stimme: „Damit keine Lügen mehr zwischen uns stehen und du mir vielleicht verzeihst."

„Was ist mit Sünderhof?"

Sie hielt den Kopf noch immer abgewandt und ließ ein Schniefen hören, das ihn auf eigenartige Weise rührte. „Ich habe ihm einen Brief geschrieben, dass ich ihn nicht mehr wiedersehen möchte. Elisabeth hat Anweisung, ihn nicht mehr einzulassen."

„Hast die ihn wissen lassen, dass du mir reinen Wein einschenken willst?"

„Natürlich nicht, Manfred. Ich habe ihm geschrieben, dass unsere Beziehung keine Perspektive hat, weil er mit einer Anderen verlobt ist, und ich deshalb unser Verhältnis endgültig beenden muss. Ich mag zwar in Liebesdingen ein Wirrkopf sein, sonst aber nicht. Ich weiß, dass die Sache gefährlich werden könnte."

„Sie ist schon gefährlich und auch du gehörst inzwischen zu den Menschen, die zuviel wissen. Hör auf mich, nimm Elisabeth mit und verreise so bald als möglich mit unbekanntem Ziel. In Venedig soll es um diese Jahreszeit sehr schön sein. Es wäre mir viel wohler, wenn ich mir um dich keine Sorgen machen müsste."

„Du machst dir Sorgen um mich?" Sie sah ihm tief in die Augen. „Ich werde tun, was du mir geraten hast und schon bald verreisen. Bleibst du heute Nacht bei mir? Sag jetzt nicht ‚meinetwegen', das haben wir beide nicht verdient. Sag einfach ja oder nein."

Der Rittmeister verzichtete darauf, sich weiter mit Fragen der weiblichen Treue und seinem verletzten Stolz auseinanderzusetzen. Er sagte einfach ‚ja'.

Kapitel 23

Bastian beobachtete missbilligend seinen Chef, der an einem doppelten Cognac nippte. „Also doch", sagte er.

„Was, also doch?"

„Sie hat sie wieder um den Finger gewickelt. Hat es sich wenigstens gelohnt? Ich meine in Bezug auf unseren Fall?"

„Ja und nein. Sie hat vieles von dem bestätigt, was wir ohnehin schon geahnt haben. Sie weiß aber um die Hintergründe des Falles nicht Bescheid. In diesem Punkt sind wir genau so klug wie zuvor." Er gab in knappen Worten Luises Geständnis wieder.

„Immerhin hat auch sie unsere Vermutung, dass Konstanze die Tochter des Seidl war, bestätigt", konstatierte Bastian zufrieden. „Armer Seidl. Machen Sie ihm endlich klar, dass er eine Tochter hatte, diese aber umgebracht wurde und auch ihr Mörder den Tod gefunden hat. Es gibt nichts mehr zu tun. Der Fall ist erledigt."

„Was ist mit Charlotte?"

„Gar nichts. Sie wollte ihrer Freundin behilflich sein und hat klugerweise nach Konstanzes Tod das Weite gesucht."

„Was ist mit Luise?"

„Was soll schon sein. Sie wird auf Reisen gehen und sich sehr bald wieder verlieben. Wahrscheinlich in Venedig in einen windigen Italiener. Dann sind wir sie endgültig los und Sie sollten froh darüber sein."

Hagenberg seufzte. Die Vorstellung Luise endgültig los zu sein, verursachte ihm Kummer. Er ärgerte sich deswegen über sich selber „Was ist mit dem Evidenzbüro?", fragte er weiter.

„Geht uns nichts an. Die lassen uns mit Sicherheit in Frieden, sobald wir uns anderen Dingen zuwenden."

„Machst du es dir nicht ein bisschen zu leicht?"

Hagenberg erwartete fast, von einem zustimmend nickenden Gespenst heimgesucht zu werden, wurde aber enttäuscht.

„Nein und nochmals nein: Wir haben den Auftrag des Herrn von Seidl bestens erfüllt. Ihr persönlicher Rachefeldzug gegen den Mörder Konstanzes hat sich auch von selbst erledigt. Sagen Sie dem Seidl, dass Sie den Liebhaber seiner Frau im Verdacht haben, den Mord an seiner Tochter in Auftrag gegeben zu haben. Er wird dann schon wissen, was zu tun ist. Aber nehmen Sie um Himmels Willen keinen weiteren Auftrag von ihm an. Es wird Zeit, einen anderen Fall in Angriff zu nehmen. Anfragen haben wir genug."

„Nein.", erklärte Hagenberg. „Noch ist es nicht soweit. Ich bin noch immer nicht völlig davon überzeugt, dass Konstanze die Tochter Seidls war. Ich muss ausschließen, dass hier keine Verwechslung mit Charlotte vorliegt und dazu muss ich sie finden. Es ist noch nicht vorbei, Bastian, es ist noch lange nicht vorbei!"

„Bitte nicht", flüsterte Bastian. „Sie bringen uns in Teufels Küche."

„Die Kronenzeitung ist frei geworden, Herr Rittmeister meldete Fritz. „Die Frau Hofschauspielerin Schratt ist in Ischl eingetroffen und hat schon, so hört man, mit seiner Majestät soupiert."

„Das wird den alten Herrn freuen. Ist jemand umgebracht worden?"

„Sehr wohl, Herr Rittmeister", sagte Fritz erfreut, seinen Gast zufrieden stellen zu können. „Im Prater, im Zaubertheater, hat es einen sehr schönen Mord gegeben. Schrecklich, ganz schrecklich!"

„Geben's her!" Der Rittmeister riss die Zeitung an sich.

Rybar hatte den Vorfall nach den Polizeiprotokollen mit viel Phantasie rekonstruiert und mit einem dramatischen Bild versehen:

Kurz nach Beginn der ersten Vorstellung, als der unter dem Namen Fernando Stromboli bekannte Feuerspucker seinen Auftritt bereits absolviert hatte, war ein Unbekannter in seine Garderobe eingedrungen. Irgendwie war es ihm gelungen, sich unerkannt durch die Hinterbühne zu schleichen. Zeugen bestätigten, dass man die beiden Männer laut streiten hörte. Plötzlich war die Tür aufgeflogen. Der unbekannte Besucher war rückwärts gehend herausgekommen. Er hielt ein blutiges Messer in der Hand. Ehe die entsetzten Zeugen eingreifen konnten, erschien Stromboli in der Tür. Er presste die Hand gegen eine blutende Wunde in seinem Bauch und hatte die Backen weit gebläht. Dann hielt er sich ein brennendes Streichholz vor den Mund und spie einen gewaltigen Feuerschwall aus, der den Unbekannten an Kopf und Oberkörper traf und ihn sofort in Brand setzte. Der Mann begann entsetzlich zu schreien und rannte als brennende Fackel davon, geradewegs auf die Bühne, wo Mallachini eben das schwarze Tuch, unter dem sich keine schwebende Jungfrau mehr befand, zu Boden riss. Mit lautem Geheul warf sich der Unbekannte zu Boden, wälzte sich auf dem Tuch und setzte es gleichfalls in Brand. Die Zuschauer dachten zuerst, es sei eine dramatische Erweiterung des Zaubertricks. Erst nach und nach wurde ihnen klar, dass sich hier ein Mensch in Todesqualen wand, und Panik begann sich auszubreiten.

Zum Glück eilten mehrere Männer mit Eimern, in denen sich teils Wasser, teils Sand befand, auf die Bühne und löschten das Feuer binnen kurzem. Der Mann am Boden rührte sich nicht mehr. Aus seinen Kleidern stiegen schwarze Rauchwölkchen empor. Es stank nach Petroleum und verbranntem Selchfleisch. Der Vorhang fiel, aber die Menge wollte sich nicht beruhigen. Alle schrieen durcheinander, die einen drängten zum Ausgang, die anderen in Richtung Bühne, weil sie möglichst viel von dem schauerlichen Vorfall mitbekommen wollten.

Selbstverständlich wurde die Vorstellung abgebrochen. Für den Unbekannten kam jede Hilfe zu spät. Er erlag seinen schweren Verbrennungen noch an Ort und Stelle. Stromboli wurde ins Krankenhaus gebracht. Die Ärzte zweifelten jedoch an seinem Aufkommen. Zu schwer war die Verletzung, die er davongetragen hatte. Dem Vernehmen nach, hatte der große Mallachini neuerlich einen Nervenzusammenbruch erlitten und dachte daran, sein Engagement am Zaubertheater vorzeitig zu beenden.

„Das war kein Zufall", flüsterte Hagenberg. „Es ist noch nicht vorbei. Ich habe es dir ja gesagt." Er schob Bastian die Zeitung über den Tisch.

Bastian nahm sich Zeit, um den Artikel genau zu studieren. „Das hat nichts zu bedeuten", befand er schließlich. „Der Feuerferry war ein Zuhälter. Wahrscheinlich ist er mit einem Konkurrenten aneinandergeraten. Mit uns hat das nichts zu tun."

„Ich möchte trotzdem wissen, wer der Kerl war, der ihn niedergestochen und den er dafür abgefackelt hat."

„Wir werden es morgen in der Zeitung lesen."

„Werden wir dann die Wahrheit erfahren? Nein. Ich muss mit dem Mohnhaupt reden. Der weiß sicher Bescheid."

„Das ist der schrecklichste Fall, den wir je hatten", erklärte Bastian spontan. „Wenn Sie Mohnhaupt schon wieder behelligen, bringen Sie ihm eine Leberwurst mit, damit er nicht gleich durchdreht."

„Wie kommst du nur auf so etwas?"

„Weil er nichts mehr liebt als Leberwürste. Sie achten nicht auf solche Kleinigkeiten, ich aber schon. Mohnhaupt hat nicht nur das Gemüt eines Fleischerhundes, sondern auch dessen Geschmack."

Also durchschritt Hagenberg wenig später die respekteinflößenden Gänge der Liesel und hatte ein Papiersäckchen mit einer Leberwurst bei sich. Er summte leise den Radetzkymarsch und memorierte in Gedanken den inoffiziellen Text: „Wenn der Hund / mit der Wurst / übern Hackstock springt ..."

„Sie sind aber gut aufgelegt, Hagenberg", bemerkte der Hofrat Dambrowsky, der überraschend aus einer Tür trat. Er betrachtete den Besucher misstrauisch. „Was führt Sie zu uns?"

Leugnen war zwecklos. „Ich mache dem Herrn Inspektor Mohnhaupt einen Freundschaftsbesuch."

„Ah so. Einen Freundschaftsbesuch." Der Hofrat erwartete offenbar nähere Aufklärung.

„Ich wollte mich nur für seine Freundlichkeit bedanken und habe ihm etwas mitgebracht. Hoffentlich ist das keine Beamtenbestechung." Er ließ den Hofrat in sein Säckchen sehen.

„Eine Leberwurst! Nein, das ist für einen Beamten in der Dienstklasse des Mohnhaupt noch keine Bestechung. Das kann als Freundschaftsgeschenk durchgehen. Obwohl, freundlich ist er nur selten, der Mohnhaupt, überhaupt wenn er im Dienst ist. Wie kommen Sie mit Ihrem Fall voran, Hagenberg?"

„Der alte Fall ist abgeschlossen. Ich habe jetzt einen neuen Fall übernommen, der meine ganze Aufmerksamkeit erfordert", log Hagenberg ungeniert. „Eine Frau will Ihrem untreuen Ehemann auf die Schliche kommen."

„Das ist brav", lobte Dambrowsky. „Solche Causen sind unproblematisch und lukrativ. Beschränken Sie sich in Hinkunft darauf, Hagenberg. Dann werden wir weiterhin gut miteinander auskommen. Sie dürfen bloß der Polizei nicht ins Handwerk pfuschen. Unsere Mordfälle lösen wir schon selber."

„Jawohl, Herr Hofrat", versprach Hagenberg demütig. „Ich werde mich daran halten."

„So ist es recht. Und jetzt besuchen Sie den Mohnhaupt, bringen Sie ihm seine Leberwurst und lassen Sie ihn schön von mir grüßen. Ich will ja gar nichts davon wissen, wenn er Ihnen gelegentlich einen Tipp gibt." Er sah sinnend vor sich hin. „Es gibt überhaupt eine Menge Dinge, die ich nicht wissen will." Der Hofrat klopfte Hagenberg wohlwollend auf die Schulter und schritt davon.

„Der Dambrowsky lässt mich grüßen und sagt, du sollst mir eine Leberwurst bringen?", fragte Mohnhaupt verstört. „Sind denn alle verrückt geworden? Das Wetter allein kann es nicht sein, vielleicht eine Epidemie?" Er sah in das Säckchen. „Willst du mich bestechen, Rittmeister?"

„Nein. Dein Hofrat meint, dass eine Leberwurst zur Bestechung eines Beamten deiner Dienstklasse nicht ausreicht."

„Wenn du es nur einsiehst." Mohnhaupt schnupperte mit verklärter Miene an der Leberwurst. „Dann danke ich dir recht schön und jetzt: Auf Wiedersehen!"

„Vorher brauche ich noch eine Auskunft von dir."

„Also doch Bestechung. Was willst du jetzt wieder von mir?"

„Wer war der Mann, der gestern Abend im Prater ums Leben gekommen ist. Der, den der Feuerferry in Brand gesteckt hat."

Mohnhaupt fuhr zurück. „Das kann ich dir nicht sagen. Das ist ein Dienstgeheimnis. Eigentlich ist es schon ein Dienstgeheimnis, dass es ein Dienstgeheimnis ist. So gesehen habe ich dir ohnehin schon mehr gesagt, als ich dürfte. Verschwinde jetzt!"

„Komm schon Mohnhaupt, lass mich nicht hängen. Ich verrate sicher niemandem, dass ich es von dir habe, außer dem Bastian Bachler vielleicht."

Mohnhaupt rang mit sich. „Er hat Alexander Waschikov geheißen", sagte er schließlich widerwillig.

„Und was ist so Besonderes daran?"

Mohnhaupt sah wieder in das Säckchen.

„Sie ist ganz frisch und vom besten Fleischer in Wien", lockte Hagenberg. „Nicht von dem in Simmering, der seine Frau verwursten wollte."

Mohnhaupt seufzte abgrundtief. „Er war der Chauffeur vom Grafen Posowsky. Du bekommst kein weiteres Wort mehr aus mir heraus. Verschwinde jetzt endlich."

„Nur noch eines: Wo hat man den Grindbaum hingebracht?"

„Ins Allgemeine Krankenhaus. Er liegt im Sterben. Wir wollten ihn noch einvernehmen, aber er hat uns nur ausgelacht. Was will man mit einem machen, der schon mit einem Bein hinüber ist? Der fürchtet sich auch vor der Justiz nicht mehr." Er schrieb ein paar Worte auf ein Blatt Papier. „Dort findest du ihn, oder was von ihm noch übrig ist."

„Ich bin dir etwas schuldig, Mohnhaupt."

„Mehr als du glaubst und du kannst Gift darauf nehmen, dass ich dich daran erinnern werde, wenn es soweit ist."

◆

„Wenn man uns erwischt, wird das sehr unangenehm", klagte Bastian. „Ich kenne zwar nicht die Paragraphen, aber ins Gefängnis kommen wir sicher. Mit der Kirche und dem Militär ist nicht zu spaßen."

„Vertraue auf Gott, mein Sohn", tröstete ihn Hagenberg salbungsvoll und hob segnend die Hand. Der Portier am Eingang zum Allgemeinen Krankenhaus schlug ein flüchtiges Kreuz und ließ sie ungehindert passieren.

Hagenberg trug die Amtskleidung eines katholischen Priesters, die er in Bastians Fundus entdeckt hatte. Bastian ging hinter ihm her und versuchte einen Messdiener abzugeben.

Sie folgten den Anweisungen, die Mohnhaupt aufgeschrieben hatte, und gelangten in einen großen Saal. Der Boden war mit grauen Fliesen bedeckt. In regelmäßigen Abständen waren Fenster in die Wand gebrochen und ließen erkennen, wie dick das Mauerwerk war. An jeder Längsseite standen etwa fünfzehn Betten aus weißem Eisenrohr, in denen sich Kranke mit den verschiedensten Stadien des körperlichen Verfalls und den Folgen der an ihnen durchgeführten Operationen abquälten. Über den Betten waren schwarze Schiefertafeln angebracht, auf denen mit Kreide Name und Geburtsdatum des Patienten geschrieben waren. Sie erinnerten Hagenberg an unfertige, schlampig ausgeführte Grabsteine, auf denen nur noch das Sterbedatum fehlte. Die Mitte des Raumes nahm ein gewaltiger Tisch ein, der mit medizinischen Geräten, Leibschüsseln, teils leeren, teils gefüllten Urinflaschen und weißen Tüchern bedeckt war. In einer Ecke war ein Arzt damit beschäftigt, einem Mann mit auffallend gelber Gesichtsfarbe eine stricknadelgroße Nadel, an der ein roter Gummischlauch montiert war, in den grotesk aufgeblähten Bauch zu stechen. Der Mann quiekte wie ein gestochenes Schwein. Aus dem Schlauch rann eine trübe Flüssigkeit in ein Glasgefäß, das am Boden stand. Durch die geöffneten Fenster wehte ein schwacher Luftzug und versuchte vergebens den beklemmenden Geruch zu vertreiben.

„Gelobt sei Jesus Christus", sagte Hagenberg zu der geistlichen Schwester, die ihnen entgegentrat. „Ich suche den Ferdinand Grindbaum."

„In Ewigkeit Amen. Er will keinen Priester. Hat Ihnen das Pater Franziskus nicht gesagt? Wer sind Sie, Vater?"

„Ich bin Pater Severin, der Mann für aussichtslose Fälle, die letzte Hoffnung der gequälten Seelen. Pater Franziskus hat mich informiert. Ich hoffe, ich komme noch nicht zu spät. Wo finde ich die arme Seele?"

Die Schwester war sichtlich beeindruckt. Der Rittmeister hatte nicht nur einen guten Offizier, er hätte auch einen guten Geistlichen abgegeben. „Er liegt schon im Sterbezimmer. Bitte folgen Sie mir."

Das Sterbezimmer war kaum mehr als eine größere, fensterlose Abstellkammer neben dem Bad. Es hatte zwei Bewohner. Einer hatte es schon hinter sich und wartete darauf, abgeholt zu werden. Der andere war Grindbaum und würde es auch bald hinter sich haben. Um das zu diagnostizieren brauchte man kein Arzt zu sein. Es roch noch eine Spur unangenehmer als im Krankensaal.

Die Schwester zündete schweigend zwei teilweise abgebrannte Kerzen an, die beidseits eines Kreuzes auf einem weiß lackierten Nachtkästchen aus Blech standen. Eine der Kerzen war kürzer als die andere. Den Rittmeister, der eine ausgeprägte Vorliebe für Symmetrie hatte, störte das, obwohl es in dieser Situation natürlich gleichgültig war. Die Schwester blieb abwartend stehen.

„Danke, meine Tochter", sagte Hagenberg milde. „Was jetzt gesprochen wird, ist nur für Gott bestimmt."

Sie bekreuzigte sich und ging hinaus.

Hagenberg trat ans Bett. „Kannst du mich hören, Ferry?"

Der Sterbende hatte seine letzte Reise schon angetreten. Jetzt hielt er inne und wandte sich noch einmal um. Er schlug die Augen auf und starrte seinen Besucher mit trüben Augen an. „Ich will keinen Priester. Verschwinde, Pfaffe, und lass mich in Frieden gehen."

„Ich bin kein Priester."

„Was willst du dann von mir? Bist du ein Kiberer?"

„Nein, auch das nicht. Ich bin ein Freund. Erinnerst du dich an mich?"

Grindbaum sah ihn aufmerksam an. Seine Lebensgeister schienen noch einmal aufzuflackern. „Jetzt kenne ich dich. Du hast nach der Lotti gefragt."

„Ich suche noch immer nach ihr. Sie ist in Gefahr. Kannst du mir sagen, wo ich sie finde?"

„Ich sage nichts. Ich bin schon auf dem Weg zur Hölle und du kannst nichts tun, um mich zu zwingen."

Hagenberg wurde unheimlich zu Mute. Wer wollte schon freiwillig zur Hölle fahren? „Das mit der Hölle muss nicht sein", ermahnte er den Todgeweihten. „Wenn du willst, lasse ich dir einen Priester rufen, einen richtigen Priester."

Grindbaum brachte eine Art Kichern zustande. „Wirklich? Dann wirst du mit Sicherheit auffliegen. Weißt du, was sie mit einem machen, der sich fälschlich als Priester ausgibt? Einem Kumpel von mir ist das passiert. Ich glaube, er sitzt noch immer. Warum willst du das tun?"

Hagenberg hatte inzwischen heftige Zweifel, ob seine Idee, sich als Priester zu verkleiden, ein guter Einfall gewesen war. Er war kein frommer Mensch und in

Dingen der Religion immer sehr nachlässig gewesen. Aber die gnadenlosen, bis in alle Ewigkeit währenden Konsequenzen eines gottlosen Todes, die ihm als Internatszögling eingebläut worden waren, erfüllten ihn nach wie vor mit abergläubischer Furcht, gegen die sein Verstand nicht immer ankam. Er war wie ein Kind, das am helllichten Tag nicht an Gespenster glaubt und sich doch im Dunkeln vor ihnen fürchtet. „Ich will deine Seele nicht auf dem Gewissen haben", sagte er zögernd.

Grindbaum war eine Weile still, sodass Hagenberg dachte, er sei eingeschlafen. Dann fragte er plötzlich: „Bist du der Rittmeister?"

Hagenberg war überrascht. „Ja, so nennt man mich. Wie bist du darauf gekommen?"

„Die Leute im Prater reden. Es heißt, du willst die Tote aus Venedig rächen. Da ist dir aber schon ein anderer zuvorgekommen."

„Wieso?"

„Der Kerl, der mich abgestochen hat, hat auch den Brachyta eigenhändig ersäuft. Das hat er ganz stolz gesagt, bevor er mir das Messer im Bauch umgedreht hat."

„Was hat er von dir gewollt?"

„Er wollte wissen, wo die Lotti ist. Aber ich habe es ihm nicht gesagt und bin auf ihn losgegangen. Er war schneller als ich und hat zugestochen. Ich habe ihn dafür ganz ordentlich mit Feuer angespuckt. Was ist aus ihm geworden? Sie wollten es mir nicht sagen."

„Er ist tot, verbrannt."

„Sehr gut. Dann treffen wir uns in der Hölle wieder."

„Ich rufe dir jetzt einen richtigen Priester!"

„Das lass ja schön bleiben, wenn du die Lotti finden willst. Versprichst du mir, dass du sie beschützen wirst? Schwöre bei dem Kruzifix dort. Du bist ja offenbar einer, der daran glaubt."

Hagenberg tat was von ihm verlangt wurde.

„Ist recht", flüsterte Grindbaum. Seine Stimmer wurde immer schwächer. „Sie ist noch in Wien. Ich habe sie unlängst in der Patzmanitengasse gesehen. Fast hätte ich sie erwischt, aber sie ist mir ausgekommen. Auf einmal war sie verschwunden. Er war bei ihr ..." Seine Augen verdrehten sich. „Ich habe sie wirklich geliebt", röchelte er und „Es tut mir leid."

„Was tut dir leid?", fragte Hagenberg erschüttert.

„Alles." Schneller als ein Lidschlag wich das Leben aus dem geschundenen Körper.

Hagenberg löschte schweigend die Kerzen und trat gefolgt von Bastian in den Krankensaal zurück. Die Schwester sah ihn an und wagte nicht zu fragen.

„Er hat bereut", war alles was der Rittmeister sagte.

Beim Ausgang begegnete ihnen ein alter, ein sehr alter Priester, der vom Pförtner mit Pater Franziskus angeredet wurde. „Gelobt sei Jesus Christus", sagte er zu Hagenberg. „Kennen wir uns, Bruder?"

„Aber ja doch, ehrwürdiger Vater", antwortete Hagenberg geistesgegenwärtig. „Ich bin Pater Severin. Wir haben uns unlängst über den Grindbaum unterhalten."

„Haben wir das?" Der Alte konnte sich nicht erinnern, aber er wollte nicht zugeben, dass ihn sein Gedächtnis immer öfter im Stich ließ. Er konnte sich auch an einen Grindbaum nicht erinnern. „Ja so", sagte er. „Der Grindbaum. Was ist mit ihm?"

„Er ist in Gottes Hand."

„Das sind wir doch alle, Bruder." Er hob müde die Hand. Es konnte ein Segen, oder auch nur ein grüßendes Winken sein, wahrscheinlich war es beides.

Hagenberg und Bastian machten, dass sie fortkamen.

Kapitel 24

„Ob der Grindbaum wohl in die Hölle gekommen ist, so wie er selber gemeint hat?", fragte Hagenberg nachdenklich und zündete sich eine Zigarette an.

„Sie glauben doch nicht wirklich an so etwas?"

„Natürlich nicht. Ich frage mich ja bloß, theoretisch sozusagen, so als ob es wirklich eine Hölle gäbe."

„Höchstwahrscheinlich schon", befand Bastian ungerührt. „Aber mit einem reumütigen Geständnis und anderen mildernden Umständen kann er es auch ins Fegefeuer geschafft haben und muss bloß ein paar tausend Jahre absitzen. Vielleicht findet er das als ehemaliger Feuerspucker gar nicht so unangenehm. Gut möglich, dass er einen Posten als Hilfsteufel bekommt. Qualifiziertes Personal ist überall gesucht."

„Du bist ein lästerlicher Heide. Dir fehlt es am nötigen Ernst für theologische Überlegungen!"

Bastian fand dieses Gespräch unproduktiv. Mit einem kurzen „Wie geht es jetzt weiter?", versuchte er die Gedanken seines Chefs, der schon wieder Anflüge von Trübsinn erkennen ließ, in die richtigen Bahnen zu bringen.

Fritz unterbrach sie und präsentierte die Zeitung. „Keine besonderen Vorkommnisse, Herr Rittmeister", meldete er. „Nur das Übliche: Von seiner Majestät hört man nichts Neues. Er genießt seine wohlverdiente Sommerfrische, der alte Herr. Umgebracht ist in Wien auch keiner worden. Zumindest steht es nicht in der Zeitung. In Russland gibt es Aufstände. In Odessa haben Matrosen gemeutert und versucht, eine Revolution anzuzetteln. Sie sind aber zusammengeschossen worden. Die Ungarn wollen Deutsch als Kommandosprache in der Armee abschaffen und streiken auch. Die ungarische Regierung hat keine Mehrheit mehr und ist trotzdem auf Weisung seiner Majestät im Amt geblieben. Die Opposition hat daraufhin zum nationalen ungarischen Widerstand aufgerufen. Zum Glück greift die Polizei hart durch. Auch in Wien haben ein paar Unruhestifter für die

Einführung des allgemeinen, gleichen und geheimen Wahlrechtes demonstriert. Etliche haben sogar unseren verehrten Bürgermeister geschimpft und ‚Pfui Lueger' geschrieen. Wahrscheinlich waren es Juden oder Sozialisten. Sie sind gleich verhaftet worden. Viel wird ihnen trotzdem nicht passieren, weil auch seine Majestät den Lueger nicht mag."

„Das mit dem Lueger steht aber nicht in der Zeitung! So etwas schreiben sie doch nie."

„Nein, das nicht, Herr Rittmeister. Das hat mir der Bäck' erzählt, der in der Früh die Semmeln bringt."

„Zu geht's überall", sagte der Rittmeister kopfschüttelnd. „Weiß man, wer der Tote ist, der im Zaubertheater angezündet worden ist?"

Fritz wusste auch darüber Bescheid. Er hielt es für seine Pflicht, auch jene Gäste, die keine Zeitung lesen, aber doch über alle Neuigkeiten informiert sein wollten, die Kurznachrichten zu liefern: „Er heißt Alexander Waschikov. Ein Zuwanderer von der Krim. Er hat sich in Wien mit Gelegenheitsarbeiten durchgeschlagen. Warum er mit dem Feuerspucker in Streit geraten ist, weiß die Polizei nicht, weil beide tot sind und der Fall damit abgeschlossen ist. Sie vermuten, dass es um eine Frau gegangen ist. Das Ganze steht erst auf Seite fünf. Es scheint, dass sich niemand mehr besonders dafür interessiert."

„Zu geht's überall", wiederholte der Rittmeister. „Na dann nehmen's die Zeitung wieder mit. Jetzt weiß ich ja schon alles und bringen's mir, bitte, einen doppelten Cognac."

Er wandte sich an Bastian. „Es wird Zeit, dass wir uns um den Herrn Grafen Posowsky kümmern, den Dienstgeber des Waschikov, der in seinem Auftrag gemordet hat und von dem weder unsere Polizei noch die Presse etwas wissen wollen."

„Damit stechen wir möglicherweise in ein Wespennest."

„Wir werden vorerst jede offene Konfrontation meiden. Ich würde mich aber gerne unbemerkt in seinem Quartier im Royal umsehen. Ich möchte doch zu gerne wissen, mit wem wir es wirklich zu tun haben. Das ist wichtig, denn der Mann ist eine unmittelbare Gefahr für Charlotte. Er hat immerhin seinen Mann fürs Grobe nach ihr suchen lassen. Nicht auszudenken, was der mit ihr gemacht hätte, wenn er sie erwischt hätte.

„Ich werde versuchen, abzuklären, wie wir unbemerkt ins Hotel und in sein Zimmer kommen können."

„Gut. Vorher sollst du aber etwas anderes erledigen. Es ist bloß nicht ganz legal."

Bastian war erstaunt. „Ja und? Das hat uns bisher doch auch nie gestört. Was ist denn los mit Ihnen?"

Hagenberg seufzte. „Ich brauche Papiere für Charlotte Fleuron. Papiere auf einen falschen Namen, aber sonst so echt als möglich. Dann brauche ich eine Unterkunft für sie, wo wir sie unauffällig unterbringen können, sobald wir sie haben."

„Ich verstehe. Sie wollen sie aus dem Verkehr ziehen, sobald wir sie gefunden haben, weil Ihnen ihr derzeitiges Versteck nicht sicher genug erscheint. Es war bisher aber sicher genug und nicht einmal wir haben sie gefunden."

„Das wird sich ändern. Ein Mörder war schon auf ihrer Spur. Den hat zwar der Grindbaum erledigt, ich müsste mich aber sehr irren, wenn er der einzige ist. Sie werden Charlotte bald aufgestöbert und liquidiert haben, wenn ich dem nicht zuvorkomme. Davon bin ich überzeugt."

„Das mit den Papieren und dem sicheren Quartier ist eine leichte Übung", versicherte Bastian. „Das erledige ich sofort. Wir müssen sie bloß noch finden."

„Sie zu finden, übernehme ich. Bevor ich in der Patzmanitengasse anfange, wo sie der Grindbaum zuletzt gesehen haben will, gehe ich in den Prater und durchsuche nochmals ihren Wohnwagen. Ich finde meistens etwas, das andere übersehen haben."

„Ich sollte mitgehen und Ihnen den Rücken frei halten, auf alle Fälle."

„Nicht notwendig. Ich stecke meinen Revolver ein. Kümmere du dich um alles andere, das ich dir aufgetragen habe."

◆

Im Prater schien um die Mittagszeit nicht viel los zu sein. Das täuschte. Die meisten Menschen hatten sich bloß in schattige Gastgärten zurückgezogen und würden bald wieder ausschwärmen, um ihren Geschäften und Vergnügungen nachzugehen. Der Rittmeister drückte sich unauffällig um die Ecke des Zaubertheaters und sah sich um. Niemand war zu sehen. Zielstrebig eilte er auf Charlottes Wohnwagen zu und probierte an der Tür. Zu seiner Überraschung war sie unversperrt und er brauchte seine Dietriche nicht einsetzen. Er war sich sicher, dass der Wagen inzwischen nicht nur von der Polizei, sondern auch von Charlottes Verfolgern gründlich durchsucht worden war. Trotzdem wollte er die Möglichkeit nicht außer Acht lassen, vielleicht doch einen Hinweis auf Charlottes derzeitigen Aufenthalt zu finden.

Dem Inneren des Wagens sah man nicht an, dass er schon durchsucht worden war. Ganz im Gegenteil war alles sehr ordentlich, so wie es bei seinem ersten Besuch gewesen war.

Er sah sich um, ohne etwas zu berühren. Ein Bild, das an der Wand hing und sorgfältig gerahmt worden war, erweckte seine Aufmerksamkeit. Es war eine Rötelzeichnung, ein weiblicher Akt. Das Modell sah dem Betrachter schelmisch lächelnd entgegen. Es konnte keinen Zweifel geben, dass es sich dabei um Charlotte handelte. Er löste das Bild sorgfältig aus dem Rahmen, betrachtete es näher und hielt es gegen das Licht. Obwohl er nichts anderes erkennen konnte als ein sehr reizvolles, nacktes Mädchen hatte er das Gefühl, auf etwas Merkwürdiges gestoßen zu sein. Er konnte bloß nicht festmachen, was es war. Er zögerte einen Augenblick, dann schob er den leeren Rahmen unters Bett und steckte das Blatt zu sich.

Er schnupperte. Es roch nach Charlotte: Ein ganz feiner Hauch nach Sandelholz, Jasmin und Rosen. Der Kuss, den sie ihm gegeben hatte, kam ihm in den Sinn und versetzte ihn in wehmütige, sehnsuchtsvolle Stimmung. Daran mochte auch das freizügige Bild schuld sein, das er so genau betrachtet hatte.

Er hätte besser daran getan, auf seine Umgebung zu achten, anstatt einem belanglosen, geschäftsmäßigen Kuss nachzuträumen. Im letzten Moment ahnte er den Schlag, der von hinten auf ihn zukam und konnte sich zur Seite werfen, sodass ihn der Hieb nur am Kopf streifte. Es gelang ihm, noch im Fallen seinen Revolver zu ziehen, aber nicht schnell genug. Ein Fußtritt entwaffnete ihn. Über ihm ragte eine riesenhafte Gestalt empor und schwang einen Totschläger, um ihm den Rest zu geben.

„Nicht hinhauen", schrie eine dröhnende Stimme. „Das ist der Rittmeister!"

„Ja und?", fragte der Riese, der darin offenbar kein überzeugendes Argument sah, seinem Opfer nicht doch den Schädel einzuschlagen. Der Totschläger schwebte abwartend in der Luft.

„Der Rittmeister", wiederholte der Zwerg mit dem mächtigen Brustkorb, der dem Feuerferry assistiert hatte, eindringlich. Er betonte das ‚Der'.

„Was will er hier?" Der Riese fragte nicht Hagenberg, sondern den Zwerg.

„Was willst du hier?", gab der kleine Mann die Frage an Hagenberg weiter.

Dieser war zu der Überzeugung gekommen, dass ihm unmittelbar keine Gefahr drohte, wenn er den Zwerg von seiner Harmlosigkeit überzeugen konnte.

„Ich suche die Lotti", gestand er wahrheitsgemäß, weil seine Anwesenheit an diesem Ort ohnehin keine andere Deutung zuließ.

„Das habe ich mir gedacht", grollte der Riese und ließ die Kugel am vorderen Ende seines Totschlägers hin und her pendeln. „Ich hau ihm einfach noch eins über die Rübe. Dann sucht er niemanden mehr." Er sah den Zwerg Zustimmung heischend an.

Der schüttelte den Kopf. „Du bist nicht der einzige, der nach Lotti sucht, Rittmeister. Die Kiberer suchen sie und noch ein paar Leute, mit denen nicht zu spaßen ist, und die nicht in den Prater gehören. Was willst du von ihr?"

Hagenberg entschied sich dafür, offen zu sein, weil er in dem Zwerg einen möglichen Verbündeten ahnte. „Ich habe einige Fragen an sie."

„Aha. Welche Fragen?"

„Über Konstanze, das Mädchen, das in Venedig umgebracht wurde. Ich glaube, Lotti kennt das wahre Motiv für den Mord und das wird mich zum Täter führen."

„Darf ich ihn jetzt massakrieren?", fragte der Riese, der ungeduldig wurde.

„Noch nicht. Man erzählt sich im Prater, Rittmeister, dass du ihren Tod rächen willst. Ihr Mörder ist aber schon tot, ersoffen in Venedig drüben. Was soll das Ganze also?"

„Ihr Mörder ist tot, aber nicht sein Auftraggeber; dem will ich an den Kragen."

Der Zwerg und der Riese wechselten einen Blick. Der kleine Mann runzelte die Stirn. „Was hast du mit einem Mädchen wie Konstanze zu schaffen?", fragte er. „Ich weiß über dich Bescheid, Rittmeister. Du verlangst sehr viel Geld, bevor du jemandem hilfst. Die Kleine war arm wie eine Kirchenmaus."

„Sie wollte mich trotzdem engagieren", sagte der Rittmeister grimmig. „Wahrscheinlich hätte ich den Auftrag ohnehin nicht angenommen. Wie du ganz richtig gesagt hast, mache ich ohne Bargeld gar nichts. Dann ist sie aber umgebracht worden, noch bevor ich ihr das sagen konnte. Ich mag es nicht, wenn potentielle Klienten praktisch vor meinen Augen abgemurkst werden. So etwas schadet dem Geschäft und das kann ich nicht durchgehen lassen. Außerdem erscheint mir ständig ihr Gespenst und sekkiert mich."

Wenn er durch den Schlag nicht benommen gewesen wäre, hätte er das mit dem Gespenst nicht gesagt. Jetzt würde ihn der Kleine wahrscheinlich für verrückt halten. Zu seiner Überraschung nickte der Zwerg nur nachdenklich. „So etwas kommt vor", meinte er gelassen. Vielleicht hatte die Tätigkeit im Zaubertheater, das für seine spektakulären Geistererscheinungen berühmt war, sein Urteilsvermögen getrübt.

„Von welchen Gespenstern redet ihr?", fragte der Riese verwirrt. „Hau ich jetzt zu, oder nicht?"

„Nein, du haust nicht zu. Hilf ihm auf und sei freundlich zu ihm", befahl der Zwerg. Er reichte Hagenberg, der mit zitternden Knien auf die Beine kam, die Hand. „Wir sind Freunde von Lotti und passen auf ihre Sachen auf, während sie weg ist. Ich bin Guzman." Er deutete auf den Riesen. „Das ist Finger. Alle sagen so zu ihm. Ich weiß gar nicht, wie er richtig heißt."

„Das ist, weil ich so geschickte Finger habe", erklärt der Riese stolz. „Ich spiele im Theaterorchester die Harfe."

Hagenberg sank auf einen Sessel, zündete sich eine Zigarette an und sah sich nach seinem Revolver um.

„Den hast du schon wieder einstecken", grinste Finger. „Ich habe dir doch gesagt, dass ich geschickt bin."

„Du bringst Lotti nur in Gefahr, wenn du nach ihr suchst", erklärte Guzman eindringlich. „Verstehst du das?"

„Das verstehe ich. Sie kann sich bloß vor den anderen Leuten, die auch nach ihr suchen, nicht auf Dauer verstecken. Ich habe Vorkehrungen getroffen, um sie in Sicherheit zu bringen, sobald ich sie gefunden habe. Ich werde sie beschützen. Das habe ich dem Ferry schwören müssen, ich hätte es aber auch so getan."

„Wann hast du mit Ferry gesprochen?", fragte Guzman verblüfft. „Er ist doch tot. Erscheint er dir auch als Gespenst?"

„Das tät mir grad noch fehlen. Nein, ich habe ein paar Minuten bevor er gestorben ist, mit ihm gesprochen."

„Wie hast du das angestellt? Ich habe ihn im Spital besuchen wollen, bin aber sofort hinausgeschmissen worden. Polizeiliche Anordnung, haben sie gesagt. Überhaupt niemand darf zu ihm."

Hagenberg genoss seinen kleinen Triumph. „Für mich ist das kein Problem. Das ist der Grund, warum mir manche Leute viel bezahlen, damit ich ihre Probleme löse."

Guzman war gebührend beeindruckt. „Ja, das sagen alle, mit denen ich über dich geredet habe: Du bist ein gerissener Hund. Was hat Ferry noch gesagt?"

„Er hat gesagt, dass sich Lotti noch in Wien aufhält. Er ist aber leider nicht mehr dazu gekommen, mir zu sagen, wo genau. Wisst ihr vielleicht Näheres?"

„Nein", antwortete Guzman. „Ihr plötzliches Verschwinden ist auch für uns unerwartet gekommen. Sie hat nicht einmal uns, ihren Freunden Bescheid gegeben. Es wird aber schon richtig sein, dass sie noch in Wien ist. Ferry hat am Tag, bevor er niedergestochen wurde, voller Freude herumerzählt, er weiß jetzt, wo sie ist. Bald wird die Lotti wieder zurück bei ihm sein, hat er gesagt."

„Er hätte besser den Mund gehalten", murmelte Hagenberg. „Seine Geschwätzigkeit hat ihm den Besuch eines Mörders eingebracht. Schade, dass er mir nicht mehr verraten konnte. Er hat nur noch geröchelt, dass er sie geliebt hat, dann ist er gestorben."

„Geliebt hat er sie wirklich", sagte Guzman. „Auf seine Weise halt. Armes Schwein."

„Er hat ein Hundertkronenmädchen aus ihr gemacht." Hagenbergs Stimme klang plötzlich unerbittlich und hart. „Er hat sie regelmäßig verprügelt und praktisch auf den Strich geschickt."

Guzman sah ihn aufmerksam an. „Er ist aber auch für sie gestorben, vergiss das nicht. Weißt du, Rittmeister, das hier ist nicht deine Welt. Es gibt viel, das du nicht verstehst, so schlau du auch bist."

„Es gibt Dinge, die beurteile ich in jeder Welt gleich", erklärte Hagenberg unnachsichtig. „Es ist eine Schande, was er mit ihr gemacht hat. So eine Behandlung, so ein Schicksal hat sie sicher nicht verdient."

Der Riese zog an seinen Fingern, dass sie knackten. „Er hat sich in sie verliebt", erklärte er überraschend. „Schon wieder einer."

„Ganz sicher nicht", protestierte Hagenberg. „Ich kenne sie ja kaum. Ich habe nur einmal mit ihr geredet und sie bloß einmal geküsst."

Sofort bereute er, dass er den Kuss überhaupt erwähnt hatte. Er rieb sich den Kopf und spürte eine gar nicht so kleine Beule.

„Das reicht doch völlig", meinte Finger. „Mach dir nichts daraus. Du bist nicht der Erste, dem sie den Kopf verdreht hat. Wenn ich da nur an den Künstler denke ..."

„Ich glaube nicht, dass ihn das interessiert", warf Guzman ein.

Finger ließ sich nicht bremsen. Wenn er nicht eine gewalttätige Phase hatte, war er ein ausgesprochen umgänglicher und gesprächiger Mensch. „Er ist so oft als möglich zu ihr gekommen und hat jedes Mal brav hundert Kronen bezahlt", berichtete er. „Auf die Dauer und weil er immer öfter kommen wollte, hat er sich das natürlich nicht mehr leisten können. So viel Geld verdient ein Künstler ja nicht. Er hat außerdem ständig davon geredet, dass er sie retten will und solche komischen Sachen. Sie hat es mir im Vertrauen erzählt. Sie hat oft mit mir geplaudert und war freundlich zu mir, nicht so wie andere, die mich für dumm halten. Das bin ich aber nicht." Er schniefte und fuhr sich mit der Hand über die Nase. „Sie wollte es dann sogar umsonst mit ihm machen, weil er ihr leid getan hat. Da ist sie beim Ferry aber an den Falschen gekommen. Er hat ihr die Flausen gründlich ausgetrieben und ihr ein blaues Auge gehaut. Ich habe mir überlegt, dem Ferry dafür eine Tracht Prügel zu verpassen. Aber Guzman hat gesagt, das gehört sich nicht, weil sie doch sein Mädchen ist und er sie daher jederzeit bestrafen darf, wenn sie unfolgsam ist." Er sah Guzman vorwurfsvoll an.

„Was ist aus diesem Künstler geworden?", fragte Hagenberg interessiert. Er dachte an das Bild, das er eingesteckt hatte und sah unwillkürlich an die Stelle, wo es gehangen hatte.

Guzman folgte seinem Blick und runzelte neuerlich die Stirn. „Keine Ahnung", sagte er nachdenklich. „Ich habe ihn nicht mehr gesehen, seit dem Tag an dem Lotti verschwunden ist."

„Er hat Heinz geheißen", meldete sich Finger wieder zu Wort. „Sie hat immer Heinzi zu ihm gesagt."

Hagenberg nickte mehrmals und wechselte dann das Thema. „Vor ein paar Wochen ist hier ein Mann erstochen worden. Wart ihr das?"

„Natürlich nicht", empörte sich Guzman. „Wir bringen doch keine Leute um!"

Hagenberg rieb sich seinen schmerzenden Kopf und sah skeptisch nach Finger. Der schaute verlegen.

„Wer war es dann?"

„Das wissen wir nicht. Wir haben befürchtet, die Kiberer werden einen furchtbaren Aufstand machen und alles auf den Kopf stellen, damit sie den Täter finden. Dabei kann auch ganz leicht ein Unschuldiger unter die Räder kommen. Ist aber nicht passiert. Sie haben bloß ein paar Leute befragt, dann sind sie verschwunden und wir haben von der Sache nichts mehr gehört. Eigenartig ist das schon. Der Tote war übrigens auch ein Privatermittler, so wie du."

„Das weißt du auch?", fragte Hagenberg erstaunt.

„Gut informiert zu sein, ist alles."

Hagenberg dachte, dass der Zwerg nicht bloß ein Assistent für mittelmäßige Artisten war, sondern weit mehr in ihm steckte. „Wenn du schon so gut informiert bist, verrätst du mir, warum eine Mörderbande hinter Lotti her ist?"

„Wahrscheinlich, weil sie Bescheid weiß, weshalb Konstanze sterben musste."

„So weit bin ich selber auch schon gekommen. Das habe ich vorhin selbst gesagt."

„Mehr weiß ich auch nicht."

Der Rittmeister seufzte. „Etwas dagegen, wenn ich jetzt gehe?" Er sah Finger an, der vor der Tür stand.

„Selbstverständlich nicht", erklärte Guzman zuvorkommend. „Betrachte uns als Verbündete. Ich werde dich informieren, wenn ich etwas Neues erfahre. Ich weiß, wo ich dich finden kann."

Finger gab die Tür frei. Hagenberg nickte den beiden kurz zu und suchte das Weite.

„Wenn du etwas von Lotti hörst, lass es uns wissen!", rief ihm Guzman nach. „Wir machen uns Sorgen um sie. Du weißt doch: Wir sind ihre Freunde!"

Der Rittmeister begab sich schnurstracks ins Café Wien. Unterwegs versuchte er, sich über seine neuen Verbündeten im Klaren zu werden. Er traute ihnen nicht so recht. Das traf vor allem auf Guzman zu. Der Mann, der sich Finger nannte, war ein reiner Tor, der aber Guzmans Befehlen bedingungslos folgte. „Ich habe gut daran getan", dachte der Rittmeister, „dass ich nichts über Charlottes wahrscheinlichen Aufenthalt verraten habe. Es ist besser, die beiden glauben, ich tappe im Dunkeln."

Wie sich nachträglich herausstellte, war er aber doch nicht schlau genug gewesen.

Kapitel 25

Sein Lieblingsplatz war besetzt. Bastian saß dort und tuschelte mit einem kleinen, bescheiden gekleideten Mann. Dann stand der Fremde plötzlich auf, warf Hagenberg einen schiefen Blick zu und verließ eilig das Lokal. Fritz sah ihm hinterher und dachte, dass wohl der Rittmeister für dessen Konsumation, einen doppelten Korn, aufkommen werde.

„Wer war das?", fragte Hagenberg.

„Ein Papierhändler, könnte man sagen", grinste Bastian. Er schob ein paar Dokumente über den Tisch. Sie wirkten ordentlich, aber abgegriffen. „Das sind alle Papier, die eine junge Frau aus Lemberg braucht, keine Fälschungen, sondern alles echt. Es wird garantiert, dass ihr Gebrauch keine Probleme bereiten wird, weil die ursprüngliche Besitzerin tot ist. Sie war eine ledige Mutter und ist vor einem halben Jahr im Krankenhaus an Kindbettfieber gestorben. Das Kind hat auch nicht überlebt. Angeblich hatte sie keine Angehörigen. Ihr Leichnam und der ihres Kindes wurden dem Obduktionssaal zu Studienzwecken für Studenten überlassen. Was dann noch übrig war, hat man in einem Massengrab ohne Grabstein beigesetzt. Ihr Krankenakt, der sowieso niemanden interessiert hat, ist leider auch in Verstoß geraten. Das hat die Sache ein bisschen verteuert. Wenn nicht jemand gezielt in den Sterbeprotokollen sucht, ist nichts mehr über sie zu finden. Es sind ausgezeichnete Papiere."

„Armes Ding", murmelte Hagenberg. „Hast du viel bezahlt?"

„Vierhundertsiebzig Kronen. Der Kerl, der sie mir verschafft hat, ist vertrauenswürdig und diskret; soweit das in diesen Zeiten und in diesem Milieu überhaupt möglich ist."

„Wollen wir es hoffen", sagte Hagenberg und studierte die Ausweise. Die Verstorbene hatte Bohumilla Horatschek geheißen. Alter und Personenbeschreibung passten gut zu Charlotte. Sogar die Augenfarbe stimmte. Es überraschte ihn, dass er sich so genau an ihre Augenfarbe erinnern konnte: Ein sanftes Braun mit grünen Lichtern.

„Ich habe außerdem in einem Hotel in Hernals ein Zimmer für meine Nichte, die demnächst in Wien ankommen wird, reservieren lassen", fuhr Bastian fort. Der Besitzer ist ein guter Bekannter, der keine unnötigen Fragen stellt." Er schob einen Zettel über den Tisch. „Das ist die Adresse. Jetzt müssen Sie bloß noch das Mädchen finden."

Fritz trat an ihren Tisch. „Was steht zu Diensten, Herr Rittmeister?"

„Ein Cognac, nein, bringen's mir einen doppelten Cognac. Ich hab' Kopfweh. Sagen Sie, Fritz, heben Sie die alten Zeitungen auf?"

„Ein paar Tage schon."

„Gehen's schaun's bitte nach, ob Sie noch die Ausgaben haben, in denen über den Mord in Venedig und über das Verschwinden der schwebenden Jungfrau berichtet wurde."

Wenig später brachte Fritz den Cognac und die verlangten Zeitungen.

Der Rittmeister breitete sie vor Bastian aus. „Schau dir die Bilder an und auch das." Er legte die Zeichnung aus Charlottes Wohnwagen daneben.

Nach einer Weile meinte Bastian zögernd: „Ich verstehe ja nichts davon, aber so auf Anhieb würde ich meinen, diese Zeichnungen stammen alle von derselben Hand. Wo haben Sie den Akt her?"

„Aus Charlottes Wohnwagen. Sie hatte einen glühenden Verehrer und gleichzeitig – solange er zahlen konnte – einen Stammkunden aus Sicht des Feuerferry. Er war angeblich Künstler und wollte sie aus dem Milieu herausholen. Sie hat ihn Heinzi genannt. Seit Charlottes Verschwinden hat auch ihn niemand mehr im Prater gesehen."

Bastian studierte die Signatur auf den Pressebildern. „Und wie heißt dieser Rybar mit Vorname?"

„Heinrich. Ich habe ihn einmal beim Mohnhaupt persönlich kennen gelernt."

Bastian lehnte sich verblüfft zurück und sah seinen Chef bewundernd an. „Das könnte es sein!"

„Ich bin mir sicher. Schön langsam bekommt alles Sinn. Rybar hat sie im Prater kennengelernt, sich in sie verliebt und sie dazu gebracht, dem Grindbaum davonzulaufen. Wahrscheinlich hat sie nicht nur von ihrem sogenannten

Beschützer die Nase voll gehabt, sondern sie hat sich nach dem Mord an Konstanze auch selbst bedroht gefühlt. Völlig zu Recht, wie sich nachträglich herausgestellt hat. Also ist sie auf seinen Vorschlag eingegangen, hat gemeinsam mit ihm ihre Flucht organisiert und ist höchstwahrscheinlich bei ihm untergeschlüpft. Der Kerl hat dann sogar noch eine dramatische Geschichte daraus gemacht und in der Zeitung veröffentlicht."

„Wissen wir, wo er wohnt?"

„Nein. Wahrscheinlich in der Leopoldstadt, in der Pazmanitengasse oder in der Umgebung. Dort ist Charlotte zuletzt gesehen worden. Ich könnte Mohnhaupt fragen, wo Rybar wohnt. Der weiß es sicher. Oder noch besser, ich frage selbst im Zentralmeldungsamt nach."

„Dazu ist keine Zeit mehr. Du solltest dich lieber beeilen", sagte das Gespenst. Es saß neben Bastian am Tisch und sah ihn fordernd an. Er konnte es genau sehen. „Du findest Rybar auch so. Du brauchst nur nach ihm zu fragen. Beeil dich. Du hast nicht mehr viel Zeit und du musst sehr vorsichtig sein."

Hagenberg hatte sich inzwischen zu der Überzeugung durchgerungen, dass es in Wirklichkeit kein Gespenst gab. Es war sein eigenes Unterbewusstsein, das ihn manchmal narrte und zu ihm sprach. Er hatte nämlich unlängst in der Zeitung gelesen, dass so etwas vorkommen konnte. Ein gewisser Doktor Freud behandelte Fälle, in denen dieses Unterbewusstsein Ärger verursachte. Vielleicht sollte er den Doktor gelegentlich aufsuchen. „Wir sollten uns besser beeilen", wiederholte er folgsam. „Ich fürchte wir haben nicht mehr viel Zeit. Sicher finden wir Rybar auch so. Die Leute kennen einander in der Leopoldstadt."

Das Gespenst lächelte ihm zu und verblasste.

Bastian schaute erstaunt. „Wenn Sie meinen, Herr Rittmeister, dann fahren wir eben gleich in die Leopoldstadt."

◆

„Es wäre mir lieber, wir hätten Zeit genug gehabt, um uns unkenntlich zu machen", bemerkte der Rittmeister, als sie schon unterwegs waren.

„Nanu? Das schätzen Sie doch sonst nicht so."

„Diesmal schon. Ich habe ein ungutes Gefühl. Folgt uns jemand?"

„Ich habe niemanden bemerkt." Bastian zog den Rittmeister überraschend in einen dunklen Hauseingang und kramte in seinen Taschen. „Zufällig habe ich etwas bei mir. Halten Sie still." Er befestigte mit sicheren Griffen einen malerischen Schnauzbart im Gesicht seines Chefs. Dann zog er eine zusammengefaltete Baskenmütze hervor. „Wie hätten Sie es gern?"

„Künstlerisch, wenn's geht."

„Aber ja doch." Bastian drückte ihm die Mütze auf den Kopf und verlieh ihr einen verwegenen Schwung. „Sie sollten nicht stocksteif gehen, wie sonst, sondern mit hängenden Schultern. Die Füße müssen sie ein bisschen schleifen lassen. So wie die Einjährig Freiwilligen, die sie früher deswegen immer angebrüllt haben. Schlurfen sollen Sie! Ja, so ist es gut!"

Hagenberg bewunderte sein Spiegelbild in einem Schaufenster. Er erkannte sich selber nicht mehr wieder.

„Wenn wir da sind", ordnete er an, „treten wir nicht gemeinsam auf. „Du bleibst im Hintergrund und hältst mir den Rücken frei."

Das Gespenst, Hagenbergs Unterbewusstsein, sein Verstand oder was auch immer, hatte recht gehabt. Es war leicht Rybar zu finden. Schon beim ersten Versuch hatte er Erfolg.

„Rybar?", grübelte der Grünzeughändler, den er nach dem Zeichner fragte. „Ich weiß nicht. Was wollen Sie denn von ihm?"

Die Frage ließ erkennen, dass er genau wusste, wer der Gesuchte war. Aber es wäre ja möglich gewesen, dass Hagenberg der Gerichtsvollzieher war, obwohl er nicht so aussah. Sie hielten zusammen, die Leute in der Leopoldstadt, überhaupt, wenn es gegen die Obrigkeit ging.

Der Rittmeister zerstreute die Bedenken des Gemüsetandlers. „Emerikus von Pestalozzi, Handelsvertreter für Künstlerbedarf", stellt er sich vor. Er nuschelte ein wenig. Das hatte ihm Bastian geraten. Der Schnauzbart, dessen Spitzen sich ständig in seinen Mund verirren wollten, half ihm dabei. „Feinste Ölfarben,

Wasserfarben, Stifte, Zeichenpapier, Leinwände in allen Größen, Staffeleien, Pinsel aus echtem Dachshaar versteht sich ..." Er holte tief Luft.

„Ich glaub's Ihnen ja", verhinderte der Herr über Paradeiser, Krauthäuptel, Salat, Bündel mit Suppengrün und anderem Grünzeug weitere Anpreisungen von Waren, mit denen er überhaupt nichts im Sinn hatte. „Sie meinen den Maler. Der wohnt gleich gegenüber, im Innenhof, erster Stock."

Hagenberg versuchte den Mann davon zu überzeugen, dass ein künstlerisch wertvoller und doch preiswerter Öldruck sein Geschäft ganz außerordentlich schmücken würde und wurde nicht unfreundlich, aber nachdrücklich auf die Straße geschoben.

Er betrat das gegenüberliegende Haus. Bastian war nirgends zu sehen.

Das Haus hatte nur ein Stockwerk. Zu den hofseitigen Wohnungen im ersten Stock gelangte man über eine Stiege und außenliegenden Laubengängen, die den ganzen viereckigen Innenhof umzogen und in Wien Pawlatschen genannt wurden. Das war zwar seit dem Brand des Ringtheaters für Neubauten feuerpolizeilich verboten, aber sonst sehr praktisch, weil man sich dadurch im Inneren des Gebäudes Gänge ersparte.

Hagenberg trat aus dem düsteren Stiegenhaus auf den Gang hinaus und begann ihn zu umrunden, wobei er die Türschilder studierte. Durch die teilweise geöffneten Fenster konnte man in die Wohnungen hineinsehen. Er legte allerdings Wert darauf, selbst möglichst wenig beobachtet zu werden und hielt nicht inne. Der Hof war von gedämpften Stimmen, gelegentlich auch Kindergeschrei und den Nachgerüchen des Mittagessens erfüllt. Die meisten Leute schienen ein Kohlgericht gehabt zu haben. Obwohl Hagenberg Kohl nicht mochte, wahrscheinlich, weil er ihn im Internat immer essen hatte müssen, verspürte er Hunger. Wenn ihn seine innere Stimme nicht zur Eile gedrängt hätte, wäre er vor seinem Ausflug in die Leopoldstadt noch Mittagessen gegangen.

Auf der gegenüberliegenden Hofseite wurde er schließlich fündig. ‚*Heinrich Rybar*' stand auf dem Türschild. Die Fenster waren geschlossen. Er konnte in der Wohnung keine Geräusche hören. Klingel gab es keine, also klopfte er mehrmals. Nichts rührte sich. Das war unangenehm und so nicht vorhergesehen. Sein

Sperrzeug wagte er nicht einzusetzen, weil man hier von den umliegenden Wohnungen leicht beobachtet werden konnte. Er war schon entschlossen, sich zurückzuziehen und Bastian mit der Observierung des Hauses zu beauftragen, als die Tür unter einem letzten energischen Klopfen nachgab und sich leicht öffnete. Er hatte nicht erst heute Vormittag bei Charlottes Wohnwagen sondern auch schon früher die Erfahrung gemacht, dass unversperrte Türen, die eigentlich versperrt sein sollten, kritisch waren. Er trat rasch ein und zog seinen Revolver. Es war aber nichts Beunruhigendes zu erkennen.

Er befand sich in der Küche. Auf dem Tisch war für zwei Personen gedeckt. Jemand hatte sich bemüht, dem bevorstehenden Mal einen schönen Rahmen zu geben. Das Tischtuch war fast frisch und in einer kleinen Vase steckten einige Schnittblumen. Hagenberg schaute in die Töpfe auf dem Herd. Es sollte Sauerkraut mit Würsten geben. Die Speisen waren noch warm. Er schnupperte in der Erwartung, den typischen zarten Geruch Charlottes zu spüren. Es roch aber nur leicht nach Urin. Unter dem Spültisch stand ein halbgefüllter Kübel. Sowohl die gemeinsame Wasserstelle, die sogenannte Bassena, als auch der Abtritt befanden sich nämlich im Inneren des Hauses. Meist benutzten die Mieter daher einen Kübel und entleerten ihn nur nach Bedarf am Gangklosett.

Er öffnete vorsichtig die verglaste Tür ins Wohnzimmer. Wohnungen dieser Art besaßen im Allgemeinen nur zwei Räume: Eine Küche und ein Wohnzimmer. Das Wohnzimmer war relativ groß. Es beherbergte ein Doppelbett, zwei Kästen, einen kleinen Schreibtisch, auf dem einige Skizzen lagen, und einen größeren Tisch mit einer Garnitur von fünf Sesseln. Eigentlich hätten es sechs sein sollen, aber der sechste war dem Schreibtisch zugeordnet worden. In einer Ecke lehnte eine zusammengeklappte Staffelei.

Sonst war keine lebende Seele zu sehen. Ein Toter schon. Hagenberg hatte in all seinen Jahren beim Militär keinen gewaltsam getöteten Menschen gesehen, abgesehen von jenem Oberleutnant, der blöd genug gewesen war, sich wegen eines Streites, ob der Dackel des Oberst reinrassig sei oder nicht, auf Pistolen zu duellieren.

Der letzten Feldzug der k.u.k. Armee – damals war Hagenberg natürlich noch nicht dabei gewesen – lag nämlich schon fünfundzwanzig Jahre zurück und hatte anlässlich der blutigen und wenig ruhmreichen Besetzung von Bosnien und der Herzegowina stattgefunden. Diese Gebiete saßen nun wie ein vergifteter Stachel im Fleisch der Monarchie. Das Gift war tödlich, es wirkte aber langsam und der Patient spürte nur ein ständiges Unwohlsein und eine zunehmende Schwäche. Die k.u.k. Armee beschränkte sich seither darauf, fesch und ehrenhaft zu sein und auf Verlangen der Politiker mit dem Säbel zu rasseln, aber nicht zu sehr. Im Übrigen pflegte man ehrwürdige Traditionen und träumte von besseren Zeiten. Diese lagen in weiter Vergangenheit oder in naher Zukunft, aber sicher nicht in der Gegenwart. Erst in seiner neuen Profession als Privatdetektiv hatte der Rittmeister, der nie im Gefecht gestanden war, mit Erstaunen zur Kenntnis nehmen müssen, dass Zivilisten oft weit mörderischere Gelüste hatten, als so mancher Militär.

Er hatte inzwischen zwar schon eine Reihe sogenannter Tatorte und Mordopfer gesehen, aber ganz hatte er sich noch immer nicht daran gewöhnt. Er schluckte. Es schmeckte bitter, so wie saure Milch.

Rybar lag vor dem Schreibtisch. Man hatte ihm den Schädel eingeschlagen und zwar von vorne und das so heftig, dass die linke Seite seines Kopfes deformiert war. Unter seinem Gesicht breitete sich eine Blutlache aus, die hauptsächlich aus seinem Ohr gekommen war. Zeichen eines Kampfes waren nicht zu erkennen.

Hagenberg trat an den Toten heran und betrachtete ihn. Eine Waffe, mit der die tödliche Wunde zugefügt worden war, befand sich nicht im Raum. Der Täter hatte sie offenbar mitgenommen. „Wahrscheinlich ein Totschläger mit einer Stahlkugel", murmelte er und dachte an Finger. Viel hatte nicht gefehlt und das gleiche Schicksal wie Rybar hätte auch ihn ereilte.

Er kniete nieder und berührte behutsam mit dem Finger die Blutlache. Das Blut war noch nicht geronnen und fühlte sich warm an. Rybar musste kurz vor seinem Eintreffen gestorben sein.

„Du warst nicht schnell genug", sagte Konstanzes Stimme in seinem Kopf, „und du warst unvorsichtig. Habe ich dich nicht gewarnt?"

„Du warst unvorsichtig", sagte der bullige Mann, der breitbeinig in der Tür stand und einen Revolver auf ihn richtete. „Leg deine Waffe vorsichtig auf den Boden und steh auf. So ist es gut. Wer bist du?"

Hagenberg schwieg und überlegte fieberhaft, was er jetzt tun sollte.

Der Fremde musterte ihn aufmerksam. „Nimm dir den blöden Bart ab und die Kappe. Wir sind nicht im Kasperletheater. Ich will sehen, mit wem ich es zu tun habe."

Hagenberg schwieg weiter und tat, was von ihm verlangt wurde.

„Der Rittmeister! Fast habe ich es mir schon gedacht. Ich hätte mehr von dir erwartet, aber du kommst mir gerade recht. Der Fremde richtete seine Waffe gegen Hagenbergs Stirn.

„Wenn du schießt, kommst du nicht weit", sagte der Rittmeister und versuchte gelassen zu wirken. „In den Wohnungen rund um uns sind viele Leute."

„Keine Sorge. Von denen wird mich sicher keiner aufhalten."

„Hast du ihn umgebracht?" Hagenberg deutete auf den Toten. Er war bemüht, ein Gespräch aufrechtzuerhalten, um Zeit zu gewinnen.

Der Fremde grinste. „Was denkst du?"

„Warum?"

„Weil er mir nicht sagen wollte, wo die kleine Hure ist."

„Zwei Männer sind deswegen schon für sie gestorben", murmelte der Rittmeister. Er dachte an Ferry und den toten Zeichner zu seinen Füßen.

„Es könnten drei werden. Denn du wirst auch gleich tot sein, wenn du mir nicht sagst, wo ich sie finde."

„Ich weiß es nicht, ich dachte, sie ist hier."

„Ich auch. Schade! Dann kann ich dich nicht mehr brauchen." Der Fremde steckte mit einer flinken Bewegung seine Pistole weg und zog einen Totschläger hervor. „Das macht weniger Lärm. Du kannst ruhig versuchen, dich zu wehren. Es wird dir zwar nichts nützen, aber mir macht es mehr Spaß."

Er kam mit einem taumelnden Schritt ins Zimmer, so als ob er vorwärts gestoßen worden wäre. Hagenberg spannte alle Muskeln an, um sich dem Angreifer entgegenzuwerfen. In der Hand eines geübten Kämpfers war so ein

Totschläger eine knochenbrechende, tödliche Waffe. Hagenberg war zwar ein tüchtiger Säbelfechter und ausgezeichneter Revolverschütze, aber im brutalen Handgemenge und Straßenkampf nicht erfahren. Seine Kondition war auch nicht die Beste: „Zu viele Zigaretten, zu viel Kaffee und zu viel Cognac", dachte er „Meine Chancen stehen schlecht."

Der Angriff blieb aus. Der Mörder sah ihn erstaunt an und machte noch einen stolpernden Schritt vorwärts. Dann gaben seine Knie nach. Er fiel vornüber und kam über Rybar zu liegen. In seinem Rücken steckte bis zum Heft ein Jagdmesser.

„Das war um Haaresbreite", sagte Bastian gelassen. „Ist alles in Ordnung mit Ihnen?"

Hagenbergs Herz raste. Er nickte, weil er der Festigkeit seiner Stimme nicht traute. Bastian riss das Messer aus dem Rücken des Unbekannten. Er machte sich nicht die Mühe, sich von dessen Tod zu überzeugen. Er wusste um die Wirkung des Stiches, den er angewandt hatte. Sorgfältig reinigte er die Klinge an den Kleidern seines Opfers. Viel Blut war nicht daran gewesen.

„Wer war er?"

„Ich weiß es nicht", sagte Hagenberg, der sich inzwischen wieder ein wenig gefasst hatte. Er beugte sich über den Unbekannten und durchsuchte dessen Taschen. „Sieh an. Ein Soldbuch. Er war Korporal in Galizien, aber zur besonderen Verwendung nach Wien abkommandiert."

„Militärischer Geheimdienst", sagte Bastian. „Wir sollten sehr rasch von hier verschwinden. Ich habe keine Lust, die beiden Leichen zu erklären. Man würde die Gelegenheit wahrscheinlich nutzen, um uns alles Mögliche anzuhängen."

„Du hast recht. Ein wenig Zeit bleibt uns aber noch."

Hagenberg begann systematisch das Zimmer zu durchsuchen. Das Bett war nur schlampig gemacht. Er schlug die Decken zurück und betrachtete die zerwühlten, fleckigen Laken. „Hier haben zwei Menschen geschlafen", konstatierte er, „und einander geliebt."

Der unangenehme Geschmack in seinem Mund verstärkte sich. „Liebe, Glück und Tod", dachte er und verspürte tiefe Traurigkeit und Mitleid mit dem toten Zeichner. „So rasch kann es gehen, von einer Minute auf die andere."

Er riss sich zusammen und suchte weiter nach Spuren von Charlottes Anwesenheit. Sichere Anhaltspunkte hatte er bisher nicht entdeckt. Im Schrank fand er schließlich ein paar Stück zerknüllte, gebrauchte Damenwäsche. Er schnupperte daran. Sie rochen nicht gut, nicht nach Charlotte, fand er. Er warf sie angewidert in den Kasten zurück. Bastian gab undefinierbare Geräusche von sich, die wohl sein Befremden ausdrücken sollten. Auf dem Schreibtisch entdeckte er schließlich eine Zeichnung. Noch ein Akt von Charlotte, die auf dem Bett lag und sich wohlig räkelte. Ihr Gesicht war deutlich zu erkennen. Der Rittmeister faltete das Blatt zusammen und steckte es zu sich. Schön langsam bekam er eine ganze Sammlung von Bildern zusammen, die Charlotte zeigten, nur sie selber blieb verschollen.

„Ich verstehe das nicht", murmelte Hagenberg. Ich war mir so sicher, dass sie hier ist."

„Darüber können Sie sich später wundern. Wir sollten machen, dass wir wegkommen", drängte Bastian.

Sie traten auf den Gang hinaus und vermieden jede verdächtige Eile. „Wir werden die Gegend eine Weile im Auge behalten", entschied Hagenberg, „damit wir sie abfangen können, falls sie sich doch noch blicken lässt. Sie ist irgendwo in der Nähe, da bin ich mir ganz sicher."

Daraus wurde nichts. Als sie aus dem Haus kamen, geschahen mehrere Dinge gleichzeitig. Hinter ihnen im Hof, aber auf der Gasse deutlich zu hören, brüllte eine weibliche Stimme lauthals und monoton immer wieder: „Mööööörder!" Es klang gar nicht wie ein Alarmschrei, sondern eher als ob sie einen Mörder rufen wollte: „Moooorder! Moooorder!" Trotzdem glich die Gasse in wenigen Augenblicken einem aufgeschreckten Ameisenhaufen. Aus Geschäften und Hauseingängen eilten Menschen und fragten einander aufgeregt, was passiert sei. Der Gemüsehändler von gegenüber rannte aus seinem Geschäft und hielt es für hilfreich, in das Geschrei einzustimmen, obwohl er keine Ahnung hatte, was geschehen war. „Möööörder", kreischte auch er und fügte schreiend hinzu: „Polizei! Polizei!"

Im selben Augenblick bog Charlotte um die Ecke und blieb erstarrt stehen, als sie den Tumult merkte. Sie und Hagenberg sahen sich über eine Entfernung von gut dreißig Metern an. Ihre Augen weiteten sich, dann drehte sie sich um und war in Windeseile verschwunden.

Hagenberg setzte zu einem Sprint an. Bastian hielt ihn mit eisernem Griff fest. „Jetzt um Himmelswillen nicht losrennen!", zischte er. Er holte tief Luft, deutete ans andere Ende der Gasse und schrie aus Leibeskräften: „Mörder! Mörder! Polizei!" Die Aufmerksamkeit der Menge konzentrierte sich vorübergehend in die gezeigte Richtung. Dort stand mit seinem Wägelchen ein Lumpensammler, der viel zu betrunken war, um wegzulaufen. Außerdem fühlte er sich unschuldig, zumindest was einen Mord anlangte.

In der Nähe waren das Getrappel genagelter Stiefel und Kommandorufe zu hören. Die uniformierte Wache war überraschend schnell eingetroffen. „Polizei! Polizei!", schrieen wiederum ein paar Leute. Es klang diesmal mehr nach einer Warnung, als nach einem Hilferuf. Die Menge in der Gasse verdünnte sich schlagartig. Nicht wenige wichen in Hauseingänge zurück oder entfernten sich unauffällig. Man schrie zwar nach der Polizei, wenn ein Mord oder sonst eine Untat begangen wurde, mit der folgenden Amtshandlung wollte man aber tunlichst nichts zu tun haben. Dabei war schon so mancher in Ungelegenheiten geraten. Denn die Obrigkeit freute sich auch über kleine Fische in ihrem Netz, besonders wenn der große Fisch entwischt war. Auch Hagenberg und Bastian nutzten die allgemeine Absatzbewegung, um sich unauffällig zu entfernen, indem sie nach allen möglichen Richtungen deuteten und taten, als ob sie aufgeregt den Vorfall miteinander diskutierten.

Es gelang ihnen unbemerkt eine ruhigere Gegend zu erreichen.

„Bist du dir darüber im Klaren, dass ich zu den Verdächtigen gehören werde?", fragte Hagenberg. „Die Geheimdienstleute brauchen nur eins und eins zusammenzuzählen, wenn sie sich fragen, wer ihrem Mann, der Charlotte finden sollte, das Lebenslicht ausgeblasen hat."

Bastian nickte beklommen. „Was werden Sie machen?"

„Ich werde versuchen, mir ein Alibi zu verschaffen. Wenn etwas ganz Dringendes passiert, frag bei der Baronin Rentenbach nach. Ich habe mir zwar geschworen, sie nicht mehr unangemeldet zu besuchen, aber diesmal muss es sein. Hoffentlich ist sie zu Hause, allein, und bereit mich zu empfangen. Ich denke nicht, dass man es auch auf dich abgesehen hat, aber ein gutes Alibi könnte auch dir nicht schaden."

„Das wird für mich leichter sein, als für Sie."

„Gut. Wir treffen uns morgen Vormittag im ‚Wien', zur selben Zeit wie immer. Danke übrigens. Du hast mir wahrscheinlich das Leben gerettet."

„Gern geschehen", grinste Bastian. „Viel Glück bei der Frau Baronin."

Kapitel 26

„Ich habe es vermurkst, gründlich vermurkst", beschuldigte sich der Rittmeister deprimiert. „Rybar ist tot und Charlotte ist wieder einmal über alle Berge. Außerdem sucht mich wahrscheinlich die Polizei. Es wundert mich, dass sie noch nicht aufgetaucht sind." Er trank in einem Zug seinen Cognac aus und warf Fritz einen Nachschub fordernden Blick zu.

„Ich verstehe nicht, wie der Geheimdienstmann so plötzlich bei Rybar auftauchen konnte, nur ein paar Minuten vor uns", grübelte Bastian.

„Ich schon. Ich war sehr vorsichtig und doch muss ich mich irgendwie verraten haben. Wahrscheinlich habe erst ich durch eine unbedachte Reaktion oder Bemerkung den vermaledeiten Zwerg auf die Spur gebracht. Er ist sicher ein Spitzel für das Evidenzbüro. Ich habe gleich so etwas geahnt. Es ist meine Schuld, dass Rybar erschlagen wurde. Ich sage dir ja, ich habe es gründlich vermurkst."

„Der Cognac für den Herrn Rittmeister und die Kronenzeitung ist auch grad frei geworden."

„Danke Fritz. Was gibt es Neues?"

„Die Russen wollen mit uns verhandeln. Sie wollen uns helfen und gemeinsam mit uns auf dem Balkan für Ordnung sorgen, sagen sie."

„Grad die Russen. Das kann ein schöner Palawatsch werden. Sonst noch etwas?"

Fritz beugte sich vor und sagte verschwörerisch, so als ob er eine besondere Spezialität des Hauses empfehlen wollte: „Zwei schöne Morde hätte ich noch, wo sich der Herr Rittmeister doch immer für so etwas interessiert. Schrecklich, ganz schrecklich!"

Hagenberg bemühte sich, überrascht zu wirken. „Was Sie nicht sagen. Wen hat es diesmal erwischt?"

„Zwei Männer in der Leopoldstadt. Die Polizei geht davon aus, dass sie sich gegenseitig umgebracht haben. Wahrscheinlich ist es um eine Frau gegangen, aber genau weiß man es nicht. Die Polizei hat den Fall für erledigt erklärt, weil sich die Täter doch wechselseitig umgebracht haben."

„Ja, die Weiber. An zwei Drittel aller Mordfälle ist eine Frau beteiligt: Als Täterin, als Ursache, oder als Opfer. Haben Sie das gewusst?"

Fritz hatte das bisher nicht gewusst, aber es wunderte ihn nicht.

Hagenberg begann mit dem Studium der Zeitung. Weit kam er nicht. „Es geht los", raunte Bastian.

Mohnhaupt trat an den Tisch, grüßte unfreundlich und setzte sich ohne zu fragen. Fritz brachte ihm einen großen Braunen.

„Servus, Mohnhaupt", sagte Hagenberg freundlich. „Was ist denn dir für eine Laus über die Leber gelaufen?"

„Eine sehr große Laus: Der Hofrat Dambrowsky."

„Ja so ist das mit den Vorgesetzten. Beim Militär war's ähnlich. Ich bin froh, dass ich das hinter mir hab'."

„Gar nichts hast du hinter dir. Du kannst dir nicht vorstellen, was los war. Schon um acht Uhr in der Früh ist dein Freund Cerny angetanzt und hat einen Wirbel gemacht. Man musste den Dambrowsky extra von zu Hause holen, weil er sonst doch nie vor zehn oder elf ins Büro kommt."

„Es wird ihm nicht geschadet haben. So besonders gut befreundet bin ich mit dem Cerny übrigens gar nicht."

„Nein, das glaub' ich auch nicht. Er hat verlangt, dass du auf der Stelle verhaftet wirst."

„Das geht jetzt aber zu weit", empörte sich Hagenberg. „Bloß weil ich ihm gesagt habe, dass er ein Kretin ist, kann er mich doch nicht verhaften lassen."

„Er ist ein Kretin und er kann dich schon verhaften lassen, wenn du kein sehr gutes Alibi hast. Hast du eines?"

„Da müsst' ich schon wissen für welche Zeit."

„Habe ich das versehentlich nicht erwähnt? Gestern, so um drei Uhr Nachmittags."

„Aha. Und was ist gestern um drei passiert?"

„Stell dich nicht blöder als du bist. Du liest es ja grad' in der Zeitung." Mohnhaupt tippte auf den aufgeschlagenen Artikel vor Hagenberg.

„Ach so, das meinst du. Damit habe ich wirklich nichts zu tun. Wie kommt der Cerny nur auf eine solche Idee? Ich glaube, der will mir bloß etwas zu Fleiß tun, weil ich ihn geschimpft habe, der Bosnigel."

„Das Alibi!"

„Ach so, das Alibi. Nun ich war gestern hier im Kaffeehaus, dann bin ich zur Baronin Rentenbach gefahren. Ziemlich genau um 15 Uhr war ich dort und ich bin bis heute in der Früh geblieben, ohne zwischendurch das Haus zu verlassen. Zufrieden?"

„Die Rentenbach kann das bestätigen?"

„Selbstverständlich. Sie wird es beschwören, falls notwendig."

„Selbstverständlich wird sie das. Ich nehme an, ihr Dienstmädchen kann das auch bestätigen?"

„Ich weiß nicht. Gesehen habe ich sie nicht, weil mir Luise persönlich geöffnet hat."

Das stimmte zum Glück zwar, aber es war trotzdem eine Schwachstelle in seinem Alibi. Gut möglich, dass Elisabeth im Haus gewesen und seine Ankunft erst weit nach vier Uhr mitbekommen hatte. Daran hatte er bisher nicht gedacht. „Es ist verdammt schwierig", dachte der Rittmeister, „ein ordentliches Alibi zusammenzubringen, wenn man selbst der Verdächtige ist."

„So ein Pech", sagte Mohnhaupt grimmig. „Weißt du, ein Alibi bloß von der Geliebten ist immer problematisch."

Hagenberg lehnte sich zurück und sah Mohnhaupt indigniert an. „Die Frau Baronin ist eine angesehene Dame der Gesellschaft mit entsprechenden Verbindungen. Der kann man sicher nicht so ohne weiteres unterstellen, dass sie lügt oder gar einen Meineid leistet. Das gäbe ja einen schönen Skandal. Wer weiß, was dabei alles ans Tageslicht käme? Hat sich der Cerny das auch überlegt?"

„Der weiß ja noch gar nicht, dass du bei deiner Geliebten gewesen sein willst."

„Ich war! Bring ihm und deinem Hofrat bei, dass ich ein lupenreines Alibi habe. Verrätst du mir jetzt, worum es eigentlich geht, weshalb ich in einem so absurden Verdacht stehe?"

„Das würde ich, wenn ich mir nicht verdammt sicher wäre, dass du es ohnehin weißt." Mohnhaupt wandte sich an Bastian. „Wie der Herr so's G'scher. Ich nehme an, Sie haben auch ein bombensicheres Alibi, Herr Bachler?"

„Da können Sie Gift darauf nehmen", sagte Bastian respektlos. „Drei Mann, mit denen ich von Mittag bis Abend Karten gespielt habe."

„Die können das natürlich beschwören."

„Natürlich. Ich schreibe Ihnen die Namen und Adressen auf. Zufällig habe ich alles im Kopf."

Bastian riss ein Blatt aus seinem Notizbüchlein und beschrieb es.

„Sehr freundlich", sagte Mohnhaupt griesgrämig und nahm das Blatt.

„Ich weiß gar nicht, was ihr habt." Hagenberg sah sein Gegenüber kopfschüttelnd an. „In der Zeitung steht doch, dass sich die beiden gegenseitig umgebracht haben und der Fall damit praktisch abgeschlossen ist."

„Glaubst du alles, was in der Zeitung steht?"

„Aber ja. Du etwa nicht?"

„Nein", sagte Mohnhaupt. „Überhaupt dann nicht, wenn ich die entsprechende Pressemitteilung selbst verfasst habe. Fakt ist, dass der eine hinterrücks erstochen und der andere von vorne erschlagen wurde. Einer ist über dem anderen gelegen. Das muss mir einmal jemand erklären, wie die sich gegenseitig umgebracht haben. Das Evidenzbüro wollte bloß, dass wir die Sache ohne unnötiges Aufsehen abhandeln."

„Die Verdachtschöpfer der Monarchie!", entgegnete der Rittmeister verächtlich. „Die wittern immer irgendeine Intrige und der Cerny tät mir halt so gerne etwas anhängen. Darauf kann man nichts geben."

„Ganz so einfach ist das nicht. Der Erstochene war einer ihrer Mitarbeiter. Er hat in ihrem Auftrag nach Charlotte Fleuron gesucht."

Mohnhaupt war weder geschwätzig noch indiskret. Er versuchte bloß den Rittmeister durch Informationshäppchen aus der Reserve zu locken und zu einer unbedachten Äußerung zu verleiten.

„Was du nicht sagst! Wer hat die beiden Toten eigentlich entdeckt?"

„Ist dir niemand aufgefallen, der ins Haus gegangen ist?"

„Bitte, Mohnhaupt! Versuch doch nicht so etwas bei mir. Wie hätte ich jemanden sehen können, wenn ich gar nicht dort war?"

„Entschuldige, du hast ja ein Alibi. Das vergesse ich bloß immer, wahrscheinlich weil ich nicht so recht daran glaube. Du hättest auch gar nichts sehen können, wenn du auf der Gasse warst. Gefunden hat ihn nämlich eine Nachbarin. Sie wollte sich bloß ein paar Löffel Zucker ausborgen, sonst nichts. Du hast Glück gehabt, dass sie dich nicht erwischt hat. Sie hat noch gesehen, wie zwei Männer im Stiegenhaus verschwunden sind. Leider hat sie keine brauchbare Personenbeschreibung liefern können."

Hagenberg atmete tief aus und lehnte sich zurück. Er war blass geworden. „Noch einen doppelten Cognac", rief er Fritz halblaut zu. Mohnhaupt beobachtete ihn lauernd. „Ist dir nicht gut, Rittmeister?", fragte er. „Hast du vielleicht einen Fehler gemacht, der zwei Menschen das Leben gekostet hat?"

Hagenberg gab keine Antwort.

„Hast du vielleicht geglaubt, du findest dein Pratermädchen bei Rybar?", bohrte Mohnhaupt weiter.

Der Rittmeister hatte das Gefühl, als ob sich eine Schlinge um seinen Hals immer enger zuzöge. Der Inspektor war ein verdammt schlauer Kerl. Er stürzte seinen Cognac hinunter.

„Grund dafür hätte es ja gegeben", fuhr Mohnhaupt gelassen fort. „Wir wissen, dass Rybar Charlotte gekannt hat. In seinem Schreibtisch haben wir ein paar Zeichnungen von ihr gefunden. Die reinste Pornographie, das kannst du mir glauben. Was hast du denn, Rittmeister? Du bist ja leichenblass. Das ist das Wetter, sag' ich dir. Davon werden die Leute krank. Oder ärgerst du dich, weil du diese Zeichnungen übersehen hast? Kann es sein, dass du schlampig wirst? Nein, das glaub' ich nicht. Ich vermute eher, du hast nicht viel Zeit gehabt, weil du dich rasch aus dem Staub machen musstest."

„Jetzt hör aber mit diesen Unterstellungen auf", protestierte Hagenberg. „Wie hätte ich überhaupt auf die Idee kommen sollen, dass Charlotte bei Rybar ist?"

„Gut, dass du das erwähnst. Wir haben nochmals im Prater nachgefragt und siehe da, ganz gegen ihre sonstigen Gewohnheiten haben wir zwei Zeugen gefunden, die sehr bereitwillig ausgesagt haben: Einen Zwerg namens Guzman und seinen Freund, einen Riesen, der sich Finger nennt. Kennst du die beiden?"

Hagenberg nickte.

„Natürlich kennst du sie. Sie haben dich dabei erwischt, wie du im Wohnwagen der Fleuron herumgestöbert hast. Sie haben mir erzählt, dass du dich auffallend für einen ihrer Kunden interessiert hast: Einen Zeichner mit dem Vornamen Heinz. Sie haben sogar gemeint, du hättest eine Zeichnung, die er von Charlotte gemacht hat, aus dem Wohnwagen gestohlen. Übrigens ist der Hofrat sehr, sehr böse auf dich, weil du ihm doch versichert hast, dass du deine sinnlose Suche nach der Fleuron einstellen wirst."

„Charlotte Fleuron hat also gar nicht bei Rybar Unterschlupf gefunden?", warf Hagenberg fragend ein.

„Sie hat jedenfalls nicht bei ihm gewohnt. Hausbewohner haben allerdings mehrmals eine junge Frau gesehen, auf die ihre Beschreibung passt und die ihn besucht hat. Wir sind uns ziemlich sicher, dass es die Fleuron war. Viel wichtiger ist aber, dass wir eine ganz schöne Indizienkette gegen dich zusammenbringen."

„Das ist alles Unsinn! Ich bin mir sicher, du hast keinen einzigen Zeugen, der mich in der Nähe des Tatortes gesehen hat."

„Das überprüfen wir noch. Sagt dir der Name Emerikus von Pestalozzi etwas?"

„Nie gehört. Wer soll das sein?"

„Ein Vertreter für Künstlerbedarf, möglicherweise ein gewesener Rittmeister."

„Hör doch mit diesen phantastischen Verdächtigungen auf. Welches Motiv sollte ich gehabt haben, zwei Männer umzubringen?"

„Ach das Motiv", meinte Mohnhaupt wegwerfend. „Ein Motiv haben wir noch immer zusammengebracht, sobald wir einen Verdächtigen hatten. In deinem Fall stelle ich mir das vor: Du warst von blinder, allgewaltiger Leidenschaft zu Charlotte ergriffen." Bei diesen Worten verdrehte Mohnhaupt die Augen und sprach, als ob er aus einem romantischen Gedicht rezitiere. „Ich zum Beispiel könnte als Zeuge bestätigen, wie du immer von ihr geschwärmt hast. Das wäre sogar die Wahrheit. Und dann erst die Presse: „Die Leute lieben solche Geschichten, überhaupt wenn sie gut erzählt werden, und was noch wichtiger ist, sie glauben daran. Sie werden davon überzeugt sein, dass du in deinem Wahn einen Nebenbuhler umgebracht hast und dann, um deine Tat zu vertuschen, einen Zeugen, der zufällig hinzukam. Du wärst praktisch verurteilt, noch ehe du einen Richter gesehen hast."

„Wahnsinn", flüsterte der Rittmeister. „Willst du mich etwa wegen solcher Phantastereien verhaften? Damit kommst du nicht durch! Immerhin leben wir in einem Rechtsstaat."

„Bis zu einem gewissen Grad", räumte Mohnhaupt ein. „Irgendwie leben wir schon in einer Art Rechtsstaat. Nein, ich kann dich nicht verhaften, bevor ich dein Alibi nicht geknackt habe." Er beugte sich vor und sagte verschwörerisch: „Hör zu, Rittmeister. Ich kann dich gut leiden und betrachte dich bis zu einem gewissen Grad als Freund. Aber es gibt eine Grenze, die ich nicht überschreiten werde." Er stand auf.

Hagenberg fragte unverblümt. „Sind wir wirklich noch Freunde, Mohnhaupt?"

„Im Dienst bin ich mit niemandem Freund und ich bin meistens im Dienst. Sonst bin ich schon dein Freund, solange du dich nicht erwischen lässt. Ich werde bald dein Alibi überprüfen und dann hoffentlich melden können, dass du als Täter leider nicht in Frage kommst. Es wäre aber hilfreich, wenn du einen weiteren unbedenklichen Alibizeugen auftreiben könntest. Dann wärst du ganz auf der sicheren Seite. Denk einmal darüber nach! So, jetzt muss ich aber weiter. Geh, sei so freundlich und zahl für mich. Das nächste Mal bin ich dran."

Kapitel 27

Hagenberg nahm sich Mohnhaupts Anregung zu Herzen. Er begab sich sofort zu Luise, um zu klären, ob Elisabeth gestern überhaupt im Haus gewesen war, und ob man sie, falls nötig, zu einer Falschaussage überreden konnte. Bei diesem Gedanken war ihm sehr unbehaglich zu Mute. Es widerstrebte ihm zutiefst, ein unbeteiligtes Mädchen zu einer Straftat zu verleiten. „So fühlt es sich also an", dachte er, „wenn man von der Justiz gejagt wird und verzweifelt versucht, den Kopf aus der Schlinge zu ziehen."

Sein Unbehagen steigerte sich, als ihm Elisabeth öffnete und erklärte, die gnädige Frau sei leider ausgegangen.

„Hat sie wieder Besuch", fragte er misstrauisch.

„Nein, Herr Rittmeister." Elisabeth tat erst gar nicht so, als ob sie nicht wüsste, welcher Verdacht ihm durch den Kopf geschossen war. „Sie ist wirklich ausgegangen."

„Weißt du, wann sie zurückkommt?"

„Nein, Herr Rittmeister, sie ist in die Stadt gefahren."

„Ich würde gerne auf sie warten. Ich muss dringend mit ihr sprechen. Es ist wichtig. Ich bin mir sicher, deine Gnädige hat nichts dagegen."

„Wie Herr Rittmeister meinen", sagte das Mädchen zögernd und gab den Weg frei. „Bitte kommen Sie herein."

Hagenberg wurde ins Empfangszimmer geführt und bekam einen unbequemen Sessel an einem kleinen Tischchen zugewiesen. Er fühlte sich wie ein unangemeldeter Bittsteller. Irgendwie war er das ja auch.

„Darf ich Ihnen eine Erfrischung bringen, Herr Rittmeister?"

„Ein Kaffee wäre gut."

„Sehr wohl, Herr Rittmeister." Sie knickste und eilte fort.

Hagenberg blieb allein zurück und starrte gut zehn Minuten auf die Tapete. Bei dem Gedanken, hier vielleicht einige Stunden warten zu müssen, kam er sich immer blöder vor und er beschloss, seinen Kaffee zu trinken und wieder zu gehen. Er konnte ja später wiederkommen.

„Der Kaffee, Herr Rittmeister, bitte sehr."

„Danke, Elisabeth. Du weißt nicht zufällig, was die gnädige Frau in der Stadt zu tun hat und wann sie zurückkommen wird?"

Elisabeth war diese Frage sichtlich unangenehm. „Ich glaube, sie will auf der Kärtnerstraße einkaufen", murmelte sie.

Die Rädchen in Hagenbergs Kopf drehten sich und kamen knirschend zum Stillstand. „Oh nein", sagte er ahnungsvoll, „sie trifft sich mit dem Hauptmann, diesmal in einer verschwiegenen Absteige in der Kärntnerstraße, damit ich sie nicht wieder versehentlich erwische. So ist das! Habe ich recht?"

„Bitte, Herr Rittmeister, Sie sollten über solche Dinge nicht mit mir reden. Es geht mich nichts an und ich weiß darüber auch nicht Bescheid."

Sie wusste sehr wohl Bescheid, das sah er ihr an. Er glaubte in ihren Augen so etwas wie Mitleid zu erkennen. Das machte ihn zornig. Er atmete mehrmals tief durch und bekam sich wieder in Griff. Er beschloss die Sache selbst in Angriff zu nehmen und auf Luises Vermittlung zu verzichten. „Ich würde gern mit dir reden", sagte er freundlich. „Setz dich doch ein bisserl zu mir."

Sie sah ihn zweifelnd an und setzte sich auf die Stuhlkante, so als ob sie gleich wieder aufspringen wollte.

„Sag, warst du gestern Nachmittag zu Hause?"

Sie nickte. „Ich habe meinen freien Nachmittag gehabt, aber ich bin zu Hause geblieben. Mir war nicht danach, auszugehen. Ich habe gelesen."

„Kannst du dich vielleicht erinnern, wann ich gekommen bin?"

Sie sah ihn abwartend an und wiegte den Kopf. „Wann sind Sie denn gekommen?"

„So um drei Uhr. Deine Gnädige weiß das auch. Sie hat mir die Tür geöffnet."

„Wenn das so ist, dann kann ich mich erinnern. Ich habe gehört, wie Sie gekommen sind. Es war um drei, ziemlich genau drei."

Er war über dieses unkomplizierte Zugeständnis mehr als überrascht. Ob sie begriff, was er von ihr wollte, worum es überhaupt ging? „Es könnte sein, dass man dich danach fragt", warnte er sie.

„Wer sollte mich fragen?"

„Die Polizei."

Sie sah ihn mit ihren großen grauen Augen aufmerksam an. „Sind Sie in Schwierigkeiten, Herr Rittmeister?"

„Das kann man so sagen."

„In welcher Hinsicht?"

Hagenberg hatte das deutliche Gefühl, dass Ausflüchte nichts bringen würden. „Gestern, so um drei ist ein Mann erstochen worden und die Polizei glaubt, dass ich es war."

„Waren Sie es?"

Hagenberg schwieg. Sie nickte mehrmals nachdenklich und fragte bloß: „Warum?"

„Er war ein Auftragsmörder auf der Suche nach Charlotte Fleuron, einer Freundin von Konstanze. Es war Notwehr, aber man wird es mir trotzdem nicht durchgehen lassen, weil man mich an weiteren Nachforschungen hindern will."

„Es geht also um den Mord an Konstanze? Wollen Sie diesen Mord aufklären?"

„Ja."

„Seien Sie unbesorgt, Herr Rittmeister. Ich kann mich genau daran erinnern, dass Sie gestern um drei hier waren."

Sie setzte ihn in Erstaunen. Er hatte nicht erwartet, dass sie so gelassen und souverän reagieren werde. „Ich will dir nicht verschweigen, dass du Ungelegenheit bekommen könntest", sagte er zögernd. „Erlaube, dass ich dir ..." Er griff in die Tasche.

„Sie wollen mir doch nicht etwa Geld geben?", fragte sie verächtlich. „Lassen Sie das ja bleiben. „Was ich mache, mache ich für die arme Konstanze."

„Hast du Konstanze gut gekannt? Warst du mit ihr befreundet?" Der Rittmeister dachte, dass er mit Elisabeth schon früher über Konstanze reden hätte sollen, nur hatte sich bisher keine günstige Gelegenheit dazu geboten.

„Natürlich habe ich sie gut gekannt. Wir sind ja beide schon beim alten Baron Rentenbach in Dienst gewesen. Wir sind immer gut miteinander ausgekommen."

„Ist dir in letzter Zeit etwas Ungewöhnliches in ihrem Verhalten aufgefallen."

„Ich glaube, sie hat einen Verehrer gehabt, den sie im Prater kenngelernt hat. Näheres darüber weiß ich aber nicht. Sie hat nicht viel erzählt. Sie hat nur einmal erwähnt, dass er in der Nacht arbeitet. Er war Nachtwächter oder so etwas Ähnliches."

Hagenberg seufzte. Wenn er gleich Elisabeth gefragt hätte, wäre er Brachyta viel früher auf die Spur gekommen. „Hat Konstanze eine Freundin gehabt?"

„Soviel ich weiß ist sie oft mit einer aus dem Prater zusammengesteckt. Die hat sie immer getroffen, wenn sie Ausgang hatte. Ich glaube, sie heißt Lotti. Ist das diese Charlotte Fleuron, die sie erwähnt haben?"

Hagenberg nickte. „Hast du Lotti einmal kennengelernt? Weißt du Näheres über sie?"

„Nein. Wir haben ja nie gemeinsam Ausgang gehabt, die Konstanze und ich, weil immer eine von uns der Frau Baronin zur Verfügung stehen musste. Eine hat am Samstag, die andere am Sonntag Ausgang gehabt, immer abwechselnd."

„Ist dir sonst noch etwas an Konstanze aufgefallen?"

Elisabeth schaute zweifelnd. „Ich weiß nicht recht. Sie hat in den letzten Wochen vor ihrem Tod manchmal so komisch dahergeredet."

„Nämlich?"

„Na ja. Sie hat sich ausgemalt, wie das wäre, wenn sie viel Geld hätte. Sie hat gesagt, dann nimmt sie mich in Dienst und sie wird mich immer gut behandeln, mehr wie eine Freundin als einen Dienstboten."

„Hast du sie gefragt, wie sie darauf kommt? Das sind doch eigenartige Ideen!"

„Eigentlich nicht, Herr Rittmeister. Unsereins träumt sich halt gelegentlich solche Dinge zusammen." Sie sah Hagenberg mit gerunzelter Stirn an. „War etwas dran an diesen Reden? Hat das etwas mit ihrem Tod zu tun?"

„Ich fürchte ja", antwortete der Rittmeister. „Sie hat sich nicht ganz unberechtigte Hoffnungen auf eine sehr reiche Erbschaft gemacht."

„Und ist sie deswegen umgebracht worden?"

„Ich fürchte, das war der Grund."

Elisabeth sah ihn traurig an. „Die arme Konstanze. Es muss aber in letzter Zeit etwas passiert sein, das ihr Sorgen gemacht hat. Sie war eine Zeitlang recht verstört. Wie ich sie gefragt habe, was los ist, hat sie nur gesagt, dass jemand gestorben ist, den sie gekannt hat. Mehr hat sie nicht erzählen wollen."

Hagenberg nickte grimmig. Alles passte zusammen. Zu diesem Zeitpunkt musste Konstanze vom Tod Wallers erfahren haben.

„Bald darauf hat sie aber wieder Mut gefasst", fuhr Elisabeth fort. Sie schaute erstaunt. „Jetzt wird mir auch klar, warum sie öfter über Sie geredet hat. Wir haben ja beide mitbekommen, wie Sie den Comte der gnädigen Frau abserviert haben. Konstanze hat sich an Sie um Hilfe gewandt! So war es doch, oder? Deswegen wollen Sie ihren Tod aufklären."

„Ja", sagte der Rittmeister. „So ist es. Nur leider habe ich ihren Hilferuf zu spät erhalten. Und jetzt sind diejenigen, die ihren Tod auf dem Gewissen haben, auch hinter ihrer Freundin, der Charlotte Fleuron her. Diese Leute sind sehr einflussreich und würden mich gerne kaltstellen. Das ist auch der Grund, weshalb ich dich um Hilfe gebeten habe. Du siehst, ich bin ganz offen zu dir."

Hagenberg war tatsächlich mehr als offen gewesen. Er hatte Elisabeth sehr viel über den Fall erzählt, weil er wollte, dass sie genau wusste, warum sie für ihn lügen sollte.

„Die arme Konstanze", wiederholte Elisabeth. Ganz plötzlich brach ihre Beherrschung zusammen. Sie legte den Kopf auf die Arme und begann bitterlich zu weinen. Der Rittmeister, der ohnehin ein schlechtes Gewissen hatte, weil er sie in diese Sache verwickelte, kniete neben ihr auf dem Boden, nahm sie in die Arme und murmelte tröstende Worte. Die Szene erinnerte ihn an seine Begegnung mit Charlotte. Dabei dachte er, dass es sehr fatal wäre, wenn Luise jetzt überraschend nach Hause käme.

Elisabeth weinte nur noch lauter und schlang die Arme um seinen Hals. Sie roch sehr gut, das fiel ihm sofort auf, anders als Charlotte oder Luise, aber wirklich sehr gut. Er wusste später selber nicht genau, wie das zugegangen war, aber seine Hand, die eigentlich nur tröstend streicheln sollte, verirrte sich plötzlich auf eine Weise, dass man unmöglich noch von einem Versehen sprechen konnte.

Sie hörte sofort zu weinen auf schniefte kräftig durch die Nase und sah ihn forschend an. „Was machen Sie da, Herr Rittmeister?"

Sein schlechtes Gewissen verstärkte sich. Nicht nur, dass er dieses arme Kind zu einer Falschaussage verleitete, nutzte er auch ihren Kummer schamlos aus. Er zog seine Hand zurück. „Es tut mir leid, ich wollte dir nicht nahetreten", entschuldigte er sich verlegen.

„Warum haben Sie es dann getan?" Sie hatte eine irritierende Art zu fragen, fand er, und wusste nicht recht, was er sagen sollte.

„Tut es Ihnen leid, weil Sie mich nicht mögen?", forschte sie weiter.

„Du bist sehr lieb und ich mag dich mehr, als du glaubst", murmelte er verunsichert.

„Dann brauchen Sie nicht aufhören, wenn Sie nicht wollen", sagte sie entschlossen und küsste ihn unvermittelt auf den Mund. „Wenn Sie möchten, dürfen Sie genau dort weitermachen, wo sie angefangen haben."

Der Rittmeister fühlte sich durch ihre Bereitwilligkeit überrumpelt. Aber er war kein Heiliger und Elisabeth war ein niedliches Geschöpf. Nicht gerade eine Zehn, aber sicher eine gute Neun. Er besänftigte sein protestierendes Gewissen mit zahlreichen Entschuldigen, die ihm zwar nicht gleich, aber später sicher noch einfallen würden, und erwiderte ihre Küsse.

Eine Stunde und viele Küsse später lag Hagenberg erschöpft auf dem Bett in Elisabeths Kammer. Sie zog sich langsam an und achtete darauf, dass er sie dabei genau beobachten konnte. Sie hatte Hagenberg durch ihre hingebungsvolle Zärtlichkeit überrascht. Es war ganz anders gewesen als mit der stürmischen Luise. Hagenberg stufte sie inzwischen als eine gute Zehn ein, wenn nicht sogar noch höher.

„Das war schön", erklärte Elisabeth und lächelte ihn zärtlich an. „Aber jetzt sollten Sie aufstehen und sich anziehen, Herr Rittmeister. Meine Gnädige muss jeden Augenblick nach Hause kommen."

„Du musst doch nicht ‚Sie' und ‚Herr Rittmeister' zu mir sagen."

„Es ist besser so. Meine Gnädige sollte nichts von dem erfahren, was gerade passiert ist, sonst schmeißt sie mich auf der Stelle hinaus."

Dieser Meinung war auch Hagenberg. Luise war außerdem ein wesentlicher Teil seines Alibis, das er nicht gefährden durfte. Er war sich ganz sicher, dass sie furchtbar eifersüchtig war. Das hatte gar nichts damit zu tun, dass sie ihn auch ihrerseits betrog.

„Du hast recht", meinte er, „und du solltest auch über alles, was wir über Konstanze geredet haben, Stillschweigen bewahren. Damit du am Ende nicht auch noch in Gefahr gerätst, weil jemand glaubt, du weißt zu viel. Am Besten wird es sein, du stellst dich völlig unwissend."

„Ganz und gar unwissend und unerfahren", sagte Elisabeth und lächelte ihn an. „Warum haben Sie eigentlich mit mir geschlafen, Herr Rittmeister? Ist es, weil Sie sich an meiner Gnädigen rächen wollten, oder weil Sie ein Alibi brauchen?"

Schon wieder so eine Frage! Genau genommen hatte sie ihn verführt. Hagenberg war klug genug, diesen Aspekt nicht zur Sprache zu bringen. Stattdessen sagte er: „Du hast mir vom ersten Tag an gefallen. Ich habe mir oft gewünscht, dich einfach in die Arme zu nehmen, aber das war natürlich nicht möglich. Ich kann gar nicht glauben, dass wir doch noch zusammengekommen sind."

Das war zwar nicht ganz glaubwürdig, aber fast schon eine kleine Liebeserklärung. Elisabeth sah das auch so. „Was reden Sie nur daher, Herr Rittmeister, ich bin doch nur ein einfaches Dienstmädel und lange nicht so hübsch, wie meine Gnädige", sagte sie und war recht zufrieden mit seiner Antwort.

Eine knappe viertel Stunde später traf Luise ein und fand den Rittmeister im Empfangszimmer vor, wo er Kaffee trank und gelangweilt ein Modejournal studierte. Sie küsste ihn auf beide Wangen. „Du mit deiner Angewohnheit, unangemeldet zu kommen", tadelte sie ihn zärtlich. „Da brauchst dich nicht wundern, wenn du Pariser Mode studieren musst. Bist schon lange da? Hast dich sehr gelangweilt?"

„Gar nicht. Wie war dein Einkaufsbummel?"

„Sehr befriedigend."

„Das sagt sie absichtlich so", dachte der Rittmeister, „weil sie glaubt, ich versteh' das Wortspiel nicht."

Er hätte gern eine geistreiche Antwort gegeben, nur fiel ihm nichts ein, also begnügte er sich mit einem: „Wie schön für dich", und hoffte es werde nicht all zu sarkastisch klingen. Ehe sich verlegenes Schweigen ausbreiten konnte, hörte man es an der Haustür klingeln.

„Erwartest du Besuch?"

„Nein. Es wird sicher nur ein Vertreter sein." Sie nahm den Hut ab und warf ihn auf einen Sessel. „Du schaust müde aus, mein Lieber. Hast wohl wieder einen unangenehmen Tag hinter dir?"

„Nicht gerade unangenehm, aber anstrengend", erwiderte er mit Genugtuung, weil auch ihm eine zweideutige Äußerung, die sie nicht verstehen konnte, eingefallen war.

Wenig später kam Elisabeth herein und meldete, dass zwei Herren von der Polizei gekommen seien und die gnädige Frau zu sprechen wünschten.

Luise warf Hagenberg einen bedeutungsvollen Blick zu und sagte, sie lasse bitten. Es war Inspektor Mohnhaupt in Begleitung eines Kollegen. Luise winkte ab, als sich Mohnhaupt vorstellte und seinen Dienstausweis vorweisen wollte.

„Wir kennen uns doch schon", sagte sie und heuchelte Überraschung. „Waren Sie nicht auch am Begräbnis von Konstanze? Ich wusste damals gar nicht, dass Sie von der Polizei sind. Was führt Sie diesmal zu mir? Darf ich übrigens bekannt machen: Der Herr Rittmeister Hagenberg."

„Wir kennen uns auch schon, der Herr Rittmeister und ich", antwortete Mohnhaupt griesgrämig, „Besser als mir lieb ist. Ich hätte eine kleine Frage an Sie, gnädige Frau. Es ist nur eine Routinefrage, bloß für den Akt, damit alles seine Ordnung hat."

„Natürlich, damit alles seine Ordnung hat. Fragen Sie nur, Herr Inspektor."

„Waren Sie gestern Nachmittag zu Hause, gnädige Frau?"

„Ja."

„Den ganzen Nachmittag?"

„Ja sicher, auch den Abend und die Nacht, wenn Sie es genau wissen wollen."

„Selbstverständlich, gnädige Frau. Bitte verstehe Sie mich nicht falsch. Es hat in Wahrheit keine Bedeutung, es ist nur für den Akt: Kann das jemand bestätigen?"

„Wozu? Werde ich etwa irgend einer Untat verdächtigt", fragte Luise unwillig. „Aber meinetwegen: Der Herr Rittmeister war auch hier."

„Ausgezeichnet gnädige Frau, ausgezeichnet! Sie können also bestätigen, dass der hier anwesende Rittmeister Hagenberg so zwischen vier und fünf zu Ihnen gekommen ist?"

„Du falscher Hund", dachte Hagenberg.

„Aber nein", protestierte Luise entschieden. „Er ist schon viel früher gekommen, schon um drei, wenn ich mich nicht irre."

„Wenn Sie sich nicht irren ...", echote der Inspektor verdrossen. „Sie haben sicher nichts dagegen, wenn ich auch Ihrem Mädchen einige Frage stelle, damit wir das klären können?"

„Wozu denn das? Ich muss schon sagen, Herr Inspektor, ich finde Ihr Verhalten sehr befremdend. Sie kommen in mein Haus und stellen Fragen, als ob ich eine Mordverdächtige wäre. Sie wissen offenbar nicht, wen Sie vor sich haben! Ich ziehe in Erwägung, mich bei Ihrem Vorgesetzten zu beschweren."

„Mein Vorgesetzter ist der Hofrat Dambrowsky", erklärte Mohnhaupt. Er wirkte sehr leidend. „Er hat mich hergeschickt. Ich bitte mir zu glauben, dass es nicht den geringsten Verdacht gegen Sie gibt. Es ist nur eine ganz belanglose Routineerhebung. Darf ich das Mädchen jetzt sprechen?"

Luise warf Hagenberg einen besorgten Blick zu, dann läutete sie nach Elisabeth.

„Der Herr Inspektor hat einige Fragen an dich, Elisabeth", sagte sie. „Bitte beantworte alles wahrheitsgetreu, aber ..."

„Ich mache das schon", unterbrach sie Mohnhaupt. Er wandte sich an Elisabeth und versuchte es auf die väterliche Tour. „Du brauchst keine Angst zu haben, mein Kind. Seit wann bist du hier im Dienst?"

„Seit fünf Jahren, gnädiger Herr."

„Sehr brav. Du weißt doch, dass man nicht lügen darf?"

„Jawohl, gnädiger Herr. Ich weiß, dass man nicht lügen darf und besonders der Polizei immer die Wahrheit sagen muss."

„Ganz recht. Sonst wird man nämlich eingesperrt. Warst du gestern zu Hause?"

„Jawohl, Herr Inspektor."

„Was hast du am Nachmittag gemacht?"

„Ich habe gestern meinen freien Nachmittag gehabt. Ich bin aber nicht fortgegangen, sondern habe in meinem Zimmer gelesen."

„Du bist nicht fortgegangen? Warum nicht?"

Elisabeth zuckte mit den Schultern. „Ich lese eben gern und fortgehen tu' ich nicht mehr so oft, seit das mit Konstanze passiert ist."

„Aha. War der Herr Rittmeister gestern auch hier?"

„Jawohl, Herr Inspektor. Ich habe ihn kommen gehört."

„Sehr gut", Mohnhaupt studierte sein Notizbüchlein. „Er war also hier. Das sagt deine Gnädige auch. Es muss also so um halb fünf gewesen sein, wie er gekommen ist, nicht wahr?"

Luise fuhr in die Höhe und öffnete den Mund, um wütend gegen diese Suggestivfrage zu protestieren. Hagenberg brachte sie mit einem warnenden Blick zum Schweigen.

„Nein" sagte Elisabeth entschieden. „Ich habe zwar nicht auf die Uhr geschaut, aber es muss viel früher gewesen sein. Meine Freizeit hat um drei Uhr begonnen und schon ein paar Minuten später hat der Herr Rittmeister geklingelt."

Luise sah sie verblüfft an. Mohnhaupt hingegen starrte Hagenberg an. Dem Rittmeister kam vor, er grinse beifällig. Genau konnte man es nicht sagen, weil der Inspektor sofort sein Gesicht in schmerzvolle Falten legte.

„Bist du dir da sicher, mein Kind? Könnte das nicht jemand anderer gewesen sein?"

„Sicher nicht, Herr Inspektor. Ich kenne die Stimme des Herrn Rittmeisters genau." Sie senkte den Kopf und schaffte es zu erröten. „Der Herr Rittmeister besucht die gnädige Frau öfter, manchmal ..."

„Das interessiert den Herrn Inspektor nicht", fiel ihr Luise hastig ins Wort.

„Nein, das interessiert den Herrn Inspektor wirklich nicht. Er weiß es ohnehin", knurrte Mohnhaupt. Er unternahm einen letzten Versuch, Elisabeths Aussage zu erschüttern. „Gelesen hast du also?"

„Jawohl, Herr Inspektor."

„Wie heißt das Buch? Antworte rasch!"

„Es heißt ‚Verbotene Liebe' aus der Serie ‚Wahre Geschichten, die das Leben schrieb' ", antwortete Elisabeth prompt.

„Aha. Das ist sicher ein sehr spannendes Buch?"

„Ja schon, obwohl ich nicht alles verstehe." Elisabeth schlug die Augen nieder und errötete neuerlich.

„Jetzt trägt sie zu dick auf", dachte der Rittmeister. „Sie versteht sogar eine ganze Menge davon, das raffinierte kleine Ding. Ich möchte nur wissen, wie sie auf Kommando rot werden kann."

„Aha. Ist es da nicht möglich, dass dir die Zeit wie im Flug vergangen ist und du gar nicht auf die Zeit geachtet hast, weil du so gefesselt warst?"

„Nein, Herr Inspektor. Ich habe das Buch ja schon gekannt, weil ich es zum dritten Mal gelesen habe. Das mache ich immer, wenn mir ein Buch gefällt."

Mohnhaupt zog sein geblümtes Taschentuch hervor und trocknete sich die Stirn ab. „Das war es schon, Elisabeth", resignierte er. „Danke für Ihr Entgegenkommen, Frau Baronin. Er sah seinen schweigsamen Begleiter an. „Haben Sie alles genau aufgeschrieben? Ja? Dann dürfen wir uns verabschieden."

„Elisabeth, bring die Herren zur Tür", befahl Luise.

Das Mädchen knickste und kam bald wieder zurück, ein Bild ungetrübter Unschuld.

„Woher warst du dir so sicher, wann der Herr Rittmeister gekommen ist?", erkundigte sich Luise.

„Ganz sicher war ich mir nicht, aber dann habe ich gehört, wie die gnädige Frau drei Uhr gesagt hat. Nicht dass ich gelauscht hätte, so etwas tu' ich nicht, ich habe es zufällig gehört. Danach war ich mir sicher. Habe ich etwas Falsches gesagt?" Die großen grauen Augen schauten aufrichtig und einfältig.

„Aber nein. Du bist ein gutes Kind, Elisabeth."

Luise wandte sich verlegen an den Rittmeister. „Bist du mir sehr böse, wenn ich dich heute nicht bitte, zu bleiben? Ich habe Kopfschmerzen und würde gerne baden und mich dann ausruhen."

Hagenberg war sehr verständnisvoll und verabschiedete sich bereitwillig.

Elisabeth brachte ihn zur Tür. „Danke Elisabeth", flüsterte er. „Sehen wir uns wieder?"

„Sicher, wenn Sie meine Gnädige besuchen."

„Ich habe das anders gemeint."

Sie konnte es schon wieder nicht lassen, ihn mit Gegenfragen zu nerven. „Was haben Sie anders gemeint, Herr Rittmeister, und warum wollen Sie es?"

„Weil du sehr lieb bist", flüsterte er zurück.

Sie küsste ihn rasch und verstohlen auf den Mund. „Das werden wir erst sehen, Herr Rittmeister, ob ich wirklich sehr lieb bin." Damit schloss sie leise aber nachdrücklich die Tür vor seiner Nase.

Kapitel 28

„**E**s gibt leider keine besonderen Neuigkeiten, Herr Rittmeister", meldete Fritz und servierte das Frühstück. „Aus Ischl hört man nichts Neues, die hohe Politik macht Sommerpause und umgebracht ist auch niemand worden. Die Hundstage sind früh gekommen, dieses Jahr." Er dachte angestrengt nach, weil er seinen Gast nicht enttäuschen wollte. „In Berlin haben sie den ‚Reigen' von Schnitzler verboten", verkündete er schließlich hoffnungsvoll. Vielleicht interessierte sich der Rittmeister ja auch für Kulturnachrichten. Er wurde enttäuscht.

„Kenne ich nicht. Was soll das sein?"

„Ein Buch, Herr Rittmeister, eigentlich ein Theaterstück."

„Ja und? Warum ist es verboten worden? Wegen Majestätsbeleidigung?"

„Aber nein, weil es gar so arg unanständig ist", flüsterte Fritz. „Da treibt es jeder mit jeder: Die Gnädige, der Offizier, der Herr, das Stubenmädel, und so weiter. Man kommt ganz durcheinander. Schrecklich, Pfui!"

Hagenberg war sehr unangenehm berührt. „Kein Wunder, dass man's verboten hat. Zum Glück gibt's das bei uns nicht", sagte er und fühlte sich als Heuchler.

„Nein, Herr Rittmeister. Bei uns ist es zum Glück nicht verboten worden. In Wien ist es vorläufig noch erlaubt, aber ein Skandal ist so etwas natürlich trotzdem." Fritz entfernte sich mit einer kleinen Verbeugung und ließ einen desperaten Rittmeister zurück.

Ihm gegenüber saß das Gespenst und lachte herzlich.

„Was lachst du?", fragte er wütend. „Du bist eine tragische Gestalt, ein düsteres, mahnendes Gespenst. Du kannst nicht einfach dasitzen und lachen!"

„Ich weiß", kicherte das Gespenst, aber ich kann einfach nicht anders. Du und Elisabeth! Eine hübsche Person ist sie ja. Ein bisschen dicke Waden hat sie halt, aber sonst ist sie ganz in Ordnung. Du hast ihr schon von Anfang an gut gefallen, schon wie du das erste Mal ins Haus der Rentenbach gekommen bist. Sie hat zu mir gesagt, so einen wie dich, würde sie nicht abweisen. Sag jetzt nicht, dass dir nicht aufgefallen ist, wie sie dich immer angeschaut hat! Weißt du, sie tut nur immer so, als könne sie kein Wässerchen trüben. In Wahrheit ist sie eine sehr vife junge Frau, die ganz genau weiß, was sie will. Vielleicht solltest du dich mit ihr auch über andere Dinge unterhalten, als über ihre schönen Brüste und ihren olympischen Hintern, obwohl sie das sicher gern hört. Du könntest dich ja mit ihr verabreden, wenn sie Ausgang hat. Vielleicht gehst du mit ihr ins Theater oder in ein Konzert? Das würde ihr sicher gefallen. Aber natürlich: Ein Dienstmädel! So eine ist nichts für einen Mann wie dich, jedenfalls nicht, um sich mit ihr in Gesellschaft zu zeigen. Obwohl du in letzter Zeit ja auch sonst nicht so besonders wählerisch warst, wenn ich an das Hundertkronenmädchen denke und an deine Geliebte, die dich ständig betrügt und der du das durchgehen lässt. Weit hast du es gebracht!" Das Gespenst begann wieder zu lachen.

„Sei still", befahl Hagenberg entschieden. „Ich weiß, dass es dich in Wirklichkeit gar nicht gibt."

„Dann ist es ja gut", sagte das Gespenst, das vorgab, einmal Konstanze gewesen zu sein, wahrscheinlich aber nur ein kritischer Teil seines Verstandes war, der sich selbständig gemacht hatte. „Überleg dir trotzdem, was ich gesagt habe." Die Gestalt verblasste und machte Platz für Bastian, der eben eingetroffen war.

„Führen Sie Selbstgespräche, Herr Rittmeister, oder sehen Sie schon wieder Gespenster?", fragte er besorgt.

„Natürlich nicht. Ich bin doch nicht verrückt. Ich habe bloß laut gedacht."

„Und was ist dabei herausgekommen?"

„Ich sollte mich eingehender mit Elisabeth beschäftigen."

„Das Dienstmädchen der Baronin? Die Kleine, die immer so viel fragt? Hat sie übrigens Ihr Alibi bestätigt?"

„Das hat sie. Mein Alibi ist bombensicher. Ich denke, wir haben jetzt Ruhe von Mohnhaupt."

„Wie haben Sie das angestellt? Geld?"

„Geld hat sie keines genommen. Ich bin mit ihr ins Bett gegangen", sagte der Rittmeister verlegen.

Bastian war nicht gerade entsetzt, aber doch sehr beunruhigt. „Was ist Ihnen da nur eingefallen? Das kann gründlich ins Auge gehen, wenn die Baronin drauf kommt, oder das Mädchen auf ihre Gnädige eifersüchtig wird! Ihr bombensicheres Alibi ist in Wahrheit eine Zeitbombe."

„Mir ist nichts anderes übriggeblieben", rechtfertigte sich der Rittmeister. „Außerdem hat sich Luise schon wieder mit Sünderhof getroffen. Die hätte gar kein Recht, mir Vorwürfe zu machen. Reden wir nicht mehr drüber."

„Also gut. Reden wir von etwas anderem. Wie soll es jetzt weitergehen?"

„Wir müssen Charlotte finden und aus der Schusslinie bringen, im wahrsten Sinn des Wortes. Das ist dringender als je zuvor. Diese Mörderbande ist ihr schon sehr dicht auf den Fersen."

„Haben Sie wenigstens eine Idee, wo wir sie suchen sollen?"

„Ob sie gerne ins Theater geht?", murmelte der Rittmeister, dessen Gedanken unvermutet wieder zu Elisabeth zurückgekehrt waren, „oder ins Konzert?"

Bastian gab ein missmutiges Knurren von sich. „Von wem reden Sie? Etwa gar von dem Dienstmädel?"

Hagenberg dementierte nicht, sondern bemerkte bloß: „Sie ist ein entzückendes kleines Ding."

„Ihre Weibergeschichten bringen Sie noch um Kopf und Kragen. Ich möchte nicht in Ihrer Haut stecken", bemerkte Bastian kritisch, „wenn Ihnen die Baronin auf die Schliche kommt. Meiner Erfahrung nach sind Frauen, die es selber mit der Treue nicht so genau nehmen, am eifersüchtigsten."

„Inzwischen will ich etwas anderes überprüfen", wechselte der Rittmeister eilig das Thema. Die kleinen Rädchen in seinem Kopf drehten sich wie geschmiert. „Erinnerst du dich an den Polizeibericht, den uns Mohnhaupt gezeigt hat? Franziska Koch ist kurz vor ihrer Niederkunft mit einem gewissen Josef Graf zusammengewesen, der auf der Taborstraße 17 eine Schlosserei betrieben hat. Ich bin mir auf Grund der Personaldaten sicher, dass es sich dabei um den Vater der Konstanze Graf gehandelt hat."

Bastian schwieg eine ganze Weile. „Das passt perfekt, wenn wir annehmen, dass Konstanze das Kind der Koch war und von der Familie Graf an Kindes statt angenommen wurde. Wie ich schon immer gesagt habe: Konstanze war die verschollene Tochter des Herrn von Seidl und jetzt ist sie tot. Der Fall kann geschlossen werden, auch wenn sich unser Auftraggeber ein anderes Ergebnis erhofft hat."

„Wir fahren jetzt in die Taborstraße", entschied Hagenberg, „vielleicht kann ich dort noch etwas in Erfahrung bringen. Ich will absolute Gewissheit haben, ehe ich Seidl Bericht erstatte. Die Gelinek hat nämlich von einem Kind gesprochen, das Lilo geheißen hat. Das ist die Kurzform von Lieselotte. Könnte daraus nicht eine Charlotte geworden sein? Ist es völlig undenkbar, das Charlotte die verschollene Tochter Seidls ist? Außerdem hat die Gelinek gemeint, dass Franziska Koch ihr Kind schon Ende September bekommen hat. Das würde dann nicht zu Konstanze passen. Die ist nämlich erst am 15. Oktober 1881 geboren worden."

Bastian machte eine wegwerfende Handbewegung und hielt das Ganze für Zeitverschwendung. „Konstanze ist sicher die Tochter Seidls gewesen und jetzt ist sie tot", erklärte er nachdrücklich.

◆

Das Haus in der Taborstraße war ein geschlossener Wohnhof, der von vier zweistöckigen Häusern gebildet wurde. Die beiden Häuser an den Stirnseiten beherbergten die besseren Wohnungen, die beiden Gebäude an den Längsseiten Pawlatschenwohnungen mit außenliegenden Gängen. Im Erdgeschoß darunter waren Geschäfte, Gewölbe mit Lagerräumen und Werkstätten untergebracht. Der weitläufige Hof war gepflastert. In seiner Mitte stand eine einsame Laterne, die mit vier gusseisernen Radabweisern vor den Pferdewägen geschützt wurde, die durch das große straßenseitige Tor einfuhren und bei den Gewölben abgeladen oder beladen wurden. Es herrschte rege Betriebsamkeit.

In einer Ecke hatte ein Mädchen mit Kreide Felder auf den Boden gezeichnet und spielte ‚Himmel und Hölle'. Hagenberg wartete bis sie einen Fehler begangen hatte und einen Augenblick zögernd auf einem Bein stehen blieb. „Nicht schwindeln", ermahnte er sie, als sie Anstalten machte, einfach weiter zu springen. „Du musst von vorne anfangen."

Sie sah ihn aufmerksam an. „Wollen Sie mich hüpfen sehen?" Ihre Augen waren älter als ihr Körper. „Geben Sie mir eine Krone?"

„Du kriegst eine Krone, wenn du mir sagst, wo ich die Schlosserei Graf finde."

„Kenn' ich nicht." Sie raffte ihr Kleid bis zur Hüfte hoch, sprang in das Feld, das die Hölle symbolisierte und begann halblaut zu singen: „Kinderverzahrer, Kinderverzahrer[4], gib mir eine Krone, dann bin ich still."

„Halts Maul, du Luder, oder du fängst eine", befahl eine derbe Stimme. Das Mädchen verstummte. Hinter Hagenberg stand ein vierschrötiger Mann in der Tracht eines Kutschers. „Wen suchen Sie?"

„Die Schlosserei Graf."

„Da kommen Sie zu spät. Die ist geschlossen worden." Der Kutscher merkte Hagenbergs Enttäuschung. „Worum geht's denn?"

„Manfred Hagenberg", sagte der Rittmeister und zog eine Visitenkarte hervor. „Gebietsvertreter der Glabus-Versicherung. Wir haben da eine Polizze auf den Namen Josef Graf ..."

„Was Sie nicht sagen! Ja, der Josef ist vor einigen Monaten gestorben. Aber seine Nichte ist da. Sie will die Werkstatt räumen, sagt sie." Der Mann deutet auf ein Geschäftslokal mit einer halbgeöffneten Tür. Daneben lehnte ein Firmenschild an der Hauswand, umgedreht, so dass man die Aufschrift nicht lesen konnte.

Hagenberg bedankte sich und betrat gefolgt von Bastian das Geschäft. Das Mädchen sah ihnen mit zusammengekniffenen Augen nach und begann wieder leise zu singen.

Im Inneren der Werkstatt war es dunkel, nur durch die Spalten der Fensterläden fiel etwas Licht. Hagenberg konnte einen Amboss in der Mitte des Raumes erkennen und einen Haufen Werkzeug, das ungeordnet am Boden lag. „Ist jemand da?", rief er.

Sie war da und sie versuchte durch eine Hintertür zu entwischen. Bastian reagierte rasch. Er sprang in die Dunkelheit und bekam sie zu fassen. Sie wehrte sich verbissen, als sie ins Dämmerlicht gezerrt wurde. Hagenberg hatte Angst, sie

---

[4] Wiener Dialektausdruck: Ein Mann, der Kinder anlockt und sexuell missbraucht.

könne zu schreien anfangen. „Sei doch still", sagte er beschwörend, obwohl sie noch keinen Ton von sich gegeben hatte. „Ich bin's, der Rittmeister. Wir wollen dir doch nur helfen."

Sie stellte ihren Widerstand ein. Bastian ließ sie vorsichtig los und rieb sich die Hand, in die sie ihre Zähne geschlagen hatte. Charlotte war kaum wiederzuerkennen. Sie war ärmlich angezogen, ihr Kleid ähnelte einem Sack, sie hatte ausgelatschte Schuhe an den Füßen und das Haar unter einem verwaschenen Kopftuch verborgen. Das Gesicht wirkte fast hager und auf jeden Fall recht ungewaschen. „Wenn man sie so sieht", dachte der Rittmeister entgeistert, „gibt man ihr nicht mehr als eine Sieben. Erstaunlich, wie sich ein unscheinbares Geschöpf in eine Schönheit verwandeln kann und umgekehrt."

Sie atmete ein paar mal tief durch und sagte: „Willst du unbedingt, dass ich umgebracht werde, du Idiot? Was willst du hier? Habe ich dir nicht gesagt, dass du mich in Ruhe lassen sollst?"

„Du kannst hier nicht länger bleiben", mahnte Hagenberg eindringlich. „Deine Verfolger sind dir schon dicht auf den Fersen. Ich bin gekommen, um dich in Sicherheit zu bringen."

„Blödsinn! Verschwinde und lass mich in Ruhe. Hier findet mich niemand."

„Wenn ich dich finden kann, können dich auch die Polizei und das Militär finden. Bitte sei vernünftig!"

Ein missgestimmter Gesang war von draußen zu hören, schrill und aufgeregt. Hagenberg lugte beunruhigt aus der Tür. Das Mädchen mit den alten Augen hüpfte auf ihrem Spielfeld hin und her und sang: „Kinderverzahrer, Kinderverzahrer, gib mir eine Krone, dann sag ich, wo er ist."

Mitten im Hof standen einige uniformierte Polizisten, die Hauptleute Sünderhof und Cerny und der Hofrat Dambrowsky. Sie sprachen mit dem Kutscher, der ihnen Hagenbergs Visitenkarte zeigte.

Der Rittmeister wich ins Dunkel der Werkstatt zurück. „Sie sind schon hier", sagte er gepresst. Charlotte schlug die Hand vor den Mund. „Gibt es einen straßenseitigen Ausgang?" Charlotte nickte. „Gut. Bastian, du bringst sie von hier weg. Wir wollen hoffen, dass sie draußen keine Posten aufgestellt haben. Sie wissen aber bereits, dass ich hier bin. Also werde ich sie aufhalten. Los jetzt!"

Charlotte ergriff plötzlich die Initiative. Sie packte Bastian beim Arm und verschwand mit ihm in einem Raum hinter der Werkstatt. Hagenberg ging wieder an die Tür. Seine Verfolger kamen zielstrebig näher. Er zündete sich eine Zigarette an und trat gelassen ins Sonnenlicht.

„Kinderverzahrer, Kinderverzahrer!", schrie das Mädchen triumphierend und rannte davon.

„Sie sind festgenommen, Hagenberg", sagte Dambrowsky.

Dieser versuchte Zeit zu gewinnen. „Festgenommen? Ich? Darf ich fragen, was man mir zur Last legt?"

„Hochverrat", zischte Cerny.

„Das geht eher nicht", meinte der Hofrat besonnen, „aber Unterstützung einer flüchtigen Mörderin schon."

„Was?"

„Sie haben eine Person, die sich Charlotte Fleuron nennt und die des Mordes an einem gewissen Friedrich Waller verdächtigt wird, nach der Tat dabei unterstützt, sich dem behördlichen Zugriff zu entziehen." Dambrowsky gab den Polizisten einen Wink. „Alles genau durchsuchen. Sie ist wahrscheinlich da drinnen."

Die Uniformierten stürmten in die Werkstatt und rissen zuerst Türen und Fenster auf, um Licht zu schaffen.

Hagenberg war fassungslos. „So ein Unsinn", war alles, was er sagte.

Nach wenigen Minuten kamen die Beamten wieder zum Vorschein. „Da drinnen ist kein Mensch, aber die Hintertür war unversperrt", meldete einer von ihnen. „Vielleicht ist die Verdächtige von dort auf die Straße geflüchtet."

Cerny stieß einen gotteslästerlichen Fluch aus.

„Weit kann sie nicht gekommen sein", vermutet Dambrowsky. „Sofort die Fahndung mit allen Kräften in die Wege leiten."

„Du kommst ins Militärgefängnis", wandte sich Cerny hämisch an Hagenberg. „Wir werden dich schon klein kriegen, mein Lieber."

„Das kann ich nicht zulassen." Dambrowsky sah den Hauptmann mit unverhohlener Abneigung an. „Dafür besteht kein verfahrensrechtlich vertretbarer Grund. Ich habe keine Lust mich dem Vorwurf des Amtsmissbrauches auszusetzen. Der Verdächtige wird unverzüglich in polizeiliche Gewahrsame genommen und in die ‚Liesel' überführt."

Hagenberg wandte sich an Sünderhof. „Was soll das bedeuten? Von dem da", er deutete mit dem Kinn auf Cerny, „war ja nichts anderes zu erwarten, aber von dir hätte ich nicht gedacht, dass du bei so etwas mitmachst."

Sünderhof hatte die ganze Zeit über kein Wort gesagt. Er antwortete auch jetzt nicht. Zwei Uniformierte ergriffen Hagenberg an den Oberarmen und führten ihn auf die Straße, wo ein Arrestantenwagen wartete.

Kapitel 29

Hagenberg musste bis zum Nachmittag warten, ehe man ihn zum Verhör holte. Die Zeit bis dahin verbrachte er in einer Einzelzelle, die er gar nicht so ungemütlich fand, zumal man ihm seine Zigaretten gelassen hatte. Es wurde ihm sogar ein Mittagessen serviert und zu seiner Überraschung redete ihn der Wärter höflich mit ‚Herr Rittmeister' an.

Dambrowsky saß hinter einem Schreibtisch, auf dem lediglich ein dünner, geschlossener Akt lag. Auf dem sonst unbeschrifteten grauen Umschlag prangte ein roter Stempel ‚Verschluss' und ein zweiter ‚Streng vertraulich'.

Neben dem Schreibtisch saß Mohnhaupt und wirkte leidender als je zuvor.

Der Wärter, der Hagenberg vorgeführt hatte, bedeutete dem Rittmeister, auf einem Stuhl vor dem Schreibtisch Platz zu nehmen, schlug die Hacken zusammen und entfernte sich schweigend. Bis jetzt hatte niemand etwas gesagt und auch Hagenberg war entschlossen, nicht als Erster zu reden.

Schließlich räusperte sich der Hofrat. „Ehe wir mit Ihnen ein Protokoll aufnehmen, Hagenberg, sollten wir uns einmal unter vier Augen unterhalten."

Mohnhaupt, dessen Augen offenbar nicht mitgezählt wurden, gab ein klägliches Ächzen von sich und kaute an den Spitzen seines zerzausten Schnurrbartes.

„Jawohl, Herr Hofrat", sagte Hagenberg fügsam.

„Es ist sehr vernünftig von Ihnen, Hagenberg, dass Sie keine Schwierigkeiten machen, protestieren, nach einem Anwalt schreien oder dergleichen Unsinniges." Der Hofrat sah Hagenberg abwartend an, als ob er ihm Gelegenheit geben wolle, doch noch etwas in diese Richtung zu tun. Hagenberg wiederholte aber nur: „Jawohl, Herr Hofrat."

„Na sehen Sie. Sie sind ein vernünftiger Mann, Hagenberg. Machen Sie die Sache für uns alle einfacher und legen Sie ein Geständnis ab. Dann wird Ihnen sicher nicht viel passieren – vermute ich."

„Was soll ich gestehen, Herr Hofrat?"

Dambrowsky seufzte: „Haben Sie die Charlotte Fleuron dabei unterstützt, sich der Verhaftung zu entziehen?"

„Gewiss nicht, Herr Hofrat. Sie wissen doch selbst, dass ich sie vergeblich gesucht habe. Ich habe sie nicht gefunden und auch gar nicht gewusst, dass sie einer Straftat verdächtigt wird. Wie hätte ich ihr da zur Flucht verhelfen können?"

„Die Frau in der Schlosserei Graf, wo wir Sie festgenommen haben, war höchstwahrscheinlich diese Fleuron."

„Davon weiß ich nichts, Herr Hofrat. Ich habe die Werkstätte zwar betreten, aber dort keine Menschseele vorgefunden."

„Das sollen wir Ihnen glauben? Können Sie mir erklären, warum Sie dort waren? Sie haben mir doch zugesichert, Ihre Suche nach der Fleuron einzustellen!"

„Das habe ich auch. Ein anderer Fall hat mich in die Taborstraße geführt. Ein Klient hat mich beauftragt, seine verschollene Tochter zu suchen. Ich habe mir von dem Schlossermeister Graf nähere Auskünfte dazu erwartet, musste aber erfahren, dass er verstorben ist. Ein Nachbar hat mir zwar gesagt, dass seine Nicht da sei, aber ich habe in der Werkstatt niemanden angetroffen. Dann sind auch schon Sie mit Ihren Begleitern gekommen. Mit dem Pratermädchen hat das alles nichts zu tun, Herr Hofrat. Das können Sie mir glauben. Darf ich fragen, Herr Hofrat, wieso die Fleuron plötzlich eines Mordes verdächtigt wird?"

„Nein", sagte der Hofrat verdrossen. Dann wechselte er mit Mohnhaupt einen Blick und besann sich anders. „Also meinetwegen. Ein Zeuge hat sich gemeldet, der gesehen hat, wie sie mit dem Privatdetektiv Waller vor ihrem Wohnwagen einen heftigen Streit hatte. Wenig später ist Waller eben dort erstochen aufgefunden worden. Der Zeuge hat überdies ausgesagt, dass die Fleuron stets ein Messer bei sich geführt hat, falls einer ihrer Kunden – wenn wir es so nennen wollen – gewalttätig wird. Dieser Zeuge hat uns auch den Tipp gegeben, dass sie möglicherweise in der ehemaligen Schlosserei Graf untergeschlüpft sein könnte."

„Guzman, dieser verdammte Zwerg", sagte der Rittmeister erbittert. „Der Kerl ist ein Spitzel des Evidenzbüros und lügt wie gedruckt."

Der Hofrat nickte grimmig. „Max Wimmer – so heißt Guzman mit bürgerlichem Namen – hat uns auch erzählt, dass er Sie unlängst im Wohnwagen der Fleuron erwischt hat. Hat er sich das auch nur ausgedacht?"

„Nein, Herr Hofrat, obwohl erwischt nicht der richtige Ausdruck ist."

„Was wäre denn dann der richtige Ausdruck? Was haben Sie dort gemacht, obwohl Sie mir doch versprochen haben, nicht mehr nach dieser Person zu suchen?"

„Ich habe auch nicht nach ihr gesucht, Herr Hofrat. Ich konnte ja gar nicht erwarten, sie in ihrem Wohnwagen zu finden. Ich war dort, weil mir Guzman eine Nachricht zukommen hat lassen. Er hat mir ausrichten lassen, er wolle mir etwas aus dem Nachlass des verstorbenen Feuerferry geben. Ich war bloß neugierig, was das sein könne, sonst nichts."

Dambrowsky starrte ihn verblüfft an. „Was erzählen Sie da jetzt wieder für Geschichten? Wimmer hat den Vorfall ganz anders geschildert. Und Sie selbst haben auch nichts dergleichen gesagt, als Sie unlängst von Inspektor Mohnhaupt dazu befragt worden sind."

„Ich sagte ja schon, Herr Hofrat, dass dieser Zwerg ein Lügner ist", behauptete Hagenberg. „Er handelt im Auftrag des Evidenzbüros und will mir bloß etwas anhängen. Ich habe dem Herrn Inspektor gegenüber den Vorfall deswegen nicht näher geschildert, weil es mir peinlich war."

„Peinlich? Ihnen ist etwas peinlich? Was wollte Ihnen Guzman geben?"

„Zwei Zeichnungen von Charlotte. Sehr gute, aber auch sehr freizügige Zeichnungen. Man könnte sie fast schon als pornographisch bezeichnen. Er hat gemeint, er wisse, dass mir Charlotte gefallen habe. Er halte mich nicht nur für einen Frauenkenner, sondern auch für einen Kunstkenner. Um 100 Kronen könne ich die Zeichnungen haben, hat er gesagt. Ich muss gestehen, dass ich schwach geworden bin und die kleinen Kunstwerke gekauft habe. Es war mir peinlich, dem Herrn Inspektor gegenüber zu erwähnen, dass ich an solchen Bildern Interesse habe "

Der Hofrat starrte Hagenberg eine Weile schweigend an, dann schnürte er den Verschlussakt bedächtig auf und legte zwei Blätter auf den Tisch. Es waren das Bild aus dem Wohnwagen und die Aktzeichnung, die Hagenberg aus Rybars Wohnung mitgenommen hatte. „Das war knapp", dachte Hagenberg. „Wenn mir diese Geschichte nicht eingefallen wäre, hätte ich mich schwer getan, den Besitz dieser Zeichnung zu erklären."

„Meinen Sie diese Zeichnungen?"

„Jawohl, Herr Hofrat. Genau diese Zeichnungen. Ich sehe, Sie haben schon mein Zimmer im Hammerand durchsuchen lassen. Das ist mir sehr unangenehm. Hoffentlich muss ich nicht ausziehen und mir ein anderes Quartier suchen."

„Sie werden ohnehin vermutlich längere Zeit auf Staatskosten untergebracht werden", unterbrach ihn Dambrowsky wütend. „Wissen Sie überhaupt, wer der Urheber dieser Zeichnungen ist?"

„Ich bin mir nicht sicher, aber ich vermute, es ist ein Polizeizeichner namens Rybar, von dem auch etliche Illustrationen in der Kronenzeitung abgedruckt wurden."

„Ganz richtig. Wissen Sie auch, dass Rybar umgebracht wurde?"

„Ja sicher. Ich habe es in der Zeitung gelesen und der Herr Inspektor Mohnhaupt hat mich unlängst dazu befragt. Zum Glück habe ich ein einwandfreies Alibi."

„Ich habe den Bericht gelesen. Ein Alibi von der Geliebten! Sie kommen sich wohl sehr schlau vor, Hagenberg!"

„Ihr Dienstmädchen hat mein Alibi auch bestätigt."

„Wie lange, glauben Sie, wird sie dabei bleiben, wenn wir sie gründlich in die Mangel nehmen? Wird sie dann noch immer Ihr Alibi bestätigen?"

„Da bin ich mir recht sicher, Herr Hofrat", sagte Hagenberg bedächtig.

„Wir werden ja sehen. Wenn Sie sich weiter so unkooperativ verhalten, Hagenberg, könnte es sein, dass zu einer Anklage wegen Begünstigung einer Straftäterin auch eine Anklage wegen Mordes dazukommt."

Der Rittmeister gab keine Antwort und griff in seine Rocktasche. „Hier wird nicht geraucht", fuhr ihn der Hofrat an. „Kommen wir noch einmal auf heute Vormittag zurück. Sie waren in Begleitung ihres Mitarbeiters – oder sollte ich besser Komplizen sagen? – Bastian Bachler. Wo ist der Mann jetzt?"

Hagenberg sah den Hofrat erstaunt an. „Bachler war heute Vormittag doch gar nicht dabei."

„Ein Zeuge hat gesehen, dass ein zweiter Mann die Werkstatt betreten hat."

„Davon weiß ich nichts. Ich war allein. Vielleicht irrt sich der Zeuge. Ich habe niemanden gesehen."

„Natürlich! Schon wieder ein Zeuge, der sich irrt oder lügt. Wo ist Bachler jetzt? Wir können ihn nicht finden."

„Das überrascht mich nicht, Herr Hofrat. Er ist heute in aller Früh in meinem Auftrag nach Niederösterreich gefahren, um Recherchen in einem meiner Fälle durchzuführen. Ich erwarte ihn nicht vor morgen zurück. Sie sehen, er konnte heute Vormittag gar nicht bei mir sein."

„Ihr ganzes Lügengespinst wird in sich zusammenbrechen, sobald wir Ihr Pratermädchen gefunden haben", sagte Dambrowsky wütend. „Ich lasse mit allen Kräften nach ihr fahnden und alle Hotels, Wirtshäuser und sonstigen Quartiere, die in Frage kommen überprüfen."

„Ich wünsche Ihnen viel Erfolg", konnte sich Hagenberg nicht verkneifen zu sagen.

„Sie unterschätzen die Polizei, Hagenberg. Ein Fehler, den viele Verbrecher machen. Sie glauben, wir suchen nach einer Charlotte Fleuron und werden niemanden dieses Namens finden. Natürlich nicht! Zum Glück kennen wir aber inzwischen ihren richtigen Namen. Ja, da staunen Sie! Sie heißt Charlotte Oxner und stammt aus Hainburg an der Donau. Sie war übrigens wirklich eine Nichte des verstorbenen Schlossermeisters Graf. Seine Schwester hat einen Oxner geheiratet. Wir werden Ihr Hundertkronenmädchen bald haben!"

Hagenberg pries im Stillen seine Weitsicht, für Charlotte falsche Papiere besorgt zu haben. Im Übrigen versuchte er die Information, die er eben erhalten hatte, einzuordnen. Kam Charlotte noch immer als die verschollene Tochter des Herrn von Seidl in Frage?

Dambrowsky deutete sein Schweigen falsch. „Sehen Sie, Hagenberg", sagte er milde, „so schaut's aus. Seien Sie vernünftig und sagen Sie uns einfach, wo das Mädchen ist. Ich verspreche Ihnen, dann werde ich nicht mehr viele Fragen stellen und Sie können vielleicht sogar nach Hause gehen. Es ist ja möglich, dass Sie wirklich nicht gewusst haben, dass diese Person wegen Mordes gesucht wird. Wenn Sie jetzt reden, wird man Ihnen nicht den Vorwurf der Begünstigung machen, ganz zu schweigen von anderen Straftaten. Also, Hagenberg, wollen Sie mir etwas sagen?"

Der Rittmeister wurde einer Antwort enthoben, weil ein Beamter ins Zimmer trat, Entschuldigungen murmelte und Dambrowsky etwas ins Ohr flüsterte. Der schaute erstaunt, sprang auf und eilte ins Nebenzimmer.

Hagenberg und Mohnhaupt blieben allein zurück. Nach einer Weile sagte Mohnhaupt: „Es tut mir leid um dich, Rittmeister. Aber du bist selbst daran schuld. Du willst ja nicht auf Leute hören, die es gut mit dir meinen. Du glaubst du kannst das Spiel allein durchziehen und einen Solo Valat spielen. Schau, was dabei herauskommt! Du kannst gar nicht gewinnen. Deine Tricks werden dir nicht mehr helfen, du Schlaumeier. Jetzt kann dich nur mehr ein Wunder retten."

Hagenberg sagte nichts und dachte, dass Mohnhaupt wahrscheinlich recht hatte.

Die Tür ging auf und Dambrowsky kam wieder herein. Er setzte sich hinter seinen Schreibtisch und starrte Hagenberg schweigend an. Dem wurde zunehmend mulmig zu Mute. Plötzlich brach es aus dem Hofrat heraus. „Ich bin es so leid!", sagte er heftig. „Diese ständigen Interventionen! Jeder sagt mir, was von mir erwartet wird: Der Polizeipräsident, der Justizminister, das Kriegsministerium, das Evidenzbüro. Das hat doch mit seriöser Polizeiarbeit nichts mehr zu tun. Und jetzt auch das noch!"

„Was?", fragte Hagenberg.

„Frozzeln Sie mich nicht. Sie wissen ganz genau, wovon ich rede. Sie haben mächtige Freunde, Hagenberg."

„Auf mein Wort, Herr Hofrat, ich habe keine Ahnung und schon gar keine mächtigen Freunde."

„Wenn das stimmt, sitzen Sie möglicherweise noch tiefer in der Tinte, als ich geglaubt habe. Ich bin mir nicht sicher, ob ich Sie verabscheuen, oder bemitleiden soll. Jedenfalls interessieren sich Leute für Sie, mit denen unsereiner besser nichts zu tun haben sollte, auch wenn es manche für eine große Ehre ansehen würden."

„Ich verstehe nicht ..."

„Die Militärkanzlei des Erzherzog-Thronfolgers hat aus dem Belvedere angerufen. Natürlich nicht er persönlich, sondern sein Adjutant. Seine Kaiserliche Hoheit scheint über Ihren Fall recht gut informiert zu sein. Er hat mich wissen lassen, dass er auf keinen Fall intervenieren und in ein rechtsstaatliches Ermittlungsverfahren eingreifen will. Er sei aber der Meinung, dass Ihre weitere Anhaltung nur im Falle eines Geständnisses oder unwiderlegbarer Beweise gerechtfertigt sei; ansonsten sollten Sie sofort freigelassen werden. Im Übrigen wünschen seine Kaiserliche Hoheit über den Fortgang unserer Ermittlungen laufend informiert zu werden. Was haben Sie Mohnhaupt?"

Der Inspektor I. Klasse stöhnte erbärmlich und wischte sich mit einem riesigen Taschentuch übers Gesicht. „Mir geht's nicht besonders gut. Die Luftfeuchtigkeit ist viel zu hoch und die Blutwurst, die ich gegessen habe, liegt mir im Magen."

Der Hofrat hatte überhaupt kein Mitleid mit ihm. „Wenn ich es mir recht überlege, Mohnhaupt", sagte er, „ist eigentlich alles Ihre Schuld. Machen Sie sich überhaupt kein Gewissen?"

„Jawohl, Herr Hofrat", flüsterte Mohnhaupt und machte den Eindruck eines gebrochenen Mannes. „Ich weiß zwar im Moment nicht genau, wieso, aber ich werde mein Gewissen erforschen. Sicher ist alles nur meine Schuld."

„Wenn Sie es nur einsehen!"

Dambrowsky schrieb etwas auf einen Zettel und drückte einen Knopf auf seinem Schreibtisch. Sofort trat der Wärter, der Hagenberg vorgeführt hatte, ein.

„Der Häftling ist sofort auf freien Fuß zu setzen."

Hagenberg war so verblüfft, dass er sich nicht rührte. Der Beamte legte ihm behutsam die Hand auf die Schulter. „Kommen Sie bitte mit, Herr Rittmeister."

Hagenberg, der es noch immer nicht recht glauben konnte, stand langsam auf. „Dann darf ich den Herren noch einen guten Tag wünschen."

Die beiden gaben ihm keine Antwort. Mohnhaupt hatte das Gesicht in seinem Taschentuch vergraben und Dambrowsky starrte verbittert den Verschlussakt auf seinem Schreibtisch an.

Kapitel 30

Fritz war beunruhigt. Sein Lieblingsgast verhielt sich seltsamer als sonst. Der Rittmeister hatte die Zeitung, die ihm offeriert worden war, mit einer kurzen Handbewegung zurückgewiesen. Er hatte nicht einmal wissen wollen, ob schon wieder jemand umgebracht worden war und nicht das geringste Interesse an politischen Nachrichten gezeigt, an solchen aus dem Kulturleben schon gar nicht. Dafür schien er Selbstgespräche zu führen. Zumindest hoffte Fritz, dass es Selbstgespräche waren. Der Rittmeister schien sich nämlich mit jemandem zu unterhalten, der ihm gegenüber saß, bloß dass dieser Sessel leer war.

Kurz entschlossen trat Fritz an den Tisch und fragte: „Haben Herr Rittmeister noch einen Wunsch? Vielleicht einen Cognac?"

Geistesabwesend sah Hagenberg hoch. „Einen Cognac? Nein danke. Oder doch, bringen Sie mir einen doppelten. Sagen Sie, Fritz, hat jemand nach mir gefragt oder eine Nachricht für mich hinterlassen?"

„Leider nein, Herr Rittmeister. Cognac kommt sofort." Fritz entfernte sich mit einer kleinen Verbeugung.

Hagenberg war irritiert. Nach seiner dramatischen Festnahme und der überraschenden Entlassung war nämlich nicht das Geringste mehr passiert. Niemand schien sich für ihn zu interessieren. Im Hammerand hatte der Portier kein Wort darüber verloren, dass die Polizei sein Zimmer durchsucht hatte. Bastian blieb verschwunden. Hoffentlich hatte er Charlotte sicher verstecken können. Hagenberg musste dringender als je zuvor mit ihr sprechen, aber wahrscheinlich war es im Augenblick ohnehin besser, nicht mit ihr Kontakt aufzunehmen. Möglicherweise wurde er überwacht. Er hatte zwar keinen Verfolger ausmachen können, aber wenn er an Stelle des Hofrates Dambrowsky gewesen wäre, hätte er mit Sicherheit eine Beschattung angeordnet, ganz zu schweigen von den Geheimdienstleuten. Das Einschreiten der Militärkanzlei des Thronfolgers, war ihm völlig rätselhaft. Er hatte zu diesen Kreisen keinerlei Kontakt. Er war sich nicht einmal sicher, ob diese Intervention zu seinen Gunsten erfolgt war. Vielleicht hatte man ihn bloß deswegen aus der Polizeigewahrsame befreit, damit er dem Zugriff der Agenten des Evidenzbüros schutzlos ausgeliefert war. Er schob vorsichtig den Vorhang beiseite und schaute auf die Straße. Kein Verdächtiger war zu sehen. Nur der Polizeiinspektor Mohnhaupt kam über die Straße geschlurft, sah Hagenberg am Fenster, presste die Hand auf die Brust und keuchte gotteserbärmlich. Nach dieser eindrucksvollen Pantomime, die seinen angegriffenen Zustand verdeutlichen sollte, betrat er das Kaffeehaus und steuerte Hagenbergs Tisch an. Dieser war fast erleichtert, Mohnhaupt zu sehen. Endlich kam wieder Bewegung in die Sache und er konnte auf Informationen hoffen.

„Einen großen Braunen mit einem Brioschkipferl, Herr Inspektor?", fragte Fritz. Mohnhaupt stierte den Kellner mit rotunterlaufenen Augen an, bemächtigte sich des doppelten Cognacs und trank ihn mit zwei großen Schlucken aus. Hagenberg zuckte resigniert mit den Schultern und bat Fritz dasselbe noch zweimal zu bringen. „Bist du nicht im Dienst, Mohnhaupt?", fragte er.

„Ich bin immer im Dienst. Mehr als du glaubst. Der Dambrowsky hat sich krank gemeldet und ich bin mit seiner Vertretung betraut worden."

„Oh je. Musst du den Sündenbock machen?"

„So schaut's aus und du bist an allem schuld."

„Jetzt hör aber auf. Ich bin ganz und gar unschuldig."

„Das glaubst du doch selber nicht. Was ist das übrigens für eine Geschichte mit der Militärkanzlei? Wieso interessiert sich der Thronfolger für dich?"

„Ich habe keine Ahnung. Aber natürlich war es ein Glück für mich. Wer weiß, was der Dambrowsky sonst noch mit mir angestellt hätte."

„Gar nichts. Er hätte dir die Hölle heiß gemacht und dir dann zu einem Aufenthalt in einer hübschen Sommerfrische geraten, möglichst weit weg von Wien. Der wollte nur wissen, wo die Oxner ist und dich dann endgültig aus dem Fall draußen haben. Jetzt hat sich alles verändert und er weiß nicht, wie er sich weiter verhalten soll."

„Und du? Weißt du, wie du dich verhalten sollst?"

„Ich habe keine Ahnung. Ansonsten gehen mir Einmischungen von höheren Stellen in meine Arbeit sehr auf die Nerven. Aber kaum braucht man wirklich eine verbindliche Weisung ist auf einmal niemand mehr zuständig. Am liebsten würde ich dich ja einsperren, aber das geht wahrscheinlich nicht, weil sonst wieder die Militärkanzlei anruft. Andererseits, lasse ich dich auf freiem Fuß, ist nicht abzusehen, was du dann anstellst. Wenn ich Glück habe, bringt dich jemand rasch um. Dieses furchtbare Wetter schreit ohnehin nach Mord und Totschlag." Der Inspektor wischte sich mit seinem Taschentuch übers Gesicht und warf Fritz einen Blick zu. Der war wie alle guten Kellner fast ein Gedankenleser. Unverzüglich brachte er dem Inspektor einen doppelten Cognac.

„Du säufst ganz schön, für einen, der im Dienst ist", rügte Hagenberg. „Und dass du dir wünscht, ich solle umgebracht werden, ist auch nicht schön von dir. Hast du dir schon überlegt, dass du dann vielleicht den Mord an mir aufklären müsstest?"

„Ach das", meinte Mohnhaupt wegwerfend, „krieg' ich schon hin. Du bist von einem Unterstandslosen beraubt und umgebracht worden. Die Suche nach dem Täter ist leider ergebnislos verlaufen. Ich bin mir fast sicher, niemand wird weitere Fragen stellen. Ruhe in Frieden! Willst du nicht doch verreisen? In der Steiermark ist es um diese Zeit sehr schön und das Wetter ist auch viel angenehmer. Ich weiß zufällig ein sehr gemütliches Landgasthaus im Hinterbergertal. Ruhig ist es dort und die Verpflegung ist bodenständig. Es wird dir gefallen. Du hast dir einen Urlaub verdient, Rittmeister. Der Bastian Bachler kann dir dabei Gesellschaft leisten, sobald er wieder auftaucht."

Mohnhaupt schob einen Zettel über den Tisch. „Da hast du die Adresse. Ich habe dich schon telegrafisch angekündigt. Im Herbst, sagen wir im Spätherbst, kannst du wieder nach Wien zurückkommen. Dann werden sich die Wellen gelegt haben und alle Probleme werden erledigt sein."

„Das ist sehr lieb von dir", meinte der Rittmeister mit falscher Freundlichkeit. „Das Hinterbergertal tät mir sicher gefallen. Bevor ich abreise, verrat' mir aber, was das für ein Blödsinn mit dem Mordverdacht gegen Charlotte ist."

„Wahrscheinlich ist wirklich nichts dran", meinte Mohnhaupt gelassen. „Der Max Wimmer ist nicht gerade ein vertrauenswürdiger Zeuge. Der lügt genauso unverschämt, wie du."

„Ich helfe dir immer gern weiter", erklärte der Rittmeister freundlich und überging den Vorwurf der Lügenhaftigkeit. „Deshalb gebe ich dir einen Tipp: Hast du dir schon überlegt, von wo Wimmer die Zeichnungen, die er mir verkauft hat, her hatte? Ich glaube nicht, dass sie dem Ferdinand Grindbaum gehört haben. Wahrscheinlich stammen sie aus der Wohnung des Rybar. Dort habt ihr ja noch mehrere ähnliche Zeichnungen gefunden. Das würde natürlich bedeuten, dass Wimmer etwas mit Rybars Ermordung zu tun hat."

„Dieser Zwerg?", fragte Mohnhaupt verächtlich.

„Wimmer hat einen guten Freund, einen Harfenisten aus dem Zaubertheater, den man Finger nennt", fuhr Hagenberg, der zunehmend Gefallen an seiner Geschichte fand, fort. „Das ist ein wahrer Riese, der ständig einen Totschläger mit sich herumträgt. Wurde dem armen Rybar nicht der Schädel eingeschlagen? Vermutlich mit so einer Waffe? Finger ist recht einfältig und macht, was ihm Wimmer anschafft. Der fragt nicht lange nach, wenn ihm Wimmer sagt, er soll zuschlagen. Ja, es tät mich gar nicht wundern, wenn mir Wimmer die Zeichnungen nur deswegen untergejubelt hat, um eine falsche Spur zu mir zu legen." Der Rittmeister nickte nachdenklich. „Ja, das würde Sinn machen, wenn wir davon ausgehen, dass Wimmer ein Agent des Evidenzbüros ist. Die wollen mir eben mit Gewalt etwas anhängen."

„Und was ist mit dem zweiten Toten in Rybars Wohnung?", fragte der Inspektor missmutig. „Derjenige, der erstochen wurde? Ich weiß aus zuverlässiger Quelle, dass auch er ein Agent des Evidenzbüros war. Du erzählst mir hübsche Geschichtchen, Rittmeister, aber sie gehen nicht zusammen. Wenn Wimmer wirklich ein Agent des Evidenzburos ist, wird er wohl nicht einen Kollegen umbringen, beziehungsweise umbringen lassen. Denk dir etwas Besseres aus!"

„Diesen Leuten muss man alles zutrauen", sagte der Rittmeister wenig überzeugend und dachte: „Es ist verflucht schwer eine stichhaltige Lügengeschichte zusammenzubringen, wenn man selber Dreck am Stecken hat." Er überbrückte das verlegen Schweigen, indem er sich umständlich eine Zigarette anzündete. „Da ist noch eine Kleinigkeit, Mohnhaupt", sagte er schließlich. „Ihr habt doch den richtigen Namen von Charlotte herausbekommen, weiß der Himmel, wie. Verrätst du mir ihr Geburtsdatum?"

Mohnhaupt starrte ihn fassungslos an. „Bist du jetzt ganz verrückt geworden, Rittmeister? Seit diese Geschichte angefangen hat, habe ich dir eine Gefälligkeit nach der anderen erwiesen und dich mit Informationen versorgt. Und was war der Dank dafür? Du hast dich jedes Mal tiefer ins Schlamassel geritten, was mir natürlich egal sein kann, aber du hast auch mich in Schwierigkeiten gebracht, was unverzeihlich ist. Und jetzt sitzt du da, lügst mich an, dass sich die Balken biegen und willst schon wieder einen Gefallen?"

„Bitte, Mohnhaupt!"

Zu Hagenbergs Überraschung nahm der Inspektor den Zettel mit der Adresse im Hinterbergertal und schrieb einige Zahlen darauf. Hagenberg schnappte sich begierig das Papierstück und schaute es lange und nachdenklich an.

„Bist du jetzt klüger?", fragte Mohnhaupt tückisch.

„Nicht wirklich", murmelte der Rittmeister, „trotzdem, danke."

„Du wirst wahrscheinlich nicht abreisen", mutmaßte Mohnhaupt.

„Jetzt noch nicht, vielleicht später."

„Später kann zu spät sein. Was wirst du unternehmen?"

Hagenberg dachte, dass er im Moment nicht viele Möglichkeiten hatte. „Ich werde die Baronin Rentenbach aufsuchen."

Mohnhaupt stemmt sich hoch und blieb schwankend stehen.

„Dann viel Spaß. Sei so freundlich und zahl für mich. Das nächste Mal bin ich dran – wenn es ein nächstes Mal gibt. Solltest du umgebracht werden, kauf' ich dir halt einen schönen Kranz."

Mit diesen Worten verließ Mohnhaupt das Kaffeehaus und instruierte einen Beamten der unauffällig an der Ecke lehnte, dass sich der Verdächtige wahrscheinlich demnächst nach Gumpendorf begeben werde.

Kapitel 31

Es mochte daran liegen, dass der Rittmeister durch die vorangegangenen Ereignisse etwas in Verwirrung geraten war. Nur so lässt es sich erklären, dass er seine Lektion punkto Überraschungsbesuche nicht berücksichtigte und unangemeldet an Luises Tür klingelte, nachdem er seinen Fiaker entlassen hatte, weil er damit rechnete, die nächsten Stunden mit seiner Geliebten zu verbringen. Elisabeth öffnete ihm und verkündete sofort in entschiedenem Ton, dass die gnädige Frau ausgegangen und mit ihrer baldigen Rückkehr nicht zu rechnen sei. Zu seiner eigenen Überraschung war Hagenberg nicht besonders enttäuscht. Er betrachtete sie wohlgefällig und wollte schon sagen: „Das trifft sich gut."

Er kam nicht dazu. Elisabeth sah ihn beschwörend an, hob die Hand, als ob sie sich eine Haarsträhne aus dem Gesicht streifen wolle und presste dabei den Finger auf den Mund. Dabei legte sie den Kopf leicht schief und verdrehte die Augen, um ihm zu signalisieren, dass jemand hinter ihr im Inneren des Hauses mithörte.

„Das ist schade", sagte er geistesgegenwärtig. „Dann bestell deiner Gnädigen meine besten Empfehlungen. Ich werde mir erlauben, morgen wiederzukommen."

„Jawohl, Herr Rittmeister." Elisabeth schloss hastig die Tür und ließ ihn auf der Straße stehen.

Nachdenklich und noch eine Spur verwirrter machte sich der Rittmeister auf den Weg zur Stadtbahnstation und lief dabei Frau von Seidl über den Weg. „Meine Verehrung, gnädige Frau", grüßte er artig und lüftete seinen Hut. Sie sah ihn befremdet an, dann erkannte sie ihn. „Ach sie sind es, der Versicherungsmensch. Mein Mann kann sie heute nicht empfangen, er ist bettlägerig. Der Arzt ist gerade bei ihm."

„Es tut mir leid, das zu hören. Bitte bestellen Sie Ihrem Herrn Gemahl, ich lasse baldige Besserung wünschen. Ich werde mir erlauben, ein andermal vorzusprechen." Das Nicken ihres Kopfes war kaum zu erkennen, als sie hoheitsvoll an ihm vorbeischritt. Der Aufenthalt hatte es Hagenberg aber ermöglicht, den Mann auszumachen, der ihm unauffällig folgte. Höchstwahrscheinlich war es ein Polizeiagent. An der Ecke vor ihm stand ein einsamer Fiaker. Hagenberg stieg rasch ein. Sein Verfolger verfiel in Laufschritt. „Steigen's wieder aus, ich bin besetzt!", forderte der Kutscher.

„Jetzt nicht mehr", sagte Hagenberg und hielt ihm eine Banknote hin. „Ich hab' es sehr, sehr eilig. Rascher Trab, wenn ich bitten darf!"

Der Agent begann zu rennen. „Das ist mein Fiaker", schrie er.

Der Kutscher nahm den Geldschein, löste die Bremsen, schnalzte mit der Zunge und knallte mit der Peitsche. Die Rösser setzten sich hurtig in Bewegung. Der Agent hatte den Wagen erreicht und rannte einige Schritte nebenher. „Grüßen's mir den Inspektor Mohnhaupt", sagte der Rittmeister freundlich. Der Agent blieb keuchend stehen und schaute dem Wagen verbittert nach.

Hagenberg lehnte sich zurück und genoss seinen kleinen, nutzlosen Sieg. Die Genugtuung hielt nicht lange an. Er litt plötzlich unter schlechtem Gewissen. Nicht sehr und nur vorübergehend, aber doch. Er hatte sich doch tatsächlich gefreut, Elisabeth allein anzutreffen. Das hätte ihm die Gelegenheit gegeben das Liebesstündchen mit ihr zu wiederholen. Sie wäre sicher dazu bereit gewesen, davon war er überzeugt. Mit diesem zärtlichen, unkomplizierten Mädchen war es viel einfacher und entspannender, als mit der kapriziösen, fordernden Luise. Er hätte sich an dieser Stelle seiner Gedanken fast geschämt, wenn ihm nicht in den Sinn gekommen wäre, dass Luise wieder Besuch von Sünderhof hatte und sie ihn ihrerseits nicht nur in Gedanken sondern wahrscheinlich ganz real betrog, was ihn moralisch dazu berechtigte, sich hauptsächlich über sie und nicht über sich selbst zu empören. „Davon habe ich aber auch nichts", dachte er. „Luise oder Elisabeth – heute habe ich keine von beiden bekommen."

Hagenberg beobachtete aufmerksam den Verkehr, hauptsächlich die Fahrzeuge hinter dem seinen. Er konnte nichts Verdächtiges ausmachen. Der Polizeiagent, den er abgehängt hatte, war offenbar sein einziger Verfolger gewesen. Die Gelegenheit war günstig. Er ließ seinen Fiaker halten, bestieg wenig später einen anderen, wechselte noch einmal das Gefährt und ging das letzte Stück zu Fuß.

Niemand war ihm gefolgt, dessen war er sich sicher. Kurz vor Mittag betrat er das Foyer des kleinen Hotels in Hernals, das ihm Bastian genannt hatte.

„Ich suche Herrn Bachler", erklärte er dem Mann an der Rezeption.

„Der ist bei uns nicht abgestiegen. Ich kenne niemanden, der so heißt", behauptete der Concierge und beäugte Hagenberg misstrauisch.

„Dann würde ich gern mit Fräulein Horatschek sprechen, Bohumilla Horatschek. Die ist doch bei Ihnen abgestiegen?"

„Wir geben keine Auskunft über Gäste", sagte der Concierge würdevoll und schob die Banknote, die Hagenberg auf das Pult gelegt hatte, entschieden zurück. „Nicht einmal über solche, die gar nicht bei uns abgestiegen sind. Wer sind Sie überhaupt?"

„Mein Name ist Hagenberg."

„Hauptmann Hagenberg?"

„Nein. Rittmeister, obwohl ich gar keiner mehr bin."

„Erster Stock, Zimmer 12", verkündete der von Bastian bestens instruierte Portier und bemächtigte sich der Banknote, die noch immer vor ihm auf dem Pult lag.

Hagenberg klopfte an die Tür von Zimmer 12.

„Wer ist da?", erklang von innen eine verschlafene Stimme.

„Hagenberg, Rittmeister Hagenberg." Obwohl er es ansonst peinlichst vermied, sich selbst als Rittmeister zu bezeichnen, wollte er jeden Zweifel über seine Identität ausräumen. Er hatte nämlich keine Lust durch eine verschlossene Tür zu diskutieren.

Nach einer kurzen Weile machte sie ihm auf. Sie war im Nachthemd über das sie einen Morgenmantel geworfen hatte. Das Bett war zerwühlt.

„Komm herein, Rittmeister. Verzeih die Unordnung, aber ich bin eben erst aufgestanden." Sie lachte entschuldigend. „Das sind so Unsitten, die man sich beim Theater angewöhnt, wenn man immer erst spät ins Bett kommt."

„Grüß dich Gott, Lotti", sagte Hagenberg und fühlte sich plötzlich sehr müde. Er ließ sich auf einen Sessel sinken. „Du glaubst gar nicht, was ich alles aufgeführt habe, um dich zu finden, nachdem du dich fortzaubern hast lassen."

„Jetzt hast du mich ja gefunden, obwohl es mir lieber gewesen wäre, du hättest gar nicht angefangen, nach mir zu suchen."

„Es musste sein. Ich muss alles erfahren, was du über Konstanze weißt. Darf ich rauchen?"

Sie stellte schweigend einen Aschenbecher vor ihn und setzte sich aufs Bett. „Ich habe deinem Freund, dem Bastian schon alles erzählt."

„Dann erzähl es mir auch."

„Also gut: Begonnen hat alles damit, dass mir Konstanze ganz aufgeregt berichtet hat, ein Mann habe sie angesprochen. Er habe sie über ihre Eltern und ihr Geburtsdatum ausgefragt und dann gemeint, dass sie vielleicht eine reiche Erbin sei, die er im Auftrag eines Klienten suche. Er hat ganz besonders wissen wollen, ob sie ein angenommenes oder ein leibliches Kind des kürzlich verstorbenen Schlossermeisters Graf sei."

„Waller", murmelte der Rittmeister.

„Richtig. So hat er geheißen. Er hat Konstanze sogar seine Visitenkarte gegeben. Er war Privatdetektiv."

Hagenberg zog seine Brieftasche heraus und legte Wallers Visitenkarte vor Charlotte. „Das habe ich in Konstanzes Sachen gefunden. Was hat sie ihm gesagt?"

„Konstanze war ein helles Kind. Sie hat rasch reagiert und gesagt, sie wisse es nicht genau, aber sie glaube schon, dass sie nur ein angenommenes Kind sei. Genaueres könne aber sicher ihre ältere Cousine sagen."

„Die ältere Cousine bist du."

„Ja. Ich bin wirklich ihre Cousine."

„Und du bist um drei Jahre älter als Konstanze. Du heißt nicht Fleuron, sondern Oxner. Das weiß ich alles. Was habt ihr beschlossen?"

„Wir haben beschlossen, zu sagen, wir wissen es nicht genau, aber wir glauben, dass Konstanze nur ein angenommenes Kind ist. Dann hätte uns niemand vorwerfen können, wir hätten einen Betrug versucht. Waller war trotzdem sehr erfreut und sicher, dass er seinen Auftrag zur Zufriedenheit seines Klienten erledigt hat."

„Er ist einer sehr überzeugenden Spur gefolgt, die auch mich eine Zeitlang in die Irre geführt hat. Alles ist durch die Erzählungen eines alten Mannes, der nicht mehr richtig im Kopf ist, ausgelöst worden. Der Alte hat bloß seine Erinnerungen durcheinandergebracht und zu allem ‚ja' gesagt, wenn man ihn nur eindringlich gefragt hat. Es hat aber nicht gestimmt. Konstanze war ein leibliches Kind des Graf und hat mit der gesuchten Person nichts zu tun."

„Richtig. Wir haben uns aber gedacht, vielleicht klappt es ja und Konstanze wird von einem reichen Mann im Testament bedacht."

„Konstanzes Geburtsmonat hat mit dem des gesuchten Kindes nicht übereingestimmt. Das konnte Waller aber nicht wissen. Auf diese Information bin ich erst vor kurzem gestoßen. Ich habe mir sogar überlegt, ob du die gesuchte Tochter sein könntest, aber du bist um drei Jahre zu alt. Ich habe deine Personalien von der Polizei."

Charlotte seufzte.

„Was ist dann weiter passiert?"

„Dann ist die ganze Angelegenheit plötzlich zu einem Alptraum geworden. Waller hat sich mit mir verabredet, um für seinen Auftraggeber eine schriftliche Erklärung abzufassen, aber er ist nicht gekommen. Später hat man ihn tot in der Nähe meines Wagens gefunden. Er ist umgebracht worden. Wir waren deswegen ganz verstört. Dann haben wir uns aber gedacht, dass dieser Vorfall mit uns nichts zu tun hat. Solche Sachen passieren im Prater immer wieder. Konstanze ist schließlich auf die Idee verfallen, mit dir Kontakt aufzunehmen, damit du sozusagen den Part Wallers übernimmst. Ich war dagegen und wollte, dass wir die Sache aufgeben. Wir haben uns deswegen sogar gestritten. Ich habe nämlich bemerkt, dass man mir nachspioniert und mich beobachtet und ich habe begonnen mich zu fürchten. Und dann ist Konstanze umgebracht worden. Warum? Weißt du das?"

„Sie ist aus demselben Grund wie Waller umgebracht worden. Jemand hat euer Komplott ernst genommen und wollte verhindern, dass Konstanze mit Erfolg als verlorene Tochter präsentiert wird. Es geht dabei wirklich um eine große Erbschaft. Ein Auftragsmörder ist engagiert worden, der mit ihr eine Liebschaft angefangen und sie dann bei günstiger Gelegenheit umgebracht hat. Er hat Brachyta geheißen. Kennst du ihn?"

„Flüchtig. So ein Schwein!" Sie wischte sich eine Träne aus dem Gesicht.

„Du hast es vielleicht in der Zeitung gelesen: Er ist tot. Sein Auftraggeber oder dessen Helfer haben ihn beseitigt."

„Warum hat man mich verfolgt?"

„Weil man dachte, du weißt zuviel über die Angelegenheit und redest vielleicht darüber. Du hast ganz recht gehabt, unterzutauchen, obwohl mir das ziemliche Probleme bereitet hat. Man hat nämlich nach meinem Besuch bei dir vermutet, ich wisse, wo du bist. Dabei war es Rybar, der dir geholfen hat, nicht wahr?"

„Der arme Heinz." Sie wischte sich wieder eine Träne ab. „Er war ganz vernarrt in mich und wollte mich vom Ferry wegholen. Nach deinem Besuch habe ich mir gedacht, es ist wirklich am Besten, wenn ich untertauche. Die Sache mit dem Ferry hat ohnehin keine Zukunft gehabt. Also habe ich mich darauf eingelassen und bin nach dem Zaubertrick einfach abgehaut. Heinz hat mich zu der Werkstatt meines verstorbenen Onkels gebracht, wo ich untergeschlüpft bin. Die Leute dort haben mich gekannt und sich daher nicht gewundert. Ich habe bloß gesagt, ich muss jetzt die Werkstatt und die kleine Wohnung, die dazu gehört, räumen, weil der Mietvertrag abläuft. Gelegentlich habe ich Heinz besucht, um mich bei ihm für seine Hilfe zu bedanken. Na ja, du weißt schon, was ich meine." Sie schluckte krampfhaft.

„Hast du ihn geliebt?", fragte Hagenberg behutsam.

„Ich habe ihn gemocht."

„Natürlich", meinte der Rittmeister. „Sonst hättest du ja nicht mit ihm geschlafen." Er stellte noch immer unsinnige Überlegungen zur Frage ihrer Moral an.

Sie sah ihn höchst befremdet an, verzichtete aber darauf diese Bemerkung zu kommentieren und fuhr in ihrer Erzählung fort: „Einmal hätte mich der Ferry fast erwischt, wie ich zum Heinz gegangen bin, weil er überall nach mir gesucht hat. Er hat mich gesehen, aber ich bin ihm noch einmal ausgekommen."

„Ja, er hat es mir erzählt. Er ist umgebracht worden, weil er nicht verraten wollte, wo er dich gesehen hat. Sein Mörder ist auch tot."

„Ich habe davon in der Zeitung gelesen, aber ich wusste nicht, dass das etwas mit mir zu tun hat. Dann ist auch der Heinz erschlagen worden. Das war an dem Tag an dem du mich in seiner Gasse gesehen hast. Hast du etwas mit seinem Tod zu tun?"

„Nein. Auch er ist umgebracht worden, weil er nicht sagen wollte, wo du bist. Sein Mörder ist kurz darauf erstochen worden. Du wirst es in der Zeitung gelesen haben."

„Warst du das?"

„Ich und Bastian. Wir sind zu spät gekommen und konnten Heinz nicht mehr retten."

Sie begann zu schluchzen. „Mein Gott, das ist alles so schrecklich. Die vielen Leute, die gestorben sind! Ich kann doch nichts dafür! Was habe ich nur gemacht? Wir wollten nur ein bisschen Glück für uns erschwindeln, die Konstanze und ich, sonst nichts. Ist es jetzt endlich vorbei?"

„Nein", sagte der Rittmeister. „Es ist noch nicht vorbei. Du weißt viel zu viel, das nicht bekannt werden darf. Ich fürchte, man ist noch immer hinter dir her."

„Ich habe Angst. Was soll ich jetzt machen?"

„Gar nichts. Du bist hier vorerst in Sicherheit. Verhalte dich ruhig und geh nicht aus dem Haus. Ich kümmere mich schon um alles. Vertrau mir."

Sie sah ihm tief in die Augen. „Danke", sagte sie. „Du bist sehr lieb zu mir." Sie schniefte und es sah aus, als ob sie gleich zu heulen beginnen werde.

Er legte besänftigend die Hand auf ihr nacktes Knie. Sie wurde still und sah ihn forschend an. Dann nahm sie sein Gesicht in die Hände, küsste ihn und ließ sich aufs Bett zurücksinken. „Komm her", flüsterte sie. „Ich bin dir für deine hundert Kronen noch etwas schuldig."

Ein kurioser Gedanke ging dem Rittmeister durch den Kopf. „Warte", sagte er. „Ich muss dich etwas fragen. Angenommen, ich hätte dir keine hundert Kronen gegeben und ich würde dir in deiner Misere nicht helfen, würdest du dann auch mit mir schlafen wollen?"

„Aber ja doch! Fragen kannst du stellen!"

„Ich will nicht, dass du mir etwas sagst, von dem du denkst, ich höre es gern. Sag die Wahrheit: Angenommen, du wärst mir in keiner Weise verpflichtet, würdest du dann trotzdem mit mir ins Bett gehen?"

Sie seufzte. „Dann wohl eher nicht. Ich will dich nicht kränken, du bist ja auch ein fescher Mann, aber so gar nicht mein Typ. Du redest komisch daher und bist steif wie ein Stock. Nein, ich denke nicht, dass ich mich in einen wie dich verlieben könnte."

Er ließ sie los und setzte sich auf. „Also doch! Du bist eine ausgesprochen moralische Person. Das habe ich mir gleich gedacht."

Sie fasste das nicht als Kompliment auf. „Bist du jetzt sauer auf mich, weil ich dir die Wahrheit gesagt habe?", fragte sie empört. „Du brauchst dich nicht über mich lustig machen. Von wegen moralische Person! Du kannst mich für hundert Kronen haben, wenn du willst."

„Darauf kommt es überhaupt nicht an. Man soll die Moral einer Frau nämlich nicht in Geld messen, sagt mein Freund Mohnhaupt. Ich denke, er hat recht."

Sie schüttelte den Kopf. „Hat dir eigentlich schon jemand gesagt, Rittmeister, dass du ein arger Spinner bist?"

„Schon öfter. Bastian hält mich sogar für leicht verrückt."

„Damit hat er wahrscheinlich recht. Ich mag das Gerede über Moral nicht. Aber ich weiß, dass ich dir von Anfang an gefallen habe. Für so etwas habe ich ein Gespür. Also lass das Sinnieren und nutze die Gelegenheit. Vielleicht kriegst du mich ja doch dazu, dass ich mich in dich verliebe, wenn du dir Mühe gibst. Wer weiß? Versuch es halt!"

Hagenberg hielt das für einen guten Kompromiss und begann ihren Morgenrock aufzuknöpfen als heftig gegen die Tür geklopft wurde.

„Wer ist da?", schrie Charlotte unwillig.

„Bastian. Mach auf!"

Sie schloss ihren Morgenrock wieder und stand auf. „Es soll wohl doch nichts werden, zwischen uns beiden", bemerkte sie. „Vielleicht ein anderes Mal. Du darfst vorher nur nicht so viel herumreden." Sie drehte den Schlüssel im Schloss und ließ Bastian ein.

„Da sind Sie ja endlich", sagte Bastian erleichtert, als er seinen Chef sah. „War es sehr schlimm auf der Polizei? Ich habe nicht gewagt, Kontakt mit Ihnen aufzunehmen, weil ich nicht wusste, ob Sie beobachtet werden. Ist Ihnen niemand gefolgt?"

„Am Anfang ist der Dombrowsky recht unangenehm geworden, aber dann hat er mich laufen lassen. Nein, mir ist niemand hierher gefolgt." Er gab Bastian einen detaillierten Bericht über seine Erlebnisse.

Charlotte hörte mit offenem Mund zu. „Um Gottes willen, warum verfolgen mich nicht nur ein Mörder und die Polizei sondern auch das Militär?", fragte sie verstört.

„Ich hatte gehofft, das kannst du mir sagen. Hat es vielleicht mit einem deiner Kunden zu tun?" Hagenberg verabscheute diesen Ausdruck.

Sie sah ihm sein Unbehagen an und verzog den Mund. „Nein", erklärte sie entschieden. „Sicher nicht. Da ist nichts Ungewöhnliches vorgefallen. Und was hat der Thronfolger mit uns zu tun? Ich weiß nicht einmal, wie er aussieht. Was ist die Militärkanzlei, von der du erzählt hast?"

„Der Erzherzog-Thronfolger bereitet sich auf die Übernahme der Regierung vor, sobald unser alter Kaiser vor Gottes Thron tritt", erklärte der Rittmeister. „Er hat Vertraute um sich gesammelt, die in der sogenannten Militärkanzlei eine Art Schattenregierung bilden. Er mischt sich schon jetzt recht kräftig in die Innenpolitik ein. Er hat auch starken Einfluss auf die Armee und die Marine. Warum er allerdings an meinem Schicksal Anteil nimmt, ist auch mir rätselhaft. Ich hatte nie die Ehre, ihn persönlich kennenzulernen und war mir sicher, dass er nicht einmal von meiner Existenz weiß."

„Ich will mich jetzt ankleiden", verkündete Charlotte unvermutet, so als ob sie Sorge hätte, der Thronfolger könne gleich zur Tür hereinkommen.

„Und wer hindert dich daran?", fragte Bastian ungehalten.

„Du! Glaubst du, ich zieh mich vor jedem aus?"

Bastian wollte das schon in sehr eindeutiger Form bejahen, dann sah er seinen Chef an und beschloss dessen Gefühle zu schonen. „Der Herr Rittmeister und ich, wir haben ohnehin noch etwas zu erledigen. Rühr dich nicht aus dem

Zimmer, damit du nicht doch noch umgebracht wirst. Das tät mich sehr ärgern nach all der Mühe, die wir mit dir hatten."

Der Rittmeister folgte ihm zögernd auf den Gang und warf dabei einen Blick über die Schulter. Charlotte zwinkerte ihm zu und zog sich ungeniert das Nachthemd über den Kopf. Bastian schloss nachdrücklich die Tür. „Entschuldigen Sie, Herr Rittmeister", sagte er, „aber die Kleine ist ein Luder, dass es nicht höher geht. Ich kann es nicht oft genug sagen: Die ist nichts für Sie! Außerdem ist sie nicht die verschollene Tochter des Seidl; genau so wenig wie ihre Cousine, die umgebracht worden ist."

Die beiden Männer stiegen die Treppe hinunter und durchquerten das Foyer des Hotels. „Ich weiß", bestätigte der Rittmeister. „Sie hat mir die ganze Geschichte erzählt."

„So ein Schlamassel", ärgerte sich Bastian als sie auf die Straße traten. „Wir haben also im Fall des Herrn von Seidl überhaupt nichts erreicht und stehen wieder ganz am Anfang ohne die geringste Spur. Dafür haben wir uns ohne jede Notwendigkeit Ärger mit der Polizei und dem Evidenzbüro eingehandelt. Wir können uns nicht einmal unauffällig zurückziehen und beispielsweise für einige Zeit verreisen, weil wir jetzt dieses verschlagene Pratermädchen am Hals haben. Oder doch?" Er sah seinen Chef hoffnungsvoll an.

„Nein", sagte dieser entschieden. „Wir müssen versuchen, eine Klärung herbeizuführen. Sonst wird Charlotte nie sicher sein und wir wahrscheinlich auch nicht."

„Dann schlage ich vor, wir kümmern uns jetzt endlich um den sogenannten Grafen von Posowsky. Von dem scheint die ganze Intrige auszugehen und eine andere Möglichkeit haben wir auch kaum mehr, so wie sich die Angelegenheit entwickelt hat."

„Und wie stellen wir das deiner Meinung nach an?"

„Wenn er sich an seine Routine hält, trifft er heute wieder die Baronin Seidl. Das wäre eine gute Gelegenheit, sich in seinem Zimmer im Royal umzusehen. Ich habe ein paar Vorkehrungen getroffen, damit wir das diskret durchziehen können."

„Und zwar?"

Bastian grinste. „Der einfachste Weg ist immer der beste. Ich habe mich im Royal eingemietet. Mein Zimmer liegt nur zwei Türen neben dem des Herrn Grafen."

„Ich wüsste nicht, was ich ohne dich machen würde", gestand der Rittmeister.

„Ich auch nicht", sagte Bastian selbstgefällig.

Kapitel 32

Das vierstöckige ‚Dom Hotel Royal' in der Singerstraße nächst dem Stephansdom war eine der exklusivsten Adressen Wiens. Hagenberg und Bastian platzierten sich in der Nähe des Eingangs und vermittelten den Eindruck, als ob sie tief ins Gespräch versunken seien. Ihre Geduld wurde auf keine lange Probe gestellt. Schon nach einer knappen halben Stunde verließ Posowsky das Hotel und ging zielstrebig Richtung Kärntnerstraße. „Pünktlichkeit ist eine Tugend", bemerkte Bastian und schaute auf seine Taschenuhr. „Wir haben jetzt fast zwei Stunden freie Bahn." Sie betraten die Eingangshalle des Hotels. Bastian ging zielstrebig zur Rezeption. „Ist eine Nachricht für mich gekommen?"

„Nein, Herr Hoflieferant", sagte der Concierge und reichte ihm befließen einen Zimmerschlüssel.

Bastian nickte ihm wohlwollend zu, legte eine Münze auf das Pult und nahm Hagenberg vertraulich beim Arm. „Begleiten Sie mich doch auf mein Zimmer, verehrter Baron. Die Verträge sind praktisch unterschriftsreif, aber ich hätte vorher noch gerne ihre Meinung zu dem einen oder anderen Punkt gehört."

Hagenberg staunte immer wieder darüber, wie sich Bastian verändern konnte. Ohne dass er genau sagen konnte, wie sein Partner das machte, hatte sich dieser von einem Augenblick auf den anderen in einen respektablen Geschäftsmann verwandelt. „Selbstverständlich, mein lieber Kommerzienrat", versicherte er. „Ich stehe gerne zur Verfügung."

Sie durchschritten die Hotelhalle und betraten den Aufzug. Der Fahrstuhlführer zog das rankengeschmückte Gitter zu und betätigte den Hebel der Innensteuerung, der an den Maschinentelegrafen eines Schiffes erinnerte. Sanft und fast lautlos schwebte die Kabine nach oben. Klickend kam der Zeiger der Steuerung bei der Zwei zum Stillstand. Sie traten auf den Flur hinaus. Kein Mensch war zu sehen. „Ausgezeichnet", murmelte Bastian. „Zimmer 223 ist es. Gleich dort vorne."

Er winkte ab, als der Rittmeister nach seinem Sperrzeug greifen wollte und zog einen Schlüssel aus der Tasche. „Ich habe Ihnen doch gesagt, dass ich schon etwas Vorarbeit geleistet habe", erklärte er. „Das ist der Zentralschlüssel der zweiten Etage. Ein Schlosser hat ihn mir besorgt. Aber ich war noch nicht drinnen, weil ich dachte, das wollen Sie lieber selbst machen."

Der Rittmeister nickte und trat rasch durch die Tür, die ihm Bastian einladend aufhielt.

Das Zimmer hatte auf den ersten Blick nichts Ungewöhnliches an sich. Es war groß und komfortabel eingerichtet. Die persönlichen Dinge, die herumlagen, und die Kleidungsstücke im Schrank verrieten, dass hier ein Herr von Stand abgestiegen war, mehr aber nicht. Nach einer kurzen Durchsuchung des Raumes wandte sich Hagenberg dem Sekretär zu und hatte nach einer knappen Minute das Zentralschloss geknackt. Schlösser in Hotelmöbel hatten eben keinen besonderen Sicherheitsstandard. Der Inhalt des Sekretärs war enttäuschend: Ein paar persönliche Briefe ohne nennenswerten Inhalt und Einladungen zu gesellschaftlichen Veranstaltungen, einige Schriftstücke in polnischer Sprache, die Hagenberg nicht lesen konnte, der Pass des Grafen und etwa hundert Kronen in kleinen Scheinen und Münzen, die wahrscheinlich als Trinkgeldvorrat für den Etagenkellner gedacht waren.

„Das verstehe ich nicht", sagte Bastian enttäuscht. „Ich hätte mir mehr erwartet! Das ist ja alles völlig nichtssagend. Ich sehe überhaupt nichts Verdächtiges!"

„Das ist ja gerade das Verdächtige", antwortete der Rittmeister versonnen. „Hier ist sicher noch mehr. Komm, durchsuchen wir das Zimmer noch einmal."

Schließlich war es Bastian der fündig wurde. „Ich habe etwas gefunden", rief er halblaut aus dem Badezimmer. „Einen Schlüssel in einer Schachtel mit Heroinpillen."

Hagenberg betrachtete die Schachtel einer renommierten Arzneimittelfabrik und überflog flüchtig den Werbeaufdruck, der das Medikament als Allheilmittel pries, das nicht nur bei Atemwegserkrankungen sondern auch bei Herz- und Kreislaufbeschwerden und Depressionen, ja sogar bei behandlungsbedürftiger Nymphomanie Linderung und Heilung versprach. Er schüttelte die Schachtel vorsichtig. Ein paar Pillen und ein kleiner Schlüssel mit Doppelbart fielen in seine Hand. „Was haben wir denn da?", fragte er zufrieden. „Einen Tresorschlüssel! Nur leider sehe ich hier keinen Tresor."

Sie durchsuchten nochmals das Zimmer, öffneten alle Kästchen und schauten hinter alle Bilder – vergeblich. Der Zufall kam dem Rittmeister zu Hilfe. Als er am Boden kauerte, um noch einmal unters Bett zu schauen, verschob sich der Läufer neben dem Bett und gab den Blick auf ein Metalltürchen im Fußboden frei.

„So etwas habe ich noch nie gesehen", sagte Bastian erstaunt. „Ein Tresor, der im Boden eingelassen ist. In meinem Zimmer gibt es so etwas nicht."

Der Rittmeister probierte den Schlüssel und konnte mühelos den Tresor öffnen. Im Inneren lagen mehrere Kuverts. Mit spitzen Fingern nahm sie Hagenberg heraus und inspizierte ihren Inhalt. In einigen fand er Bündel mit großen Geldscheinen, insgesamt wohl an die fünfzigtausend Kronen. In anderen Kuverts befanden sich Schriftstücke, die der Rittmeister genau studierte und dabei immer aufgeregter wurde. „Das sind geheime Militärunterlagen", flüsterte er Bastian zu. Das sind die Aufmarschpläne der russischen Armee im Falle eines Krieges gegen Österreich. Diese Dokumente sind unbezahlbar. Und hier, hier haben wir das Gegenstück dazu: Die Positionierung der österreichischen Armee an der russischen Grenze. Truppenstärke, Artilleriestellungen, Befestigungsanlagen, alles was ein Angreifer wissen muss."

„Was bedeutet das?", fragte Bastian, der sich neben Hagenberg auf den Boden gekauert hatte.

„Das bedeutet, dass unser sauberer Graf ein Spion ist. Ein Doppelagent, der sowohl für die Russen, als auch für uns spioniert. Jetzt verstehe ich auch das Interesse des Evidenzbüros an der ganzen Sache."

„Wir sollten machen, das wir ganz rasch wegkommen", drängte Bastian beunruhigt. „Nehmen wir etwas von dem Zeug mit?"

„Ihr werdet gar nichts mitnehmen. Legt alles wieder in den Tresor zurück und steht auf", befahl Sünderhof.

Hagenberg fuhr herum. In der Tür stand der Hauptmann Sünderhof mit einem Armeerevolver in der Hand. Hinter ihm waren die Uniformen und Tschakos mehrerer Offiziere zu erkennen.

„Das war's dann wohl", bemerkte Bastian resigniert.

Sünderhof achtete nicht auf ihn. „Du bist der neugierigste und lästigste Mensch, den ich kenne, Hagenberg. Was soll ich jetzt mit dir machen?"

„Wusstest ihr ..." Hagenberg deutete auf den Tresor.

„Ja wir wussten es und es ist Zeit, dem ein Ende zu machen." Er dachte mit gerunzelter Stirn nach. „Habe ich dein Wort, dass du über das, was du gesehen hast und über unsere Anwesenheit hier Stillschweigen bewahren wirst?"

„Mein Offiziersehrenwort, wenn dir das noch etwas gilt."

„Es genügt mir. Ihr könnt gehen."

„Wir können gehen? Einfach so?", fragte Bastian verblüfft.

Sünderhof seufzte. „Ich gehe davon aus, dass das Wort des Herrn Rittmeisters auch Sie bindet. Habe ich recht mit dieser Annahme, Herr Bachler?"

„Jawohl, Herr Hauptmann", versicherte Bastian und nahm Haltung an.

Sünderhof steckte seine Waffe in die Pistolentasche und wandte sich an Hagenberg. „Finde ich dich morgen früh wie üblich im Café Wien? So um viertel elf?"

„Ich werde dort sein."

„Gut. Ich werde dich aufsuchen. Du bekommst dann von mir weitere Instruktionen. Und jetzt verschwindet rasch und unauffällig von hier und haltet den Mund."

Sünderhof trat beiseite und die Offiziere hinter ihm machten den Weg frei. Zwei von ihnen legten die Hand grüßend an den Kappenschirm und einer sagte sogar: „Servus, Herr Rittmeister". Die anderen schauten bloß missbilligend. Hagenberg und Bastian machten dass sie fortkamen.

Kapitel 33

„Das Frühstück für den Herrn Rittmeister und die Kronenzeitung, bitte sehr."
„Danke Fritz", sagte der Rittmeister. „Gibt es Neuigkeiten?" Er war davon überzeugt, dass er mit Bastian am Vortag in die bevorstehende Verhaftung des Posowsky hineingeplatzt war und fragte sich, ob darüber schon etwas in der Zeitung stand.
„Seine Majestät haben den englischen König nach Ischl eingeladen", berichtete Fritz.
„Sehr schön. Da kann sich der alte Herr wenigstens einmal mit seinesgleichen unterhalten. Ich meine aber eher weniger politische Nachrichten. Ist jemand verhaftet worden? Gibt es vielleicht einen Skandal?"
„Skandale gibt es jede Menge in Wien." Fritz dachte angestrengt nach. „Fräulein Sophie von Reiter hat ihre Verlobung mit dem Hauptmann Erich von Sünderhof gelöst. Das steht in den Gesellschaftsnachrichten."
„Da schau her", meinte Hagenberg erstaunt. „Ich kenn' den Sünderhof. Ich bin heute sogar mit ihm verabredet. Was ist denn passiert?"
„Das steht natürlich nicht in der Zeitung", raunte Fritz. „Aber man weiß es trotzdem: Er hat unrealistische Vorstellungen über die Höhe der Mitgift seiner Braut gehabt und die ist ihm außerdem draufgekommen, dass er eine Geliebte hat. Angeblich ist das eine Dame der Gesellschaft, eine reiche Witwe. Da haben die Reiters den Herrn Hauptmann hinausgeschmissen." Er beugte sich vor und flüsterte vertraulich: „Das hat mir der Bäck', von dem wir die Semmeln beziehen, erzählt. Er beliefert auch die Reiters."
„Was Sie nicht sagen!" Hagenberg dachte nicht ohne Schadenfreude, dass es Sünderhof ganz recht geschehen war. Gleichzeitig kam ihm den Sinn, dass dieser jetzt seine Bemühungen um Luise wahrscheinlich verstärken werde. Das dämpfte seine Freude erheblich. „Was Sie nicht sagen", wiederholte er. „Und sonst gibt es nichts Neues?"
„Leider nein, Herr Rittmeister. Umgebracht ist niemand worden." Er wollte seinen Gast, dessen Interesse an Gewalttaten er kannte, nicht ganz enttäuschen.

„Aber selber erschossen hat sich einer: Ein polnischer Graf im Royal. Das ist sehr schlecht für das Renommee des Hauses, obwohl die natürlich nichts dafür können. Soviel Schulden soll er gehabt haben, der Herr Graf, dass ihm gar nichts anderes übriggeblieben ist. Es steht auf Seite fünf."

„Geben's her!" Hagenberg riss die Zeitung an sich und blätterte auf Seite fünf. Der Artikel war relativ kurz. Man hatte gestern am frühen Nachmittag den Grafen Eugen von Posowsky in seinem Zimmer im Hotel Royal in seinem Bett liegend tot aufgefunden. Er hatte sich mit einem Armeerevolver, der neben ihm am Boden lag, in den Kopf geschossen. Aus einem Abschiedsbrief ging hervor, dass ihn fehlgeschlagene Investitionen, drückende Schulden und die Angst als Defraudant verhaftet zu werden, zu der Verzweiflungstat getrieben hatten. Fremdverschulden war von der Polizei ausgeschlossen worden. Hagenberg glaubte allerdings nicht so recht an einen Selbstmord und schon gar nicht an das Motiv, das angegeben war, wenn er daran dachte, über welche Bargeldreserven Posowsky verfügt hatte. Es war vielmehr anzunehmen, dass die Militärs schon wieder zu drastischen Maßnahmen gegriffen hatten. Er dachte nicht ohne Beklemmung an sein bevorstehendes Treffen mit dem Hauptmann Sünderhof.

Der ließ auch nicht lange auf sich warten. Pünktlich Viertel nach Zehn betrat Sünderhof das Café Wien. Er war in Uniform. Mit Erstaunen registrierte Hagenberg den goldenen Stern auf der breiten Silberborte. Unwillkürlich stand er auf, als Sünderhof an seinen Tisch trat. „Servus, Herr Major", sagte er höflich. „Das ist aber eine Überraschung. Gestern noch Hauptmann und heute schon Major! Ich darf respektvollst gratulieren."

„Grüß dich, Hagenberg", sagte Sünderhof, nahm den Tschako ab, rückte seinen Säbel zurecht und setzte sich. „Danke für die Gratulation. Ja manchmal kann's schnell gehen, wenn man Glück hat."

„Und du hast Glück gehabt?"

„Das kann man so sagen. Ich bin ganz überraschend in die Militärkanzlei des Erzherzog-Thronfolgers versetzt und gleichzeitig befördert worden."

„Ich nehme an, das hat damit zu tun, dass du eine heikle Angelegenheit zur Zufriedenheit des hohen Herrn bereinigt hast?"

„Das kannst du dir doch denken."

„Sind das Staatsgeheimnisse oder kannst du mir etwas darüber erzählen?"

„Deswegen bin ich ja hier. Wir sind der Meinung, dass du ohnehin schon sehr viel weißt und sicher noch mehr vermutest. Wir wollen dir also reinen Wein einschenken und gehen davon aus, dass du dann einsiehst, wie wichtig absolute Diskretion ist: Wichtig für die Monarchie und noch mehr für dich. Wir rechnen mit deiner Kooperation und ehrlich gesagt auch damit, dass du einige unserer Informationslücken füllst, wenn du das kannst." Er schaute hoch als Fritz an den Tisch trat und submissest nach den Wünschen des Herrn Major fragte. „Bringen's mir, bitte, einen doppelten Cognac und für den Herrn Rittmeister auch einen."

„Ja, um es kurz zu machen", sagte er wieder zu Hagenberg gewandt, „der Posowsky, der alles andere als ein Graf war, hat für uns spioniert. Das hast du ja schon mitbekommen. Cerny hat dieses Projekt eingefädelt und war sein Führungsoffizier. Posowsky hat uns auch eine Reihe von Informationen geliefert, die vorerst recht wertvoll schienen. Daneben hat er aber auch eigene Interessen verfolgt und war auf eine reiche Heirat aus. Ein geeignetes Objekt hatte er auch schon gefunden, nämlich die Frau eines steinreichen Fabrikanten aus Gumpendorf, mit dessen baldigem Ableben zu rechnen ist."

„Herr von Seidl", warf Hagenberg ein. „Posowsky hat mitbekommen, dass Seidl seine uneheliche Tochter suchen lässt und wahrscheinlich beabsichtigt, ihr den Löwenanteil seines Vermögens zu vermachen. Er ist nämlich über die Untreue seiner Frau, die sich schon zu seinen Lebzeiten als lustige Witwe aufgeführt hat, voll und ganz informiert. Dadurch wären Posowskys Pläne ins Wasser gefallen. Er hat also sowohl den Privatdetektiv, der glaubte, diese Tochter ausfindig gemacht zu haben, als auch das Mädchen selbst umbringen lassen. Den Mord an dem Privatdetektiv Waller hat sein sogenannter Chauffeur begangen, den Mord an Konstanze Graf ein gedungener Praterstrizzi mit Namen Brachyta. Aber das weißt du ja."

„Ja, das weiß ich."

„Es war nur so, dass Waller einer falschen Spur gefolgt ist", fuhr Hagenberg fort. „Konstanze war gar nicht die Tochter von Seidl. Das haben sie und ihre Cousine, die sich Charlotte Fleuron nennt, nur versucht dem Waller weiszumachen. Vielleicht hätten sie damit sogar Erfolg gehabt."

„Da schau her", staunte Sünderhof. „Bist du dir sicher?"

„Ganz sicher. Seidl hat nämlich nach dem Tod Wallers mich mit der Suche nach seiner Tochter beauftragt. Ich kann ausschließen, dass Konstanze seine Tochter war. Konstanze hat allerdings knapp bevor sie umgebracht wurde, versucht mich zu engagieren, wahrscheinlich damit ich sie dem Seidl als Tochter präsentiere. So bin ich gleich von zwei Seiten in den Fall verwickelt worden."

„Ja, du warst ein unerwartetes Problem", bestätigte Sünderhof. „Dein Ruf als brillanter Ermittler ist bekannt und du bist der Wahrheit rasch nahe gekommen. Cerny ist nervös geworden, zumal die Fleuron nach einem Treffen mit dir untergetaucht ist. Er hat befürchtet, du wirst Posowsky als Anstifter zu zwei Morden auffliegen lassen und dass dir die Aussage der Fleuron die notwendigen Beweise dafür liefern wird. Er war aber der Meinung, dass Posowsky als Informant so wertvoll ist, dass man ihn schützen muss, auch wenn er ein Mörder sein sollte."

„Daher habt ihr versucht, mich in der Grottenbahn erschießen zu lassen", setzte Hagenberg nach. „Sogar durch einen eurer eigenen Leute. Sag schämst du dich gar nicht?"

„Ich war ohnehin dagegen", rechtfertigte sich Sünderhof. „Aber der Cerny hat sich in der Behörde durchgesetzt, nachdem Brachyta den Posowsky wissen hat lassen, dass du ihm auf den Fersen bist. Zum Glück ist dir ja nichts passiert."

„Dein Verdienst war's nicht. Zumindest hast du dann versucht, mich aus der Schusslinie zu nehmen, wenn ich mich künftig aus der Sache zurückziehe. Obwohl ich das wohl vor allem Luise zu verdanken habe."

„Luise", murmelte Sünderhof. „Da ist etwas ..." Er unterbrach sich. „Das gehört jetzt nicht hierher."

„Ja, das finde ich auch. Über Luise sollten wir jetzt nicht reden. Posowsky scheint im eigenen Interesse hilfsbereit gewesen zu sein. Ihr habt zugelassen, dass sein Chauffeur Brachyta ersäuft. Habe ich recht?"

„So kann man es formulieren. Wir haben gedacht, dass du Ruhe gibst, wenn Konstanzes Mörder tot ist. Darin haben wir uns aber getäuscht."

„Weil ihr weiterhin nach Charlotte gesucht habt und ich Sorge gehabt habe, dass dem Mädchen etwas zustößt, wenn ihr sie findet. Das wollte ich nicht zulassen. Posowskys Chauffeur hat dann versucht ihren Aufenthalt von ihrem ehemaligen Freund, dem Feuerspucker herauszubekommen. Dabei haben sich beide gegenseitig umgebracht. Euer eigener Mann, derjenige, der in der Grottenbahn auf mich geschossen hat, war kurz darauf erfolgreicher. Er ist dahintergekommen, dass der Polizeizeichner Rybar Charlotte behilflich war, sich zu verstecken und hat den Zeichner aufgesucht. Leider ist Rybar dabei zu Tode gekommen."

„Unser Mann ist auch liquidiert worden", warf Sünderhof ein. „Mich würde interessieren, wie das zugegangen ist."

Hagenberg wiegte den Kopf. „Können wir uns darauf einigen, dass er unter ungeklärten Umständen gestorben ist?"

„So etwas habe ich mir schon gedachte", resignierte Sünderhof. „Also meinetwegen: Unter ungeklärten Umständen. Wie es scheint, warst du mit der Suche nach Charlotte am erfolgreichsten. Ich gehe doch recht in der Annahme, dass du sie in der Schlosserei Graf gefunden und in Sicherheit bringen hast lassen?"

„Dann ist etwas geschehen, das ich mir noch nicht erklären kann", sagte Hagenberg, ohne die Frage Sünderhofs zu beantworten. „Ich wurde verhaftet und dann überraschend auf Intervention der Militärkanzlei wieder freigelassen. Ich nehme an, dabei hattest du deine Hand im Spiel?"

„Natürlich. Weißt du, Franz Ferdinand, der Erzherzog-Thronfolger, will über alle wesentlichen Dinge informiert werden. Dazu hat er Vertrauensleute in allen wichtigen Behörden. Auch mir wurde die Ehre zuteil, mit dem Stab des Erzherzogs direkt Kontakt halten zu dürfen, ohne meine Vorgesetzen damit zu behelligen. Wir sind vor kurzem dahintergekommen, dass die Informationen, die uns Posowsky geliefert hat, zwar authentisch waren, aber weitgehend veraltet. Sie haben mit der aktuellen russischen Militärplanung nicht mehr übereingestimmt und hätten uns im Ernstfall nichts genützt, sondern nur geschadet. Außerdem hat sich der Verdacht ergeben, dass Posowsky auch für die Russen spioniert und dazu Informationen verwendet, die er von Cerny bekommen hat. In dieser Situation habe ich den Erzherzog über den Fall informiert. Franz Ferdinand hat sofort entschieden, die ‚Aktion Posowsky' abzubrechen und Schadensbegrenzung zu üben. Dazu hat auch gehört, dass man dich freilässt. Man war der Meinung, dass du dann klug genug sein wirst, keinen unnötigen Lärm zu schlagen."

„So ist das also", meinte Hagenberg. „Die Ernennung zum Major und deine Versetzung hast du dir ehrlich verdient." Das klang ein wenig sarkastisch. Hagenberg der Sünderhof nicht ärgern wollte fragte daher rasch weiter: „Wie ist Posowsky eigentlich wirklich gestorben?"

„Können wir uns auch in diesem Fall darauf einigen, dass es unter ungeklärten Umständen geschehen ist?"

„Aber selbstverständlich. Was habt ihr mit Cerny gemacht, wenn ich fragen darf?"

„Hauptmann Cerny", verkündete Sünderhof würdevoll, „wurde auf eigenen Wunsch versetzt. Zum Truppendienst in eine Garnison in Galizien. Ich habe vergessen wie das Nest heißt."

„Ist das gut für seine Karriere?"

„Welche Karriere?", fragte Sünderhof verächtlich. „Er hat keine Karriere mehr."

„Dann bleibt nur mehr eines zu klären. Was geschieht mit Charlotte?"

„Das hängt von dir ab. Wieviel weiß sie und wird sie den Mund halten?"

„Sie weiß natürlich, dass sie in eine mörderische Intrige um das Erbe eines reichen Mannes geraten ist. Sie kann sich die Zusammenhänge aber nicht zusammenreimen. Sie kennt weder den Namen Seidls noch weiß sie über Posowsky Bescheid. Schon gar keine Ahnung hat sie davon, dass dieser ein Spion war. Sie begreift nicht, weshalb Polizei, Militär und die Schergen Posowskys auf sie Jagd machen und sie hat Angst. Ich garantiere dir, dass sie den Mund halten wird, wenn ihr sie in Frieden lasst."

„Gut. Wir sind einverstanden. Wir überlassen es dir, ihr klarzumachen, was von ihr erwartet wird. Solange sie sich daran hält, kann sie unbesorgt sein. Sie kann meinetwegen ans Zaubertheater zurückkehren und wieder schweben, wenn man sie lässt."

„Ich weiß nicht, ob das so eine gute Idee ist. Dort gibt es jemanden, der für Cerny den Informanten gemacht hat."

„Du solltest mehr Vertrauen in unsere Umsicht haben. Der Betreffende ist heute Morgen nach Lemberg abgereist. Er hat überraschend ein Engagement am dortigen Theater bekommen. Sie brauchen in einem Stück, das sie demnächst aufführen wollen, einen verschlagenen Hofzwerg."

„Ausgezeichnet", freute sich „Hagenberg. „Was ist mit den polizeilichen Ermittlungen gegen mich und Charlotte? Der Hofrat Dambrowsky wollte uns im Zusammenhang mit der Ermordung Wallers etwas anhängen."

„Das ist geklärt. Dambrowsky wird die Ermittlungen noch heute einstellen. Er hat sich überraschend wieder zum Dienst gemeldet, nachdem er gestern Abend einen Anruf erhalten hat. Man geht davon aus, dass Waller unter ungeklärten Umständen zu Tode gekommen ist."

„Noch ein Fall von ungeklärten Umständen", bemerkte Hagenberg. „Erfreulich, dass Dambrowsky so rasch wieder gesund geworden ist." Hagenberg deutet auf die beiden leeren Gläser. „Trinkst du noch einen Cognac mit mir? Jetzt wo alles geklärt ist?"

„Nein danke", sagte Sünderhof. „Ich muss machen, dass ich weiterkomme. Man erwartet mich in meiner neuen Dienststelle zur Berichterstattung."

„Dann erlaube wenigstens, dass ich dich eingeladen habe. Zum Ausgleich dafür, dass ich das letzte Mal, wie du mich einladen wolltest, so unfreundlich war."

„Schwamm drüber! Danke für die Einladung." Sünderhof erhob sich und setzte seinen Tschako auf. Er wirkte plötzlich sehr verlegen. „Ehe ich es vergesse: Du solltest dich demnächst bei Luise melden. Ich glaube, sie will dir etwas sagen. Servus, alter Freund."

Fünf Minuten nachdem Sünderhof gegangen war, kam Bastian herein und setzte sich zu seinem Chef. Er hatte auf der Straße das Ende der Unterredung abgewartet. „Wie ist es gelaufen, Herr Rittmeister?"

„Gut, denke ich." Der Rittmeister gab Bastian einen kurzen Bericht. „Wir können Charlotte jetzt unbesorgt in die Freiheit entlassen", schloss er. „Gib ihr genügend Geld für den Anfang, damit sie nicht mittellos dasteht und am Ende wieder ihr Hundert-Kronen-Geschäft aufnimmt. Bin ich froh, dass die Sache ein Ende hat!"

„Ja", bestätigte Bastian düster. „Die Sache hat ein Ende. Auch der Auftrag des Herrn von Seidl ist abgeschlossen. Wir haben nichts, absolut nichts erreicht. Heute ist ein Telegramm von ihm gekommen. Er bittet dringend um Ihren Besuch."

„Ich werde ihm sagen, dass ich nichts erreicht habe und ihm sein Geld zurückgeben", entschied der Rittmeister. „Bis auf zehntausend Kronen. Ich denke, die haben wir uns redlich verdient. Wenigstens muss ich ihm nicht mitteilen, dass seine Tochter tot ist. Das ist genau genommen ja auch eine gute Nachricht."

Kapitel 34

Am frühen Nachmittag machte sich Hagenberg auf den Weg zu Luise. Er ignorierte seine Erfahrungen punkto Überraschungsbesuche, weil er dachte, dass in dieser Hinsicht kaum mehr eine Steigerung unangenehmer Überraschungen möglich sei. Außerdem hatte ihn Sünderhofs kryptische Bemerkung, Luise habe ihm etwas zu sagen, bedenklich gestimmt. Wie kam Sünderhof überhaupt dazu, ihm so etwas auszurichten? Er wollte doch zu gerne sehen, ob er Luise allein antreffen werde, oder ob sie etwa wieder Besuch von dem frischgebackenen Major hatte. Hagenberg empfand seine Beziehung zu der Baronin inzwischen zunehmend als belastend, weil er klare und unkomplizierte Verhältnisse liebte und ihn ihr Schwanken zwischen ihm und Sünderhof irritierte. Schließlich war es keine angenehme Sache, sich ständig fragen zu müssen, ob sie gelegentlich auch mit seinem Nebenbuhler ins Bett ging. Natürlich, wenn er sie liebte, musste er um sie kämpfen. Es war ihm bloß nicht nach Kämpfen zumute, woraus er nicht zu Unrecht schloss, dass er sie auch nicht wirklich liebte. Sie war eben eine Frau, zugegebenermaßen eine begehrenswerte Frau, die ihm zugestoßen war, ohne dass er selbst viel dazu beigetragen hatte. So sah er die Sache. Er spielte ernsthaft mit dem Gedanken, sein Verhältnis mit ihr zu beenden, wusste nur noch nicht, wie er ihr das schonend beibringen sollte. Er war nämlich der Meinung, dass es jede Frau als überaus schmerzlich empfinden musste, von ihm verlassen zu werden.

Also läutete er unangemeldet an Luises Tür und harrte der Dinge, die da kommen sollten.

Elisabeth öffnete ihm die Tür. „Guten Tag, Herr Rittmeister. Die gnädige Frau ist leider nicht zu Hause."

Hagenberg seufzte und sah sie fragend an. „Sie ist wirklich ausgegangen", versicherte Elisabeth. „Sie hat Bankgeschäfte zu erledigen und wird frühestens in zwei Stunden zurück sein."

„Ja so", sagte Hagenberg und wusste nicht recht weiter, obwohl ihm natürlich die Möglichkeit durch den Kopf ging, sein Abenteuer mit Elisabeth zu wiederholen.

„Wollen Sie hereinkommen und auf die gnädige Frau warten?"

„Zwei Stunden soll ich warten?"

„Das kommt auf Sie an, Herr Rittmeister."

„Gut. Ich werde warten", entschied er und trat ein. „Bist du allein im Haus?"

„Ja, ich bin allein im Haus. Wollen Herr Rittmeister im Salon warten? Darf ich Ihnen eine Erfrischung bringen?"

„Am liebsten würde ich gemeinsam mit dir in deinem Zimmerchen warten", sagte der Rittmeister kühn. „So wie das letzte Mal."

Sie sah ihn mit großen grauen Augen ernsthaft an. „Was wir letztes Mal getan haben, war nicht recht. Wir sollten keine Gewohnheit daraus machen."

„Was soll denn daran falsch gewesen sein? Hat es dir nicht gefallen?" Er umarmte sie.

„Bitte, Herr Rittmeister, das dürfen Sie nicht", protestierte sie und legte die Arme um seinen Hals. „So lassen Sie mich doch los!" Sie zog ihn an sich und küsste ihn so heftig, dass es ihm fast weh tat.

Was in der nächsten Stunde geschah, ist naheliegend und wir dürfen es daher überspringen.

„Deine Gnädige wird bald zurückzukommen. Wir sollten schön langsam aufstehen und uns wieder anziehen", mahnte der Rittmeister schließlich und kam sich dabei ein wenig schäbig vor, wie sich eben einer vorkommt, der heimlich Dienstmädel verführt, dachte er.

„Ein bisschen haben wir noch Zeit." Sie kuschelte sich an ihn. „Es ist ohnehin das letzte Mal."

„Warum sagst du das?"

„Na ja. Sie werden uns in Hinkunft wohl nicht mehr besuchen kommen."

„Wie kommst du auf so etwas?", fragte er überrascht.

„Das kann ich Ihnen nicht sagen. Das sollten Sie mit der gnädigen Frau besprechen. Ich will wirklich nichts sagen."

Natürlich wollte sie es sagen. Sie brannte geradezu darauf, es ihm zu erzählen.

„Jetzt rede halt, wenn du schon davon angefangen hast", forderte Hagenberg leicht beunruhigt.

„Nicht dass Sie glauben, ich habe gelauscht", sagte sie und stellte sich verlegen. „Ich habe es wirklich nur ganz zufällig mitbekommen." Sie machte eine dramatische Pause. „Unlängst, wie Sie die gnädige Frau besuchen wollten und ich Ihnen gesagt habe, dass sie nicht zu Hause ist, da hatte sie in Wahrheit Besuch vom Herrn Hauptmann Sünderhof."

„So etwas habe ich mir schon gedacht."

„Der Herr Hauptmann hat der gnädigen Frau einen Heiratsantrag gemacht und sie hat ihn angenommen. Sie muss mit Ihnen Schluss machen und jeden Kontakt zu Ihnen sofort abbrechen, das hat sie ihm versprechen müssen." Hagenberg war nur mäßig überrascht. „So lösen sich manche Probleme ganz von selbst", dachte er fast erleichtert. Elisabeth stützte den Kopf in die Hand und sah in abwartend an. „Anschließend haben die gnädige Frau und der Herr Hauptmann miteinander geschlafen", setzte sie nach.

Der Rittmeister reagierte auf ihre Eröffnung gelassen. „Da schau her", sagte er nur. „Der Herr Hauptmann ist übrigens zum Major befördert worden."

„Sind Sie jetzt nicht wütend, enttäuscht und eifersüchtig?", wollte Elisabeth erstaunt wissen.

„Nein. Es ist wohl am besten so. Außerdem habe ich ja dich."

„Wie meinen Sie das?"

„Ihre Angewohnheit, ständig Fragen über Offenkundiges zu stellen, ist schon ein bisschen anstrengend", dachte der Rittmeister. „Wir können uns ja trotzdem sehen", erklärte er. „Zum Beispiel, wenn du Ausgang hast. Deine Gnädige braucht gar nichts davon wissen."

„So stellen Sie sich das vor? Gelegentlich ein Liebesstündchen in einem Hotel ohne Aussicht auf mehr? Nein, Herr Rittmeister, daraus wird nichts. Ich habe Ihnen viel zu leicht nachgegeben, aber damit muss jetzt Schluss sein."

„Es hätte mich auch gewundert, wenn es auf die Dauer mit ihr so unkompliziert weitergeht", dachte der Rittmeister. „Am Ende läuft es doch immer wieder auf solche Probleme hinaus. Es ist mit allen Weibern dasselbe." Er gab ihr keine Antwort, sondern streichelte bloß zärtlich und beschwichtigend ihren Hintern.

Sie stieß ihn entschieden von sich. „Ich will nicht, dass es mir wie meiner Mutter ergeht", verkündete sie heftig.

„Was ist mit deiner Mutter?", fragte Hagenberg irritiert.

„Die hat sich auch mit einem feinen Herrn eingelassen und der hat sie sitzen lassen, wie sie mit mir schwanger geworden ist."

„Du wirst sicher nicht schwanger. Darauf habe ich geachtet", sagte der Rittmeister beunruhigt.

„Mag sein, aber früher oder später passiert es doch und was dann? Sie werden mich auch sitzen lassen! Oder nicht?" Sie sah ihn abwartend an.

Hagenberg fand die Richtung, die das Gespräch nahm, immer beunruhigender. „Aber deine Eltern sind doch miteinander verheiratet", wandte er ein, weil er sich erinnerte, dass sie derartiges einmal erwähnt hatte.

„Das sind nicht meine richtigen Eltern. Ich bin nur ein angenommenes Kind, weil mich meine Mutter weggegeben hat." Sie begann zu schluchzen.

Die mögliche Bedeutung dieser Aussage sickerte langsam in sein Bewusstsein. Die kleinen Rädchen in seinem Hirn setzten sich in rasende Bewegung und kamen ruckartig zum Stillstand. Er fuhr hoch und setzte sich kerzengerade auf.

„Was haben Sie denn?", fragte sie erschrocken.

„Wann hast du Geburtstag?", fragte er mit heiserer Stimme.

„Am 30. September 1881", sagte sie. „Warum sind sie nur so aufgeregt, Herr Rittmeister? Ich habe Sie sehr lieb und ich wollte Ihnen doch nur klar machen, was ich empfinde."

„Ja sicher, ich habe dich auch lieb. Was ist mit deiner leiblichen Mutter? Wie hat sie geheißen?"

„Ich habe sie nie kennengelernt und sie soll auch schon gestorben sein. Franziska hat sie geheißen, das haben mir meine Zieheltern erzählt."

„Du bist es!", rief der Rittmeister. „Du musst es sein. Einen solchen Zufall kann es gar nicht geben. Wie heißt du, mein Kind?"

„Wer soll ich sein? Und sagen Sie nicht so väterlich herablassend ‚mein Kind' zu mir! Sie haben gerade mit mir geschlafen!"

„Wie heißt du?", wiederholte er eindringlich.

„Elisabeth Melcher, heiße ich."

„Elisabeth? wirklich nur Elisabeth?"

„Was Sie für Fragen haben. Eigentliche heiße ich Lieselotte. Meine Freunde rufen mich Lilo. Aus der Liese habe ich eine Elisabeth gemacht, weil das für ein Dienstmädchen passender ist. Wollen Sie mir nicht sagen, was diese Fragen bedeuten?"

„Gleich. Eine letzte Frage: Sagt dir der Name Josef Graf etwas?"

„Josef Graf? Aber ja doch. Der Schlossermeister Josef Graf war der Vater von Konstanze."

„Hast du ihn gekannt?"

„Ich habe ihn als kleines Mädchen einmal gesehen, aber ich kann mich nicht mehr erinnern, wie er ausgeschaut hat. Der Graf und mein Ziehvater waren seinerzeit gut miteinander befreundet. Der Kontakt ist später abgerissen, weil meine Eltern, meine Zieheltern, meine ich, von Wien weggezogen sind. Sie wohnen jetzt in Krems an der Donau."

„Du bist es", flüsterte der Rittmeister begeistert. „Du bist die richtige! Mein Gott, ich hatte schon jede Hoffnung aufgegeben und jetzt habe ich dich doch noch gefunden."

„Also liebst du mich wirklich?", fragte sie entzückt und schlang Arme und Beine um ihn. „Schön hast du das gesagt!"

„Das auch. Natürlich liebe ich dich. Komm steh auf und zieh dich an. Es gibt viel zu tun und wir wollen doch nicht, dass uns deine Gnädige erwischt. Das könnte peinlich werden."

Es wurde sogar sehr peinlich. „Wo zum Kuckuck bist du, Elisabeth?", rief die Baronin ungehalten und stieß die Tür zu Elisabeths Kammer auf. Sie erstarrte als sie das nackte Pärchen im Bett sah. Zu allem Überfluss ließ Elisabeth Hagenberg nicht los, sondern kuschelte sich nur noch enger an ihn. Der Rittmeister hätte nicht gedacht, dass Luise, die sonst immer so kultiviert sprach, derart lautstark kreischen konnte. Noch mehr wunderte er sich über die Ausdrücke, mit denen sie ihn und Elisabeth bedachte. Er hätte auch nicht gedacht, dass sie solche Worte kannte. Jedenfalls wurde nichts aus der sentimentalen Szene, mit der sie ihm den

Abschied hatte geben wollen und die sie sich schon in Gedanken zurechtgelegt hatte. Stattdessen nannte sie ihn abschließend einen stinkenden Hurenbock, dem das Gemächte abfaulen solle, den sie nie mehr wiedersehen wolle und der sich fortscheren solle. Elisabeth wurde natürlich sofort entlassen. Luise warf verächtlich einige Banknoten für den ausständigen Lohn aufs Bett und erklärte, Hagenberg könne seine läufige Schlampe gleich mitnehmen, diese habe auf der Stelle das Haus zu verlassen.

Eine knappe halbe Stunde später standen der Rittmeister und Elisabeth vor Luises Haus. Sie gaben ein sonderbares Paar ab. Elisabeth trug ein geblümtes Kleid und hatte einen Strohhut auf dem Kopf. Sie heulte ununterbrochen. Der Rittmeister schleppte ihren Koffer aus geflochtenen Weidenruten und war ganz im Gegensatz zu seiner Begleiterin recht frohgemut.

„Was soll jetzt aus mir werden?", weinte Elisabeth. „Ich werde keine Stellung mehr finden. Von der Baronin krieg' ich sicher kein gutes Zeugnis. Niemand wird mich nehmen!"

„Du brauchst keine neue Stellung", tröstete sie Hagenberg. „Ich glaube, deine Zeit als Dienstmädchen ist vorbei. Es würde mich nicht wundern, wenn du demnächst selbst eine Gnädige wirst."

Sie hörte schlagartig zu weinen auf. „Heiratest du mich?", fragte sie hoffnungsvoll.

Darauf sagte der Rittmeister nur ausweichend: „Vertrau mir, Lilo."

„Es wird mir nichts anderes übrigbleiben", murmelte das Mädchen, das nicht recht zufrieden mit seiner Antwort war.

Hagenberg hielt einen Fiaker an und fuhr mit Elisabeth zu dem kleinen Hotel in Hernals.

„Der Herr Bachler und seine Nichte sind schon abgereist, Herr Rittmeister", sagte der Concierge.

„Ausgezeichnet. Dann ist das Zimmer der jungen Dame frei geworden?"

„Jawohl, Herr Rittmeister."

„Nun, ich habe hier noch eine Nichte von Herrn Bachler. Ich möchte, dass sie genau so gut untergebracht wird, wie die andere."

„Selbstverständlich, Herr Rittmeister."

Nachdem das geklärt war, schärfte Hagenberg Elisabeth ein, sich morgen in aller Früh bereit zu halten, weil er mit ihr nach Krems zu ihren Eltern, genau genommen zu ihren Zieheltern fahren wolle. „Willst du um meine Hand anhalten?", flüsterte Elisabeth aufgeregt.

„Vertrau mir, Lilo", sagte der Rittmeister abermals und machte, dass er fortkam.

Bastian war zu Hause „So früh habe ich Sie nicht zurückerwartet, Herr Rittmeister", wunderte er sich. „Ist alles in Ordnung mit Ihnen und der Baronin?"

„Ich kann nicht klagen. Sie hat mich einen stinkenden Hurenbock genannt und hinausgeworfen. Sie will lieber den Major Sünderhof heiraten."

„Gut so. Diese Frau war ohnehin nichts für Sie. Die hat Ihnen nicht gut getan." Bastian legte ein Kuvert auf Hagenbergs Schreibtisch, „Ich habe die zwanzigtausend Kronen abgehoben, die Sie dem Baron Seidl zurückgeben wollen. Für wann soll ich ihm Ihren Besuch ankündigen?"

„Für übermorgen, nein besser einen Tag später. Ich möchte meinen Abschlußbericht ordentlich vorbereiten. Das Geld werde ich nicht brauchen. Du kannst es wieder auf die Bank bringen."

„Sie wollen ihm sein Geld nicht zurückgeben?"

„Nein. Es steht mir zu. Ich habe seine Tochter doch noch gefunden."

„Was haben Sie?", fragte Bastian fassungslos.

„Das habe ich doch gerade gesagt. Ich habe seine Tochter gefunden und ich kann zweifelsfrei beweisen, dass es die richtige ist." Hagenberg genoss seinen Triumph. „Die Erleuchtung ist mir im Bett gekommen."

Er gab Bastian einen kurzen Bericht über das, was er von Elisabeth erfahren hatte. „Jetzt macht alles Sinn", schloss er zufrieden. „Die Eltern von Konstanze und die Zieheltern von Elisabeth waren miteinander befreundet. Die beiden Mädchen waren praktisch gleich alt und haben etwa zur gleichen Zeit ihren Dienst beim alten Baron Rentenbach angetreten. Davon hat der Schlossermeister Graf dem Kaiser erzählt und sowohl seine eigene Tochter Konstanze, als auch Elisabeth erwähnt. Denn er wusste offenbar, dass Elisabeth nicht die leibliche Tochter des Ehepaares Melcher war, sondern die Tochter der Franziska Graf, nach der sich Kaiser erkundigt hatte. Bloß hat sich Kaiser an dieses Gespräch nur mehr undeutlich erinnern können und gemeint, dass Konstanze die Tochter von Franziska war. Dadurch sind zuerst Waller und dann auch alle anderen, mich eingeschlossen, auf eine falsche Spur geführt worden. Es hat schon gestimmt, dass die vermisste Tochter Dienstmädchen bei Rentenbachs war, nur war es eben nicht Konstanze, sondern Elisabeth. Gleich morgen werden wir mit Elisabeth zu ihren Zieheltern fahren und eine Aussage über ihre wahre Herkunft aufnehmen."

„Unglaublich, was Sie für ein Glück haben", murmelte Bastian.

„Ach ja, da ist noch etwas", meinte der Rittmeister verlegen, „wenn wir schon von Glück reden: Aus irgendeinem Grund glaubt Elisabeth, ich wolle bei ihren Eltern um ihre Hand anhalten. Ich weiß gar nicht, wie sie darauf kommt. Vielleicht könntest du ja bei passender Gelegenheit eine paar vertrauliche Worte mit ihr wechseln und sie zur Vernunft bringen?"

„Den Teufel werde ich tun", sagte Bastian despektierlich. „Diese Suppe müssen Sie schon allein auslöffeln, Herr Rittmeister."

Kapitel 35

Der Rittmeister registrierte mit Erleichterung, dass Frau von Seidl nicht zu Hause war. Er hatte nämlich Elisabeth und Bastian zu seiner Besprechung mit Seidl mitgebracht und nicht recht gewusst, wie er der Frau des Hauses, die sicher wieder unangenehm misstrauisch und neugierig sein würde, deren Anwesenheit erklären sollte.

„Der Herr Baron erwartet Sie bereits, Herr Hagenberg", sagte das Mädchen, das ihnen die Tür geöffnet hatte und musterte etwas ratlos seine Begleiter. „Das sind Mitarbeiter von mir", erklärte Hagenberg, „die ich vielleicht brauche, um einen Vertrag zu Papier zu bringen. Ich werde aber vorerst allein mit dem Herrn Baron sprechen."

„Sehr wohl, Herr Hagenberg", sagte das Mädchen und nahm auch Bastians Hut in Empfang. Elisabeth stand beklommen daneben. Es hatte einiger Mühe bedurft, sie zum Mitkommen zu bewegen. Als sie erfuhr, dass sie ihrem leiblichen Vater vorgestellt werden solle, hatte sie überraschend ablehnend reagiert. Sie wolle ihn gar nicht kennenlernen, hatte sie erklärt, nach dem was er ihrer Mutter angetan habe. Auch diskrete Hinweise, dass dieses Treffen finanzielle Vorteile für sie bringen könne, hatten sie zunächst nicht umstimmen können. Es mag sein, dass sie auch deswegen trotzig war, weil sie erkannt hatte, dass Hagenberg keinerlei Heiratsabsichten in Bezug auf sie hatte. Erst nach vielen Tränen und beschwörendem Zureden hatte sie sich umstimmen lassen. Jetzt hatte sie Angst, zumal sie Hagenberg schonend darauf vorbereitet hatte, dass sie einem todkranken Mann gegenübertreten werde.

Der Rittmeister fand Seidl in seinem Arbeitszimmer in einem Ohrensessel sitzend vor. Er war in Decken gewickelt und sah erschreckend aus. Die Krankheit war offenbar sehr rasch fortgeschritten.

„Nehmen Sie Platz, Hagenberg und bedienen Sie sich." Er deutete mit zitternder Hand auf einen Stuhl, der dem seinen gegenüberstand. Auf einem Beistelltischchen standen eine Flasche Cognac und zwei Gläser. Ein aufgeklapptes Zigarettenkästchen und ein Aschenbecher luden zum Rauchen ein.

„Wie geht es Ihnen, Herr Baron?", fragte Hagenberg und nahm Platz.

„Das sehen Sie doch. Es geht mit mir rascher zu Ende als ich gedacht habe. Dies wird unser letztes Treffen sein. Ich weiß, dass Sie ein Mann sind, der seine Aufträge gern ordentlich zu Ende bringt, deshalb habe ich Sie hergebeten. Wir haben keinen schriftlichen Vertrag geschlossen, deshalb mag auch die Beendigung ihres Auftrages mündlich geschehen. Ich bin davon überzeugt, dass Sie Ihr Möglichstes versucht haben, auch wenn Sie erfolglos geblieben sind. Ich entbinde Sie von Ihrem Auftrag und bestehe darauf, dass Sie das Honorar, das Sie erhalten haben, behalten."

Hagenberg räusperte sich und überlegte, wie er beginnen solle.

„Es hat halt nicht sollen sein", fuhr der Baron resigniert fort. „Kommen Sie, Herr Rittmeister, trinken Sie zum Abschied einen Cognac mit mir. Wollen Sie so freundlich sein und uns einschenken? Und bitte, rauchen Sie eine Zigarette. Ich sehe Ihnen doch an, dass Sie ganz begierig danach sind."

Schweigend füllte Hagenberg zwei Gläser, reichte eines davon dem Baron und zündete sich eine Zigarette an.

„Da ist noch etwas, Herr Baron", sagte er behutsam. „Ich habe noch etwas über Ihre Tochter herausgefunden, das Sie wissen sollten." Er hatte sich dazu entschlossen, Seidl die gute Nachricht möglichst schonend beizubringen, weil er sich Sorgen machte, eine plötzliche heftige Gemütsbewegung könne fatale Auswirkungen auf dessen angegriffenen Zustand haben.

„Sie haben doch noch etwas herausgefunden?", fragte Seidl mit plötzlich erwachtem Interesse. „Reden Sie, Hagenberg und schonen Sie mich nicht. Ich habe mich damit abgefunden, dass ich für meine Sünden büßen muss. Also reden Sie, auch wenn Sie schlechte Nachrichten haben."

„Ich habe Folgendes in Erfahrung gebracht", begann der Rittmeister. „Nachdem Franziska ihre Stellung verlassen hatte, muss sie sehr verzweifelt gewesen sein. Sie wollte nicht schwanger oder mit einem unehelichen Kind nach Hause zurückkehren. Daher entschloss sie sich dazu – wie es viele ledige Mütter tun – das Kind im Wiener Findelhaus zur Welt zu bringen und dort zu lassen." Seidl stieß ein klägliches Stöhnen aus. „Bis dahin nahm sie Quartier im Gasthaus ‚Zur alten Krone' im Prater. Dafür reichten ihre mageren Ersparnisse gerade noch. Dort machte sie die Bekanntschaft des Schlossermeisters Graf, der gelegentlich in diesem Gasthaus verkehrte und dem sie ihren Kummer schilderte. Nun war dieser Graf mit einem Ehepaar Melcher befreundet. Die Melchers waren kinderlos und würden es nach dem Urteil der Ärzte auch bleiben, obwohl sie sich sehnlichst ein Kind wünschten. Sie hatten schon in Erwägung gezogen, sich aus dem Findelhaus ein Pflegekind zu besorgen. Nun verfiel Graf auf die Idee, dass man das auch einfacher haben könne. Er schlug vor, Franziska solle ihr Kind nach der Geburt den Melchers überlassen und diese würden es als ihr eigenes ausgeben. So geschah es auch. Die Hebamme wurde bestochen, damit sie bei dieser Kindesunterschiebung mitmachte. Sie verschwieg, dass Franziska ein Kind zur Welt gebracht hatte und bestätigte die eheliche Geburt einer Tochter für das Ehepaar Melcher. Das war natürlich nicht korrekt und ausgesprochen gesetzeswidrig, aber ich fürchte es war kein Einzelfall. Nach meinen Recherchen ist so etwas öfter vorgekommen. Die Behörden haben kein besonderes Interesse an der Ausforschung solcher Fälle. Wozu auch, wenn alle Beteiligten zufrieden sind und es dem Kind halbwegs gut geht? Die Melchers ließen das Kind auf den Namen Lieselotte taufen und es ist zu einem hübschen, braven Mädchen herangewachsen."

Seidl hätte gerne etwas gefragt oder gesagt, aber er konnte nicht. Er rang krampfhaft nach Atem und presste die Hand gegen die Brust. Auf seiner Stirn standen Schweißperlen und er zitterte am ganzen Körper.

„Ich bitte Sie, Herr Baron, beruhigen Sie sich doch", sagte Hagenberg besorgt. „Darf ich Ihnen noch einen Cognac einschenken? Soll ich einen Arzt rufen lassen?"

Seidl machte eine abwehrende Handbewegung. „Das Kind, Hagenberg!", brachte er heraus.

Hagenberg legte eine Mappe auf den Beistelltisch. „Ich habe hier alle Unterlagen: Die Geburts- und Taufurkunde von Lieselotte, die Aussage des Ehepaares Melcher, beide sind noch am Leben und wohnen in Krems, die Aussage der Hebamme und die Aussage eines gewissen Kaiser, der Hausknecht im Wirtshaus ‚Zur alten Krone' war, sowie die Aussage einer Frau Gelinek, die damals als kleines Mädchen in der ‚Alten Krone' einiges mitbekommen hat, schließlich noch die Aussage des Mädchens selbst. Sämtliche Aussagen wurden freiwillig abgegeben, die der Hebamme zugegebenermaßen erst, nachdem ich sie mit einem Geldgeschenk überzeugt habe. Obwohl sie ihren Beruf nicht mehr ausübt, würde sie es begrüßen, wenn ihre Aussage nicht den Behörden zur Kenntnis käme. Der Schlossermeister Graf ist leider schon verstorben. Sämtliche Aussagen sind notariell beglaubigt und stimmen mit meinen Ermittlungen überein. An der Identität des Mädchens als Tochter der Franziska Koch kann es keinen Zweifel geben."

„Wo ist sie?", keuchte Seidl.

„Sobald Sie sich etwas gefasst haben, kann ich sie hereinrufen, wenn Sie das wünschen, Herr Baron. Ich habe sie auf alle Fälle gleich mitgebracht."

Seidl war eine Weile ganz still, nur seine Augen glänzten und seine Wangen hatten Farbe bekommen. Als sich sein Atem beruhigt hatte, fragte er: „Wie sehe ich aus, Hagenberg?"

„Etwas besser als bei meiner Ankunft."

„Also noch immer ziemlich miserabel", meinte der Baron und lächelte überraschend. „Aber was soll man machen. Rufen Sie das Mädchen jetzt bitte herein." Er setzte sich in Position und versuchte eine möglichst würdevolle, väterliche Haltung anzunehmen.

Elisabeth wurde von Bastian ins Zimmer geschoben. Sie war verängstigt und starrte schweigend auf die gebrechliche Gestalt vor ihr. Seidls Augen weiteten sich. „Franzi", flüsterte er. „Mein Gott Franzi! Sie ist meiner Franzi wie aus dem Gesicht geschnitten. Es hätte gar nicht all der Aussagen gebraucht, die Sie mir gebracht haben, Hagenberg. Ich hätte sie auf den ersten Blick erkannt. Ich bin dein Vater, Kind!" Er begann plötzlich zu weinen. Elisabeth, die völlig verstört war, brach gleichfalls in Tränen aus und stammelte: „Vater?"

Seidl streckte die Hände nach ihr aus. „Komm näher, mein Kind, damit ich dich besser ansehen kann. Wir haben uns viel zu erzählen." Sie trat zögernd auf ihn zu und sank vor ihm auf die Knie. „Vater!", wiederholte sie.

Hagenberg nahm Bastian am Arm. „Wir warten draußen, Herr Baron."

„Bitte halten Sie sich zu meiner Verfügung", sagte der Baron. Seine Stimme hatte überraschend an Festigkeit und Autorität gewonnen. „Diesen letzten Dienst müssen Sie mir noch erweisen. Ich brauche Sie und Ihren Begleiter als Zeugen für einen Notariatsakt. Es wird Zeit, höchste Zeit, meine irdischen Angelegenheiten zu regeln."

Nach einer halben Stunde kam Elisabeth wieder aus Seidls Arbeitszimmer. Ihre Augen waren gerötet und verschwollen. Sie schaute recht nachdenklich. „Mein Vater will Sie sprechen, Herr Rittmeister", sagte sie förmlich.

Seidl sah glücklich aus. Er hatte gleichsam an Substanz gewonnen und wirkte viel vitaler als vorher. „Sie haben ausgezeichnete Arbeit geleistet, Hagenberg. Sie können gar nicht ermessen, wie glücklich Sie mich gemacht haben."

„Danke, Herr Baron", Hagenberg versuchte erst gar nicht bescheiden zu wirken.

„Ich habe mich dazu entschlossen, mein Testament zu ändern", fuhr der Baron fort. „Mein Notar ist bereits auf dem Weg. Ich bitte Sie und Ihren Partner als Zeugen zu fungieren."

Der Rittmeister zog fragend die Brauen hoch. „Elisabeth wird den größten Teil meines Vermögens erben", vertraute ihm der Baron an. „Meine Frau wird ausreichend bedacht werden."

„Darf ich fragen, wo die gnädige Frau ist?"

„Auf einem Begräbnis. Sie hat einen Trauerfall zu verkraften."

„Graf Posowsky?", fragte Hagenberg ahnungsvoll.

„Ganz recht. Posowsky." Seidl sah Hagenberg fragend an. „Sie haben auffallendes Interesse an ihm bekundet, obwohl ich das gar nicht wollte. Hatte er etwas mit ihrer Suche nach Elisabeth zu tun?"

„Indirekt, Herr Baron. Posowsky wollte mit allen Mitteln verhindern, dass Sie Franziska oder Ihre Tochter finden. Er muss von Ihrer Suche durch Ihre Frau erfahren haben. Er ist dabei auch vor Mord nicht zurückgeschreckt. Sein erstes Opfer war Waller, den Sie vor mir mit der Suche beauftragt hatten. In der Folge sind eine Reihe von Personen zu Tode gekommen, darunter auch eine junge Frau, die Posowsky irrtümlich für Ihre Tochter gehalten hat. Die Geschichte ist ein wenig verwickelt, aber ich erzähle Ihnen bei Gelegenheit gerne alle Details, wenn Sie das wollen."

„So ist das also", murmelte der Baron mit harten Augen. „Er wollte nicht um seine Mitgift gebracht werden, wenn er meine Witwe heiratet, und hat deshalb versucht meine Tochter umzubringen. Hat meine Frau von diesen Umtrieben gewusst?"

„Ich kann es nicht beweisen, aber höchstwahrscheinlich schon. Ich habe Ihren Wunsch, mich nicht um Ihre Frau zu kümmern, insoweit berücksichtigt, als ich nicht nach Beweisen für ihre Schuld gesucht habe."

„Das ist auch nicht notwendig. Ich weiß, was ich wissen muss."

Hagenberg gab keine Antwort. Das Schweigen zwischen den beiden Männern wurde durch das Mädchen unterbrochen, das meldete, der Notar sei gekommen.

Kapitel 36

Es war Winter geworden und Weihnachten stand vor der Tür. Große Schneeflocken fielen immer dichter werdend vom Himmel und bedeckten den Gehsteig, die Fahrbahn, die Dächer und sogar die Hüte der Passanten mit weißen Überzügen und Häubchen. Obwohl trotz der Kälte reges Treiben auf der Straße herrschte, waren alle Geräusche gedämpft, als wollten sie den anheimelnden Frieden nicht stören. Anheimelnd und friedlich war die Szenerie hauptsächlich für jemanden, der gemütlich im Kaffeehaus saß und durch das Fenster auf die Straße schaute.

„Das Frühstück für den Herrn Rittmeister, bitte sehr, und die Zeitung."

„Danke Fritz", sagte der Rittmeister und schaute in das Schneetreiben vor dem Fenster. „Gibt's was Neues?"

„Die ungarische Krise spitzt sich zu, Herr Rittmeister. Jetzt verhandelt die Unabhängigkeitspartei sogar mit den Sozialisten über ein allgemeines Wahlrecht. Man redet schon von einem bevorstehenden Aufstand. Na ja, die wollen halt nicht mit uns zusammenbleiben, die Ungarn."

„Das sind nicht gerade Neuigkeiten, das war doch schon immer so. Sonst gibt's nichts? Ist niemand umgebracht worden? Skandale gibt's auch keine?"

„Leider nein, Herr Rittmeister. Aber eine erfreuliche Nachricht hätte ich noch: In den Gesellschaftsnachrichten empfehlen sich Frau Lieselotte Zorn, geborene Melcher und Herr August Zorn, Fabrikantensohn, als Vermählte. Das junge Paar ist unmittelbar nach der Trauung nach Venedig abgereist."

„Ich weiß", sagte der Rittmeister. „Ich habe den Trauzeugen für die Braut gemacht. Sie können die Zeitung wieder mitnehmen, Fritz."

Hagenberg war deprimiert. Das war bei ihm oft so um diese Jahreszeit und er fühlte sich einsam. Bastian war in die Steiermark gefahren, um Weihnachten bei Verwandten zu verbringen. Also war Hagenberg recht erfreut, als der Inspektor Mohnhaupt das Kaffeehaus betrat. Mohnhaupt beutelte seinen Überzieher aus, klopfte den Schnee von seinem Hut und setzte sich zu ihm.

„Grüß dich Gott, Mohnhaupt", sagte der Rittmeister. „Ich freue mich, dich zu sehen. Wie geht's dir?"

„Schlecht geht es mir, wie immer. Ich brauche einen doppelten Cognac. Es ist viel zu kalt für die Jahreszeit."

„Ein doppelter Cognac. Kommt sofort, Herr Inspektor", bestätigte Fritz, dem nichts entging."

„Du hast dich in letzter Zeit rar gemacht, Rittmeister", meinte Mohnhaupt.

„Ich war sehr beschäftigt, aber jetzt ist zum Glück alles erledigt."

„Ja, man hat davon gehört. Du hast doch noch die verlorene Tochter des Herrn von Seidl gefunden."

„Im letzten Moment habe ich sie gefunden. Einen Monat später ist Seidl gestorben."

„Ich weiß. Es war ein ziemlicher Skandal, dass er den Großteil seines Vermögens einer unehelichen Tochter vermacht hat."

„Das kann man wohl sagen. Seidl hat mich als Testamentsvollstrecker eingesetzt und ich hatte alle Hände voll damit zu tun. Ich habe ja gar nicht wollen, aber er hat mich beschworen, dieses Amt zu übernehmen, weil er Angst hatte, seine Tochter könne sonst nach seinem Tod übervorteilt werden. Ich muss zugeben, dass er mir dafür eine mehr als großzügige Belohnung ausgesetzt hat, aber es war keine einfache Aufgabe."

„Das glaube ich dir. Mich wunderte, dass seine Frau das Testament so ohne weiteres hingenommen hat."

„Hat sie auch nicht. Sie hat vor Wut geschäumt und war fest entschlossen, das Testament anzufechten. Erst nachdem ich ein ernstes Gespräch mit ihr geführt habe, hat sie eingesehen, dass gewisse Dinge nicht an die Öffentlichkeit kommen sollten und dass sie ohnehin recht gut davon gekommen ist. Seidl hat ihr nämlich die Villa überlassen und eine Rente ausgesetzt, die ihr ein sorgenfreies Leben garantiert, solange sie finanziell nicht über die Strenge schlägt. Also hat sie sich dazu entschlossen, Ruhe zu geben."

„Die junge Erbin ist ziemlich rasch unter die Haube gekommen, habe ich gehört. Na ja, kein Wunder bei der Mitgift."

„Es war am besten so. Sie wäre allein mit der Leitung der Fabrik und der Verwaltung des Vermögens, das sie geerbt hat, völlig überfordert gewesen. Sie hat ja von solchen Dingen keine Ahnung. Ich selber habe keine Lust gehabt, sie bei dieser Aufgabe zu unterstützen, obwohl sie das gewollt hat. Es wäre auch nicht gut gegangen. Ich bin kein Geschäftsmann. Also habe ich ihr den jungen Zorn vorgestellt, weil ich dachte, die beiden passen ganz gut zusammen. Der alte Zorn war nämlich ein Geschäftspartner des Seidl, kennt sich in der Wirtschaft aus und ist selber stinkreich. Elisabeth ist ein kluges Mädchen. Ich weiß nicht, ob sie sich in den jungen Zorn verliebt hat, aber sie hat ihm ganz vorsätzlich den Kopf verdreht, weil sie überzogen hat, was ich plane. Schwer ist es ihr nicht gefallen, weil sie ein sehr liebes Mädchen ist und mit dem Vermögen im Hintergrund ... Na ja, jedenfalls war dieser Tage Hochzeit, sie ist gut versorgt und die beiden werden hoffentlich glücklich miteinander. Nur der alte Zorn war unglücklich, wie ich für Elisabeth den Ehevertrag ausgehandelt habe." Hagenberg grinste und rieb sich die Hände.

„Elisabeth hat etwas für dich übrig gehabt. Das habe ich mir schon gedacht, wie sie so hingebungsvoll wegen deines Alibis gelogen hat. Du hättest dir die Kleine auch selber schnappen können."

„Vielleicht hätte ich das sogar getan", meinte der Rittmeister melancholisch, „wenn sie nur nicht so reich gewesen wäre. Kannst du dir mich als Fabrikanten vorstellen?"

„Du bist ein Spinner, Rittmeister."

„Das hat Charlotte auch gesagt."

„Ach ja, das Hundertkronenmädchen. Hat sie deine blödsinnig romantischen Erwartungen erfüllt?"

„Nein. Sie hat gesagt, ich spinne, bin stocksteif und rede komisch daher. In einen wie mich, würde sie sich nicht verlieben. Da habe ich es bleiben lassen."

„Blödsinn. Du hättest ihr ja bloß hundert Kronen geben müssen."

„So habe ich mir das aber nicht vorgestellt."

„Du bist wirklich ein Spinner. Du möchtest, dass eine Frau, die mit dir ins Bett geht, auch in dich verliebt ist?"

„Ja, das hätte ich gern", gestand der Rittmeister. „Sie hat mir nicht einmal verraten wollen, wie der Zaubertrick mit dem Schweben und dem Verschwinden geht."

„Ach das", sagte Mohnhaupt wegwerfend, „ist doch wirklich ganz einfach. Das Geheimnis liegt im Bett. Es hat oben ein Fach, in das eine schlanke, gelenkige Person hineinpasst. Wenn der Zauberer das Tuch über die Jungfrau legt und daran hantiert, öffnete sich eine Klappe und sie schlüpft in den Hohlraum. Gleichzeitig klappt ein Geflecht aus schwarzem, ganz dünnem Draht hoch, das die Konturen eines Frauenkörpers hat. Während der Tisch mit der Jungfrau hinausgerollt wird, wird dieses federleichte Drahtgeflecht mit dem darüberliegenden Tuch durch zwei schwarze Fäden, die der Zauberer heimlich einhängt und die vor dem Bühnehintergrund nicht zu sehen sind, hochgezogen. So wird die Illusion des Schwebens erzeugt. Wenn der Magier das Tuch von dem Drahtgerüst reißt, verschwindet dieses in der Dunkelheit über der Bühne. Tata! Die Jungfrau ist weg. Hinter den Kulissen klettert sie aus ihrem Versteck im Bett und läuft wieder nach vorne, sobald sie herbeigehext wird. In unserem Fall ist sie allerdings nicht mehr zurückgekommen, sondern fortgelaufen."

„So ist das also."

„Jetzt bist du enttäuscht, das sehe ich dir an. Du musst halt nicht immer versuchen, die Geheimnisse verführerischer junger Damen zu lüften. Was macht sie übrigens jetzt? Arbeitet sie noch immer im Zaubertheater?"

„Nein. Sie hat sich mit dem Mallachini zusammengetan und ist mit ihm nach London gegangen. Er hat dort ein Engagement angenommen. Du wirst es nicht glauben, aber sie hat ihn sogar geheiratet. Heimlich natürlich, weil sie ja sonst beim besten Willen nicht mehr als Jungfrau durchgehen könnte. Ich versteh' nicht, was sie an diesem böhmischen Scharlatan findet. Jetzt hat er neue Tricks auf Lager, habe ich gelesen. Er lässt sie nicht nur schweben, sondern sägt sie auch in Stücke. Nicht nur in zwei, sondern in drei Stücke. Wenn das nur gut geht!"

„Da kann gar nichts passieren", beruhigte ihn Mohnhaupt. „Aber ich verrat' dir nicht, wie es geht. Erzähl mir lieber, was aus deiner Baronin geworden ist. Ich habe gehört, sie hat sich mit dem Sünderhof verlobt. Haben die beiden schon geheiratet?"

„Haben sie nicht", sagte Hagenberg und grinste begeistert. „Sie hat ihm noch im Sommer den Laufpass gegeben und ist zu einem längeren Aufenthalt nach Italien abgereist. Sie ist erst vor ein paar Tagen nach Wien zurückgekommen."

„Geh, hör auf! Triffst du sie wieder?"

„Bis jetzt nicht, aber sie hat mir gestern geschrieben und mich sehr freundlich eingeladen, sie gelegentlich zu besuchen. Ich hab' geglaubt, ich sehe nicht recht. Wo sie doch so böse auf mich war."

„Wirklich? Warum war sie böse auf dich?"

„Sie hat mich mit Elsabeth im Bett erwischt", sagte der Rittmeister verlegen.

Mohnhaupt schüttelte den Kopf. „Ein Wunder, dass sie dich nicht gleich erschossen hat, bei ihrem Temperament."

„Sie hatte keinen Revolver bei der Hand. Außerdem wollte sie ohnehin mit mir Schluss machen und wenn wir ehrlich sind, so genau hat sie es ja selber mit der Treue auch nicht genommen."

Mohnhaupt schüttelte wieder Kopf. „Ich bin mir sicher, Rittmeister, dass du dich mit deinen Weibergeschichten bald in die nächste Katastrophe stürzen wirst. So, jetzt muss ich aber weiter. Im Gegensatz zu dir habe ich ja so eine Art Dienstzeit." Er hielt nach Fritz Ausschau.

„Lass nur", sagte der Rittmeister. „Ich zahl' schon für dich. Das nächste Mal bist dann du dran."

Als Mohnhaupt gegangen war, fühlte sich Hagenberg noch einsamer als zuvor. „Ich sollte Luise wirklich besuchen", sagte er halblaut. „Vielleicht können wir ja Weihnachten oder Sylvester zusammen verbringen? Was meinst du?" Er starrte abwartend in den blauen Rauch, der vor seinem Gesicht hing, aber niemand antwortete ihm.

Ende

Vom selben Autor sind bisher erschienen

Chefinspektor Hagenberg vom Landeskriminalamt wird an den Ort eines bedenklichen Leichenfundes im Stadtgebiet von Hainburg beordert. Schatzgräber haben ein Skelett aus der Völkerwanderungszeit freigelegt, aber einer von ihnen ist mit eingeschlagenem Schädel zurückgeblieben.

Was Hagenberg zunächst für eine simple Auseinandersetzung im Raubgräbermilieu hält, entpuppt sich als historisches Rätsel, das auf die Spur einer verschollenen Delegation des Burgunderkönigs Gundahar führt, die im Jahre 436 n. Chr. versucht hat, den Hof des Hunnenkönigs Attila zu erreichen.

Hagenberg gerät bei seinen Ermittlungen in das Visier einer international agierenden Bande, die sich auf Kunstdiebstahl spezialisiert hat und vor keinem Mittel zurückschreckt; auch nicht vor Mord. Beunruhigenderweise ist diese Bande über jeden seiner Schritte informiert und vermutet offenbar, dass Hagenberg auf Informationen gestoßen ist, die einen konkreten Hinweis auf den Verbleib des sagenhaften Nibelungenschatzes geben könnten.

Plötzlich ist Hagenberg selbst vom Jäger zum Gejagten geworden.

Verlag: Books on Demand
ISBN-10: 3734769647
ISBN-13: 978-3734769641

Zu Beginn des Dreißigjährigen Krieges verhilft ein kaiserlicher Offizier einem wegen Hexerei angeklagten Mädchen zur Flucht aus der von den aufständischen Ungarn bedrohten Grenzfestung Hainburg.

Sobald es ihm möglich ist, folgt er ihr nach Paris. Im Gepäck hat er ein Zauberbuch, dessen bloßer Besitz ausreichen würde, ihn auf den Scheiterhaufen zu bringen.

Fast drei Jahrhunderte später taucht dieses Buch wieder in Hainburg auf. Es hat sich im Besitz einer jungen Französin befunden, die gemeinsam mit ihrem Begleiter am Schlossberg ermordet aufgefunden wird.

Chefinspektor Hagenberg vom Landeskriminalamt wird mit den Ermittlungen beauftragt und sieht sich bald mit weiteren rätselhaften Mordanschlägen konfrontiert, denen auch einer seiner Mitarbeiter zum Opfer fällt.

Als Hagenberg schließlich die Wahrheit hinter diesen Ereignissen erkennt, kommt er zu der Auffassung, dass so manche Fakten des Falles in der Öffentlichkeit besser nicht bekannt werden sollten.

Verlag: Books on Demand
ISBN-10: 3734770432
ISBN-13: 978-3734770432

Weil Flaute im Morddezernat herrscht, bekommen Chefinspektor Hagenberg und seine neue Partnerin den Auftrag, einen alten Fall aufzuarbeiten. Sie sollen klären, was mit einem Mädchen geschehen ist, das vor fast dreißig Jahren bei der Besetzung der Hainburger Au durch Umweltaktivisten spurlos verschwunden ist. Ihre Ermittlungen führen sie in die Pornoszene und ins Rotlichtmilieu und kreuzen sich schließlich mit den Spuren eines alten, längst vergessenen Mordfalls, der sich im Jahre 1908 in Hainburg ereignet hat, und der im Zusammenhang mit dem Brand des Ringtheaters in Wien steht.

Verlag: Books on Demand
ISBN: 9783842335059

Im Jahre des Herrn 1697, vierzehn Jahre nach dem Türkensturm, wird im allerhöchsten Auftrag ein Kundschafter von Wien nach Hainburg entsandt, um den Verbleib eines seither verschollenen Mädchens, das im Besitz eines Staatsgeheimnisses ist, zu klären. Freiherr von Hegenbarth zeichnet genau alle Stationen seiner gefährlich Mission auf.
Mehr als dreihundert Jahre später geraten seine Erinnerungen in die Hände von Chefinspektor Hagenberg und erweisen sich als Schlüssel zur Lösung eines aufsehenerregenden Mordes, der sich in der Blutgasse in Hainburg ereignet hat.

Verlag: Books on Demand
ISBN: 978-3848254460

Sämtliche Bücher können in Buchhandlungen bestellt oder beim Verlag und über zahlreiche Internetanbieter bezogen werden.